有爱的青春陪伴者

深藏不露

退戈 著

孔學堂書局

图书在版编目(CIP)数据

深藏不露 / 退戈著． — 贵阳：孔学堂书局，2021.7
 ISBN 978-7-80770-283-2

Ⅰ．①深… Ⅱ．①退… Ⅲ．①长篇小说－中国－当代 Ⅳ．① I247.5

中国版本图书馆CIP数据核字(2021)第082044号

深藏不露　退戈　著
SHENCANGBULU

责任编辑：黄　艳　胡　馨
责任印制：张　莹　刘思妤
责任校对：窦玥声　胡国浚

出　　　品	：贵州日报当代融媒体集团
出版发行	：孔学堂书局
地　　　址	：贵阳市云岩区宝山北路372号
	贵阳市花溪区孔学堂中华文化国际研修园1号楼
印　　　制	：长沙鸿发印务实业有限公司
开　　　本	：880mm×1230mm　1/32
字　　　数	：425千字
印　　　张	：11.5
版　　　次	：2021年7月第1版
印　　　次	：2021年7月第1次
书　　　号	：ISBN 978-7-80770-283-2
定　　　价	：45.80元

版权所有　翻印必究

目录

第一章 ◇ 001
　　互　换

第二章 ◇ 041
　　精彩绝伦

第三章 ◇ 084
　　打　架

第四章 ◇ 129
　　爬　墙

第五章 ◇ 168
　　吟　诗

第六章 ◇ 200
　　一鸣惊人

目录

第七章 ◇ 225
出 游

第八章 ◇ 262
回 京

第九章 ◇ 296
赏 赐

第十章 ◇ 319
大 婚

番外一 ◇ 349

番外二 ◇ 355

第一章

互 换

-SHENCANGBULU-

秋雨打萍，院中水潭一层层向外漾着水圈，倒映出上方横梁古旧的模样。残叶被打入混浊的泥水中，空气里蔓延出一股腐朽的淡臭味。

宋初昭梦见自己多年未见的祖母年老病危，日薄西山，朝边关传来一封急信。父亲满脸忧愁地将她叫到帐中，说她祖母病重想见儿孙一面，命她回家代为探亲。

宋初昭虽然对祖母感情不深，但思及血浓于水，还是有些眷恋之情，便在父亲手下两位亲信的护送下，一路策马赶回了京师。

她隐隐晓得母亲与祖母极为不和，否则她们也不会十多年避居边关。可这次老夫人以病相召，母亲若再做阻拦，实在会遭人口舌。她不想叫母亲两难，便自作主张地跑回来，未来得及告知母亲一声。

嘚嘚的马蹄声，与窗外不歇的雨点重合，将她的心绪搅得一片杂乱，轻浅的呼吸声也变得沉重起来。

等回了京城，宋初昭才知道，祖母精神抖擞、红光满面，身体康健得很。

见着她，宋老夫人没表现出什么祖孙情谊，只冷漠地向她告知，说她年岁已是不小，此番叫她回来，是该准备成亲，随即便将她分派到一间老旧的偏院，态度敷衍地应付着。

家中其余长辈，也不时对她冷言冷语，挑剔她的举止谈吐，一副要将她生生踩进泥里的架势。

宋初昭最怕便是这些自持身份又为老不尊的长辈，不想有朝一日，还是落到他们手里。

宋初昭——这名字在边城那儿可是无人能出其右的土霸王！

纵然父亲对她管教极为严苛，但军中其余将士对她尤为偏袒，连同派遣的使君、监察的官员、治民的郡守，也待她很是亲厚，如同家中小辈一样。没想到回了京城，她却要受宋家人百般苛待。

若非看见那门楣上写的是"宋"，她都要怀疑自己进错了门。

宋初昭猛地睁开眼，被窗外飘来的寒气吹得一个哆嗦。

该死！

醒了才知道，这根本不是梦！

宋老夫人就给她分了这么一间破院子！

宋初昭重新闭上眼睛，将手背贴在额头上，用冰凉的手退去脸上的燥热。

幼时她也曾随父亲归京一次，见过宋氏一家老小。具体发生了什么，她已记不清楚，只知道闹得很不愉快。她一路哭喊着回去，生了好久的气，母亲就再没松口让她回来过。

早知如此……她何必要自作多情，巴巴地回来讨这份嫌？

宋初昭气得简直要把自己的牙给咬碎。

又是一阵秋风吹来。

宋初昭跳下床，踩着鞋子，三两步跨过去将窗户用力拍上。"啪"的一声巨响，这间老旧的屋子跟着微微一震。

响声过后，门外的脚步声变得更为清楚。

"姑娘为何这般烦躁？"

门被直接推开，一位婢女端着果盆走进屋来。

她脸蛋圆润、五官平平，分明该是个敦厚老实的长相，眼神中却有两分掩饰不去的狡黠，下垂着眼悄悄打量宋初昭的模样，更是带着股叫人不喜的猥琐。

这是宋老夫人分派来照顾宋初昭的婢女，叫妙儿。

"这是二姑娘托我送来的。"妙儿将东西放到桌上，低头捧起一个金黄色的柑橘，笑道，"老夫人给二姑娘房中送了许多橘子，说是三老爷带回来的，二姑娘便叫我送些到您这里来。她是记挂着姑娘您呢。"

宋初昭淡淡地斜了妙儿一眼，道："滚！"

初来时，宋初昭还未察觉出不对，甚至觉得宋府人性格体贴，善与人亲近。到了第二日，她才终于品出些别的味道。

这些人说话总是一副欲言又止、止又欲言的态度，尤其提到她母亲时更是

如此，仿佛她母亲做过什么见不得人的事。这般虚伪，偏还想装出天真烂漫的模样来，甚是矫揉造作。加上府中几位长辈拿腔捏调地挤对，话里话外都在提醒她——这宋府最受宠爱、最尊贵的人，是她姐姐，也就是那二姑娘，宋诗闻。

这群人还不住地夸赞宋诗闻事事通达、秀外慧中、温良恭俭，且对她这便宜三妹亲近温和，诸事上心，希望她能知恩。

呸！

好大胆的妖怪，也敢在她宋初昭面前横行妄为，不晓得他们行军打仗的，都会两手装神弄鬼的把戏吗？

宋初昭与那宋二虽非一母所生，可她的亲娘，那是护国功臣贺将军的独女，别说宋二那早亡的娘亲，就是宋老夫人，也没资格在她面前说一句身份尊贵。

想是将她当作一般好欺负的女子，以为她孤立无援待在京中，这般施压，能让她自命低下，好好听话，或许还会将宋诗闻当作亲姐妹一样交往，毕竟表面上，宋二是对她最好的人。

做梦！她像是那么蠢的人吗？是京城的鸡不会打鸣儿，叫不醒他们？

"姑娘是还在为亲事烦心吗？"

妙儿把橘子放回去，两手交叠放在身前，低下头，摆出一副谦卑的姿态来，好声劝道："姑娘，那顾四郎虽说有些多情，为人不羁了些，可他好歹是国公长子呀，将来不定会袭承爵位。姑娘嫁给他，也算是高攀了。外边的那些传言，不可尽信的。"

宋初昭挑眉，又朝妙儿斜了一眼，冷笑一声。

她之前就奇怪，这宋老夫人十多年未曾念过她，怎么突然就要给她安排婚事，于是便命人去打听。

她在京城并无亲朋，只有送她回来的那两位亲信可以信任。那二人听她请求，便多留了两日，悄悄去帮她询问了一遍。

说起来，这门亲事全是宋老夫人多嘴搞出来的。

那日宫廷宴会，皇后招待了几位官员的家眷在后院闲聊，宋老夫人见着坐在上方的顾夫人，便说了一句，顾家两位公子，该到婚配的年纪了，好巧啊，我们宋家也有一位年岁不小的姑娘。

宋老夫人想起的自然不是宋初昭，而是宋诗闻，那个自幼养在身边的姑娘。

宋诗闻比宋初昭还要大上两岁，再不嫁人，怕是就要超龄了。宋老夫人阅遍京城适婚男子，啧啧，觉得果然只有顾家的儿子才配得上她孙女。

宋老夫人尚未来得及旁敲侧击地暗示一下,坐在上首的皇后突然问顾夫人,说顾、贺两家多年前定下的婚约,还作数否。

顾夫人说,若是双方不曾反悔,那自然是作数的。虽不算什么正式的婚约,可若两家能够结好,也是一桩喜事。

据说宋老夫人愣在当场,许久没有回神。

那是贺老将军与顾国公多年前定下的事情。贺将军只有一个女儿,便是宋初昭的母亲。宋母也只有一个女儿,那就是宋初昭。

虽然宋初昭姓宋,但这门婚约,看的是贺家的面子,与宋诗闻无关。

不巧了,宋初昭就这么"抢"了宋老夫人挑好的孙婿,虽然她自己也不是非常乐意。

可这根本不能怪她啊!

知道了这事,再听宋府下人这挑唆的酸气,宋初昭的感觉就微妙起来。

尔等可真都是人才!

她原先还觉得那两位将士在边关鬼话听多了,向她描述事情经过的时候,多了点个人感情色彩,不想竟是真实的。

宋初昭心中翻转过许多想法,面上却不显。她皱着眉头上上下下地扫视妙儿,然后弯下腰,把鞋子穿好,重复了一句:"让你出去,没听见?"

妙儿腰弯得更低了,惶恐道:"奴婢是做错了什么,又惹姑娘生气了?"

宋初昭长手一指:"我在休息,何人让你开的窗?你一下人,进我屋门如入无人之地,宋家下人就这样的规矩?口舌倒是挺多的。知道在军中,你这样的人,是要怎么处置吗?"

妙儿忙道:"奴婢是怕姑娘闷到了,才开的窗。"

宋初昭定了下,然后抬脚,步步朝她逼近。

二人距离越来越近,直到相距只有两步远,宋初昭才停下。

阴影罩在妙儿的身上,宋初昭伸出手,还未碰到她,她萧瑟一抖,畏惧地喊了一声:"奴婢这就走!"随后脚步仓皇地往屋外退去。

妙儿走得急,似乎是真怕宋初昭动手打她,跑的时候,撞到了宋初昭。

"哐当"一声极轻的声响,宋初昭低头,发现自己一直戴的玉佩,竟然掉了。

她稍怔,蹲下身将东西捡起。

只这么轻轻一摔,玉佩竟然裂了好几块,她拿在手心翻转查看,原来是系挂处的红色绳索被磨断,才掉了下来。

这玉佩不记得是谁送给她的,她一直戴着,想要还给那人。没想到竟然坏了。何意?

虽说她平素不信鬼神,但是不是该去找个寺庙拜拜了,最近可走太多霉运了。

"娘!"

来者风风火火地闯了进来,两手随意一揖,算是行过礼。不等对方应声,先一步坐到旁边的榻上,将半身重量都靠在中间的小桌上,对着旁边的妇人,连连喊道:"不妥,不妥,实在不妥!"

顾夫人捏着针,视线始终盯着手中的白帕,对来者不做理会,不急不缓地将针线穿插过去。等顾四郎不再出声干号了,她才问道:"哪里不妥?"

顾四郎被她晾了一阵,精神萎靡许多,听她开口,又立即挺直腰背,说道:"娘,您怎能答应与那宋三娘的婚事呢?你不知她在边关长大,自幼不识礼数,京城众人都说她丑恶无比、专恣跋扈。你平日管教归管教,你可不能害苦我啊!"

顾夫人语气依旧淡淡:"哪里来的众人?"

"就是众人啊!"顾四郎指着大门道,"我叫人出去打听,宋府的下人都是这样说的。据说那宋三娘喜怒无常、性情暴戾,家中下人见着她多是避让,不敢上前。你叫她嫁进顾家,我看整个顾府都得翻天。"

顾夫人终于停了动作。

顾四郎以为对方要听自己说了,深吸一口气,正要慷慨激昂地说上两句,顾夫人斜睨他一眼,示意他安静,然后将帕子举在半空,左左右右地看,末了满意点头。

顾四郎吐出一口气,向后倒在榻上,无奈地喊了句:"娘,您对我上点心吧!"

顾夫人又问:"她何时回来的?"

"也就数日前吧!"顾四郎再次坐起,"娘,您不知道吗?据说她回来以后……"

顾夫人显然是知道的,打断了他,说:"她才回来数日,见过她面的人都没有几个,怎么京城里人人都知道她是个什么样的人了?"

"这关我何事?"顾四郎说,"总归我不想娶一个,比我能打的姑娘。"

顾夫人朝旁边伸出手,顾四郎会意,立即殷勤地将篮中的剪刀递了过去。拖着长音喊道:"娘——"

顾夫人这才说:"又不是给你定的亲事,你啰唆什么?"

第一章·互换

"纵然不是为我定的……"顾四郎高声说到一半,骤然卡住了,眼睛猛地睁大,不可置信道,"什么?不是给我定的?那莫非是五弟?娘您怎么舍得啊,五弟可是个文弱的读书人!"

不远处传来两声努力压着的咳嗽,屋内二人一齐收声。一人着白衣缓缓而至,停在门口。

"母亲,您叫我?"

这人面色有些苍白,因为多日养病气血不足,可是明眸秀眉,叫人过目难忘。与顾四郎略带些痞气的强势不同,他周身都是种让人难生恶感的温润气质。

顾四郎已经挂上笑容,迎了上去,关切道:"五弟,你身体好些了吗?"

顾风简颔首:"已快好全了。"

顾夫人对着顾风简,声音都柔和了不少,示意他到前面来,问道:"娘与你说的事,你想过了吗?"

顾风简敛下眉目:"先见见人吧。"

顾夫人轻笑道:"我也是这样想。宋三娘是宋夫人亲自教养长大的,想来不会是个坏孩子。你别听外边人胡传。"

顾四郎扯了扯嘴角,嘀咕道:"都是宋家,那我宁愿娶那二姑娘。哎,说起来,宋二与五弟倒是相称,听说也是一位喜好诗书的人,而且为人宽厚,素有贤名。"

顾夫人眉头一蹙,摇了摇头,说道:"宋二姑娘,不可以。"

顾四郎:"哪里不可以?"

顾夫人不想和儿子讲,只送去一个"你太笨了"的眼神。

顾风简在一旁坐下。他抬手理了下衣摆,腰间一块东西顺势滑了下去,他还未察觉,顾四郎眼尖,先行说道:"五弟,你东西掉了。是你的玉吗?"

顾风简便弯腰去捡,指尖尚未触及,眼前倏地一黑,整个人滑了下去,只来得及听见顾四郎在他耳边的一声疾呼。

顾风简已经对着镜子看了至少有一炷香的时间。

纵然这铜镜由于老旧磨损,表面变得粗糙模糊,也还是可以清晰辨认出,里面是一张女人的脸,且五官熟悉。

无数事实证明这不是他的幻想,他真的变成了一个女人,还是一个他或许认识的女人。

最初的惊愕与无奈过去之后,顾风简收起了所有表情,站起身来。

他迈着步伐在屋中走了一圈。

四肢有力，呼吸沉稳，起码比他先前风寒未愈的身体要好多了。手心指节处磨有老茧，虎口附近残留着不少刀剑的割痕，说明这人常年习武。

屋中摆设很是简朴，只有一些日常用具，看外观已经颇为老旧，甚至几件家具已在损坏边缘。床架的上方与房屋的角落，残留不少尚未打扫干净的灰尘。如无意外，此人应该是刚住进来不久。

近门方位的木桌上，摆放着一块碎掉的玉佩，那玉佩曾经是他的，他认得出。

顾风简推开立在深处的衣柜，在里面翻找了一下。除却寥寥几件换洗用的衣物，他还搜出了对方存放在里面的进关文牒，以及各种身份证明。

在他看见镜子里那张有些熟悉又很是陌生的脸时，他已经大致猜到了，此刻终于可以确信这人的身份。

"宋三娘。"顾风简低声道，"宋初昭。"

顾风简只看一眼，就将东西都放回去。

倒不知宋家何时如此落魄了，宋初昭竟然要住这样的屋子。他们是真不怕让贺老将军发现他们如此作为？

想是贺将军赋闲太久，不理政务，又没有子女在侧，叫人忘了他往日威严。

顾风简冷笑一声，提着裙摆在床边坐下，正在暗暗思忖，腹中五脏庙频频发出叫嚣饥饿的声音。

顾风简低下头。

不知道现在是什么时辰，但肯定已经过用饭的时间了，现在还没人过来喊他，恐怕他要自己去找点吃的。

宋初昭是在一阵热气中醒来的。

她身上盖着起码两层厚重的被子，全身无力，难以动弹。

门窗都关得严实，所以房间很闷。

不知何处正燃着熏香，叫屋中不至于有什么积压的臭味。白烟散进空中，飘到床边的时候，味道恰好淡淡的，沁人心脾。

她费了好大力气才挪动了一下，不知道为何会如此难受。

她已经许久不生病了，就算生病也不至于如此。此刻就像在激浪中被捶打过一百遍一样，全身筋骨都透着疲惫。

宋初昭……岂能轻易认输？

她奋力挣扎，好不容易要将手从禁锢的被子里伸出来，一双铁臂从上方按

第一章·互换

下,又给她按得严严实实。

宋初昭险些窒息,艰难地睁开眼睛。随即两张放大的脸映入她的视线。二人俱是一脸关切,紧张地望着她,却都是她不认识的人。

宋初昭迷迷糊糊地眨了下眼,闻到了空气中的香气,转着眼珠四面看了一圈。

陌生的景色从瞳孔中扫过,她的脑海中蹿出了几个关键词——权贵人家,起码正五品以上,不认识。

"五弟,你没事吧?"

俊秀男子将手探向宋初昭的额头,她下意识地躲了过去,戒备地看着他。

男子并未勉强,自如地将手收回,更担心她此刻呆愣的反应,说:"大夫说他该没事啊,醒了就好,怎么我瞧他跟失了魂似的?"

顾夫人紧张道:"五郎,告诉娘,你还有哪里不舒服?"

顾四郎接着说:"你还说你快好全了呢!晕倒的时候,险些没吓坏我们!"

宋初昭张了张嘴,难以成言,麻木地把视线转向正上方。一片混沌的大脑中,突然闪过一道大雷,将她劈得虎躯一震。

她藏在被子下的手,极缓慢地,又带着坚定,往下面滑了下去……感受到现在的身体切实的存在某种构造,全身气血都从脸上褪下。

好在她原先脸色就惨白,此刻除了因为失控而略显狰狞之外,看不大出别的端倪。

"你是不是在发抖?五弟你莫非还觉得冷?"顾四郎隔着被子按住了宋初昭的肩膀,惊道,"你怎么抖得越来越厉害了?你这是怎么了?"

对不住……她只是一时控制不住她自己。

顾四郎却急道:"娘,我就说,五弟全是被您吓的,因为您让他娶那个什么宋三!换作是我,也该吓病了!"

顾夫人警告地瞪了他一眼,示意他走开。

宋初昭却是听明白了。

她现在是顾家五郎?

和她定亲的是顾五郎,不是顾四郎?

哟嚯,宋老夫人搞什么?耍诈喊她回来成亲,连对象都没弄清楚的吗?那他们一堆坏话岂不是白念了?

·008·

叫顾四郎这么一打岔，宋初昭又不抖了，连气血都好了一点。

"五郎。"顾夫人弯下身，柔柔地唤了一声，见宋初昭望过来，笑了一下。
顾夫人从一旁的仆从手上，端过一碗泛着苦味的药，带着安慰的语气道："喝药吧。"说着让顾四郎搭把手，将宋初昭从床上扶起来。
宋初昭说："我自己来。"
出口的声音干哑低沉，的确是个男人的声音。
她从对方手上接过药。
药其实不大苦，或许是因为她此刻口中无味，尝不出什么味道来。
顾夫人坐在一旁，满目慈爱地看着宋初昭。那目光太过温柔，叫她额头不禁溢出一层冷汗，放缓了喝药了速度。
实不相瞒，宋初昭还没被人这样看过。
她爹自不必说，平日拿她当个兵训。而她娘，稍好一些，拿她当半个兵训。
她自小心大，也没觉得有什么。
原来这就是被捧在手心里的感觉？
想想好像还不错？

顾风简从屋里出来，走了没多远，就看见了宋府的仆从。
他目不斜视，只往大路上走。
房屋构造一般大致相同，有迹可循。顾风简走走停停，根据仆从的着装、手持物品、行走路线推断，顺利绕到了吃饭用的厅堂。
宋家人刚吃完饭，饭菜已经撤下了，桌上重新摆了几盆瓜果糕点。
宋老夫人正与几人做饭后闲谈。
这府邸其实是宋将军的家宅，虽然宋氏早就分家了，但因为宋父常年不在家，宋老夫人又怕寂寞，便将三子叫了过来。所以宋三爷及其家眷，也住在宋府。
顾风简原本是想直接进去的，谁想突然听见了自己的名字，脚步在空中顿了一下，然后收了回来。

"要你出嫁，我自然是舍不得的，可我也不能强留你是不是？诗闻，祖母知道你的孝心，祖母也最疼爱你，一定给你寻一门最合适的亲事。"
"祖母——"
"好好。先等宋初昭成了亲，我再去与顾夫人讲，提提你和顾五郎的事情。亲上加亲也是好的，我想她不会拒绝。"

第一章·互换

这时另外一个稍显年轻的声音插话道:"我们二娘哪里都好,有谁会瞧不上我们二娘?这门外提亲的媒婆,早不知道排哪里去了,是我们二娘眼光高罢了。哪里同宋初昭一样,若非突然冒出一桩陈年的婚约,凭她的名声,怎可能寻得到这么好的亲事?"

那妇人夸张地笑出声来。

"也是弄巧成拙,有了宋初昭那种的比对,更显得二娘你出尘脱俗。而且,我瞧那顾五郎要比顾四郎好,更成熟稳重些。我先前见过他一面,只觉他做事滴水不漏,彬彬有礼。若真结了亲家,对我们二娘定然极好的。"

宋老夫人沉吟片刻,说道:"顾四郎,虽说要年长一些,可他行事略显轻佻浮躁,未必是个良人。"

顾风简的表情难得地出现了一丝崩裂,不知该不该说一声承蒙高看。

宋家人,连自己结亲的对象都没问清楚,已经将未来都打算好了吗?

当他顾五是什么人?她想嫁,自己就得娶?

他母亲,还真是未瞧上宋二。

顾风简站在走廊上,终于是被人发现了。

宋三夫人站了起来,放高了声调,扯着长调说道:"何人在墙后偷听啊?哟,原来是宋三娘啊!"

顾风简顺势走了出去。他神情自然,丝毫不见被人叫破的尴尬之意。

宋初昭的三婶,也是个体态丰盈的美妇人,只是她拿腔捏调的模样,着实叫人不喜。

"都这时辰了才出来?方才喊婢女去你屋中,说是你还在休息。这青天白日的躺在床上,传出去,怕是要被人指责怠惰懒散,丢了脸面。"

顾风简目光微沉,想到他四哥说,宋初昭是个骄纵跋扈、动辄打骂的人,想来不会忍让这刁钻的妇人。他扯了扯嘴角,扬起一个虚伪的笑容,说:"不及三婶会装腔作势、两面三刀。这脸不要就不要了吧。"

宋三夫人被顾风简一噎,当即气得满脸涨红,直指着他喝道:"你——你竟然对着我口出不逊,真是目无尊长,毫无规矩!"

顾风简不搭她的话,场面冷了下来。

宋诗闻站起来问:"妹妹,来这里何事?"

顾风简淡淡道:"来吃饭。"

"呀,妹妹你还没吃啊?"宋诗闻惊讶一呼,像是才反应过来,连忙转身,从桌上端了一盆糕点,递过去说,"那你快吃吧,当心饿坏了。"

宋老夫人只坐在前边，冷冷地看着他。

顾风简半阖着眼，落在冰冷的盘子里，目光中带着不屑与讽刺，再抬起头，审视地望着宋诗闻。

那眼神刺得宋诗闻相当不适，她还在思考哪里不对，顾风简径直转身离开。

宋老夫人哼了一声："不吃就算了！诗闻不必管她。"

顾风简独自回了屋，想着自己的午饭该如何解决。

宋初昭身上倒是有钱，还放了不少。只是一个未婚女子，独自出门吃饭，确实不大妥当。何况如今她正在风口浪尖上，京城不少地方都在传她的谣言。

他知道自己现在应该去顾府看看如今的"顾五郎"才对，可是于理不合，未必能当面碰上。

或者还是等对方来找自己？看样子，她的身手是不错的。

顾风简正思考着下一步该如何应对，就听见窗格从外面被东西敲打了几声。声音很轻，高低不定。该是石头。

他不作声地走出门，拐到侧面，果然在不远处的高墙上，看见了方才还在念叨的人。

二人一高一低，遥遥相望，对着那张各自无比熟悉的脸，露出极其复杂的神色来。

这是叫人无法忘怀的一幕。

宋初昭声音颤抖，试探道："顾……顾五郎？"

顾风简飞快地点了点头。

宋初昭明显地松了口气，调整了下姿势，让自己扒墙扒得更稳些。

顾风简沉默，此生从未想过自己的脸能出现在墙头这样的地方。

宋初昭热情地朝顾风简招手，呼唤道："你悄悄出来，我与你聊一聊。一定要悄悄啊。"

顾风简左右看了看，未寻见出去的偏门，低声道："这要如何悄悄？"

宋初昭说："你爬这墙，再跳下来，我在外面接着你。"

顾风简的神色变得非常好看，徐徐道："你接不住我。"

"我可以！"宋初昭比量了一下高度，拍着自己的手信誓旦旦道，"你放心，我力虽不能扛鼎，但扛个女人，还是轻轻松松！"

顾风简沉默，他知道他自己的身体不可以。

两边沉默了许久，宋初昭终于明白过来，顾五郎是个需要呵护的人啊。

第一章·互换

她往上爬了点，说："那你接着我，我可以！"

顾风简急急后退了一步，抬手挡在前面，表示他做不到。

"倒也不必如此。"顾风简说，"这附近无人看守。门呢？"

宋初昭迟疑道："门？"

实不相瞒，如果不能光明正大地走正门，她更喜欢爬墙。

顾风简看宋初昭的眼神已经不对了。

他觉得事情很严重。

最后，宋初昭还是找到了她这院子附近的侧门，老老实实地走进来。

由于顾风简常年疏于锻炼，纵然宋初昭有足够的攀墙技巧，动作还是不够灵敏，导致爬墙的时候衣服沾上了不少脏东西，衣摆处蹭了几块灰扑扑的印记。

顾风简在她面前上上下下地打量，似乎想说什么，最后强行憋住了。那忍辱负重的表情，让宋初昭都对他产生了两分同情。

顾风简从袖中摸出一块手帕，招手让她上前。

宋初昭本想主动接过，结果顾风简收回手，用眼神示意她别动。

宋初昭抿了下唇，自觉心虚，只好乖乖在他跟前站着。

顾风简又朝她靠近了一步，低下头，拉过她身侧的手，用白帕擦拭她手心的泥渍。

他动作放得轻柔又仔细，顺着宋初昭的手指往外慢慢挪动，做得极有耐心，甚至因为力道太轻，宋初昭觉得反而有点痒。

这感觉叫从来不善于与他人亲近的宋初昭浑身不适，下意识地想要挣脱。动作前又想这是顾风简自己的身体，看着别人顶着自己的脸摸自己的手，想必会更加难受，于是忍住了。

顾风简的身体虽然看着羸弱，身高却比宋初昭本人得高上一个头。

此时的宋初昭低下视线，便看见一颗小脑袋在自己面前小幅度地晃动，很是乖巧。

她自己虽然性格跳脱，却最喜欢乖乖的人，不想有朝一日能在自己身上看见。

宋初昭胡思乱想的时候，手擦好了，顾风简退开些。

她的视线滑过对方的头顶，落在自己的衣摆上。

早上刚下过一场秋雨，京城各处都很湿润。宋初昭出门时穿的是浅蓝色的衣衫，沾了些墙上湿润的苔藓，斑驳处便显得十分难看。

宋初昭觉得不妙。顾风简这样的人，一定极爱干净，最看不惯她这种泥猴的样子。

她看不清顾风简的表情，只见他盯着自己衣摆处的深色污渍，小声道："你不是要骂我吧？"

顾风简仰起头，不解道："我骂你做什么？"

宋初昭一惊："你不骂我？我娘要是知道我爬墙把衣服弄脏了，都该动手揍我了。"

顾风简放缓语气，意味深长道："哦……你也知道爬墙不对的。"

宋初昭沉默——知，然本性难改。

他脾气很好，看起来的确不像是生气了。

宋初昭说："我偷偷出来的。你家中仆人真多，还好你平日喜静，我将他们全部遣退，他们也未怀疑。一出院门，我就直奔这里来了。"虽然她经验丰富，可为了出顾府，还是费了好大一番力气。

宋初昭是想，顾风简这样的人，在家中按照顾得无比精细，来了宋府这豺狼虎穴般的地方，肯定是不习惯的，不定会被宋诗闻、宋老夫人、宋三夫人，这宋家三妖联合整治，甚至不注意些，还得被妙儿欺负。

唉，江湖险恶，哪里是顾风简这样的小游鱼可以晃荡的地方。

顾风简没有说话，将手帕折了一折，递给她。

宋初昭顺手接过，小声问："你吃了吗？"

顾风简定定地看了她一眼，而后摇头。

"我就知道！"宋初昭得意一笑，"我想你不记得过去吃饭，他们也不会给你留，于是出门的时候，特意给你带了。"

她从怀里摸出一块油纸包，单手托着递过去，眼神中带着希冀和热情。

这纸包触手一摸，还是温热的，顾风简打开，发现里面层层包裹着的，是半只烧鹅。

浓重的香气瞬间飘出，他的手上也不免蹭上些流出的油脂。

顾风简刚想说自己吃不了这样油腻的东西，开口前记起这是宋初昭的身体，应该是能吃的。

果然，就听宋初昭说："我晓得你病刚好不能吃，所以我没吃，我今天只喝了一碗粥。这烧鹅在京城享誉盛名，你若是身体康健，一定喜欢，我带来给你尝尝味道。机会如此难得，你快试试！"

第一章·互换

她说起话来神采飞扬，饶是得意的表情，也带着叫人喜欢的灵气。

顾风简平素冷淡，喜怒不形于色，从没露出过类似的表情，这样认真看着自己，只觉陌生非常。

顾风简转身进去，衣摆擦过地上略高的杂草，带上一层湿气。

他把东西摆到桌上，又回过头看着宋初昭。宋初昭看似不拘小节，实则是个很体贴又很大度的人，否则在自己面前，不会这样好说话，完全是将自己当个需要照顾的人了。叫他想起当年那个风流蕴藉、明眸秀眉的小将，策马的身影都带着与别人不同的潇洒。

宋初昭跟在他身后进来了，发觉他一直不说话，倒是不停地打量自己，发寒道："你一直盯着我做什么？你想说什么？"

"见你像个故人。"顾风简眼中闪过一抹迟疑，又快速敛下，"我以为是宋家三公子。"

"我父亲一共三个孩子，只有一个儿子。"宋初昭笑了，指着自己，"没有三公子，只有三姑娘。一定是有谁骗了你！"

"确实是别人告诉我的。"顾风简露出遗憾的神情，"我当年游学的时候去过边关，那天骤雨，山中滚落不少泥石，马儿受惊，我不慎摔了下来，滑倒在山涧里，一人将我救了上来。对方自称是宋家三公子，让我给个信物，她回去替我报信。"

宋初昭义正词严地说："那肯定是个骗子！"

语气与当时那不可一世的家伙简直是一模一样。

"是的。那骗子——"顾风简也拔高了声调，看着宋初昭的样子却是隐隐带笑，"那骗子，将我独自落在原地，给我身上披了两件衣服，随后骑走了我的马，说是要去替我喊人。"

他顿了一下，故意道："结果一直过了许久，我被别的路人救走，她也没有出现。"

宋初昭原本还在义愤填膺，准备同他一起辱骂那该死的骗子，听到这里突然顿了一下，她遥遥想起似乎是有那么一桩事。

当时她太生气，从营中跑出来，半路遇到了个少年。她回去后因为淋雨病了一场，许是因为从不生病，那病便来势汹涌，一直烧了大半月才好。等大病得愈，对那一晚的事情已是记得不大清楚，也不知道自己当时究竟有没有给他送到信。

· 014 ·

她终于知道那碎了的玉佩是从哪里来的了。

她不仅骗了人家的东西没做事，还把东西给弄碎了。

宋初昭的话突然卡在喉咙里，而后冷汗出来了。

她挺直了腰背，用余光窥觑顾风简的表情，怕叫他看出端倪来。

不能承认，事到如今肯定不能承认。

宋初昭声音洪亮，坚定地反驳道："她……她就是个骗子！所以才胡乱报了名讳。我宋家绝对没有这样的人！"

顾风简说："我后来还给她写过书信的。"

"边关那种地方乱得很，不是朝廷的信件，能寄到的是少数……"宋初昭说着声音一转，开口再次铿锵有力，"不是！她不是我宋家的人，你寄的信，自然是寄不到的！"

顾风简表情诡异地扭曲起来，像是强忍着情绪，淡淡道："哦。"

宋初昭刚松一口气，顾风简再次道："说起来，她和你，好像有些相像。"

宋初昭慌了一瞬，又很快镇定，自认机智道："我与我母亲长得像。想来那人正是因为与我宋家人肖似，才敢以我宋家的名义行骗！"

顾风简默默点头，似是接受了她的说法。

宋初昭骂起自己来毫不留情，力要自证清白："那人真是无耻之徒，我辈不与她同道！"

顾风简沉默了许久，才说："算了，其实也没有那么严重，或许是有别的难处。"继续说下去不知道她要骂出什么话。

宋初昭却突然感动地说："你人真好。"

顾风简咳了一声，在桌子边上坐下，问道："你身边有什么需要注意的？"

他摸了下茶壶，发现是凉的，就没有给她倒水。

宋初昭也大马金刀地在旁边坐下，说："我回来得急，是两位将士送我回来的，身边没带伺候的人。他们将我送到后，已经回去了。如今分到房中的下人，你最好都不要相信。"

顾风简说："我知道。"

宋初昭看他神色淡然，怕他不上心，又提醒了一遍："你离你身边的婢女远一些，有要紧的事，不要嘱托给她，她没安什么好心。"

顾风简斜眼看去，问："她欺负你了？"

"她自然欺负不了我，只是偶尔让人不痛快罢了。"宋初昭说，"一个下人，我不想和她计较。"

第一章·互换

·015·

顾风简没说话,再次打开桌上那个油纸包。

宋初昭说完又提醒了一句,说:"宋家几位长辈,与我并不亲厚,说话都爱阴阳怪气,你不必放在心上。你现在打不过他们……若是他们欺负你了,你告诉我,我悄悄给你出气!"

顾风简点头:"嗯。"

宋初昭想了想,又说:"其实,我这里倒没什么需要注意的地方。我才回京城不久,没有熟悉我的人,你随意应对即可。顾家呢?"

顾风简说:"没什么,我平日不爱说话,大多时间在屋中读书。"

宋初昭一脸痛苦。

顾风简又说:"你要是想出去走走也没关系。大夫让我多出去走走,他们不会起疑。"

宋初昭顿时松了一口气。

顾风简笑了下。

屋中满是烧鹅的味道。

顾风简瞥见宋初昭的喉结正在不自然地滚动,眼睛直勾勾地盯着桌子,可是里面却没有神采。

他说:"你若是担心我这边,回去后帮我做几件事。"

宋初昭立即道:"你说!"

顾风简:"让我母亲,尽快来宋家换八字,合婚庚帖。"

宋初昭愣了下,想说什么没说出来。

顾风简:"然后,将顾府的婢女春冬给我调来。她很聪明,也会做事,宋家有她,可以照顾得好我。"

宋初昭问:"哪个是春冬?"

顾风简说:"你就和顾夫人说,把春冬给我送过来,她会明白的。"

"合适吗?"宋初昭迟疑道,"这不合适吧?"

顾风简一身正气:"合适,没人敢说什么。"

顾风简说得太过肯定,宋初昭信了。

二人又说了几句,提醒对方平日里该注意的地方,又约了个时间,去京城最出名的几间寺庙逛逛,看看能否将事情挽救回来。

眼见宋初昭出来的时间已经不短,她说了一声,先行离开。

等她走后,顾风简又坐了许久,才伸手撕了一块桌上的烧鹅。

东西虽然冷了，也显得有些油腻，可味道确实不错，入口的时候甚至还有些惊艳。

顾风筒口味一向很淡，吃的东西都感觉没什么味道，所以并不挑剔，这次直接吃了半饱，怕再吃下去要因为过于油腻而影响肠胃，才不舍地停下手。

晚饭的时候，顾风筒主动去了饭厅，提前坐下等候。毕竟不能一直等宋初昭给他送吃的，他得自己解决。

既然他在这儿，宋府的下人自然不能无视他，主动给他添了碗筷，又多做了两盘菜，端到桌上。

不久，宋老夫人与其余家眷也过来了。众人见了他，略感惊讶，不声不响地坐下用饭。

这顿饭吃得极其安静。

不知道宋府平日里是否就是这样用饭，反正今晚餐桌上始终没人说话，只有碗筷碰撞与小心喝汤的杂音。连侍奉在一旁的婢女都显得诚惶诚恐，生怕自己出了什么岔子。

宋三夫人用绢帕擦着嘴，眼珠不住地在几人之间转动。

宋诗闻倒是表现如常，安静地垂首吃自己的东西，一副恬静可人的模样。

旁边的"宋初昭"吃得缓慢而端庄，嘴里细细咀嚼，整个人却有点心不在焉。

宋三夫人深感有趣，用手肘碰了边上的郎君一把，对方回敬她一个白眼，她哼了一声，又继续吃饭。

她觉得今日的"宋初昭"极其沉稳，甚至让人看不出深浅。最上方的宋老夫人大概是想挑"宋初昭"的错的，瞥了好几眼，最后都没说出话来。

宋三夫人等了许久的风雨欲来，可惜未如她所愿。

吃完晚饭，顾风筒起身朝宋老夫人抬手作揖，随后迤迤然回屋，什么都没发生。他那失踪了大半天的婢女，倒是终于出现了，悄无声息地跟在他后头，与他一同回了院子。

二人先后进去。

此时天色已黑，妙儿端了盏灯进来，摆在桌子旁边，然后去给"宋初昭"铺床。

顾风筒从这简朴的屋子里，还翻出一册话本。

这话本显然是手抄的，想是宋初昭从别处买来打发时间的东西。

他从不看这些闲书，可眼下实在没别的事情做，就在边上坐下，半靠着桌子，翻看起来。

第一章·互换

窗外的光色渐渐暗去,灯影显得越加明显。

妙儿给他端了一壶热茶,摆到桌上,见事情差不多做完了,便要出去。

这时,一直沉默的顾风简突然出声道:"我今日有些咳嗽。"

妙儿停下脚步,弯了弯腰,询问道:"那奴婢去给您炖些梨汤,消消火?"

顾风简继续说道:"想是屋中许久没有清理,积了灰尘。"

妙儿狐疑地抬起头观察他。

顾风简不温不火道:"你去打几盆水,清理一下。"

妙儿应下:"是。"

先前这屋子久无人住,只随意打扫过一遍。宋初昭住进来之后,并没有让妙儿为她做多少事,准确来说,这还是妙儿第一次正儿八经做杂务。

妙儿打了盆水回来,放在地上,拧着抹布,去把桌子、架子等显眼的地方,敷衍地擦拭了一遍,并将地给扫干净了。

一炷香后,妙儿将束上去的衣袖放下来,回到顾风简的面前,低声回禀道:"姑娘,奴婢打扫完了。"

烛火下顾风简的面容半明半暗,更让人看不出情绪。

他纤长的手指倒映在书页上,目光扫动,随意翻了一页,才说:"没有打扫干净。"

妙儿问:"请问姑娘,是哪里没有打扫干净?"

顾风简说得状似随意,却不容拒绝:"哪里没有打扫干净都不知道,那就再打扫一遍。"

妙儿听着半晌没回过神来,像是想不到他会说这样的话,呆呆地在原处站着。

顾风简等了片刻,闷声道:"还不去?"

妙儿僵了下,确定他是要整治自己,捏得手指发白,还是恭敬回道:"是。"

她去外面重新打了盆水,搓洗完抹布,开始新一轮的打扫。

这次她稍微认真了些,角落里的痕迹也记得去擦了,且动作很用力,将抹布使劲按着面前的东西摩擦。

湿润的粗布与木质的床柱之间发出刺耳的噪音;沉重的脚步不停在里外回响;桌椅拖拖拽拽,咯吱咯吱地反复低鸣;木盆重重放到地上,溅出了一地水花。

屋中无人说话,窗户闭合,隔绝了飒飒的秋风,可空气里莫名跳跃着令人躁郁的火花,像是在克制地发泄自己的不满。

半大的屋子，用了半个多时辰才收拾好。

顾风简的眼神始终没有在对方身上游离过，仿佛她根本不存在，她的那些举动，还没有手上这本粗俗话本来得有趣。

当妙儿再次站到顾风简面前的时候，他抬起手活动了一下，按着自己的后颈，今晚上第二次开口："你觉得打扫干净了吗？"

妙儿望着自己的脚尖，道："不知姑娘觉得干净了吗？"

顾风简不客气地说："我觉得没有。"

妙儿面上出现一丝倔强与不服，语气也生硬起来："请问姑娘，是哪里没有打扫干净？"

顾风简低低笑了一声。

妙儿抬高视线，不明白这有什么可笑的。就听顾风简发问："我是奴婢吗？"

妙儿复又低下头："自然不是。"

"那你来问我该如何打扫？"

顾风简将手中的书放下，俯身过去，挑了下灯芯。烛火猛地跳动，他语气里带着讽刺的冷意："莫非还要我教你，怎么做奴婢？"

这话叫妙儿的脸色瞬间白了下来。

他架起腿，换了个新的姿势，慵懒地坐好，说道："时辰还早，我等你打扫干净。"

妙儿看着他，神色不明，最后咬了咬唇，屈辱道："是！"

纵然前两次打扫没有多用心，可还是费了不少力气的。妙儿之前就很受宠，不是干这些杂务的低等丫鬟，这将近一个时辰的粗活下来，手臂已是酸软。

她端着盆再次出去，离开院子后，却没有去后边的水缸里打水，而是转道去了宋诗闻的院子。

宋诗闻已经在房中准备休息了，暖色的灯光从窗户中透出，妙儿过去时，恰巧碰上了对方的婢女。

那婢女同她一样，端着个小盆，正要为宋诗闻准备洗漱用的热水。

妙儿在那婢女面前经过，突地膝盖一软，摔到了地上。盆里的水泼出去，全倒在路边的泥土上。

那婢女连忙伸手虚扶她，叫道："呀！妙儿妹妹，你这是怎么了？"

妙儿眼眶湿润，忍不住哭诉道："我怕是得罪了我们三姑娘。她叫我一遍又一遍地打扫屋子，我不知该如何才能叫她满意。"

那婢女听着不满，低声道："那三姑娘糟践人的法子怎么那么多？这不是故意折磨你吗?"

妙儿半坐在地上,擦着眼角嘤咛道:"真羡慕你可以伺候二姑娘,谁不晓得二姑娘最是仁善。我怕今后还有更多的事情要等着我。"

"你先前也在姑娘身边待过,姑娘不会就这样不管你。"那婢女想了想,将她拉起来,说:"我替你去问问姑娘吧,若是她愿意为你说话,应该就没事了。"

妙儿欣喜道:"谢谢妹妹,也替我谢谢二姑娘!"

不久,宋诗闻披着外衣来了小院。

她宽大的衣裙下摆在风中起伏,行走时脚步轻轻踩地,没有发出一丝声音,黑暗里朦胧的身影,显得十分曼妙。

顾风简见到三人,没有太多反应。他抬起手在山根处揉了揉,缓解疲惫的双眼。等了片刻,见人还堵在门口不动作,他不耐道:"把门关上。"

宋诗闻是在等他主动搭话,没想到他冒出的第一句竟然是这个,当下尴尬中又有些怨愤,暗暗骂了句"粗鄙之人",主动走进来。

"三妹,妙儿是做错了什么吗?"

宋诗闻停在屋中,与他保持了距离,并不想表现得太过亲昵,但她说话低声婉转,又好像和对面的人十分要好。

"我不过是叫她打扫了一遍屋子。怎么,你也要管吗?"对比之下,顾风简的声调语气,变得更加冷淡。虽然好听,却带着上位者的气势与威严。

他没有指明,下一句直接问了妙儿:"你是去二姑娘的院里打的水吗?"

妙儿缩着脖子,将自己藏到宋诗闻的身后。

宋诗闻款款上前一步说:"三妹,妙儿曾是我的婢女,与我也算有一段主仆情谊。她手拙嘴笨的,偶尔会犯错,其实没什么坏心。若是又说错了话,望你看在姐姐的面子上,原谅她一次。"

顾风简问:"你的意思是,往后这宋府的婢女,都不能去差使做事了?她是府中仆役,她不做,莫非你做?"

宋诗闻身边的婢女急道:"我们二姑娘身份尊贵,岂可相提并论?"

顾风简说:"你们二姑娘身份尊贵,所以容得你们随意插嘴?未见过哪户尊贵的大户人家,御下如此宽纵。"

那婢女沉默了一下,见宋诗闻面色紧绷,没有阻止她,又继续道:"我们姑娘,是心怀慈悲。"

顾风简好笑:"宋府的下人真是奇怪。不听话、不做事、嘴碎、怠惰,还喜欢指手画脚。宋府如何纵容下人,与我无关,可这人,既然是我的贴身婢女,

我便有权管教。"

宋诗闻唇色发白,依旧温婉道:"听说三妹已经叫她打扫两遍屋子了。"

顾风简点头:"打扫了两遍都没打扫干净,看来宋府的奴仆平日的确不常做事。我身边不养废人,你若是舍不得,可以将她带回去。"

宋诗闻勉强笑道:"我瞧着,已经打扫得挺干净了。"

"我眼里容不得脏。"顾风简眼睛在屋内几个角落转了一圈,"有没有用心打扫,还有哪里没有清理干净,她自己心里清楚。"

屋里又安静下来。

妙儿见宋诗闻竟然说不过三姑娘,心下也有些急了。她手心变得湿润,端着的盆也变得沉重。

宋诗闻干巴巴道:"妹妹这是从哪里学来的手段?"

"不从哪里。"顾风简笑得十分坦诚,"会见顾家五公子的时候,见他身边的奴仆十分听话,好奇他顾府如何家规森严,于是聊了两句。"

宋诗闻听见这话果然激动,脸上满是不赞同道:"你怎可与顾五郎私下会面?你该与他敬而远之才是!"

顾风简说:"我想见谁便见谁,想和谁说什么话,就和谁说什么话。反正往后我和他,会是一家人。下次见面,我还想问问他,对待府中下人,究竟该慈悲,还是该约束。"

"你怎⋯⋯"宋诗闻的声音戛然而止,一口气闷闷地憋在胸腔。

别说,她觉得这人还真敢。

宋初昭就是个野蛮的疯子啊!

妙儿左右看看,发现自己还是得接着打扫,手指紧紧抠住水盆的边缘,跪下道:"是奴婢不懂事了,这就去打水,今日一定将姑娘的院子打扫得干干净净!"

宋诗闻深吸两口气,也不走了,说要看看妙儿是如何打扫,在一旁选了张椅子坐下。

顾风简不理会,只道:"二姑娘坐着的地方,也别忘了擦。"

宋诗闻表情一黑,差点气得要走。人站起来了,最后还是不甘,又坐了下去。

又是一个多时辰之后,妙儿将屋中所有角落都擦拭了一遍。这次不敢敷衍,做得极其仔细,连许多陈年的污垢,也被她抠了下来。

她一双手被水泡得发白,腿脚和腰背因为需要不停弯曲下蹲,已被折磨得

第一章·互换

酸软不堪,到后面的时候,脚步沉重拖行,磨蹭着才把事情做完。

此时已是深夜了。

宋诗闻早在冷硬的木凳上坐得酸痛,不时小心挪动位置以作缓解。她抬眼看见顾风简姿势懒散地坐在那里看书,更觉得时间难熬,心里早早后悔,只是苦撑着面子不肯离去。

妙儿再次站到顾风简眼前,几乎是咬牙切齿地问:"姑娘,您看这次打扫干净了吗?"

顾风简上挑着眼看她,直看得她浑身起鸡皮疙瘩,语气勉强道:"今日晚了,先这样吧。"

宋诗闻马上站起来,面上快要绷不住,朝他点了下头,大步离去。

妙儿也要跟着出去,结果顾风简叫住了她。

"去哪里?你是我的婢女,我让你走了吗?"

屋门外不远处的宋诗闻脚步顿了下,没有回头,迟疑片刻,还是停了下来。

顾风简说:"在屋外候着,等我吩咐。什么时候我要睡了,准备端热水进来。安静些,不要出声。"

妙儿听见他的声音险些崩溃。

如此这般,宋诗闻是不会再等了,她知道自己在顾风简这里讨不到好处,总不能继续留在这里盯着他的一举一动,再慢慢找碴儿。于是,她半点不带犹豫地转身离去。

纵然是初秋,雨后的天气还是很凉的,尤其是夜间。

那带着湿润的轻风从走廊里穿过来,不停地钻入皮肤,然后敲击更深处的骸骨,将寒意留在里面。

妙儿吸了吸鼻子,委屈地蹲在外面。

原本她还存着心思,想宋初昭肯定是要休息的,总不可能为了为难一个奴婢,自己也跟着熬夜。不想她等了又等,身体快冷得麻木了,里面也没有半点声响。

若非那孤高的身影始终映在窗格上,她都要怀疑宋三是不是背着她先睡了。

顾风简显然是个喜欢熬夜的人。

他有个习惯,那便是一本书没看完,就抓心挠肺地睡不着,不管是什么书,都是如此。

怕是得过了两个多时辰,每每妙儿要靠在门上睡着了,下一刻就会被叫醒。要么让她端壶茶进来,要么让她去拿点水果。做完小事,再将她支使到外面吹

· 022 ·

风去。

估计再过不久，天都得亮了。

妙儿彻底放弃了希望，这时顾风简突然叫她进去。

妙儿已经全然没有了先前的锐气，踩着虚浮的脚步进来，站在门边上，裹着寒气，朝顾风简问好，整个人同霜打过的矮草一样低迷，终于乖巧了。

这一夜的冷风，叫妙儿清醒了不少——

纵然宋初昭在宋府不受宠爱，也是个主子，往后她还要嫁去国公府，只要她有心思，有的是办法拿捏自己。

无论是宋二，还是宋老夫人，不管背地里多么厌恶宋初昭，面上都要挂着一层光鲜的皮。她们拿宋初昭没有办法，也不会因为自己替她们做了多少为难三姑娘的事就帮助自己。

若是三姑娘好欺负，真同老夫人说的一样翻不起风浪，只能事事委曲求全，那自己确实可以从中拿点漏出来的好处。

显然，她不是的。她甚至比宋府任何人都沉得住气，直到今天才发难。但她一旦生气了，谁也阻不了她。

实际上，连二姑娘也是怕她的。

妙儿抬起头，对面前的人生出些惧意。

顾风简说："知道哪里叫我不高兴了吗？"

妙儿将嘴里的唾沫用力吞下去，张开嘴说："奴婢错了。"

"我最讨厌的几种人，一是逾矩的人，二是自作聪明的人，三是欺善怕恶的人。"顾风简勾起嘴角，"我不想和你计较，是我觉得没有必要。可我若想和你计较，你能算什么东西？"

妙儿浑身起了层冷汗，不知是累的还是吓的，两股战战，身形极其萧瑟，看着叫人生怜。

她跪下道："奴婢知错了。"

顾风简说："想叫别人看得起你，那就做些叫人看得起的事。奴颜媚骨、搬弄是非，一辈子也只能叫人当个奴才。"

妙儿闭着眼睛说："姑娘说的是。"

过了片刻，顾风简带着倦意道："打盆热水，我要歇息了。"

妙儿眼泪险些呛出来，忙道："是！"

宋初昭回到顾府的时候，纵然很小心，还是叫人给撞见了。且十分不幸，撞见她的，就是一直在附近等着她的顾夫人。

这与技术无关，纯粹是运气不好。

宋初昭心中叫苦，理了下衣摆，带着大义凛然的觉悟，继续抬头挺胸地朝前走去，准备好迎接一顿家庭教育。

就是不知道他们顾家的家法，是棍是鞭，是长是短，是狂风暴雨式还是源远流长式。

她……都还行，不是非常挑。

那边顾夫人见到她，快步迎了过来，面上急切，等看清她的样子，更加慌张了，连声询问道："这是怎么了？怎么弄成这个样子？"

宋初昭觉得自己还是挺整洁的，这不全须全尾回来了嘛，也没缺条袖子少双鞋的。

顾夫人一双美目含着担忧："我儿，你为何不说话？"

宋初昭想顾风简不苟言笑，便也努力板起脸，回说："不慎摔了一跤而已。"

她可以假装严肃，却少了分顾风简骨子里的那种冷意，顾夫人观她强撑的表情，经过情绪的修饰与母爱的升华，从中读出了委屈的味道。

顾风简何时委屈过？

那看来是真的很委屈了！

顾夫人心疼道："可摔疼了？有哪里摔伤了不曾？在何处摔的？你这病还未好全，就急急忙忙地跑出去，是做什么呀？你说，你若是想出去，只管从正门走就是了，府上何人敢拦着你？"

宋初昭实在不习惯她的关切，忙避开她的手，习惯性地拿出了白帕，在衣服上粗糙地擦了一遍，说："没什么，我只是蹭了一下。"

宋初昭随意地擦了两下，察觉场面突然安静了下来，抬起头，发现顾夫人的眼睛正跟探究似的盯着她手上的绢帕。

担忧不见了，急切也不见了，只有一抹说不清的暗光。

宋初昭硬着头皮说："我买的。"

顾夫人忍着不笑，未说那帕子都旧了，而且看样式还是一位姑娘用的，只换了语调问："你去哪里了？娘想给你送些东西，才发现你不见了。门房说未见你出去，我把府里翻遍了也不见人，你四哥都跑去找你了。"

宋初昭说："只是躺得久了，出去随意走走。"

顾夫人郑重点头："娘明白！"

宋初昭无语，你又知道你明白？

顾夫人快速恢复了冷静自持，说："想你也该累了，先回去换身衣服。休息下吧，娘不打扰你了，晚些，叫比风把饭菜送你屋里。"

·024·

宋初昭惊讶于顾夫人的宽容,对这事不仅不予追究,甚至不加过问。这与她宋家的家风迥然相异啊!

父亲还总恐吓说京城的大门大户规矩多,她若是留在京城,凭她的秉性,早被诸位世家夫人传作笑话,让她回京后一定记得好好收敛。

规矩在何处?是在那天边还是在那河里?

宋初昭陷入茫然之中,木然地迈开脚步往院中走去,未走出几步,理智回笼,骤然想起件事来:"有一事要说!"

顾夫人惊讶地停住脚步:"嗯?何事?"

"合,合婚,那个八……"

宋初昭开口万分艰难,但好不容易要说出来了,横空跳出来一个作梗的顾四郎——

"五弟!"

他霹雳般的一声高喊,直接打断了二人对话,从远处踩着轻功,风风火火地冲了出来。

宋初昭胸口的气卸在半途,只剩下一脸麻木。偏顾四郎这人浑然未觉,靠近后抓住她的手臂,惊道:"五弟,你这是怎么了?竟将自己弄得如此狼狈?"

顾夫人说:"出门的时候,摔了一跤。"

顾四郎凑近了些,观察她衣服上的藓渍,怀疑道:"你这身上的东西是哪里沾来的?摔了也不该是脏在这种地方,凭我的经验,你该不是……"

宋初昭快速退了一步,避开顾四郎。

不能再容这人胡说八道下去了。反正伸头一刀,缩头也是一刀,她早晚是要说的,不如自己坦诚,还能落个干脆。

宋初昭想定,便一脸严峻道:"其实我今日出门见到了一个人。"

顾四郎笑:"多稀罕的事?"

宋初昭不理他:"偶然遇见了宋三娘。"

顾夫人虚虚看着远处,仔细咀嚼着那两个字,语气微妙:"偶然……"

顾四郎先是不可置信,再是痛心疾首,最后是苦口婆心:"你从未做过这样鲁莽的事,何况是攀墙这般不雅观的举动。就为了一个素未谋面的宋三娘,你居然——啊!"

顾四郎挨人踩了一脚,吃痛地跳开。顾夫人错步上前,抢了他的位置,看着宋初昭问:"你见过她了呀?她长得如何?"

"她、她就……"宋初昭再次吞吞吐吐,不知该如何作答。

她觉得就那样啊,可她现在是顾风简,如果她这样说,显得看不上人家似的。

第一章·互换

但是让她以顾风简的身份，夸自己好看，又实在是抛不下那脸。

顾夫人一直盯着她，那双眼睛似乎能窥破她的心事。

宋初昭的脸快速臊红了起来，连带着耳朵都是一片通红。场面冷了许久，她最后干脆闭上嘴不说话。

顾夫人又转了话题，问："那她为人如何啊？"

宋初昭脱口而出："挺能打的，还讲义气。"

顾四郎又在一旁酸道："才见了一面你就知道她身手好？莫非她还给你表演了一套拳法剑术什么的？那她可真厉害。若说义气，你我还是亲兄弟，怎不听你夸过我？"

宋初昭幽怨地看过去。

你这顾四郎是怎么回事？

顾夫人比她更快一步动手，直接掐住了顾四郎腰间的软肉。顾四郎再次吃痛，捂着自己的腹部哀号着躲到一旁。

宋初昭提醒："八字。"

顾夫人反应极快，掩着嘴笑道："好好好，等娘有空，就派人去换你二人的八字！"

交代完这件事情已是极限，宋初昭觉得自己的老命快要丢了。她再次转身离开。

顾夫人瞪着顾四郎警告他，让他不要出声。

"哦，还有一件事。"宋初昭去而复返，犹犹豫豫的，踯躅在原地。

顾夫人鼓励地问："还有什么事？"

宋初昭像是认命，这回说得自然而流畅："那位宋三，她身边没有体己的人照顾，我想将春冬给她送过去。"

顾夫人愣了下，而后脸上泛起更加温柔的笑意，那笑容都快将宋初昭给融化了。

"好，春冬是吧？春冬就春冬，明日！娘明日就让她去！你不必担心。"

宋初昭隐隐觉得有哪里不对，却又说不出来，只得自己憋着。她朝顾夫人点了下头，加快脚步离开，几乎是落荒而逃。

不知是不是因为今天思虑过重，宋初昭辗转反侧半宿，到了将近天亮才睡着。睡了之后，也很不安稳。不仅没有休息好，反而觉得更加疲惫了。

早晨时分，她依旧是被厚被子给压醒的。睁开眼睛一看，发现那被子盖得太过上面，蒙住了她的脸。

难怪她睡梦里是如此难受，仿佛被人轮番扼住喉咙，吓得她出了一身冷汗。

宋初昭挣扎着爬起来，叫被子外的风一吹，又打了个哆嗦。

她带着茫然跟无措，望着眼前垂下的床幔。

看来顾风简的身体相当怕冷畏寒，难怪容易生病。

春捂秋冻啊，这全是因为他平日缺乏锻炼。这般情况，只靠外人精心照料如何能成？强健体魄，还得需要千锤百炼。

宋初昭用力抹了把脸，掀开被子起身。

顾府的仆役显然要尽责许多，她刚起身，便有人发现。候着的小厮快速端了热水来供她洗漱，待她收拾妥当，再将滚烫的早饭端到桌上，请她入座。

宋初昭只喝了碗粥便吃不下了。

顾风简受病情影响，食欲不佳，口舌寡淡，本就吃得不多，宋初昭也只有吃到七成饱的习惯，便索性放下碗筷。

消食过后，宋初昭去院中打拳。

她打的拳是军中常用的，用于舒展筋骨的拳法。这拳法没什么难度，只是冬天时候多打两套，可以用来出汗暖身。

昨日她从国公府走到将军府，走了好些路，又是爬墙又是跑步的，今日腿脚肌肉便都有些酸痛。她忍耐着打了几遍，开始有些气喘吁吁。

现实情况倒是比她想的要好上许多。这耐力比之习武人士自然不行，但比起那些弱不禁风的文弱书生，还是要强壮不少。瘦虽瘦，关键时刻能扛得住揍。

可见顾风简虽然不爱锻炼，却天生骨骼惊奇，羡慕不来的。

宋初昭立志要还顾风简一个钢筋铁骨的强壮肉身，全心全意地在院中锻炼了一个上午，等觉得自己到了极限，又在府中悠闲散步，放松肌肉。

不远处，顾四郎穿着一身劲装，周身带风，从回廊那边走了过来。

他路过时瞥了宋初昭一眼，没想到就这一眼，差点栽倒。

宋初昭也看见他了，继续目不斜视地走自己的路。

顾四郎在诧异过后，快速跑过来喊："五弟，你在府中闲逛什么？"他伸手擦了把她的额头，看着指尖湿润，"身上还全是汗，你是做了什么？"

宋初昭缓缓走着，淡淡地说："活动活动手脚。"

顾四郎像是不认识她，沉默了半响。

在宋初昭即将走远的时候，他又猛然回神，脸上突然泛出一层光芒，抓住了她说："活动手脚？活动手脚好啊！我也正要出去活动手脚！不如一起吧？四哥带你去个宽阔的好地方。"

第一章·互换

宋初昭怀疑地看着他。

顾四郎笑说："四哥身边多的是朋友，你也认识，难得你想出门，与他们聊聊天正好。"

宋初昭只是犹豫了下，便被顾四郎强硬地拉走了。

去的地方倒也不远，宋初昭还没反应过来，已经站在了书院后方的演武场里。

这演武场的确是很宽敞的，毕竟学生都在前院念书，此时场上仅有两群人。

双方犹如隔着楚河汉界，遥遥对立。偶尔眼神于空中交汇，俱是虎视眈眈、剑拔弩张。

左侧人马身材高大，手执大弓威风凛凛地站着，看着气势非凡。即便是阴冷的秋季，也只穿了一件薄薄的外衫，豪迈的声音随着震动的胸腔，远远传到宋初昭耳中。

右侧人马则是风流倜傥，风华正好。即便是这样的节气，手中也摇着一把折扇。他们迎风而立，言行谈吐温和有礼，只有看向对面时，才会在眼神中流露出一丝不屑。

虽然双方看着都很潇洒，但武力差距似乎有点大。

宋初昭偏头看了眼顾四郎，觉得他的体格、他的性格，应该是左边那一路的。今日带她来，是让她感受一下为非作歹的快乐。

还挺贴心。

正这样想，左侧人马中，看着实力最为强劲的那人举起弓，朝他叫嚣道："顾风蔚，你可算来了！我还当你这小儿没有胆识，临阵脱逃了！"

"哈哈哈！"顾四郎大笑上前，"孙儿莫急，爷爷还未教训你，怎能不来！"

那边文人们争相认亲："四公子！你不在，这些人好生嚣张啊！"

宋初昭流着冷汗，默默退了一步，想装作无事发生地走开。

顾四郎不懂她的心，下一刻便在那边骄傲道："我还将我五弟给带来了！你可知我五弟是谁！"

宋初昭无语。

我知，你死期将至。

宋初昭不懂顾四郎，显然他的对手也不是很懂他。

那青年瞪了宋初昭会儿，又扭头去瞪顾四郎。

"你将他带来做什么？他这身手，是能比试的吗？"

边上的文人们不满了，叫嚷道："五公子才名在外，你辱没的是我等儒生，

他看不过眼,自然可以出来正言!"

"不错,五公子的才学,想必诸位都能信服,再合适不过了!"

对面的人道:"可我们今日比的是射箭!"

"倒是想与你们比别的,你们会吗?"

"一帮四体不勤的废物,也就嘴上功夫了得些了!"那青年握紧了手中拳头,示威道,"我们还想同你们比点实在的,你们敢吗?"

"范崇青,休得放肆!"

范崇青指着说话的人道:"有本事你站出来说话!光躲在人群后头嚷嚷算什么!"

眼见双方就要打起来,顾四郎置若罔闻,他揽过宋初昭的肩往里带,笑道:"五弟,你先在边上坐着,稍后再出手,且看我是如何教训这帮不要脸面的家伙!"

见他二人靠近,一众文人当即对顾五郎表示了极大的欢迎,连骂人的大事都暂时停下,瞬间变脸,笑道:

"五公子,久仰大名!"

"素闻顾家五公子惊才风逸,清隽笃学,今日一见果然名不虚传!"

"早便想与五公子结交,不想今日便得了这个机会,幸会。"

宋初昭从未经历过被人这般奉承的场面,尤其还是被一帮年轻文人。

只因她是个女人,自幼学武,又常年在军营里厮混,为世俗所不齿。那帮文人,不叨叨得她耳朵生茧已是不错了,要他们说几句好话,简直比登天还难。

宋初昭按下心中的飘飘然,朝众人一一作揖回礼。

不想她这番举动,又引来众人再次夸赞:

"五公子真是谦虚!"

"平易近人!与那传闻截然不同!"

"传言本就不可尽信!"

"五公子真乃当世清流也!"

宋初昭都要不好意思了。她觉得自己现在就是打个嗝儿,这群人也能变着花儿夸她打得响亮。

原来书读得多,马屁才能拍得响亮。不像她的小弟们,翻来覆去就是一句"厉害",变成花儿也就是"真的特厉害"。

宋初昭这边混得其乐融融,武将那边的几人则看得牙酸眼红。他们不住地啧啧作声,对这帮文人的虚伪行径表示不屑。

第一章·互换

范崇青身边的人靠近了他,按下他手中的长弓,在他耳边道:"范大哥,这顾四好生阴险,看来他今日,是想耍赖到底了。"

范崇青眉毛一挑:"又如何?我还怕了他不成?他若敢出尔反尔,我便将他挂到马后拖行游街!"

"你猜他为何要把五公子拉过来?"

"五公子又如何?"

那位小弟顿了下,片刻后道:"五公子不如何,但是大哥,真闹起来了,你敢打他吗?"

范崇青挺胸道:"我自然是敢的!"只是说出口的语气,不如前面那些话那么有底气。

顾五郎才名在外,成熟稳重,深受长辈喜爱。

听话、乖巧、懂事、笃学,偏偏还体弱,诸多要点加在他身上,任何人与他起了冲突,那必然都是对方的错。

他们早早吃过类似的苦,晓得一旦对上顾风筒,那是半点胜算也无。不定轻飘飘打他一拳,自己就要被父亲揍得躺上半个月。顾四郎将他五弟叫过来……确实是无耻至极!

范崇青恨得牙痒痒,那边顾四郎已经脱了外衣,拿着弓箭走来。

"范崇青,我先来与你比试一场!"顾风蔚将袖子挽上去,"既是说好的事情,可不得反悔!我要你到时,哭着向我求饶!"

范崇青抬手一扬,哂笑道:"待你赢了再说吧!靶场在那边,牵马来!"

二人说完,便领着一群小弟往里面走去,一同前往靶场附近的空地。

不多时,远处有人牵着两匹马过来,将缰绳交到他们手上。

宋初昭也想上前看看,无奈被一群人扯着衣袖留了下来。他们叫宋初昭坐在看台边,围观即可。

场上二人意气风发地策马奔驰,在靶场前方转着圈儿估算距离,熟悉路线。正面对上的时候,便互相开口呛声。话说得不算难听,语气里挑衅十足。

宋初昭问:"为何比的是骑射?"

她身边的人摇着扇子无比讽刺道:"那帮莽夫,与他们没什么好比的。也就骑射,还算在六艺之中,能与他们勉强比比。"

宋初昭听得心情很复杂。

她心说,你别看我长这样,其实我是对面的人,我也是个莽夫。

众人见她表情发冷,误会了她,安慰地笑道:"五公子不必担心,顾兄骑射乃是一绝,不是那么容易输的。范崇青等人,虽勇猛却不知进退,纵然赢了,

我们也有说辞可以反悔。"

宋初昭听得皱眉："此非君子所为。你们是否瞧不起习武之人？"

"五公子你有所不知，他们也没多瞧得起我们。"

"此番是他们先不依不饶，四公子才会应战。你听那范崇青先前说的话，如何能忍？"

"他们那边不知在如何编派我们。我们所为，也不过是为了不落下风罢了。"

"我便直说了，他们这群莽夫，平日里仗着身材高大，刻意欺辱我等，我就是瞧不起他们！此番还想欺负黄启成，岂能容他们为所欲为？"

宋初昭几番欲言，想到对方未必会听，又忍了下去。

此时范、顾二人回到起始的位置，准备开始比试。众人纷纷起身，为他们高喊助威。

前方共竖有二十个靶子，一字排列。又有二十多支箭距离不等地插在地上，就看谁的马更快，能先将箭矢抢到。

中靶数最多者，即可获胜。

旁边铜锣声一响，二人立即夹紧马腹朝前挺进。

第一支箭被范崇青先行抢到，顾风蔚并未停留，从侧面越过了他，弯腰去抢第二支。

二人身手都十分了得，箭矢脱手，急急朝着靶心而去。未停留多久，又继续去争抢下面的箭矢。

场面相当火热，几乎不分上下。

宋初昭也站了起来，没想到顾四郎的武艺竟然如此超群。

"四公子！四公子上啊！"

"范大哥！拿下那黄毛小儿！"

场边针对性似乎更加强烈一点。

飞箭一一射去，在空中留下数道残影。

统共只有二十支箭，比试转眼结束。

众人照着记忆中的箭矢上前查看情况，最后环数清点下来，顾风蔚竟然输了一环。

然而一环也是一环，输了便是输了。

范崇青那边的人起身高呼，宋初昭这边的人则是一片低迷。

众人再次站在空地中间，连表面的平和也维持不住，俱是一副撕破脸的模样。

第一章·互换

范崇青翻身下马,振臂喝道:"还有谁,自觉能胜过我?"

顾四郎冷冷地看着他。

范崇青目光从对面扫过,见无人出声,大笑道:"你们输了!顾风蔚,愿赌服输!你先给爷爷求个饶,再把黄启成交出来,我便放过你!"

顾四郎摸摸耳朵,敷衍地朝手指吹了口气:"我要是不呢?"

"你想耍赖?"范崇青脸黑了下去,冷笑道,"既然如此,大家就用拳头比个明白!你也别怪我们不客气!"

顾四郎挑了挑眉,回头朝宋初昭使眼色,想让宋初昭给他出气。

他的本意是,叫自己五弟来帮他骂人或是狡辩两句。

他那五弟满肚子墨水,骂人的时候文雅又阴损,毒得人死去活来,定然能够扭转黑白,气得范崇青说不出话。

宋初昭本不欲掺和他们文武之间的一堆破事儿,顾四郎走近了她,附在她耳边道:"黄启成先前叫他们套着脑袋打过一顿,在床上躺了半个月才好,他们还不依不饶地要教训他。若再将人交过去,怕是要出事。五弟,你替我把人留下,也当行个好事了。"

宋初昭问:"黄启成又是谁?他们为何要打他?"

"说来话长。"顾四郎说,"文武两派本就不和,互相看不过眼也不是什么奇事。他或许有错,可那范崇青死缠烂打,也着实过分。"

宋初昭说:"比试若是赢了,有什么好处?"

顾四郎笑说:"对面的人,得听我一个要求。"

宋初昭说:"好处给我。"

顾四郎连声应道:"好好好!可你也得先赢了他们呀。"

范崇青不满道:"你二人嘀咕些什么呢?顾五郎,你好歹声名在外,可别同他沆瀣一气,专行苟且之事。"

宋初昭点了下头,抬手抓住顾四郎的长弓。

顾四郎不解,手指收紧了下,但是没有拗过她,还是叫她将东西拿走。

众人都等着看她下一步作为。

莫非是挥着弓直接捶打对面那人的头?

若能打得准,也是可以的!毕竟对方不敢与她动手。

范崇青见她出手也是紧张了下,戒备地与她拉开距离。

却见宋初昭站着未动,试着拉了拉弓。那紧绷的弓弦并未弯曲出满意的弧度,宋初昭知道,这不是她能用的弓。

她把东西还了回去，默默走到旁边，从存放着武器的筐里，挑挑拣拣，选了相对合适的一把。

范崇青那边的人面面相觑，甚至忘记了嘲笑。

宋初昭选好弓，又去取了几支箭，面向靶场。

在众人不可置信的目光中，她拉开长弓，架势十足地射出一箭。

那万众瞩目的第一箭——直接脱靶了，射在靶子的正前面，还有半米左右的距离。

范崇青愣了下，随即捧腹大笑。

轰然的笑声在人群之中爆发。

"我还真以为你会射箭，好箭术啊！顾五郎！"

"不愧是顾五！"

顾四郎听得不爽："你们住嘴！五弟，你在做什么呢？"

宋初昭不为所动，从地上捡起第二支箭，再次引弓待发，射了出去。

第二箭飞得高了一些，也远了一些。众人目光追着黑色的长线划过一道弧度，就见它直接从靶子上方擦了过去。

还未止住笑意的范崇青再次喷笑，武派人员皆是前仰后倒，笑得文派众人简直无地自容。

顾四郎说："人皆是有所能有所不能，我五弟嘲笑你们不会写文作诗了吗？"

"可我也没拿着我的诗作在你们面前瞎显摆啊！"范崇青笑得口水都要流出来，缓了缓，指着宋初昭道，"你叫你五弟来是逗乐的吧？确实是很有趣！比你有趣多了！"

顾四郎上前揪住范崇青的衣领："你再说他一句坏话，范崇青，我便与你没完！"

范崇青凶狠地推开他，咬牙道："我现在就与你没完！"

宋初昭确认完了顾风简的臂力，收好弓，走回来，对着范崇青道："我自知没有力气，所以只跟你比准头。还同方才一样的比试，应该可以。"

"你确定你要跟我比准头？"范崇青指着远处脱靶射在地上的竹箭，似是听见了什么好笑的事情，"真不是我要嘲笑你，顾五郎，你疯了吧？"

宋初昭自然没有疯，她十分冷静地走到马前，脚下一蹬，跨坐上去。

顾四郎想拦，叫她一手挥开。

宋初昭并不理会众人的目光，在马背上夹紧双腿，朝着范崇青示意道：

第一章·互换

"来。"

范崇青见她神色认真,不似玩笑,也渐渐收起了笑容,不善地瞪着她。

宋初昭说:"我若输了,替你做证。人当言而有信,你说得不错。"

顾四郎急道:"五弟,你闹什么呢?快下来,骑马不好玩。"

宋初昭因为骑马而拔高了身形,她视线低垂,高抬着下巴,踱步到方才比试的起点位置,等着范崇青过来。

范崇青直勾勾地看着她:"你确定?"

"确定。"

"不悔?"

宋初昭缓缓摇头:"不悔。"

"好!"范崇青道,"你倒是比他们爽快一些,我就与你比上一回。"

范崇青重新上马,与宋初昭并排而立。

他狞笑着看向身边人,毫不掩饰地观察对方的神色。然而他未在五公子的脸上看见熟悉的嘲讽、愤怒,或是敌视。对方的眼神如湖水一般平静,目光不断在几个箭靶之间巡视,较真又郑重。之后发现他的视线,五公子还扭过头,朝他笑了一下。

那笑意的味道很单纯,范崇青却立即把头转了回去。

呸!竟想假意示好,望以此动摇他!

当真狡诈!

众人也不回看台了,齐齐涌到靶场边围观。

铜锣再次敲响,两匹马同时带着虚影飞蹿而出。

众人眨了下眼,发现宋初昭的骑马速度竟然不慢,可与范崇青并驾齐驱,且一点畏惧也没有,两匹马贴得极近,危险得好像下一刻就能撞上。饶是如此,她也不躲不避。

顾四郎看得心惊肉跳:"五弟,你离他远一点!"

顾四郎左右的人各自抓住他的手,生怕他激动之下冲上去。

顾四郎还在吼:"抢第二支箭,别与他抢第一支!五弟!"

范崇青并未关注宋初昭,他也以为宋初昭不敢与他抢同一支箭,还是距离起点最近的第一支。

那箭支就直直插在地上。

范崇青勒着缰绳,让坐骑调整了一下方向,从侧面奔驰过去,与此同时,他感觉到宋初昭也与他拉开了距离。

范崇青弯下腰准备去抓,手指已经快要碰到箭身,一只手竟比他更快地掠

了过来,趁他不备,一把将东西抢走。

范崇青眼皮一跳,才发现不知何时宋初昭已经到了他的对面,从另外一个方向贴过来。

她离箭的距离并不比自己近,但她上半身弯得极低,长长地伸出手臂,像要即将落马一样。拿到箭之后,她腰身跟猫背一样弓起来,右手细长的手指紧紧勒住缰绳,抓住马鞍,借力坐直。

动作流畅又潇洒,半点看不出是个外行人。

她的骑术相当精湛!

范崇青起了戒心。

宋初昭抓过箭支之后,继续夹着马腹上前,配合着马匹跑动的姿势,迅速搭箭上弓。

她松手极快,"咻"的一声,似乎还没什么瞄准,箭已离弦。

范崇青还记得她方才射箭的水准,笃定她箭术不佳,以为她是破罐子破摔随便射射,分心看了一眼,却见箭准准落在红心的位置。

顾五郎骗我!

范崇青脑海中闪过这句话,顿然暴怒。

然而就在范崇青分心之时,宋初昭已趁机拿到了第二支箭,范崇青不自觉追随着她的身影。

就见她再次熟练地拉开弓弦,细长手指被勒到发白,干脆地滑开,嘴角轻抿成一线,眼睛在日光映照下微微发亮。待射完一箭后,她不去看结果,迅速前往下一个地点。

一声轻响,箭支射中靶面,依旧是准中红心!

这姿势,这速度,这精准,一气呵成,无半点犹疑。

范崇青确信,这人箭术同样已臻化境!

这不可能!

箭术靠的是眼力,但不一定要看得多清楚,好几位箭术超能的将士,眼睛视力早已不行。可他们依旧能做到百步穿杨,万千人马中取敌首级,靠的就是那种说不清道不明,只由多年训练而培养出的"感觉"。

顾五郎哪儿来的感觉?怕是只能有错觉吧!

范崇青心中骇然,他瞥了眼宋初昭,知道不能叫她继续下去,忘掉所有杂念,快速追上去。

第三箭,宋初昭已经在瞄准,还未出手,一把长弓敲击在她的箭身上。

第一章·互换

她手抖了下，箭支偏离了方向，不意外脱靶了。

宋初昭的马也被随即靠近的人冲撞到。她快速稳住身体，弯腰抱住马脖子，等身形稳定下来，偏头一看，对上范崇青带着杀气的战意。

宋初昭笑了下知道他终于认真了，这次不与他争抢，绕过他去另外一个地方。

顾四郎亲眼看着他们相撞，深受刺激，挣扎着要过去，又被旁边的人奋力拦住。

"我五弟若是摔下来了怎么办？"顾四郎急道，"那马又不长眼睛！"

旁边的兄弟蒙道："马……马长眼睛啊？"马要是不长眼睛那还了得？

顾四郎大喊："范崇青，光明正大些，别动我五弟！"

范崇青受不了，怒喝一声："你给我闭嘴！"

范崇青决心要与宋初昭一决高下，结果宋初昭一改开场时的犀利，开始避着他走。

范崇青知道自己还在比试，若只追着她，必输无疑，无奈之下，也只能去抢别的箭支。

宋初昭过于油滑，范崇青几次三番想找碴儿，都拿她无可奈何。二人一来一回，很快跑到了靶场的尽头。

比试结束了。

最后宋初昭抢到了十二支箭，九支正中靶心，还有两支，也在那红圈附近的不远处，一支因为范崇青打扰而脱靶。

就结果来看，她的箭术确实比范崇青与顾四郎要厉害上许多。

范崇青呆了。

顾四郎也呆了。

由于过于惊讶，武派的众人没能回过神来。

顾五郎在与范崇青的正面对决里，稳占上风，赢过了范崇青！

这个念头无论如何，都难以用正常的方式转化成他们所熟知的两个人。

倒是文派的诸位兄弟没想那么多。他们第一时间朝着宋初昭挤过去，激动得语无伦次，来来回回地以"不负盛名""虎视雄哉""气概威武"等词夸赞着。

宋初昭下了马，笑着同众人颔首回礼，然后穿过人来，来到范崇青的面前，问道："我赢了吧？"

她赢得堂堂正正、清清楚楚，一点可以辩驳的余地都没有。除了顾四郎在一旁跟死人了一样地瞎吼，给她降低了一点排面，可以说是相当完美。

范崇青脸色古怪，用力瞪着宋初昭，简直想从她脸上剐下一块肉来，语气

生硬道:"可以,是我技不如人。未料五公子深藏不露,还有此等绝技。那黄启成就交给你们了。但是叫他给我记着,若再有下次,我一定赶尽杀绝。谁来求情都没用!"

他拂袖要走,宋初昭喊住他:"留步,我的要求不是这个。"

范崇青恼怒道:"那你还想怎样?"

顾四郎不满:"范崇青,有风度些吧,现在输的人你,条件是你自己答应的,这般暴戾,未免太难看了。"

"同你有何风度可言?"范崇青冷笑,"先前那个想耍赖的人莫非不是你?"

顾四郎在这事上十分不要脸:"我是我,我五弟是我五弟,我也没叫你对我有风度啊。"

宋初昭抬手阻止,叫他二人冷静,站到他们中间,耐着性子道:"你还没听我说要求呢,不必先生这气吧。"

范崇青说:"你同他一起来的,自然是一丘之貉,有什么好说的?"

宋初昭说:"我从没说我今日是为谁来的呀。"

顾四郎傻眼:"不是五弟,我是你四哥啊!你难道不是来帮我的?"

"我若是不管,那便一直袖手旁观,可我若是管了,我就不能稀里糊涂地管。"宋初昭说,"方才我愿意上来,是因为我不想你二人闹得更僵,真动起手来,肯定收不了场。大家都是同窗,将来不定还要共事,何必如此?逞一时之快,是你的一贯作风吗?"

旁边的文人蒙了:"五公子,你是他们的人啊?"

"我不帮他,也不帮亲,我只占理。"宋初昭说,"现在赢的人是我,你们都该听我的。冷静些,将事情说清楚,不要动手,这就是我的要求。你们若都觉得自己有理,那便依理直言即好,也不必担忧。"

范崇青身后的人叫道:"有什么好说的?他们分明是一伙的!嘴上说得好听,不过是寻个由头,将事情遮掩过去。既不想负责,又想保全脸面,好算计罢了!"

文人气笑了:"五公子你自己听,你是一片好心,可人家不承你的情啊!"

宋初昭额头青筋一跳。

文武两派仍旧争吵着:

"若非你们总是两面三刀,我们怎会有这种怀疑?"

"我两面三刀,话都叫你们说了,还有什么好谈的?"

宋初昭心中默道:我是顾五郎,文质彬彬佳、公、子。

"你们不总是以骗人而沾沾自喜吗?谁不知道你们这些酸臭文人背地里瞧

第一章·互换

不起我们？"

"彼此彼此！"

"我看你们……"

"都够了！"宋初昭咆哮道，"吵够了没有！"

吵闹声戛然而止，众人俱是惊悚地看着她。

"嘴上叨叨个不停，可哪一句我都不爱听！"

宋初昭将手中的长弓往边上一按，砸到方才吵架的一人胸口，推得他脚步趔趄地向后晃了一步。

"从文也好，从武也罢，将来不都是我国之栋梁吗？你们今日在此互相辱没，当真叫人心凉！"

她带着愠怒从众人脸上扫过，停在一个吵得最凶的文人脸上。

"世上哪有如此全能之人啊？当真什么都会，样样都能？纵是学不成文，有一腔赤胆忠心，敢于报效家国，那也是值得称赞的人。就非得如此，说句话都夹枪带棒的，诋毁他人两句，才能好过吗？看看你们，现在都在做什么！"

那人被她吓到了，嗫嚅道："我只是想与他就事论事。"

宋初昭说："那便就事论事啊！事呢？理呢？我只看见你们在胡搅蛮缠！面目极其丑陋！"

众人被她高声训斥，因从未见过顾五郎盛怒的模样，一时不敢出口反驳。

宋初昭指向范崇青："学武——"

范崇青深吸一口气，挺直腰背，准备听她咒骂，凶狠地看着她。

结果宋初昭后面接着道："你们当很容易吗？学武之人一日不可荒废，寒冬酷暑，仍旧整日在外操练，冰河高山，全凭双脚翻越穿行。做的都是刀尖上最危险的事，过的是天底下最操劳的日子。那拳脚力气是他们自己一日一日磨炼出来的，没有哪里对不起谁，更没道理受谁瞧不起！为人义气怎么了？莽夫又怎么了？若不是他们这些豁出性命，保家卫国的莽夫，哪有一国安定的今日！"

突然被夸奖，还拔高了高度，范崇青怔在了原地，片刻后不好意思地红了脸。

顾五郎……与他四哥真不一样。

宋初昭接着说："直爽坦率与不知进退之间，隔着的不过是一层偏见！'目妄视则淫，耳妄听则惑，口妄言则乱'，你们都是读书人，这话你们不会背吗？"

众文人低垂着头。

"学文又怎么了？"宋初昭话锋一转，又道，"学的是仁义，学的是治世

之道。他们满腹才情，风雅些，有错吗？每日头悬梁、锥刺股，诵读贤士之书，忧心国民政事，所以手脚比不过你们，有错吗？说话委婉些，做事圆滑些，处事留些余地，待人给三分薄面，有错吗？怎么就成虚伪了？"

范崇青用力摇头。

"即使如此——"宋初昭说，"你们究竟有什么好吵的？那黄启成是谁？哪个祸水？"

众人老实了，却不大敢接她的话。

宋初昭点名："顾四郎，你话多，你先说！"

"顾四郎？"顾风蔚指着自己，心口重伤道，"你叫我什么？"

宋初昭说："我现在在认真问你话，严肃正经！"

顾四郎张了张嘴，委委屈屈道："黄启成……就是一个人哪。与我们关系其实也不算很好，但好歹同窗多年，说得上话。上个月，说是因为醉酒得罪了范崇青的一位兄弟，被他们追着打了好几次，还伤得下不了床，最后忍受不了，托我们送银子过去赔罪，结果范崇青不收，反而大怒，连我们也记恨上了。"

范崇青吼："你放屁！"

顾四郎说："你怎么说话的？要放也是他放屁，我不过是转述而已！"

范崇青快速地纠正错误："他放屁！"

宋初昭问："那你说是如何？"

范崇青又止了话题，一脸为难，不愿开口。

宋初昭提醒他："方才的比试是我赢了吧？"

范崇青闭上眼睛，心一横，说道："是我一位兄弟，往日得罪过黄启成，最近运气不好，遇到些麻烦。他仗着家世比人高上一等，又本着好玩的意思，欺负调戏了人家亲妹，还骗走了他家中的银钱！他只将拿钱送回来是什么意思？我能放过他？做梦！"

文派众人不想还有这番内情，见宋初昭眼神再次扫来，急道："他没说！"

范崇青说："他卑鄙至此，这要如何说出口！是你们妄信在先！"

他说完又警告："今日知晓这事的就在座几人，你们谁若说出去，我一个也不放过！"

"事关女子清誉，我们哪是这般嘴碎之人？"

宋初昭抬手，众人再次一致收声，相当听话。

宋初昭问顾四郎等人："这样呢？你们还要护着那黄启成吗？"

顾四郎与一众兄弟交换眼神，众文人心生退意，意思明确——

"不了吧，我们与他不是同道中人啊。"

宋初昭转过身："那你们呢？你们真要打死黄启成，再去衙门自首告罪？"

范崇青迟疑道："倒也不至于吧？"

宋初昭说："你们就想不出别的办法了吗？打他一顿算什么？"

范崇青背后的人小声道："那除了打他一顿，还能做什么？"

宋初昭说："多的是阴损的法子啊。"

范崇青虚心求问："有哪些？"

顾五郎怎么可能会有阴损的法子！他坦坦荡荡一君子！

宋初昭闭口不答，眼神往顾四郎所在的人群里飘了飘，众人当即会意点头。

宋初昭见无事，便摆手道："我走了，残局你们自己收拾吧，不可再打架。往后，有因说因，有果说果，我不想再听见你们说些门户之见。"

这群人是当真幼稚，难怪顾五郎不跟他们一块玩。

宋初昭摇了摇头，负手离去。

众人整齐地看着她离去的背影。

那背影清瘦、高大，在阳光下镀着一层浅浅的光辉。

范崇青扯住顾四郎的衣袖，小声说："你五弟……"

顾四郎长长吐出一口气，将衣服抽回来，感慨道："真霸气啊！"

第二章

◆

精彩绝伦

- SHENCANGBULU -

此时,春冬正与顾府的管事,站在宋家的大厅里。

她捧着一个木匣子上前递予来接的侍女,又从对方手中拿了个红色的盒子回来,转交到管事的手中。

今日只是来换八字庚帖的。本该由媒人来拿八字姓名,送到男方家中。此礼叫"问名"。问名过后便是纳吉,即卜卦二人八字的吉凶,待合适之后,才开始下聘。

顾、贺两家的婚事已经定下许久了,知根知底,这八字合不合其实不大重要,走走流程而已。

顾夫人是个慷慨的人,昨日见五郎肯主动提起,觉得他难得有了喜欢的人,便让春冬备了厚礼亲自带过来,说绝不能给五郎丢了面子,起码要叫外人知道,他们顾家是中意宋三娘的。

春冬笑道:"夫人本想亲自来拜访一趟的,可今日宫中贵人相召,实在抽不出时间,便托我先来取东西,顺便给老夫人送些用得到的补品,祝您身体安康。"

宋老夫人笑得开怀:"顾夫人客气了,代老身谢过她的好意。"

片刻后,顾风简从妙儿处得了消息,手里卷着本书,慢悠悠地往厅堂这边过来。

里面的人正在寒暄,笑声一阵接着一阵。顾风简出现的时候,谈话的节奏出现了明显的停顿。

宋老夫人表情冷了下,纵然很快调整过来,也显得十分突兀。

春冬回过身,只粗粗看了人一眼,立马低下头去,朝他行礼道:"这便是三姑娘吧。奴婢春冬,见过三姑娘。"

顾风简"嗯"了一声,在下方入座,重新打开手里的书,默默地看了起来。他没有要插入几人谈话的意思,又不说自己究竟是来做什么的,无声地用行动表示:我就随便听听,你们接着聊。

春冬心中诧异,用余光偷偷看了顾风简好几眼,心说宋三姑娘真是好冷的性子,与传言截然不同。

传她性格暴戾,完全是无稽之谈。她身上哪有半点与躁动相关的东西?

说她面貌丑陋、身材魁梧,就更是无中生有了。宋三姑娘皮肤白皙细嫩,五官清秀俏丽,不是什么明艳摄人的长相,却有着冬日霜梅一样的雅淡,浑身又透着冷清的气质,很是好看。身高倒是比一般的大家闺秀要高上许多,身形也更加挺拔一些。一双长腿架在那里,叫人移不开眼。

春冬心想,还好,他们五公子也是很高的,二人站在一起,恰好般配。

果然是宋府有人与她不和,刻意传了些不实的话出去。

春冬挂着笑容,眼神依旧往顾风简那边飘去。

对方低垂着视线看书,姿态慵懒又认真。这画面,春冬时常能在顾府看见。他们五公子便是这样看书的,神态与姿势几乎一模一样。

天冷的时候,五公子就喜欢坐在太阳底下翻翻书本,安静闲适。

如此喜爱看书的,决计不是什么坏人。

不知道宋三娘喜欢看什么书,或许她与五公子能聊得上话。

春冬仔细对着书皮看了几眼。

秦……秦什么的。

莫非是本文集或是注解?

这时顾风简动了下,松开书后的手指,露出背面的全名:《秦三公平妖传》。

春冬惊呆了,这样的书,亏得宋三姑娘看得如此正经。

真是可爱!

春冬看得高兴,差点笑出声来。

宋老夫人却在皱眉,她想质问顾风简这时候出来做什么,简直是不成体统。念及春冬在,她不好开口,只能硬生生转了话题。

"你们五公子近来如何呀?"

春冬忙将视线抽回来,答道:"前几日吹了些风,今日已大好了,还与我们四公子出门去了。"

顾风简额头的青筋跳了跳。

四哥？

他们两个出去，准没好事，宋初昭别被带出去欺负了。

宋老夫人点头："那便好。五郎该保重身体才是。"

春冬恍然大悟，心道原来如此！

宋三娘特意出来，就是想知道五公子的身体如何了，只是不好意思直接开口，才干巴巴地在那儿坐着。她忍笑说道："公子既与姑娘定了婚约，自然会更加注意的，姑娘不必担心。"说完又朝顾风简递了个心照不宣的表情。

顾风简支起眼皮，困惑地看了她一眼。

宋老夫人见她举动，猛地按住扶手，心头恐慌道："什么？"

春冬问："怎么了，老夫人？"

"方才我是问的五公子。"宋老夫人声音大了，"你为何突然提到三娘？"

春冬也愣了下，说："是五公子呀！与三姑娘定亲的正是五公子呀，自然与三娘有关。"

宋老夫人急了："怎么会是顾五郎呢，不是顾四郎吗？"

春冬想说一直都是顾五郎啊，就听旁边那位一直沉默着的"宋三姑娘"笑了声，说："自然是因为我更喜欢顾五郎。"

春冬惊了下。她还没明白过来，宋老夫人已开口训斥道："你一女子怎可以说这样的话？不知羞耻！"

春冬虽然也觉得宋三娘说话有些过于爽快，但听宋老夫人骂人就不高兴了，开口道："三姑娘往后是我们国公府的人，说一声喜欢五公子，那也是两情相悦，是桩喜事。此处厅堂又没有外人，奴婢觉得三姑娘说得对。"

顾风简意味深长地斜了她一眼。

宋老夫人来不及管他，拉着春冬问："这原先不是定的四公子吗？怎么就变了个人？这不合适吧？"

春冬正要解释这是个误会，那边顾风简又不咸不淡地开口说："听府中人说，顾四郎颇为风流，行事轻佻浮躁、不够稳重，我便好奇，想去看看。"

春冬闻言，脸色骤黑。

这宋家人还悄悄说他们四公子坏话的哦？

宋老夫人的脸也很黑。

毕竟是她说的。

顾风简接着道："顾四郎我未见过，倒是与顾五郎聊过几句，竟然投缘。

这婚约是为结两家之谊,没说要哪个人,即便换个人,也没什么不合适。"

顾风简故意措辞得叫几人误会,好像是因为他的关系才突然换掉了顾四郎。且说得随意坦荡,春冬都差点信了他,给他弄糊涂了。

宋老夫人仿佛受了挑衅,勃然大怒。她重重一拍桌,差点朝着宋初昭扑过去:"你简直——"

好在宋三夫人眼疾手快,上前按住了她,将她止住。

宋三夫人背对着门口,下巴朝着春冬的方向轻点,提醒说:"母亲,您先不要动怒,先将事情问清楚再说。"

宋老夫人还有一些理智,却没什么耐心了。她狠狠瞪了顾风简一眼,而后对着春冬等人道:"今日招待不周,家中还有事,就不留客了!"

春冬与管事识相地行礼告退。

他二人转身,随指引仆从离了厅堂。

等他们身影完全消失,估算着该是彻底离开宋府了,宋老夫人再次暴跳起来,跟只被激怒了的老虎一样,指着顾风简疯狂大骂:"宋初昭,你可知家规廉耻?你一尚未出阁的女子,出门去勾搭别的男人!你不以为耻,还在外人面前说出来了,你叫顾府如何看你,如何看我宋家人?我从没见过你这样不要脸面的女人!

"你居然将我府里私下说的事情讲出去!你还说了宋家什么坏话?你以为嫁入顾府,与我宋家就毫无关系了吗?你做这些事,除了叫自己丢脸,能有什么好处?你疯了吧?你蠢疯了吧!"

顾风简依旧坐在座上,看她发怒,听她咒骂,不仅没有生气,反而心情不错的样子。他手指抚在一旁温热的茶杯上,从容不迫道:"这些是您自己想的,我没说我做过。"

"你现在才狡辩未免也太晚了些!"宋老夫人胸膛剧烈起伏,随后发出一阵腔调奇怪的冷笑,"宋初昭,我知道你安的什么心。你是那日听见我们谈话,才故意这样做的吧?宋初昭啊宋初昭,你二姐待你亲厚,你却接二连三坏她亲事,你是何居心啊?你好毒的心哪!"

顾风简听到这里,也笑了出来:"您想将宋二嫁进顾府,也只是想想,顾家可没答应。这样也能叫我坏了她的好事?"

宋老夫人说:"顾家都能看得上你,会看不上我们诗闻?"

宋三夫人依旧挡着宋老夫人,用手轻拍她的后背,示意她冷静些。

宋三夫人倒不是怕宋老夫人打人,她是怕宋初昭被骂急了还手。这府里上下加起来,恐怕都打不过一个宋初昭啊。

· 044 ·

宋三夫人跟腔，苦口婆心道："三姑娘，不是三婶说，你糊涂了呀！你怎么不想想清楚，你往后成了亲，还是得靠娘家扶持的。你与家里人闹成这样，能有什么好处？将来你在顾家受了委屈，谁人替你出头？你与顾五才见过一面，真当他能有多喜欢你吗？"

"顾五郎啊……"顾风筒吐出这几个字，笑出了声，"应当还是挺喜欢我的。"

宋老夫人怨毒道："你根本是痴人说梦！顾五郎是绝对不可能会喜欢你的！"

"哦？"顾风筒问，"你又如何知道？"

宋老夫人讥讽道："你看看你自己是个什么样子！先前我当你只是举止粗鄙，不想你还如此胆大放浪。顾五郎是个文雅人，他怎会喜欢你这样的粗人！"

顾风筒说："看来老夫人，确实对我多有偏见。"

宋老夫人冷哼："何来偏见？你本性如此！"

顾风筒挑眉，好笑道："您又没见过顾五郎，或许他就是我这样的人。"

宋老夫人还要再骂，顾风筒偏头，问了一句："回来了？"

宋老夫人与宋三夫人不解其意，一齐随他看向门口。就见春冬背着包袱，从走廊里出来，不知道听了多久。

宋老夫人活像见了鬼："你怎么又回来了？"

春冬福身，答道："东西已叫管事送回去了，奴婢只是去拿一下自己的包袱。"

"你的包袱？"宋老夫人惊得忘了生气，走出来两步道，"你拿包袱做什么？你来宋府还带包袱的？"

春冬说："夫人与五公子担心姑娘身边没有体己的人照顾，便叫奴婢过来，好能帮忙。"

宋老夫人脸色黑得阴沉："我宋府又不是没有丫鬟！我不知道三娘同五公子说了什么，你去转告顾夫人，叫她不要误会。宋三娘如何也是姓宋，不管她品性如何，住在我宋府，我都不会亏待了她！"

春冬说："老夫人的确是误会了。奴婢方才就想说，这亲事，最早便是定的五公子，从始至终也只有五公子。夫人原想叫公子与姑娘见上一面，看看他二人是否合眼缘，再做别的决定。谁想公子前段时日病了，一直在家中养病。昨日也是待在府中，不曾出门，更不可能见过三姑娘。"

宋老夫人怔住，一会儿看着春冬，一会儿又看着顾风筒。

顾风简低头看书，肩头轻微耸动，似乎是笑了一下。

宋老夫人恼羞成怒："三娘，你说那些谎话做什么？"

顾风简抬起头道:"我只是说,我想见见顾四郎,可是没有见到。但我没说我前几日去见过顾五郎,也没说过,我同他聊了宋家的事。都是您自己想的,我什么也没说。倒是您,说了不少叫我伤心的真心话。"

宋老夫人嘴唇颤抖,身形摇晃了下,若非宋三夫人在背后扶着她,可能都要站不稳了。

春冬神色如常,与顾风简亲切问道:"不知三姑娘,何时见过我们五公子?"

顾风简说:"他游学时曾去过边关,我与他见过。"

春冬笑说:"原来如此。我们公子也一直挂念着您,对您很是担心,所以才叫奴婢过来侍奉您。"

顾风简说:"代我谢过他的好意。"

"往后都是一家人,三姑娘不必同公子客气的。"春冬咬字很重,刻意在后面跟了一句,"我们公子,想来也是很喜欢您的。奴婢从未见他对别的女子这样上心过。"

宋老夫人知道方才的几句话,真的叫春冬给听见了。她渐渐冷静下来,心生后悔,今日丑态,一定会被传到顾府去。宋初昭这是害她呢,把自己摘得干干净净。

她越想越气,用力掐了把身边的宋三夫人。

宋三夫人瞪圆了眼睛:嗯?

顾风简瞥了眼呆立着的二人,火上浇油道:"顾府没有听说过,我不通诗文吗?五公子是个文雅之人,或许看不上我吧?"

春冬立即说:"公子喜欢谁,想来不单只看才学吧。若真要比才学,京城中哪位姑娘,能比得上我们公子?"

顾风简说:"还有传闻,我性情暴戾、行止粗鄙,会丢了顾府的颜面。"

春冬说:"未曾听过那些话。我见姑娘行若无事,泰然处之,颇有大家之范,我们公子不是肤浅之人,不会听信外面那些谣言的。"

宋老夫人气急,知道她句句故意噎着自己,手指攥紧了衣服,将它揪成一团,却面上还要挤出笑来,放下面子同顾风简致歉。

"祖母也是昏了脑袋,方才说的都是气话,三娘不要往心里去。诗闻是我的孙女,你也是我的孙女,我怎会不疼你呢?"宋老夫人说,"往后你有心事,同祖母说,祖母怕是误会了你。若有人在外敢胡乱说你的坏话,祖母也替你出气。"

顾风简再次用那种凉飕飕的眼神看过去,末了飘出一个字:"哦。"

宋老夫人刚压下去的怒火,又被他一个"哦"气得飙了出来。

见顾风简要把春冬留下，宋老夫人拍了拍宋三夫人，示意她上去阻止。

宋三夫人不大情愿，却只能无奈开口道："这五公子与我们三姑娘还未成亲呢。莫说未成亲，连下聘都未曾，直接派个奴婢过来，不合礼仪。春冬，你今日还是先回去吧。"

春冬说："奴婢来了，只侍奉在姑娘左右，外人怎知我是顾府的人，还是宋府的人？宋三夫人多虑了。"

"还是不好。人多嘴杂的，难说会不会传出去。"宋三夫人干笑着看向顾风简，"三娘，你觉得呢？"

顾风简闻言不作声响，继续低垂着视线，看着手中书册。

宋三夫人之前就惊讶"宋初昭"竟然没有动怒，毕竟初次见面时，对方可不是个能忍的人，便当对方今天是想装个温顺的性格，想着不如顺势提些要求出来。

片刻后，顾风简看完这一页的内容，手指微屈，翻到了下一页，才开口喊道："春冬。"

春冬低眉敛目，一直在后面站着等候吩咐，被这骤然响起的一声唤得起了一身鸡皮疙瘩，仿佛听见了五公子在喊自己一样，那语气真是太像了。她忙答上前道："奴婢在。"

"你跟在顾夫人身边，应该是认得人的吧？"顾风简说，"我母亲说，她曾经有位义兄，姓傅，此人你知道吗？他如今在何处任职啊？"

春冬回道："晓得的。傅将军如今在金吾卫任职，已是从四品的武将，是贺老爷的门生，与贺老爷的关系，至今未有疏远。与姑娘您，也算是半个亲人。"

顾风简说："我母亲教导我，凡事要面面俱到一点。她离京多年，未能侍奉于前，大为不孝，得亏于傅将军平日帮忙照料。我此次回来，理当亲自道谢。你去准备些礼物，改日我好送去拜谢。"

宋三夫人大惊失色："你这是在威胁我？"

顾风简抬起头，面露不解道："三婶做了什么见不得人的事，需要我威胁你？"

宋三夫人吞吞吐吐，最后随意挑了个理由："你一深闺女子，怎能轻易去拜访一个男人？"

"三婶说得如此难听，我就不同意了。何必拿礼教来压我，我又不惧。傅叔是我长辈，我父母不在，我去代为拜访长辈，有何不妥？想来京中众人不会有人生出什么龌龊的想法，纵然有，也不敢与人言说，徒显得自己下流。"

顾风简又翻了一页，说："不过，三婶既然如此在意，也没关系。春冬，那你请傅叔去我外公家等候，届时我回贺府与他碰面，只当巧合，总是合情合理的。"

宋三夫人求助地看向宋老夫人，握住她的手腕用力摇了摇。

顾风简说："我在边关长大，的确不大懂规矩，回京后犯了不少错误，多受三婶和宋老夫人教训。这次回去，也想叫傅叔教教我，帮我指正，免得叫二位为我过于劳心。"

"不可！"宋三夫人几乎是尖叫出声，"傅将军那样的人，怎会知道这些？你同他聊这种内院事做什么？"

顾风简说："他知不知道，我自己会问。莫非三婶还想冲到贺府去，指着傅将军的鼻子告诉他，什么是规矩吗？"

宋三夫人是真要慌神了。

春冬见她这般神色，了然地应承道："奴婢去帮您安排。"

果然，宋老夫人再忍不下去。

"好！三娘如今懂事了，祖母也安心了。既然是顾府送来照顾你的奴婢，你想收，那就收着吧。"

顾风简得了满意答复，将手中书页一合，起身离席。走前，他还不忘朝着二人行了个礼，就是那动作，怎么看怎么令人不快。

他要招春冬进来，其实也不需要宋老夫人答应，只是看她们这般咬牙切齿又无可奈何的样子，觉得有趣。

今天确实还挺有趣的。

春冬随顾风简出了大厅，一路到无人的回廊，小步追上前，问道："姑娘，三夫人为何如此害怕傅将军？一听您提，脸色都变了？"

"她儿子和丈夫都在金吾卫任职，自然是害怕的。"顾风简迈的步伐很大，习惯了这样走路，淡淡道，"傅将军念及到底是一门亲戚，平日里对他们关照有加。得了贺家的好，却还如此不识抬举，哪有那么便宜的事？"

"原来如此！"

弄清了缘由，春冬反而越感不平。她想起宋三夫人方才的态度，知道对方平日里肯定也是这般嚣张，顿时觉得姑娘太过委屈。

春冬还摸不准新主子的脾气，试探着问："那姑娘，我们要去拜访傅将军吗？"

顾风简嘴角轻翘："自然是要去的，我本不欲与她计较，偏偏她要提醒我。"

宋初昭多年不回京城，又无人提点，怕是根本不知道京城暗处的这些利益

盘结。宋家人就是仗着这个，才一面拿着好处，一面对她欺压，当她只是一深闺小姐，无知单纯，不懂反抗，可以任意拿捏。

恰好，京中各部官员私下的关系亲疏，顾风简还是清楚的。这些事情……可以多做做！

春冬立即高兴道："那奴婢去备几份礼，姑娘何时想去，奴婢就同您去！"

顾风简说："不急。"

二人转了几条路，位置越走越偏僻，等最后回到宋初昭那残破小院的时候，春冬的脸已经快挂不住笑了。

她站在门口，望着久未打理的院落，尤其是屋檐下一口不知道摆了多少年的混浊老水缸，傻眼道："姑娘，您回来后就一直住在这种地方？"

顾风简"嗯"了一声，推门走进屋中。

春冬在院外转了两圈，忍了忍，又轻轻跟上去。

她视线在各角落处观察了一遍，发现屋子里头的东西都十分老旧，且只有一些常备的家具，上手一摸，没有灰尘，倒是打扫得挺干净。

她不知道这屋子是前几天顾风简刚逼着妙儿打扫过的，如果让她看见原先的模样，怕是要气到发飙。

春冬道："姑娘又为何受宋家这门气呢？"

她观今日这场闹剧，宋老夫人分明对宋初昭积怨已久，或许那些传出去的风声，也有她们的授意。

若非亲眼看见，春冬真不敢相信，到底是一家人，竟会这样狠毒。

也不知道宋三娘平日在府里过的都是些什么日子。

顾风简摔下手中书册，在桌后坐下说："到底是族中长辈。"

春冬嘟囔道："姑娘真是好心。"

她今日见识到了，觉得宋三娘不是没手段整治他人，只是自己好脾气，忍着而已。偏偏宋家人得寸进尺，逼人至此。

顾风简点头："嗯。"他也觉得自己是。

妙儿敲了敲门，不敢进来。她低着头，小声询问是否有需要伺候的地方。

顾风简头也不抬道："不用。"

春冬听他语气，便明白他不大喜欢妙儿，走过去挡在门口说："三姑娘现下无事，不需要人伺候。你若有空，将院子里的落叶和角落的脏东西打扫一下吧。"

她不说还好，一说打扫，妙儿整张脸都白了，哆嗦了一下，转身跑开。

春冬一脸莫名其妙，随口说道："这宋府的丫鬟是什么毛病？叫她们打扫个院子而已，竟这般不情愿。"

顾风简再次赞同地点头。

春冬叹道："太委屈姑娘您了！"

春冬去隔壁的屋子将自己的东西放下，又随意收拾一下，便到了晚饭的时间。

顾风简不想再去同宋家人一起吃饭，就让春冬去后厨端些饭菜过来，在院里解决，春冬应下。她也不大乐意再看见那些人的嘴脸，欢快地跑出去。

她收拾出一个餐盒，叠了四层高，估算着能多盛几道菜，美美地提着过去。

宋府下人不少，庖厨也是大的。春冬到的时候，里面正忙得热火朝天。

几位婢女进进出出，端着刚煮好的汤水往外走。

春冬心下奇怪，已是要开饭了，怎么没人去她院中告知一声？再来晚些岂非错过？

难道宋府平日里还不给三娘饭吃的吗？

宋初昭毕竟是大家闺秀，是个主子，总不可能对着一个丫鬟抱怨，而且还是外府的、新认识的丫鬟。

春冬这次来，就是为了看看宋三娘过得好不好，自然时时注意日常小事。

她一面观察，一面细思，刚刚走进大门，便被人拦住了。

对方应该也是宋府的婢女，但衣着比其他人要光鲜许多，款式、布料，都好看一点，头上还戴有发饰，该是最受宠的几位婢女。

她对着春冬笑道："没见过妹妹，是府里新来的丫鬟吗？"

春冬说："是三姑娘房中的人，来端些饭菜。"

春冬朝侧面移了一步，谁想对方也移了一步，故意挡着她的去路。

那婢女说："宋府的主子们一向是一起吃饭的。三姑娘独自留在屋中用饭，不大合规矩。还是请你家姑娘去饭厅吃饭吧。"

春冬脸色不佳，但出口的语气还是平和的："姑娘初来京城，多的是不习惯的地方。今日心里不高兴，想独自待着，不叫家中长辈担心，谈不上什么规矩不规矩，莫非你们宋府的规矩比宫廷里还要严苛？"

那婢女说："姑娘是有哪里不高兴？是因为与家中长辈一同吃饭，所以不乐意了？"

见对方不客气，春冬也阴阳怪气地跟对呛起来："这姑娘为何不高兴，是因为见了谁不高兴，哪是我们奴婢能问的？她不想去吃，那就不去了。若是担

心我们姑娘,就叫你主子亲自去我姑娘房里问清楚为好,我嘴笨,怕传错了话。"她说完再不理会对方,用肩膀一撞,越了过去。

"今晚的饭菜,给三姑娘盛些出来,我端到姑娘院里去。"

春冬把餐盒在灶台边上放下,对里面正在炒菜的厨子示意。

结果这院里的人忙里忙外,就是无人对她搭理。

先前那婢女笑了一声,高傲地走出门气。

春冬被激怒,就近拽了一个家伙,问道:"她是谁啊?"

对方愣了下,回说:"那是二姑娘的婢女。"

春冬在顾府不是个受气的主儿,平日里都是她训斥不听话的奴才居多,顾夫人叫她过来,也和她说了,让她放开手脚,不必拘束。

她干脆凶悍道:"饭菜,快给我端来!"

那奴才瞪着眼睛,完全想不明白,怎么前一刻还客客气气、笑得香甜的女人,瞬间就变得如此泼辣,好似一个土匪。

不久,有人端着几个盘子出来,往春冬带来的餐盒里装。

春冬低头一看,笑了。

一盘盘全是绿的。

真绿也就罢了,那菜叶蔫黄,分明是不新鲜。

她松开手,同时将端菜过来的那人用力推开。

"呀!"春冬把里面的盘子拿出来,重重拍在灶台之上,大声道,"我以为这宋府是大户人家,总不至于苛待了自家人才是。宋老夫人生活质朴,平日只吃这些清汤寡菜,奴婢倒是敬佩,可是我们家公子特意请我过来帮忙照料三娘,我总不忍心看姑娘每日吃些残羹冷炙的。"

厨房众人神色各异,有畏惧,有冷漠,有讽刺,也有担忧,极其复杂。

春冬对他们看也不看,只将空的餐盒收起来,作势要往外面走。她走得速度很慢,一步一停顿,说话的语速倒是很快:"如今姑娘可是半个国公府的人,身份尊贵得很!宋府心疼这些花销,我们顾府可不心疼的。既然如此,我还是将这事告诉我们顾夫人,往后就请顾府每日送些热饭热菜来好了。想不到我们劳苦功高的宋将军啊,自己在边关吃苦受累,这女儿回了京城,也过得这般清苦!当作楷模,叫天下人学习才是!"

她还未走出后厨的大门,就被人拉住了。

"且慢!这位姐姐且慢!"

那庖厨的管事急急忙忙地冲出来,赔着笑脸道:"这些下人是真不会做事,这些饭菜,是我叫他们拿去丢掉的剩菜,他们竟误会要去端给三姑娘!若不是姐姐提醒,可真是要闹笑话了!老夫人最疼爱小辈,怎会叫姑娘吃这样的东西呢!"

"原来是这样啊?"春冬夸张地笑了两声,"那不知我们姑娘的饭菜在哪里呢?"

那管事连声应道:"且稍候,马上好!您在这边小坐一会儿,我这就给您准备!"

春冬在门边上寻了把椅子坐下,眼神直勾勾地盯着管事,看他将宋初昭的饭菜盛出来,装到餐盒里去,手上还指指点点:

"那块肉,好像炖得还不错。"

"那鱼肉,自然是中间的地方才好吃。尾巴上的肉,是主子吃的吗?"

"姑娘精贵,得多喝点汤。那小一盅怎么够啊?"

"……"

等春冬再次出来的时候,手上多了份沉甸甸的餐盒。她脚步走得稳健又飞快,心中嗤笑:还对付不了那帮狗眼看人低的家伙?

她拐了弯,回到偏院,见院子的篱笆外,站着方才与她呛声的那个婢女。

二人看见对方,白眼俱是要翻到天上去。

春冬扯着她衣袖往旁边一推,没好气道:"挡着人家院门做什么?见了人也不让,不知道的还以为是条狗呢。"

对方气急:"你——"

春冬扭头,快步走向顾风简的居所。

她才靠近门口,便听见里面有两人的对话声。

一个是陌生的女子,对方气急败坏地指责道:"你是与顾五郎定的亲事,你早就知道,故意不说,是等着来看我笑话的吗?所幸这事还没传出去,否则你要二姐以后如何自处?"

顾风简的声音依旧听不出喜怒,只是嘲讽的意味十足:"只问别人是不是在看你笑话,怎么不问问自己,做了多少活该可笑的事?"

宋诗闻开口:"三妹,二姐待你不薄啊,你怎能这样对我!我们都是一家人,我只想和和气气的。若叫父亲知道了,不是让他伤心吗?"

顾风简道:"我回京才多久,倒是好奇,你送了我多少厚礼。这屋中的东西你尽管点,想要的就拿走,我让春冬去买新的。"

春冬笑了出来,拍了两下门,高声道:"姑娘,该吃饭了!"

里面的谈话声停了下，宋诗闻黑着脸走出来。

"原来二姑娘在呀？"春冬摆出惊喜的表情，邀请道，"后厨的厨子心疼我们姑娘，将好东西都塞到这里来了。不如二姑娘留下一起吃饭吧！"

宋诗闻冷冰冰地留下一个"不必"，带着火气不甘地离开。

春冬也不理她，将东西提进去，顺手关门，说道："姑娘，快来吃饭。"

她一盘盘把东西摆出来，还在数落道："这宋府的下人可真可笑，竟想将昨日的剩菜端给姑娘吃。姑娘您可是宋将军嫡亲的女儿，也亏得他们敢做这样的事！"

顾风筒提着衣摆在桌边坐下，春冬把筷子递到他的手上，笑道："姑娘，趁热吃吧。"

宋初昭是学武的，平日里消耗得多，吃得也多，胃已经习惯了。顾风筒穿来了之后，饭量跟着大了不少，如果没吃饱，就觉得饿得难受，一顿两三碗饭都是正常。

春冬不知情。她端来了起码两人份的饭菜，以为凭宋初昭的身形，怎么都能剩下一半。

结果盘子越来越空，连汤都喝了大半，顾风筒还是没有停下碗筷的意思。

春冬脸上的表情越发僵硬，再不能淡定。

那审视的目光太过明显，顾风筒无法忽视，最后还是偏过头，问了一句："怎么了？"

春冬斟酌着，小心问道："姑娘，平日里，这宋府的饭菜如何？"

顾风筒细细咀嚼着嘴里的东西，等咽下了才说："不如何。"

春冬明白了，心里道：吃不上饭。

当真可恨！看把他们昭昭饿成什么样了！

一个娇软小美人，比他们五公子的饭量还要多两倍！

春冬劝道："姑娘，吃不下就算了，当心将身体给撑坏了。"

顾风筒也差不多吃饱了，顺势放下碗筷道："哦。"

春冬被他这模样弄得越发心疼。

多乖巧的姑娘啊，怎么就那么苦？

春冬赶紧把桌子收拾好，都清空了，让妙儿拿去洗。

她再次回到屋里的时候，顾风筒已经在桌案后面坐着了。他问："你明日要回顾府吗？"

春冬沉默了一下，心说对方怎么知道自己要回去告状的？不是要阻止自己吧？

第二章·精彩绝伦

顾风简将几本书翻出来，拿在手里说："你回去的时候，去找五公子，替我借几本书来。"

春冬暗暗松了口气："是。请问姑娘想看什么书？"

"闵公的那几本书。"顾风简把几本书的名字报了。如果可以，他是很想把整间书房都搬过来的，可惜不合适。

"先这样吧。"顾风简遗憾道，"先替我拿这五本。"

春冬迟疑了下，小心劝道："闵公的那几本书，公子平日很宝贵，不喜欢假借于人的。"

顾风简将手中的话本推过去，笑道："那就用这几本书和她换。"

这不正是那什么"平妖传"吗？他们五公子怕是这辈子都没看过这种东西吧？

春冬手指又抖了一下，委婉道："公子一向不大喜欢看这些话本的。姑娘如果想送他礼物，不是书也没关系的。"

顾风简心说宋初昭现在应该想看得很。

这些书都是新的，恐怕她刚买来，就放这儿积灰了，还没来得及欣赏。

顾风简坚持道："你给她就是了，她会答应的。"

春冬不大信，心绪复杂地接到手里，琢磨了一阵，又想，莫非这是一种试探？用五公子最喜欢的书，来看看他是否对自己上心。

三姑娘的心思可真是……太委婉了！

春冬说："姑娘，我要将宋府仆人欺负你的事，告诉五公子！"

顾风简狐疑地看了她一眼，说："她知道的。"

春冬激动："五公子知道啊？他何时……哦。"她嘻嘻笑了起来，"那奴婢明白了。"

顾风简心想，那你可太聪慧了。

第二日大早，春冬带着顾风简的那几本书，匆匆回了顾府。

春冬来的时候，宋初昭正在房里假装看书。

她是很认真，可是她看了半天，也只看进去了一个书名，倒是将顾风简书房里各种书册的位置给弄清楚了，以防真有状况时一脸抓瞎。至于内容，实在过于晦涩，不是她能补足的境界。

宋初昭想出去玩玩，可是顾四郎不来找她，她连个借口都没有，又不敢做得太明目张胆，只能将自己关在屋里暂时装装样子。

偏偏顾四郎也要装装样子，说要对上次莽撞比试牵涉她的事进行自我反省，最近几日都不会来打扰她了，将她气得想打人。

于是春冬出现的时候，宋初昭简直兴奋得无以复加。她直接丢了手中的书，大步跨过去，请春冬进来。

春冬瞥见五公子眼底掩饰不了的喜悦，心中一片了然。

五公子平日最讨厌的就是有人在他看书时过来叨扰，就算无事时，见到她也没什么反应，这次表现如此反常，无非就是想从她这里打听三姑娘的事情罢了。

宋初昭那边则是想，自己目前与春冬唯一能聊聊且不会露馅的话题就是宋府，所以开口的第一句便是："你去宋府进展如何？还顺利吗？"

春冬笑得奇奇怪怪："顺利。奴婢办事，公子尽可放心。奴婢同三姑娘说了不少您的好话，下次三姑娘见您，应当不会觉得太过生疏。"

宋初昭满头问号。

那得是多尴尬的事啊？

你眼前的我，其实早已不是我。

春冬未能理解她的复杂，呈上手中的书本道："公子，这是姑娘请奴婢带给您的，说想是同您换几本闵公的书。"

宋初昭连忙接过一看，发现正是她之前找人抄录过来的几册话本，手指不禁有些颤抖。

这些闲书在京城可不好找，以顾风简的身份去找的话，就更不方便了。宋初昭原本已经放弃，没料到顾风简竟直接将书送了过来！

宋初昭眸光闪动，深深在书上停留了片刻，小心抚平页脚处的褶皱，然后将它们摆到岸上最醒目的地方，严肃道："我会认真看的！"

春冬有些无语，倒也不必如此郑重。

宋初昭有了话本，精神都不一样，说话变得中气十足，问道："你方才说宋三想要换什么书？"

春冬稍稍沉默，而后报出书名。

宋初昭恰好记得，回身在柜子里找了一圈，很快从最里面的角落，将书本抽了出来。

"闵公的书，是说这几本吧？"

春冬点了下头："是。"

宋初昭便要递给她。

春冬接在怀里，还不敢相信，再三确认道："公子，真让奴婢给她送过去呀？"

宋初昭不解道："不是他想要的吗？"

春冬说："是姑娘想要啊！"

宋初昭说："那就给他送过去吧。"

春冬原本还猜测五公子会舍不得，连说服的话都想好了，结果五公子半句推辞也没有，便将他最宝贵的几本书，割爱赠予宋三姑娘。

这是何等……何等关切！

春冬欢声道："那奴婢就先走了。"

宋初昭仔细思量一下，觉得春冬话里有话。等人走到门口时，她突然了悟。如今春冬守在顾风简身边，她就不方便翻墙去找人了，送书是个难得好用又正当的理由啊。她快速抬手阻道："等等！"

春冬脚步一顿，抱紧了怀里的东西："公子，言而有信，不可反悔的。"

宋初昭说："你只用带一本回去，剩下的，我送给他。"

春冬眼珠转了转，求证道："您亲自送过去？"

宋初昭点头，拿回了四本书，只递过去一本："过两日，等他看完了就送过去。"

春冬看透世事，微妙点头说："奴婢明白了！"

宋初昭惊了，你又明白了？

春冬说："奴婢还要去同夫人说几句话，得先走了。"

宋初昭挥挥手："去吧。"

待人走了两步，宋初昭又觉得不对，再次叫住她："等等！"

春冬回应："公子还有什么吩咐？"

宋初昭追过去问："你找母亲，所为何事？"

春冬回答："同她说说宋府的事？"

宋初昭交握着手站立不动。

春冬忍笑道："公子也想听？"

宋初昭说："不是，但我正好要去拜见一下母亲，干脆一道吧。"

春冬说："自然是好！"

顾四郎没去烦他五弟，倒是躲在顾夫人这里偷吃好吃的。

春冬与宋初昭一道进去，与顾夫人行了个礼。

顾夫人拉着宋初昭坐在自己身边，把顾四郎怀里的果盘抢了过来，塞到她

手里。

顾四郎无辜地瞪了瞪眼。

顾夫人问春冬："春冬,你回来了?昨日管事回来,话传得不清不楚的,我都给听糊涂了。究竟是怎么回事?"

春冬提起这事,满肚子火,一腔倾诉的欲望正待发泄,一垂手,滔滔不绝地说了出来："夫人,春冬正要同您说呢!这宋家乱得很,规矩不成规矩,道理也不讲道理的。家主不在,事事由宋老夫人拿主意,她处事偏颇,尤其偏爱二姑娘。宋三夫人借居将军府,却是个唯恐天下不乱的个性,二人分明针对三姑娘,昨日的话说得可难听了!"

春冬便将昨日在宋家听到的事情,一五一十地复述了一遍,告知顾夫人。连同她在走廊时听到的那些咒骂,记得多少,全说了出来。

"三姑娘便在那里坐着,任由她们骂,连个回嘴的机会都没有,我瞧着都心疼。"春冬说,"三姑娘脾气直,想是在家中受够了委屈,才故意那样说,想气气老夫人。谁想老夫人不留情面,跟对着一个仇人似的。"

顾夫人为人感性,听到一半便要抹眼泪："我的贺菀妹妹,她定然不晓得自己的女儿要在京城吃这样的苦。"

顾四郎瞠目结舌,手里的东西都要掉了："不是,她们想把宋二嫁给我五弟?想便想呗,怎么还说上我了?我就叫她们如此看不起?说我轻佻,我可见都没见过那宋二!这污水,怎么就泼我身上来了?"

顾夫人淡淡地斜了他一眼,说："原先那老夫人是想将宋二嫁给你的,误会你有婚约,才又考虑起你五弟。"结果还误会错了。想必那心态经历了一波三折,波澜壮阔得很。

春冬讽刺道："自己求不得的东西,自然就不是好的。"

顾四郎想了想,只能感慨道："当真可怕。"

宋初昭听得神魂游离,目光呆滞。

她仔细回忆了一遍,觉得也没有啊。宋家那帮人惯会做表面功夫,也就是暗地里使坏,故意恶心人。怎么春冬一过去,宋府就成豺狼虎穴了?一个个妖魔鬼怪全现了原形。

是春冬太厉害,还是五郎太好欺负?

顾夫人瞥一眼顾四郎,故意问道："那宋二姑娘你见到了吗,觉得她为人如何?"

春冬回答："见着了一次。昨日傍晚,她去三娘屋中找三娘质问五公子的事。模样确实是个清秀佳人,可她若当真与三娘姐妹情深,怎么不将三娘带出偏院住。"

顾夫人惊了: "三姑娘住的是偏院啊？哪处偏院啊？"

春冬急说: "何止是偏院啊！院中只有一个不会做事的丫鬟。院子久未打理，一片狼藉。那桌椅木床，全是旧式物件，与我府中下人房中的差不了多少。说是将军府嫡女住的屋子，寒碜得都不敢相信。"

春冬冷哼一声: "就这，二姑娘也敢说待我们三姑娘不薄呢，她哪里能真不明白？怕是平日只用小恩小惠打发我们姑娘，便觉得自己好了，当我们姑娘什么人！"

"宋二原来是那样的人吗？"顾四郎不敢相信，只觉得自己世界的色彩都变了，"我当初是长了哪般眼，竟还觉得她是个好人？"

顾夫人说: "你还长过眼睛吗？"

顾四郎惊了，我是您亲儿子吗？

春冬虽然只去了一天，但是有好多话想说，无奈看着时辰已经不早，来不及详述。她担心自己不在，宋三娘独自在府中又要被人欺负，急着想赶回去。

顾夫人与宋初昭也是这样想，她们觉得宋初昭（顾风筒）那么好脾气的人，在宋府无人看护，应当是百般不自在，便催着春冬回去了。

待人走后，顾夫人还是难以抽离。她哀叹着说: "春冬只去了一天，就遇到了那么多事。不知宋三在府里待着，是个什么境况。"

宋初昭心说，平日宋府真没那么能折腾，都叫您儿子赶上罢了。这样一想，她看向顾夫人的眼神里也多了分同情。

"该早日将婚事定下来的。"顾夫人低头摸着膝盖上的绣纹，"可是贺菀妹妹不在，我又怎舍得？她就一个女儿，总不能不看着女儿出嫁的。"

顾四郎附和: "是啊！怎么单单三姑娘回来了？听说宋夫人十多年不归京城，莫非女儿成亲她也不回来？这京城里是有什么叫她讨厌的事，竟这般抵触？"

宋初昭心头苦涩道: "若是她不知道呢？"

宋初昭自作聪明，当时没告诉她娘啊。

顾夫人低着头道: "我也觉得其中或许有异。不想贺菀妹妹回京城的，未必是她自己。"

宋初昭听不懂顾夫人的话，觉得别有深意。听顾夫人用词，年轻时同她母亲定然是好友，或许知道许多事情。宋初昭正想着该怎样探听消息，顾夫人叫了她一声，说: "五郎啊，你下次若见到三娘，记得问她一声，她母亲是否知

·058·

晓这事。这婚事,是要等她母亲回京再办呢,还是娘来一手安排,好早做打算啊。"

宋初昭点了点头。

其实护送她的那两位亲信离开京城的时候,宋初昭已经叫他们帮忙带信回去了。不过边关路途遥远,这一来一回,还得耽搁数月。

顾夫人缓和了心情,站起来说:"今日天气好。我去找几位夫人喝喝茶,聊聊天。四郎啊!"

顾四郎抬头,待命道:"是!"

顾夫人问:"你与宋家那位大公子熟吗?"

"我不熟,但是范崇青熟。"顾四郎笑道,"我近日与他玩得还算好,可以让他将人叫出来认识认识。"

顾夫人说:"那你也多叫几个朋友,出去散散心。"

顾四郎高兴了,抱拳道:"遵命,母亲大人!那父亲若问起来,您就说,我去替您办事了。"

顾夫人拍了他一下,嫌弃道:"走开!"

宋初昭心里嫉妒。

她也想去呢。

宋初昭说是要等两日,可是最后也就等了一日,到第三天的时候已经按捺不住,带着书去找顾风简。

她从正门进去的,宋府的下人见她前来拜访,好生震惊了一会儿。

春冬闻声出来领路,拦开其余仆役,快步将她带到院子,将院门合上,锁住。

顾风简走出来,与宋初昭点头。

二人气质截然不同,不过数日未见,宋初昭定定地看着对方,已觉得自己陌生非常。

这张脸是自己的脸,可这个人,实在是太奇怪了。

宋初昭顾忌春冬在,问得很是含蓄,只道:"你在宋府过得好吗?"

"唉——"春冬重重一叹,将话题抢走,"过得不大好的。"

顾风简与宋初昭齐齐看过去。

春冬继续搭腔道:"宋府都不给饭吃的呢!"

"什么?"宋初昭重新转向顾风简,"你平日在府里,不会就吃一顿饿一顿吧?"

顾风简嘴角僵了下:"没有,不是。"

春冬说:"若非那日是我去,后厨就要拿些残羹冷炙打发我们姑娘。明知我是顾府的人都这样对待,若是换作妙儿去,不定端些什么回来呢!"

在这件事上……宋初昭还是更信春冬的。

她对着顾风简,一会儿这里拍拍,一会儿那里拍拍,上上下下地打量。顾风简站着任由她打量,就听她唏嘘了感慨了一句:"唉,难怪说哪里不一样了,原来是你瘦了。"

顾风简无语地看着她——你疯了不成?自己什么模样都不记得了吗?

顾风简说:"春冬夸张了,没有的事。"

宋初昭却不信。她想着不能如此,她在顾府被照顾得如此周到,哪能由顾风简一人受苦?

她拉着顾风简到一旁的桌子边,小声私语道:"你说实话,能吃得饱吗?"

她想起来自己的饭量,摸了摸耳朵,有些脸红道:"我好像……挺能吃的?你到底养不养得起我?"

顾风简顿了下,好奇地问:"我如果养不起,你要怎么办呢?"

宋初昭当即在身上摸了摸,最后从袖中取出所有银子,拿去递到春冬手里。

"若是宋府往后还这样苛待你们,你也不必同他们争吵,尽管出去买些好吃的,别委屈自己。若是钱不够,我再给你。屋中还想要什么,一并添置。你听五……三娘的话。"

春冬愣了,视线在手心的一串大钱与宋初昭的脸上来来回回地转,末了冒出满是困惑的一句:"啊?"

顾风简一手搭在桌上,肩膀抖得快要直不起身来。

宋初昭窘迫,叫顾风简一笑也知道自己这样做不合适。

她以前都是自己出去买吃的,怎么现在不行吗?

她赶紧又把钱取回来,塞回袖子里,只闷闷道:"哦。"

春冬也回过神来,笑道:"五公子真是,平日沉稳冷静的,怎么见了三姑娘,就失了分寸。"

宋初昭心说,他俩本来就不是一把尺,那量出来的分和寸自然是不一样的。

顾风简还在那边笑:"我不是认真说的。"

"我是认真问的,你却耍我!"宋初昭忍了会儿,忍无可忍道,"你不要笑了!"

顾风简于是板正了脸,说:"你可以把银子给我留下。春冬平日备礼,手上缺些银子。"

宋初昭说:"所以你到底要是不要嘛!"

顾风简笑道："你给我，我就要。"

"那你还笑我！"宋初昭一面低头掏银子，一面嘀咕道，"本来就是你的。"

宋初昭出门时，没带多少银钱，听顾风简说要钱，恨不得将全身值钱的东西都掏出来给他，摸来摸去，将身上的玉石也拿出来了。

春冬傻愣愣地在旁边站着，见宋初昭这般行为，想出口制止。顾风简半靠在桌上，淡淡瞥了她一眼。

那目光凉飕飕的，叫春冬又想起平日五公子的眼神，不由得打了个哆嗦，将话憋回去。

最后桌上摆了一堆东西。

顾夫人知道她今日是来宋府的，特意给她配了不少玉饰，恨不得要她富贵逼人。现下东西都在这里了。

顾风简也没想到她能拿出那么多来，惊讶过后，手指在几样东西上面按了按，问道："你有喜欢哪个吗？"

宋初昭看了一圈，指着其中一个翠绿色、葫芦状的小挂饰道："这个吧。看着还挺好玩的。"

顾风简点头："哦。"

宋初昭以为顾风简会将那东西给自己留下，结果他专门拣了那块玉佩和银两，其余的又叫她拿回去了。

宋初昭正无语，听顾风简道："那我就代你收了。"

宋初昭点头。她弯下腰，极小声地说了一句："用掉的我以后再还你。"

"倒是不必，"顾风简也用气音回了一句，"顾五郎有钱，养得起自己。"

春冬见他二人说悄悄话，自知碍眼，悄无声息地要退出院门，走到边上的时候，妙儿恰好抱着扫把进来，问道："姑娘，院里需要打扫吗？"

顾风简抬起头，对外说道："不用。你二人都出去吧。"

妙儿福了福身，同春冬一起退下。

宋初昭看着她们渐渐走远的身影，又后知后觉地看了眼院子，才发现院子干净了不少。

顾风简主动解释说："妙儿打扫的。"

宋初昭不敢置信："她怎么那么听话？"

她眯起眼睛，细思过后，判断说："有阴谋！她在你面前装乖巧，你可千万不要信！"

"想叫人听话，有很多种办法，尤其是她这样的人。"顾风简不想在妙儿

第二章·精彩绝伦

身上浪费时间,问道,"听说四哥带你出去了,他没带你去什么危险的地方吧?"

"倒没什么大事。"

院中没有外人,宋初昭放松了不少,大大咧咧地在他对面坐下,将这两日的事情和他说了。

顾风简听过后沉默许久,冒出一句:"我不会射箭。"

"什么?"宋初昭大惊,瞳孔颤了颤,"那你四哥叫你去射箭做什么?"

顾风简还是很了解他亲哥的:"兴许是想让你帮他骂人。"

宋初昭回不昧来:"啊?"

"这样纵然输了他也能挣回一点面子。"顾风简说,"或是输了也可以赖个账。"

宋初昭听得欲言又止,实在难以从毕生所学的词汇中找出一个来准确形容顾风蔚这个奇人,最后百般纠结,只冒出一句:"你四哥可真是……太不同寻常了。"

顾风简见她吃瘪,笑道:"不用管他,他行事就是如此。"

顾风简淡定,宋初昭却不能。

"那怎么办?"宋初昭说,"你四哥好像也没说什么,我以为他不拘小节。这样看来,他分明是演技卓越啊,莫非他已发现不寻常?"

顾风简安抚地说:"或许没有。我幼时曾有一段时间不与他们住在一起,会些他不知道的,也可以推托过去。而且……四哥不会同我父亲说这事的。"

宋初昭问:"为什么?"

顾风简端过小桌上的茶壶,手指在杯沿上摩挲了一圈,说:"父亲以前不准我学武。"

"为何?"宋初昭不解,"你四哥都学了啊。我看他身手还不错。你身体不好,更应该学一点,强身健体才是。"

顾风简又沉默了,还有些出神。

宋初昭以为他不会说的时候,他才淡淡飘出一句:"先生说我会以武犯禁。"

宋初昭问:"哪个先生?"

顾风简再次顿了一下:"算命的先生。"

宋初昭眨了眨眼睛,字正腔圆地唾骂道:"他就是一个骗子!"

她万分笃定,气愤难当,再三强调:"铁定是个骗子!还是个无耻的骗子!不用见他我也知道他是在骗人!"

顾风简看着她,笑出声来:"对,他确实是个骗子。如今天下人都已经知

· 062 ·

道他是个骗子，可当初确实是个风光煊赫的人。"

宋初昭愤愤不平："那他得害了多少人？你怎么那么倒霉，竟然碰上他？"

顾风简点头，倒出一杯茶，叹道："我大约是真的倒霉，经常遇见些骗子。上次和你聊天提起一个，今天又提起一个，总是说到骗子。"

宋初昭摸了摸自己的鼻子："也……不常吧？有的人会改过自新的。"

顾风简隔着杯子与她对望，眼角微弯："嗯，我信。"

宋初昭在京城里并没有朋友，回来后遇到的也全是些奇奇怪怪的人。唯一一个能好好聊天的对象，就是顾风简。

如今他二人变成这个模样，谁也摆脱不了谁，利益纠缠相关，被迫互相依靠，倒是多了种天然的信任。

顾风简同宋初昭说了京城的风俗，再给她介绍了几位官员之间隐秘的趣事，宋初昭既认了人，又听得高兴，不觉放松下来。

春冬中途回来一次，发现他二人相谈甚欢，还没有结束的趋势，乐颠颠地去端了些吃的过来，然后飞速跑了。

顾风简给宋初昭倒出一杯茶，然后同她说，该去见见贺老爷了。

按照常理来说，宋初昭一小辈回京，早该去拜见自己的外祖父。可宋初昭对此有些发怵，就迟疑了两天，结果没等想清楚，又发生了和顾风简的这场意外，就一直耽误了下来。

宋初昭回忆说："我母亲说，外祖父为人很严厉，一家之主，说一不二。早年公务繁忙，不常在家，每每见着她时总是不苟言笑。虽然不曾对她打骂，却很令她畏惧，加上当初时局紧张，外祖父许多事情身不由己。他虽然心是好的，却不算是个好父亲。"

宋初昭从未见过贺老将军。

贺菀成亲之后，直接去了边关，狠心十多年没有回来，也不大与宋初昭讲京城的事。宋初昭只知道自己外祖父当年是个将军，不知他与母亲之间，是否有嫌隙。

应该是有的，否则贺菀哪能决绝至此？多年分别，双方连通信的次数都很少，只有过年或是遇到大事了，才会寄一封过来。

宋初昭还记得母亲拿着信件对窗台出神的样子，总是看着看着眼睛就忍不住湿润起来。母亲心里定然藏着满腹心事，却连一个能说的人都没有。

父亲不懂母亲的柔情……哦，那糙汉子连他女儿的柔情都不懂。

边关什么都没有，宋初昭自小在那里长大，习惯了，但母亲一定很想念故乡。

宋初昭叹了一口气。如果贺老将军不待见她,她也不想上赶着去,抽个时间送份礼就好。

她给宋家人弄怕了,也极讨厌被人讨厌的那种感觉。

宋初昭低头,摩挲着自己的虎口:"我回来好久了,都没见他来找过我。毕竟从未见过,也未相处过,只是挂个名义而已,没有多少感情吧。"

顾风筒轻轻扯了下她的衣袖,而后一双葱白的手压住她的袖子。

"不会的。"顾风筒说,"你外祖父年纪大了,身体未必康健,可能是怕给你过了病气。而且就算他给你给你递了消息,也未必能送到你手上。你又不是第一次知道,宋老夫人蛮不讲理。"

宋初昭问:"真的吗?"

顾风筒想了想,而后肯定道:"你外祖父定然是疼爱你母亲的,毕竟他只有那么一个女儿。宋家能有今日风光,也少不了他多年提携。何况,你母亲成亲时,你外祖父备了许多嫁妆。如今宋家大半家财,怕都是你外祖父当年出的。他如果不疼爱女儿,怎么会有这样大的手笔?"

宋初昭问:"你还知道什么?"

顾风筒有些事不能多说,点到为止。

"贺老爷辞官多年,行事作风如何我知道的不是很清楚,见见就知道了。于理来说,也该去看看。"顾风筒说,"你才是他亲外孙女,你同我一起去拜会。若是他态度中有怠慢疏离,叫你不高兴了,我们就离开。"

宋初昭一想,也是。有人陪她去,好过她自己一个人去,何况如今她是以顾风筒的身份,感觉应当不一样。

其实说去贺府,她是很紧张的,毕竟那边是母亲的家人,也是她关系至深的亲属,是她在京城最后有牵连的人。只是她怕贺家人会同宋家人一样不善良,那她真的是要伤心难过,安慰不好了。

顾风筒见她神色阴晦,变化不定,一会儿难过,一会儿忧郁的,猜测她是在宋老夫人这里受了太大打击,有点忐忑不安。

他也不知道安慰是什么,只晓得这人不高兴了。她很少不高兴,委屈巴巴的样子一点也不好看,纵然她现在顶着的是自己的脸。

于是,他一双手按上她的头顶拍了拍,声音低沉道:"我同你保证,你外祖父见你回家,一定会很高兴。你也可以先送封拜帖过去试探一下,日子你定,我随时可以。"

顾风筒的书房里,留着许多拜帖。宋初昭对照着上面的格式,自己写了一

封递给贺府的帖子。

她打听到了贺府的位置所在，发现离国公府不远，她犹豫了好几次，终于决定过去看看。

第一次去的时候，贺府门外站立着一排森严威武的金吾卫，宋初昭想外祖父应当是在待客，就只远远站了会儿，没进去。

这是第二次过来了。

今日门前倒是没有人，但是大门紧闭，显得冷冷清清，不知道家主是不是在府内。

宋初昭晃了过去，仔细观察周围的景色。

贺老将军年事已高，早已辞官居家。他的老家其实并不在京城，但他赋闲之后，仍旧住在这个宅院。

府邸老旧，始终没有大肆翻修，宋初昭能看见大门上褪去颜色的一块斑驳，以及门槛处被磕绊了的裂缝。屋顶的瓦檐新旧交加，保持了最早的款式。门边的两棵大树已长得非常茂盛，树干上留下了几道划痕。

所有的一切，都透露着时间的气息，好像十多年前就是这般模样，在以相同的面貌等待着何人的归家。

宋初昭低着头左左右右看了许久，正准备敲门，大门却从里面被打开了，她就着抬手的姿势，与里面那个壮汉互相瞪眼，面面相觑。

这位门房身材魁梧，看着便知是个练家子，身上还有点将士的血气。寻常宽松的仆役装穿在他的身上，变得像是紧身的衣物，手臂稍一绷紧，就会勒出肌肉的弧度。

这哪里是普通的门房，怕不是个护院吧？

门房起初是瞪着她的，观察了她一会儿之后，大约见她是个长相出色的文弱书生，表情中又没有恶意，才放缓了态度说："这位公子，早便听见你的脚步声靠近，又不上前敲门，驻足在我贺府门前是有何事？"

宋初昭对他这种武将很是熟悉，听他故作凶悍的语气也不觉得害怕。她有礼问道："请问贺老爷，最近几日在家吗？"

壮汉道："你得先说你特来拜访所求为何，我才好告诉你他在不在啊。"

宋初昭从袖中抽出拜帖，盖在手心，说："宋三姑娘回京已久，一直想着前来探望，只是久未收到消息，不知贺府这边是否方便……"

她话还没说话，拜帖已经被大汉抽走。这人一改先前冷漠，笑得满脸春意，说："宋三娘啊？那都是一家人，她想来尽管来，随时来都可以，老爷又不嫌麻烦，何必送什么拜帖？我们老爷与夫人都思念她得紧！她刚回京时，我们老爷派人送去礼物过的,怎么,三姑娘没收到吗?"

宋初昭刚想答没有,那壮汉又急不可耐地问:"三姑娘说来,是何时来?"

宋初昭说:"过两日吧,看贺将军何时有空。"

"只要是三姑娘的事,老爷一直有空!就不知道过两日是什么时候?"壮汉细细追问,"她要来,府里可以先行准备。我们是要从明日开始准备呢,还是从后日开始?或者是大后日?又或者是,一直给她备着,她要来贺府多住两天?"

宋初昭默默流汗,这过"两"日一般来说,不是个虚指吗?

那壮汉用殷切的眼神仿佛在告诉她,不,他们贺府人一向实在,不搞虚数。

宋初昭被他的热情给搞蒙了,想了想道:"那我回去同他商量一下。若无意外,就后日前来拜访。"

壮汉忙道:"好,便这样说定了!请公子代为转告,后日,一定要来!我家老爷想念得紧。"

宋初昭点头:"好。"

宋初昭说完并没有马上离去,那壮汉也不催促,翘着嘴角等她开口。

宋初昭手上没了东西,有些不自在,就握到一起,用袖子遮住。

"还有几个问题。"

壮汉激动道:"公子请说!"

宋初昭说:"听闻贺老爷前段时日染了病气……"

"大好了!"这个大哥不仅身强体壮,还极擅长抢答,飞快道,"换季时天气骤寒,老爷没有防备,咳嗽了一阵,如今已经大好了。请转告三姑娘,不必担忧。也不要带太多的补药过来,府里都快放不下了,心意到即可。"

宋初昭继续打听:"好。那……贺老爷近来心情如何?"

壮汉又说:"三姑娘要是来了,那肯定是好的。老爷与夫人膝下没有子女常伴,寂寞得很,有人来聊聊天便高兴了。"

宋初昭问:"贺老爷身边,事事还顺心吧?"

"顺心!"壮汉豪迈笑道,"公子,您不必在这里试探,尽可会去转告三姑娘,我们老爷是个亲切体贴的人,尤其疼爱小辈。姑娘不必有任何担忧,只当回家了一趟就是,咱们府上就她一位小辈,往后这贺府,全是要留给姑娘的。"

宋初昭讷讷点头,退了一步,抬头看了眼头顶的牌匾。

壮汉也走出来,顺着她的视线往上一看,笑道:"是有些老旧,也有点脏了。我这就让人把东西拆下来洗一遍。"

他说完急匆匆地进府，大声喊道："刘叔！刘叔快出来啊！"

一位中年男性拖着长音不满道："何事如此忙慌，大呼小叫的。"

壮汉说："快将这拜帖拿给老爷，姑娘说要回来看看！门外也得好好打扫一遍，这院里许多花草都没有摆弄了。"

那中年男人语气变得比他还紧张："哎呀！东西快给我看看……"

二人声音渐行渐远，去往深处，宋初昭听出了里面的兴奋与迫切。

她眼睛发热，心口也暖洋洋的，像卸了八百斤的重量，身心特别轻快，恨不得冲进去跑两圈、叫两声，现在就告诉他们，不用准备了，自己已经回来了。

她不缺爱，也没觉得自己人生少了点什么，但是知道这件事情，就是非常高兴。

那壮汉回来，见她还站在原地，迟疑着道："这位公子，要进来喝杯茶吗？"

宋初昭猛然回神，用袖子快速擦了下眼睛。她有了些近乡情怯的感觉，又意识到自己如今的身份不妥，飞速地摆手道："不必了，我下次再来。叨扰。"

她说完脚步飞快离开，又跑又跳，眨眼就冲到了隔壁街。

停下之后，宋初昭整理好衣摆，认了下方向，往宋府走去。

得先将时间告诉顾风简，后天才能过去。

自从骑射事件之后，范崇青一直想去找顾风简说说话。他不是个记恨一次输赢的人，就是好奇顾五郎与传闻不同，想与对方再切磋一下。

当然，他觉得顾五郎这人有意思，能交个朋友也不错。

他的朋友大多性情豪放、行事不羁，冲动起来容易犯错，总被他父亲数落。如果能交上顾五郎，请回家玩玩，他父亲想必很欣慰。

顾风蔚自己都不敢招惹他五弟，怎么会同意范崇青去？他轮番着找借口，将人堵在外面。加上宋初昭最近确实经常出门，范崇青次次来得不巧，没碰上，倒也不全是谎话。

范崇青见不到人，当顾四郎在敷衍他，心里介意得直痒痒。

人哪，就是这样，范崇青之前还不觉得怎么，现在特好奇顾风简平日都和哪些人做朋友。

后来听说了贺、顾两家婚约的事，他又开始好奇顾五郎这位未婚的妻子是个什么样的人物，于是找人打听起来。

虽然宋初昭回来才没多久，可关于她的传闻实在不少。

范崇青也晓得，街头传闻是不可信的，可能九假一真，甚至连真的那个"一"也是似是而非。可是当他听了许多不同版本的传言之后，发现内容竟然大同小异。重点突出一个坏,差别在于如何坏。

他实在很难将传闻中那样性格的女人,与顾风简联系起来。也不相信顾夫人会在知道这些事后无动于衷,依旧叫顾五郎娶宋三娘,毕竟顾夫人是出了名的护短,且不好糊弄。

所以,传闻定然是假的。

那么究竟是何人在背后整宋三娘?是为了败宋家的面子,还是为了败顾家的面子?不管是哪一个,都很耐人寻味。

范崇青多了个心眼,叫仆人继续在外打听与宋初昭有关的事。可惜最近说道这事的人少了,他等了几天,也没听见一条新鲜的,正以为也不过如此的时候,他的仆从跑来告诉他,打听出了个了不得的家伙。

范崇青还真以为是个多了不得的人。

此时这人就坐在他对面,三十岁上下,穿着褐色的粗布衣裳,怀里抱着个包袱,佝偻着背,不敢大大方方地露出脸来,看着很是鬼祟。

范崇青面前摆着一杯米酒,还有几碟小菜。

那米酒没多大的酒味,只是喝个意思。他小抿一口,怀疑地看着面前人道:"你说你知道许多内情?小爷可不是个普通人,若骗了我,你晓得会有什么后果吗?"

"小人真知道!"那人说一句,小心谨慎地看一眼周围,用手捂着脸说,"我父亲在宋府待了二十多年,是个老人,深受家主信任。我也是听他说的。别的不讲,这事儿绝对错不了。"

范崇青说:"这宋三才回来多久,你父亲多老也没用啊。"

那人小声说:"是啊。这宋三才回来多久,讲起来没有意思,您听着也糊涂。您不是想知道宋家的事吗?"

范崇青说:"哪个宋啊?我对宋将军那几个弟弟的事情不感兴趣。"

那人笑了一下:"就是宋将军的宋。其实也不算什么秘密,多年前许多人都知道,只是现在没什么人敢说了,而我知道的要更多、更真一些。"

范崇青来了点兴趣:"你讲。"

那人很忌讳叫别人听见他们的谈话,偏偏范崇青选了个临街的酒馆。他靠近过去,用只有二人能听见的声音说:"小人可以告诉您,但公子得先保证,不能将我给说出去。"

范崇青看着他:"你要求还许多?"

"没有办法,您听了就明白我为何这般小心。"那人讨好地笑了起来,"这事我本不想说的,我父亲也不叫我出来乱说。可无奈最近手头缺钱,公子又是

个大方的人，才同您一人讲。"

不知道同样的话他还对多少人说过。范崇青假装不知，乐呵呵道："你说吧，看我能不能满意。"

宋初昭走到临近宋府的那条街时，阴沉了许久的天空终于还是下起雨来。

秋雨不算猛烈，但耐不住这一阵风大，将飘落下来的雨水直往行人的脸上扑。

宋初昭好心情不减，却怕到时候满街飞溅的泥泞弄脏自己的衣服，暂时躲到一侧商铺的屋檐下休息。

这附近行人不少，不少人同她一样未对这场秋雨防备，被无奈拦在了半路。不忙活的人，就站在各铺门口闲聊。

宋初昭沿着干燥的一条路往前走，走到一扇半合的窗户前时，隐隐被人叫了名字。

里头喧哗吵闹。有唱曲儿的歌女正在卖艺，所以掌声也是一阵一阵的。宋初昭还没反应过来，一双手从窗户里伸出来，拽住了她的袖子。

宋初昭回头，见到了个熟人："范公子？"

"五郎？"范崇青相比起来很是惊喜道，"你也在这里？"

宋初昭指了指天："路过，不想下雨了。"

范崇青热情地邀她进来："那你来里面避雨吧，反正我这里有座。正好，有一事，也想让你也听听！"

宋初昭犹豫了下。

虽然与范崇青不熟，但在里头坐着，总比在外面吹风强。于是她欣然同意，绕去门口，同他会合。

范崇青对她一笑，用手指点了点桌子，朝对面的人说："你接着说就是。"

那人继续道："说是复杂，倒也简单。这位公子，你可知宋老夫人为何不喜欢宋三姑娘？"

宋初昭惊讶，没想到在说她家的事，提起精神，不动声色地听下去。

范崇青茫然道："宋老夫人不喜欢宋三姑娘吗？"

那人说："哎，那可是极不喜欢！"

范崇青沉吟片刻，无所谓道："也是正常吧，毕竟宋三从小就在边关长大，与老夫人不亲。而宋二是老夫人亲手带大的，亲疏自然不能相比。"

"此言差矣。"那人摆了摆手，"哪是那么简单的事，自然是因为别有内情。"

范崇青问："谁的内情？"

第二章·精彩绝伦

那人笑了下:"你知道,宋夫人是贺将军的独女,而宋将军曾经不过是贺将军的下属。二人尊卑有别,也没有两情相悦,原本是怎么都牵不上的关系。"

范崇青眯起眼睛。

那人凑到他的耳边,用更低的声音说:"宋夫人……当时还是贺姑娘。贺姑娘有个从小一起长大的玩伴,二人关系密切,同进同出,聘礼都已送进家门,只待择日成婚。此人您应该知道,如今已是京城有名的权臣,那便金吾卫的傅长钧傅将军。"

范崇青惊讶:"啊?"

傅长钧他当然认识,不仅认识,还很敬仰。

傅将军谢庭兰玉,武艺高强,一把长枪横扫四方,是京城中知名的高手。他就觉得那些满腹诗书的文人都比不上傅长钧的风度,若非是受傅长钧影响,他也不会如此喜爱学武。

范崇青小时候最喜欢去找傅长钧,可惜自傅长钧调任金吾卫之后,二人就很少再见面了。

范崇青沉下脸说:"你胡说什么,他二人不是义兄义妹吗?"

"那是后来才收的义子,曾经可不是。"那人说,"傅家也是名门望族,起起伏伏许多次,险些被抄了满门,是被平反后才有今日的风光。当时傅将军命悬一线,贺家险受牵连,赶紧与他断了关系,才保得一时之安。"

范崇青皱眉:"你究竟想说什么?"

那人说:"宋夫人便是在那时匆匆嫁给宋将军的。如此着急,有些欲盖弥彰啊,这宋夫人才嫁过去,二人马上被调去了边关,一去便是十多年,再也没回来。是避嫌还是怨怼,无人说得清了。那宋三姑娘究竟是何时生的也无人做证,外人如何想不晓得,反正宋老夫人不大信。"

他悄悄地说:"宋三姑娘年幼时回来过一次,宋老夫人就说,与他儿子一点都不像,宋夫人不干净。这么多年,也总有知道内情的官员家眷借此嘲笑宋家,你说宋老夫人能喜欢宋三姑娘吗?"

范崇青听得震撼,舔了舔唇,正想说你这人胡扯的吧,也扯得太厉害了!面前的人已经被飞踹出去。

范崇青怔了怔,见左手侧的宋初昭早已跳到他前面去了。

"顾五郎?"

宋初昭红着眼睛,直接抓住了那个说话的男人,两手用力揪住他的衣领往上提,质问道:"你说谁不干净?我看是你的嘴最不干净!你从哪里听来的?

谁叫你在这里败坏宋夫人的名誉！说！"

"我没有！"那人两股战战，摇头道，"我什么也没说！"

宋初昭腾出一只手，桎梏住他的下巴，几乎要将他的骨头捏碎："说不说！谁叫你来的！你当我不知道吗？多少年的旧事也翻出来说，还说得信誓旦旦，无人指使你我能信？"

那人被她用膝盖压着胸口，脸色绯红，快喘不过气，坚持道："我不知道你在说什么！"

宋初昭说："你现在不说以后也没机会说了！滥传谣言，侮辱朝廷命官，你知道上个这样做的人，被陛下亲自判死了吗？你说我该如何对你？"

那人当即吓得乱号："救命啊！救命啊！"

范崇青从未见过这样失态的顾风简。在传闻中，以及他的想象中，顾风简从来都是温润如玉、不与人动怒的文人，别说动手打人了，骂个粗话恐怕都要红脖子。

他看着五公子将人提起，又用力掼到一旁的桌上。餐盘被撞碎了一地，周围的食客仓皇躲到远处。

范崇青听见滴答的雨声中传来一阵整齐有力的脚步声，赶紧将头伸到窗户外一看，发现果然是金吾卫来了。

这群人穿着整齐的军服，顶着风雨走在大路正中。看气势显然不是普通的街使，该是完成了操练刚拉回来的将士。如果叫他们撞上当街斗殴这事，那可真是不妙了。

范崇青忙冲上去拦住宋初昭，警告道："金吾卫来了，快别打了！"

宋初昭被他一拉，手上松了力气。

那人得了喘息之机，用力将她推开，从侧面溜了过去。他逃得很狼狈，可速度够快，一眨眼就冲进了围观的人群里不见了。

宋初昭急道："站住，不说清楚你别想走！"

范崇青见她还是要追，只能从后面抱住她，两手锁住她的腰身不让她走。

"金吾卫来了！当街斗殴是要被鞭笞示众的！为了一个嘴碎的小人你疯了吧！"

宋初昭被范崇青一抱，整个人陷在男性的强大气息中，整个脑袋嗡嗡作响，更不清醒了。

"你放手！"

范崇青不肯："不！你冷静了没有？"

宋初昭没冷静，还怒了。

第二章·精彩绝伦

她抬起右脚用力一踩，在范崇青吃痛放手的时候，手肘追上一击，然后旋身踢了出去。

范崇青发出一声委屈的惨叫。

"你打我干什么！还打我脸！"他捂着脸从地上爬起来，"你打刚才那个人都没这么狠！"

宋初昭气疯了："谁让你动手动脚！你活该！"

范崇青叫道："你什么意思啊？"

"何人敢在此闹事？"

陌生的声音突兀响起，酒馆变得异常安静。

范崇青抬眼一看，果然见店铺出口被这群金吾卫给拦住了。他们腰间佩戴着长刀，列成两队，正瞪视着他们。

为首打量他们的将士认出了二人身份，带着笑意道："将军，原来是范尚书家的二公子与顾国公家的五公子，在酒馆中打斗。"

人群自动分出了一条宽敞的道路，从中走出来一位样貌英俊的男人。他穿着一身黑色的劲装，肩膀宽阔，腰身窄细，让人看不出年龄，眉眼中没有凶相，却莫名带着威严。

"哦……"他上挑的凤眼在二人身上一扫，随后定在范崇青的脸上，语气揶揄道，"好雅兴。"

范崇青不顾被踢得青肿的伤，忙说："傅叔误会，我只是摔了个大跤。"

"摔跤。"傅长钧点了点头，又去看宋初昭，"五公子推的？好大的力气，推得满地狼藉。"

宋初昭不料这就见到传闻中的傅长钧，没收拾好心情，大脑一阵混乱。听出了对方在给自己找碴儿的语气，发扬多年死不认错的优良品德，跟牛崽子似的挺直胸膛："哼！"

范崇青捂脸，顾五郎！你怕是要害死我！

"顾五公子。"

傅长钧对她倒很稀奇。没想到金吾卫也有招呼顾风简的一天，且对方表现得比多年惯犯范崇青还要嚣张。

宋初昭直直地看着傅长钧，比照着他的脸跟自己的脸。她心口慌得猛跳，怎么看，怎么不觉得像。

她才不相信，大声说了一句："骗人！"

傅长钧愣了下，问道："我？我哪里骗了你？"

范崇青吓得胆儿都要破了，想捂住宋初昭的嘴，又不敢再碰她，只能在她耳边小声求饶道："祖宗，那些混账话你听听就算了，可千万别说出来！我求你了！"

宋初昭瞅他："你跟那人是一道的！"

范崇青冤得慌，跺脚道："我不是！"

宋初昭哼哼："那你打听别人家的事做什么？"

"我也悔啊！我不过是有点好奇而已！"范崇青捂着自己的脸，痛心疾首，差点哭出来，"这不报应就来了嘛！"

见他二人凑在一起嘀嘀咕咕，关系不善，又不像十分交恶的模样，将士没有办法，低声请示道："将军，二位公子该如何处置？"

傅长钧摇头说："二位公子身份尊贵，命人去通知顾府与范府，叫他们前来领人。去后院开几个房间，再找个大夫，看看他们有伤没有。你安抚一下店中客人，莫扰了店家生意。"

那将士应道："是。"

宋初昭还在与范崇青瞪眼，后领一紧，已被人抓住。对方推了一下，然后拽着他们跟鸡崽一样往里面提。

范崇青回头，双目含泪："傅叔，就算您不信，这真是我最冤的一次，此事与我无关啊！"

宋初昭咋舌："没出息！"

范崇青说："你硬气！"

宋初昭此时身不由己，硬不大起来："比你要好！"

范崇青控诉："你娘又不打你，可我爹会抽我啊！"

傅长钧直接将他们一人一个房间丢进去，以防他们二人继续吵架，然后从属下手里接了根鞭子，甩着进了范崇青的屋。

春冬跑进来的时候太急，差点撞到了院门口站着的妙儿。她快步错开，喊道："姑娘！姑娘不好了！"

顾风简不悦道："天塌了没有？"

"天、天快塌了！"春冬冲到他面前，脸色一片苍白，"外面的人说，公子在街上与人打起来了！"

顾风简抬起眼皮："你说什么？"

春冬点头："是啊！闹得好大，还被金吾卫逮住了！"

顾风简猛地站起来，椅子被他撞得晃了下。他沉声问："和谁打起来？"

"据说是和范崇青！那里太乱了，金吾卫又已将人喝散，我也不知道究竟是怎么回事，反正就是打起来了。在前边最大的那间酒馆！"

春冬还想问，自己要不要去顾府找人打听一下详情，眼前的人已经没影了。

顾风筒连手上东西都忘了放下，直接冲出门去。

春冬呆了下，又是急喊道："姑娘！"

客房打扫得很干净，一层的客房窗户外正巧对着一个花园。

宋初昭过去看了一眼，发现外头守着个士兵，对方扯开嘴角同她笑了一下。

宋初昭回了个苦笑，然后将窗户关上。

她走到床边坐下，将脑袋靠在床柱上，闭着眼睛细思。

其实也没什么好想的，顶多觉得方才失算，应该先打断那人的腿将他留下。

至于傅长钧，她没见过，她娘也没说过，她都不知道对方还是她娘的义兄。

宋初昭半睁开眼，目光迷离，刚独自待了会儿，就听见个熟悉的声音。

那人说："我来找顾五郎。"

宋初昭连忙推开房门，露出个脑袋往外看。

拦在院门口的将士说："姑娘，顾五郎如今是犯了事，叫我们将军给抓住了，不方便见人。"

紧跟着，隔壁的房门也打开了，傅长钧同她一样从屋门里冒出了个头。

顾风筒同傅长钧打上照面，都愣了一下。

宋初昭转着视线对他二人表情进行解读。

顾风筒的眼里写着"真巧"，傅长钧的眼睛里写着单纯的"惊讶"。

倒没什么猫腻。

随后傅长钧挥了挥手，让手下将士放人进去。

顾风筒同傅长钧抱拳示意。

这不是姑娘惯用的行礼方式，因宋初昭自幼长在边关，傅长钧当是习惯，也没有在意。

顾风筒直直走到宋初昭这边，闪身进来，再将门合上。

宋初昭看着他，想起自己犯的错误，飞快地坦白道："我打他了。"

她对着顾风筒还是满腔愧疚的，毕竟因自己的私事给他惹了祸事，语气也低下去，说："对不住，一时没忍住。"

顾风筒说："你想打就打吧。"

宋初昭盯着他的脸，见他眉头紧皱，这句话也说得急促，不知道是气急了说反话，还是真的不在意。

顾风简往里走了两步，无奈门窗都给宋初昭关上了，光色不好，他看不清楚，只能问道："怎么样了？"

宋初昭朝着后方一指："人在后边那屋子躺着呢。应当是没事的，我留了手，没打狠，他方才还活蹦乱跳的。"

顾风简无奈地说："我是说你。"

"我？"宋初昭摆了摆手，"我挺好，就不知道你觉得自己好不好。"

顾风简眼睛一直落在她身上。

宋初昭被他看得发怵，问道："你现在是要我去同他道歉还是怎么？你说吧，我听你的。"

顾风简叹了口气，指向床边，示意她坐下，然后自己搬了张椅子，坐到她的对面。

他坐得端正，看起来很郑重，宋初昭也正襟危坐地与他对话。

顾风简问："为何打架？"

宋初昭说："听到了污言秽语，不高兴。"

顾风简问："是范崇青说的？"

宋初昭说："倒不是他。"

顾风简又问："那人呢？"

宋初昭遗憾地捶腿："好像跑了，范崇青非拦着我！"

顾风简走向窗边，往院子里一看，问道："是那个人吗？"

宋初昭飞步过去，就见院中不知何时多了一人，五花大绑地躺在那里，被塞住了嘴，跟虫子似的不断折腾。

宋初昭点头说："对！就是他！"

顾风简又将窗户合上。

知道人被抓住，宋初昭这心情瞬间就开怀起来。

宋初昭说："他不是跑了吗？"

"京城里，鲜有金吾卫抓不到的人，何况傅将军领着京城最精锐的铁卫。"顾风简说，"将人交给傅将军审问，你该放心了。"

宋初昭想起那人嘴中说过的污言，不大想叫傅长钧知道。

顾风简正好问："那个人都说了什么，叫你这样生气？"

宋初昭迟疑片刻，说："不想让你知道，不是什么很重要的事。"

顾风简点头："好，那我不问了。"

宋初昭闻言，反而诧异地抬起头。

"你不想知道吗？你不好奇吗？你不追问一下？"

第二章·精彩绝伦

顾风简说:"我宁愿不知道,好过你想办法骗我。"

宋初昭似保证地说道:"我不骗你!"

角落里摆着个木架,上面放着个铜盆。

顾风简走过去,发现里面的水是刚换上来的,还带着点温热,此刻已经差不多凉了。

他扯过挂着的毛巾,用水打湿,拧干,走到宋初昭面前。

"手。"

宋初昭说:"我方才洗过手了。"

顾风简指着道:"你手上有个口子。"

宋初昭抬近了一看,发现还真有。或许是打斗时被木屑划伤的,也可能是被那人抓伤的,两道红色的长线。之前不明显,现在泛出血丝,还红肿起来,反而变得很严重一样,其实她并不觉得疼。

顾风简拉过她的手,用帕子在边上按了一下。

冰凉湿润的布帕拭过她的手背,倒是将一直蠢蠢欲动的痒意给压了下去,舒服了不少。

"你真的不生我气?"宋初昭观察着他的神色,"我打人了哎。"

众所周知,顾五郎平素儒雅知礼、谦恭退抑,连生气都很少显于人前,哪会同自己这般气急败坏。

"他打不过你是他活该。"顾风简理所当然道,"想来他也没脸来找你麻烦,京城里更不会有人因此说你坏话。"

"为什么?"宋初昭嗫嚅道,"若是换了我父亲,该派人来抽我了。"

她说起自己父亲,又如同喉咙梗滞一下,不知道该说什么。

顾风简笑了一下,睫毛上下起伏:"因为你如今,是顾五郎啊。"

宋初昭说:"顾五郎不要面子吗?"

顾风简:"不,因为顾五郎是个男人,男人互相切磋而已,算什么大不了的事?"

宋初昭似懂非懂。

"许多事情本不该是你错,错只因为你是个女人,可你如今不是。"顾风简说,"你看我四哥,再看范崇青,他们有百般活法,可以万般肆意,世人会说他们错了吗?错在哪里?"

宋初昭张了张嘴,有许多想说的事情,最后只小声道:"其实我也是这样想的,可说出来我会挨骂。"

· 076 ·

"我不骂你。"顾风简失笑,"事实确实是如此,我明白,错不在你,在世俗。但你只能对我说,不要和别人说。"

宋初昭胸腔里有股难言的热意要涌出来,将她原本那些酸涩的心情给挤了出去,连眼眶都带上了湿热。

世上绝不有第二个人对她说,如果你是个男人,你就没有错,所以是世俗错了。也不会有第二个人这样理解她、鼓励她,把天下之大不韪的想法,不以为奇地说出来。

顾风简在她眼中的形象变得无比光辉。

"顾五郎!"宋初昭由衷道,"你人真好!"

顾风简顿了下,说:"很少有人说我人好。"

宋初昭眨了眨眼,把里头的水汽憋下去:"那他们可真没长眼睛!"

顾风简无语,你又知道我对别人好?

顾风简见她这般,收敛起笑意,叮嘱道:"我没有哄你去打架,打架总归还是不好。"

"我也不是随意打人的。"宋初昭忙说,"不讲道理,实在过分的我才动手!"

顾风简好笑地问:"那如果我犯了错,你也要打我吗?"

"不!不不!"宋初昭摆手,"我不打你!我只与你讲道理,我怎么会打你呢?"

他二人在谈话,没注意到外面,也就没注意到已经来了屋前,直接将门推开的顾夫人。

顾夫人心痛地喊道:"我儿啊!"

宋初昭惊住了,顾夫人也惊住了,唯独顾风简还是一派淡定。

宋初昭才发现二人的手还握在一起,连忙将手抽了回来,背到身后。

顾风简的双手就空落落地停在了半空。

宋初昭又抬手一按,让他把手摆在两侧放好。

当着顾风简的面,宋初昭喊话显得有些局促:"母亲。"

顾夫人动作却比宋初昭更快,她"噌"地后退了一步,将房门用力拉了回去。

宋初昭满头问号。

随即,一阵和缓的敲门声响起。

"五郎,你在吗?"

宋初昭正要回话,又听顾夫人自问自答:"你不在呀?屋里没人吗?那娘先去旁边看看范二郎,问两句话。"

宋初昭心道,您可真有意思!

宋初昭被顾夫人弄得更为窘迫,好像他们两个真有什么一样。

顾风简也被逗笑了。

宋初昭急说:"我也去旁边看看。"

隔壁那厢,范尚书也到了。

他提着衣摆推门进去,一看见范崇青便骂道:"你这逆子,你竟敢打顾五郎!你也下得去手!"

前面范崇青转过身,露出一张略带红肿的脸,委屈地叫:"爹,我没打他,是他打了我!您看!"

范尚书凑近,仔细对着他的脸看了会儿,片刻后更加愤怒道:"你个没用的东西!连顾五郎你都打不过!"

范崇青惊了——你个无理取闹的人,我怕不是你亲儿子。

顾夫人与宋初昭进来之后,范尚书立即不骂了。

两位领人的长辈一同朝傅长钧致歉道:"给傅将军添麻烦了。"

傅长钧低笑了声,回礼说:"事情我已问清楚,倒也不算什么大事,外面那人已说不会计较,不知二位公子之间的误会又想如何解决?"

这主要是范崇青挨打,就看他要不要追究。

范崇青见众人看过来,又搬出了先前那蹩脚的理由:"确实是误伤,我摔了一跤。"

范尚书说了句和宋初昭一样的话,掩面道:"没出息!"

紧跟着,他又说了句同范崇青预料中一样的话:"待我回去再收拾你!"

范崇青无语了。

他也算认清现实了,有没有出息都得挨抽。有出息,得和顾五郎一起挨抽,且是傅叔一顿,亲爹一顿。没出息,好歹只要熬一次。

就让他没出息着吧。

傅长钧正要说话,顾四郎紧跟着冲进来,叫叫嚷嚷地骂道:"范崇青你这无耻小人,你竟敢对我五弟动手,你——"

他进了屋子,才发现里面异常安静。众人的表情都不大对,齐刷刷地将视线对准了他。

顾四郎看着范崇青幽怨的脸,硬生生转了口风,笑道:"哟,这张小脸,怎么红了呢?"

范崇青大怒,用力拍掉他的手:"顾风蔚你有病吧?整日在外编派我,真

当我没有脾气?"

范尚书被他二人烦得不行:"你们两个都给我闭嘴!"

两个小的主动靠墙站立,静思己过。

范崇青特别抑郁。

怎么挨打的是他,丢脸的还是他?大家就不能公平一点对待吗?

他也想做被人宠爱的范二郎啊!凭什么不给他机会?

儿子总归是儿子,范尚书终于想起一致对外来了。他转向顾夫人,哼了哼:"顾夫人方才说,谁要是打了你儿子,你定然与他没完是不是?"

顾夫人抬手整理自己的碎发,神色不变道:"也不一定,还是看人的。若是有人打我们家四郎,我是不管的。"

顾四郎:"?"

宋初昭不好意思地说:"其实我也有受伤的。"

范尚书问:"你哪里受伤?"

宋初昭撸起衣袖,将手伸出来,热情地把虎口处割出的一道细小划痕展示给他看。

范尚书凑近一瞧,哟,那么大的口子,胡子都叫她给气翘起来了。他将宋初昭的手重重一摔,喝道:"你欺人太甚!"

傅长钧背过手,在手心里敲着长鞭,说道:"若是当街因恶斗殴,引起喧哗,是该受罚。即便是二位公子,也该鞭笞十次,游街示众。"

顾夫人眼前一黑,叫道:"不可以!我儿大病初愈,怎能受罚?他又不似范崇青常年习武,挨个二十鞭也没关系,我儿一鞭也挨不下来!"

范尚书:"?"

我敬你一尺,你坑我一丈?

傅长钧也让他们二人给逗笑了,还是装作正经道:"既然如此,那就只是误会了?"

范尚书还能说什么?他拂了下衣袖,又去瞪自己儿子。

"二位损坏酒馆不少物件,该做赔偿。当街滋事,也应罚银。"傅长钧说,"究竟该赔多少,诸位去同掌柜的商量吧。三倍罚银,交予金吾卫处,以作警戒,不可再犯。"

小辈们都乖巧地认了错,不敢放肆。

傅长钧最先离开屋子。

他走到院子里,在正中停下脚步。那被绑住的男子呜咽着朝他挪动,努力将身体摆正,想朝他叩首。

傅长钧低头看着他,笑得和蔼:"想认错?"

那人疯狂点头。

傅长钧却说:"你总爱说不该说的话,所以我现在不想听了。看你也被打得不轻,我先带你去医治一下,你看好不好?"

那人万分惊恐,飙着泪用力摇头,又朝傅长钧叩首。

傅长钧继续笑:"你也不必担心。问诊的钱,国公府会出的。我今日已经散值,多的是时间。你好好想,想清楚了再说。带走。"

旁边的将士一把将那人提了起来,不顾他的挣扎恳求,拖在人群后面,往院外走去。

等傅长钧等人离开了,宋初昭与顾四郎才跟着走出去。顾夫人叫他二人先回去休息,剩下的事情交给她商量。

顾四郎紧紧缠着宋初昭,一路絮絮叨叨:"你怎么会跟范崇青在一起呢?还与他打起来了?你告诉四哥,你是怎么打的他,当然四哥不是说你不对,脸上那一击还是挺准的。他是不是又欺负你?你这样的脾气都能动起手来,究竟是为了什么……"

宋初昭有一搭没一搭地回,顾四郎被敷衍,兴致也一点不减,他靠着自己的想象与猜测,胡乱还原着事情的真相。

二人出了后院,走到大街上。

顾四郎扯着宋初昭的衣袖,说要带她去吃顿好的,去去在范崇青这里染上的晦气,拉了拉,发现身边的人不动了。

今日刚下过雨,虽然现在已经停了,可京城各处还很湿润。

顾风简就站在街对面的梨树下,一身白衣,踩着泥泞,静静地望着他们这边。

雨后的秋风是沁凉的,吹起他的衣摆与长发,给他增添了两分冷意,还带来一种独立于世的缥缈感。

顾四郎顺着宋初昭的视线看过去,起先没有认出人来,只当是哪家漂亮姑娘出来散心,还觉得是个清秀佳人。等身边的人朝对方跑过去,他才意识到那居然是宋三娘。

这是顾四郎第一次亲眼见到宋三娘。

人人都告诉他,这三姑娘专断蛮横、任性妄为、粗鄙不堪,却没人告诉他,宋三娘是个看起来如此出尘的女子。

他惊讶片刻,而后也追上去。

梨树的树叶上留着不少雨滴，风一吹，就簌簌往下落。

"你怎么还在？"宋初昭见顾风简肩头已被雨水打湿，拂了一下，说，"淋了雨，小心受凉了。"

顾风简说："担心你说不过他们，等在这里看看。"

傅长钧那人不好应对，不大爱卖人面子，他要是不高兴了，谁在他手上也讨不到好。

顾风简想，他现在以宋初昭的身份，还是能求得上情的，怕有意外，才等在这里。

顾四郎大笑着插话说："宋姑娘不必担心。我五弟口才卓越，满腹经纶，就没有说不过的人！"他拍了拍自己五弟的肩膀，"你别看他不善武艺，但是京城上下，没人能欺负得了他。"

宋初昭和顾风简一起斜眼看他，俱是觉得他有点碍眼，偏偏顾四郎没有自觉。

宋初昭拉着顾风简往旁边走了两步。

"春冬呢？"

"我叫她去买点东西。"顾风简皱皱鼻子，"她也挺吵的。"

宋初昭笑说："她是想叫你回去吧？你回吧，我这里已经没事了。"

她突然想起要去贺府的事，正欲提醒一句，顾四郎又凑过来，指着顾风简的手道："哎，宋姑娘，你拿着这是什么书？"

这本书顾风简一时着急，直接带过来的，虽然护在怀里，可还是打湿了一些，表面有点褶皱。

他低头想要抚平页脚，正好露出上面的书名。

顾四郎说："咦？你在看这本书？我记得我五弟前些日子也借抄了这本，你二人真是兴趣相投，难得啊！听闻宋姑娘在边关长大，原来也是个文雅之人！"

顾风简淡淡道："在边关，哪有那么多书？"

顾四郎惊呆："啊？"

"边关自然是兵书最多了，别的都叫杂书！"宋初昭无奈道，"我的四哥，你认不出这是你五弟的书吗？"

"啊？原来这是我五弟的书啊！"顾四郎先是一惊，随后又跟上了一惊表示尊敬，"这书连我都看不进去！宋姑娘，你竟为了我五弟啃读这般难懂的东西！"

宋初昭冷汗都要冒出来了。

顾风简镇定地说:"确实晦涩了点。"

顾四郎体贴道:"你慢慢读,不着急,读不懂的地方,叫我五弟教你。"

宋初昭干巴巴地说:"四哥,去吃饭了吧。"

顾四郎恨其不争,在她耳边道:"都这时候了,你怎么还想着吃呢?人姑娘担心你,特意等在此处,你居然没有半点表示?"

宋初昭无语,那你怎么不想想自己走呢?

顾四郎在那儿傻笑,宋初昭与顾风简尴尬对视。没一会儿,顾夫人也出来了。

她见到三人跟三炷香似的扎在树底下,也是奇怪了,走过去笑道:"宋三姑娘?"

顾四郎立马高声说:"是!正是!她担心五弟,便在这里等候。"

顾夫人高兴道:"我一瞧就认出来了,与贺菀妹妹年轻时简直一模一样!"

她抓起顾风简的手握住,"呀"了一声:"怎么这么凉啊!"

顾四郎说:"因为此处风凉。"

顾夫人笑呵呵地转过头,朝着宋初昭示意说:"先把你四哥带走。"

顾四郎嘀咕:"显得我多碍事似的。行了,我自己走!"

顾四郎领着宋初昭走到别处等候,给他二人说话的机会。

顾夫人与顾风简解释说:"多谢宋姑娘关心,五郎什么事也没有。他平日性格沉稳,不会同人争执,更不会与人打斗。今日之事,实属意外。"

顾风简点头:"我知道。"

顾夫人又说:"五郎是关心你的。虽然你二人此前没有见过,但我从未见他对别人这样关心过,想来这是缘分。"

顾风简说:"我与她见过。"

顾夫人惊讶:"见过?哦,是,春冬说,你二人在边关见过。"

顾风简点头,含糊道:"当时摔落了马,不能走动,最后是宋家的亲兵赶去救了人。"

顾夫人听清他的话,瞪大眼睛,错愕过后惊喜道:"原来是你呀!原来当初是你!我说宋家从没有什么三公子,唯一的公子也一直长在京城!三娘,是你呀!"

她过于激动,反反复复说了好几次,又拉住顾风简的手紧紧握住。

"多亏是你,否则五郎就要遭难了。他身体不好,受不得寒,多谢你将衣服留给他,又背他去避雨。那地方平日行人少,暴雨后就更无人靠近了。"她说着不由得哽咽,"若非侥幸遇到你,冒险连夜跑去叫人,恐怕他不知要等多

久才能得救。你当时还那么小,又要走山路又要淋雨,该多不容易?孩子,你真是太好了。"

顾夫人忍了忍,将情绪压下去,又说:"后来我们想找你道谢的,可惜寻不到人。他们只说你病了,不能见客,你当时病得严重吗?"

重不重顾风简也不知道,反正点头就是了,他说:"已经好了。"

顾夫人唏嘘道:"难怪他对你这般好。五郎真是,竟然不与我讲!他什么都闷在心里,否则我早该去谢谢你了。"

顾风简垂下视线,苦笑着说:"或许是不想我再添一些有违礼数的传闻了吧。"

"不要这样说!不要听那些糊涂话!他们又懂什么?"顾夫人又心疼又生气,上前抱了抱他,"昭昭,贺菀妹妹不在京城,你就当我们是一家人,有什么事,尽管来找我。"

顾夫人又与他说了几句话,见他衣衫单薄,不忍再留他,劝他先回家。

顾风简看向不远处,宋初昭朝他挥手作别,而后转身离开。让他想起风雨如山崩摧来时,挡在他面前的那道背影。

第三章

打 架

- SHENCANGBULU -

热腾腾的面条端上桌来，清香随着雾气袅袅上升。

傅长钧将筷子的尾端在木桌上敲到平整，又用白布从头到尾用力擦了一遍，而后低头，认真地吃面。

热气随着他的动作变得越发浓重，遮住了他冷峻的面容。吸面的声音里，脚步声仓促而至。

傅长钧的身后，站着十多位佩刀的亲兵。一亲兵将来人拦在一米开外，笑道："宋郎将，站这里即可。"

见人来了，傅长钧终于停下筷子，点着下巴道："说吧。"

宋三老爷与他儿子对视一眼，正满是不解与忐忑，不知该说些什么。躺在院子正中的那个男人已抽噎着开始告罪。

"这位将军，这位官爷，该说的我已经都说了，我也是拿钱办事，并非与谁有仇。我敢起誓，我所言皆不是编造，是别人叫我这样说的！可那人究竟是谁，我也不知。我只是个小人物罢了。"

宋家二人脸色苍白，急急否认——

"不可能！傅将军，此人绝不是我宋家人！"

宋三老爷接着说："宋三是我侄女儿，宋夫人是我长嫂。我平日虽忙于公务，对三娘关心不足，可也不至于要这样害她。何况这毁的哪里是三娘与我长嫂的名誉，毁的分明是我宋家的名誉啊！"

宋三老爷吞了口唾沫，伸出颤抖的手在空中挥舞，想要撇清关系。

"定是有人与我宋家有仇，想要宋家与将军结恶，才在外如此张扬。请将军明鉴！绝不可误会我等，称小人心意！"

傅长钧继续低头吃面，他身边的亲兵出列，从胸口抽出一卷纸来。纸上是画，画上是不同的人在不同的地点窃窃私语。接连几张纸都是相似的内容。

场景虽然画得潦草，但关键的细节，都很到位。想要深查的话，完全可以牵扯出背后的人是谁。

将士给宋三老爷看了一眼，又马上收起来。

傅长钧笑说："你在金吾卫司职，不知是对我金吾卫不够了解，还是对你宋家家仆不够了解。"

宋三老爷脸上的肌肉因为紧张而抽搐，却不敢伸手去拭额头上的冷汗。他只辩白道："今日之事，绝不是我宋家所为！此人也与我宋家没有关系！"

"嗯？"傅长钧说，"那往日是了？"

宋三老爷在心中措辞许久，暗中已将自己夫人与母亲数落了千百遍，小心开口道："属下回去，一定对府中家仆严加管教！那几位刁奴，一律逐出家门，叫将军满意！"

傅长钧笑说："奴仆不好做啊，出了什么事，都是奴仆的错。倒也不必如此，我又不会为难几个身不由己的奴才。"

他用筷子指着地上的男人，问道："哦，对了，你知道他是被谁打的吗？"

宋三老爷快速瞥了一眼，又转回头来。

那人被打得鼻青脸肿，蜷缩着背，只一看也晓得伤得很重。

"瞧你，这是什么眼神？不是我打的，真不是我打的。"傅长钧对着他状似神秘道，"是顾五公子打的。"

宋三老爷眼皮一跳："顾五公子？"

傅长钧说："是啊。今日巧了，他在胡言的时候，正好撞上顾五公子。好在五公子是个聪明人，不会受人挑唆，反气得打了他一顿。否则，你说，若是有了误会，那麻烦可就大了。"

地上的人啜泣道："我真不知他是顾五公子啊！"

"那你知道另外一个是范二公子吗？"傅长钧身体前倾，笑问，"你知道范二公子与顾家四郎颇有渊源吗？"

那人无言以对，哭道："我只是拿钱办事……我想不了那么许多。"

宋三老爷也想哭了："将军，国公这等亲家，我母亲就是再蠢钝，她也不能……"

傅长钧抬手打断了他，说："此事是顾五郎做错了，他也认错了。换作是

第三章·打架

· 085 ·

我,谁欺负我傅家人,或是欺负我义父贺家的人,我不会直白动手,我只记着。我这人记仇,默默记在心里,什么时候这仇平了,什么时候才算。"

宋三老爷抽了抽鼻子,鞠躬认错。他儿子还是一脸茫然,看着他父亲,叫了一声:"爹?"

傅长钧说:"宋郎将,你这是做什么?你我虽同属金吾卫,可所司职责各不相同。你大哥如今实权在握,你们宋家,不必将我放在眼里。"

宋三老爷冷汗淋淋:"不敢!多亏傅将军照拂,才有卑职今日!"

"是吗?"傅长钧端起碗,吹去表层的猪油,缓缓喝了一口,"我今日找你来,不是为了吓你,也不是为了与你追究责任,只是有几句话想与你说说。"

宋三老爷忙道:"是。"

傅长钧说:"宋家女眷较多,如今府里辈分最高的男儿就是你了。宋三老爷,你是宋家半个主人啊。宋府出了什么事,别人总是要说到你头上去的。"

他转了身,笑道:"金吾卫是要职。徼巡京师,统领重兵。若是连家中几个仆役都管教不好,又如何服众?我想宋郎将心有大志,不是为了来署中混混日子的。"

宋三老爷声音颤抖:"谢将军抬爱。"

傅长钧又道:"我对你很是看重。近日我没有考察你,不知你是否有所懈怠。为人将者,起码当有勇武。我金吾卫里俱是好手,想叫他们听话,还得自己有点本事,你说是不是?刘郎。"

"下官在。"

傅长钧起身:"陪宋郎将练练身手,也同他讲讲,平日你如何御下。"

刘郎问:"练到何时呢?"

"学无止境啊。"傅长钧披上外衣,又将佩刀带上,语气随意道,"你说要练到何时?"

刘郎抱拳:"下官明白。"

宋三老爷险些软倒在地,他儿子将他扶住,忐忑不已地叫道:"爹?"

傅长钧走到门口,又停了下来,回过头道:"小宋公子,我险些忘了,你去替我向宋老夫人问一句话。宋三姑娘许久没去过贺府了,不知义父送去的礼物,她是不是喜欢。"

被叫到的人许久没反应过来,最后还是被宋三老爷推了把,才急忙回道:"是。"

傅长钧点头:"辛苦你了,天色不早,你也早点回吧。"

待傅长钧离开,宋三老爷立即抓住他儿子,想往边上走。

· 086 ·

刘郎拦住:"宋郎将去何处?"

宋三老爷一副"吾命休矣"的表情,说:"我只是与我儿子叮嘱两句话。"

刘郎忍着笑道:"好。"

宋三老爷扯着他还云游天外的儿子,去到角落。

他挽起袖子,忍了忍,没忍住,破骂道:"同你母亲那蠢货说,她疯了吗?啊!她是疯了吗?她若还想我活着回去,就该知道怎么做!当初怎么招惹宋初昭的,现在就是去给我跪着,也得把事情摆平了!"

他儿子点头。

"还有!"宋三老爷举起拳头,万分想打人,可是对着儿子的脸,又落不下去,最后重重捶到了一旁。

"告诉你母亲,等我回去,再与她算账!她与母亲昧了贺府多少东西,都给我加倍赔回去。宋初昭若是不收,你告诉她,她就完了!

"再告诉你祖母,你问问她,贺家、顾家、傅家,哪一个是我惹得起的?我可求求她,放我一马吧!京城里哪有不透风的墙?她背后里那些不干净的手脚,真当能瞒得过谁?人家不过忍她一时,她居然还得寸进尺!现下已有人借题发挥,想要坑害我等!她再不将自己摘干净些,到时候真出了事,洗都洗不清。你问她,是不是想要我死,是不是!"

小宋公子连连点头。

宋三老爷问:"记住了没有?"

"记住了。"

宋三老爷推他走:"去!"

春冬给顾风简烧好了洗澡的热水,在门外候着。

她等了许久,都不见顾风简出来,若非敲门后还能听见应答,真当对方在屋里睡去了。

大约过了半个时辰,顾风简才出声叫她进来。

他浑身冒着水汽,穿了身松松垮垮的白色衣服,站在屏风后面,脸上有种不自然的红晕,眼神也很迷离,不知道在想什么。

春冬走过去,把他推到床上,又给他把被角掖好。

顾风简跟不会动似的任由她推搡,乖巧又无辜。

春冬笑道:"姑娘真是,洗了这么久,人都给蒸糊涂了吧。"

顾风简闭上眼睛,想抛去杂念尽快入睡。

春冬在床边看了一会儿,又笑起来。

春冬觉得宋三娘只有在这种时候，才有几分这种年龄该有的天真，平日里，太过成熟持重了。

春冬吹熄了灯，准备去休息，院子外面突然热闹起来。

顾风筠躺着没动，春冬跑出去看。没多久，院外响起了一阵细碎的交谈声。

春冬回来，就着夜色同顾风筠回报道："姑娘，院子外头多出来好多东西，都是您三婶送过来的。"

顾风筠睁开眼问："是什么东西？"

"不知。"春冬说，"宋三夫人不是不喜欢您吗？为何突然送东西过来？"

顾风筠也很不解，不过他不在意，直接说："不要收。"

春冬惊讶道："不收？"

顾风筠点头，又想起如今屋里没灯，说："巴巴送上门来的东西，不要收。"

"为何？"春冬瞅了眼门口，压低声音道，"我看该收！不收岂不是便宜她了？"

"大半夜塞给你东西……"顾风筠看着自己的床顶，脸上燥热降下，思路也清晰起来，"不要收，我看她会送更多的东西，求着你收。"

春冬高兴道："真的吗？那我这就去回绝了！"

又过了片刻，外面终于安静了。

顾风筠长吁一口气，昏昏沉沉地睡去。

顾风筠醒来后，宋三夫人又来了。

这回顾风筠有了精神，亲自守在院子里拦人。

他搬了张竹椅过来。那椅子不知道是他从哪里翻出来的，与他这破落的院子是一脉相承的朴素。他就架着腿坐在上面，用凉飕飕的眼神示意奴仆们把东西都给他搬开，不要留着挡路。

宋三夫人过来一看，见他这架势，不由得想起对方那过人的武力，心中发怵。她攥紧手里的白帕，还是觍着脸上前，同顾风筠问好。

宋三夫人昨夜一宿没睡，辗转反侧，不能安眠。

之前宋三娘和她说要去找傅长钧告状的时候，她就吓得不轻，打那之后一直很安分，没去找过谁的麻烦，连挤对的话都没说过。她一直小心翼翼，想将这事混过去。哪知对方还没来得及告状，倒叫傅长钧自己给撞见了，还把前头藏着的事给查出来了。

这可比宋三娘自己去告状还要糟糕！不知道她家郎君回来，该被折腾成什么样了。

宋三夫人心中发苦,暗生怨怼。

天地良心啊!那些出去胡说宋初昭坏话的奴仆,真不是受她的指使!她只是知道这事,却没有阻止而已,因为觉得不是什么大事。

她与宋三娘没仇,更没什么利益相关,何必非要为难对方?连平日对宋三娘不客气,都是为了看宋老夫人的脸色。

至于宋老夫人,宋三夫人觉得,她虽然厌烦宋初昭,却不想因此错失与顾家的婚事,没必要做那些多此一举的事。

所以,究竟是谁看宋初昭不过眼,暗示着府中奴仆使些下三滥的手段,宋三夫人心里大概清楚。

可是她清楚,别人却不清楚!

现在事情闹大了,始作俑者什么责任都没有,受罚的只有她的郎君和儿子,做恶人的也只有她一个,叫她如何能心理平衡!

如同现在,宋老夫人不情愿,什么事都不做,她却得巴巴地过来找宋初昭赔罪。

他们三房又不是贱得慌,凭什么就得受这委屈?

宋三夫人心里早已将那儿人翻来覆去唾骂了无数遍,面上还得强颜欢笑道:"三娘啊,这些东西你收着,本就是送给你的。"

顾风简也笑,坐着没起来,抬起头仰视她:"怎么叫本就是送给我的?我不好收三婶这么多贵重的礼物,还是算了吧。"

宋三夫人继续笑:"不是三婶的东西,这些是贺府给你的礼物。先前一直存在老夫人那里,没给你拿过来。昨夜我儿回来提醒,我才想起此事,急匆匆去把东西领过来了。你看看,有什么喜欢的。"

"哦——"顾风简恍然大悟,"原来是贺府的东西。"

他站了起来。

宋三夫人一喜,正要叫人把东西都抬进去,顾风简长臂一伸,再次拦道:"麻烦三婶了。可惜我这院子小,放不下那么多东西,春冬。"

春冬已经藏了好久,乐颠颠地从门后跑出来,高声道:"春冬在!"

顾风简说:"你去拿个册子,帮我将所有的礼物都记录一下。我喜欢的,拿进来,我不喜欢的,到时候同外祖父说,让他看看,是收回去,还是任由我处置。"

宋三夫人愣了下,生硬地扯动着嘴角道:"怎么收个礼物,还要记起来呢?"

顾风简奇怪道:"收个礼物不要记着吗?那下次该如何回礼?"

宋三夫人说:"这是长辈送给你的礼物,是贺老爷关心你,不用回礼的。"

第三章 · 打架

顾风简点头:"是啊。我从未见过我外祖父,他如此关心我,我很欣喜。但到底都是自家人,还是将喜好同他说清楚比较好,以免下次,他又送了些没必要的东西过来。"

宋三夫人还想再说,顾风简却不给她絮絮叨叨的机会,自顾自说道:"这些礼物那么多,没清点完之前,还是不要放在我的院门口,出行不方便。三婶,东西是哪里来的,先搬回去吧。等春冬整理好了,我再过去拿。您看怎么样?"

宋三夫人犹豫不决。她觉得宋三娘不笨,应该是猜到礼物少了一部分,故意用这样的方法逼她还回来。

自古就没有逼人收礼的事情,她过于坚持徒增尴尬。

她先前发现了,这个宋三娘的手段比她要高明,不好对付。

可这麻烦怎么还是在她身上?

怎么就还是她!凭什么就要她赔!

宋三夫人的内心跟爆炸了一样,炸过之后,恢复成一片平静,痛快了不少。

她沉下脸,那一刻,有了破罐子破摔的勇气。

"那就搬吧。你二姐与祖母似乎拿了点东西,我待会儿去问问她们。或者三娘你自己去问。"

她当时拿了一点,东西都没有损坏,可以还回去,别人的事,她不要再管了。

顾风简亲眼目睹了她变脸的全过程,并从中看出她复杂的心路历程,可谓精彩至极。他点了点头,说:"好,麻烦三婶了。"

宋三夫人穿了一件随手换上的衣裳从堂间走过,眉宇中全是憔悴,走到回廊的时候,就见宋诗闻让婢女抱着琴从屋里出来,

往日见到宋二娘这无忧无虑的雅致,宋三夫人还觉得高雅有趣,可昨日事情闹得那么大,就她还跟没事人一样出去弹琴,就叫宋三夫人不痛快了。

宋三夫人故意放重脚步,朝着宋诗闻靠过去。

宋诗闻浅浅笑道:"三婶,早。"

宋三夫人说:"不早,一晚上没睡呢。"

宋诗闻道:"那三婶还是好好休息一下吧。"

"我这心里有事,实在是休息不好。"宋三夫人说,"诗闻啊,先前你从老夫人那里拿的几对耳环,还有一样发饰,你还记得吗?那其实是三姑娘的东西,老夫人弄错了,送给你了。"

"哦?"宋诗闻惊讶道,"我不知道,我只觉得很好看,就收下了,可是我屋里东西太多,我当时随手一放,也不晓得放到了哪里,等我晚上回去,给

090

三婶找一找。"

宋三夫人说:"还是现在就去吧,你妹妹正等着呢。"

"妹妹很急吗?"宋诗闻说,"若是妹妹非想要那些耳环,我那里也有别的,我去选几样,当是赔给她的吧。"

宋三夫人嘴角抽动,心说那价钱能一样吗?贺老爷送过来的,全是他们挑的最好的东西。你送回来的,倒真是自己看不上的东西。

宋三夫人说:"那是别人给她的礼物,不一样的,还是得原样的好。"

"这可真是不好。"宋诗闻抬起头,无辜地说,"我去找祖母说说,看看该怎么办。"

宋三夫人咬牙,险些龇出声来。

她晓得宋二娘心思深沉,但她一直不讨厌。这世上想好好活着的,谁不得多算计些事情?可当遇上一个故意听不懂你话的人,就真是想打人了!

宋三夫人自然不敢真打宋诗闻,被推辞了一番,只能悻悻回去,转道去找宋老夫人。

宋老夫人听她说完,没好气道:"宋初昭怎么那么深的心机?她这是何意?昨夜不肯收,今日还不肯收,是要我去求着她吗?"

宋三夫人说:"那些本就是给三姑娘的东西呀,还回去也是应该。"

宋老夫人站起来,脸色阴沉道:"如今不是我不肯给,是她不肯要啊!找这般借口,不就是为了让我难堪?"

宋三夫人有些慌,不肯听从,劝道:"母亲,如今是我们站不住理呀,我已经将东西还回去了,您同我一起吧。"

宋老夫人拂袖,不耐烦道:"我又没说不还,我真能昧了她东西不成?明日再说吧。"

宋三夫人说:"可我郎君还在傅将军手里呢,他昨日都那样叮嘱我了!我若不照他所言行事,他回来还不得责罚我?"

"那傅长钧真能吃了我儿不成?他是我儿子,我自然也关心他,不用你说!"宋老夫人说,"就明日!眼下巴巴地送过去,好似她能拿捏得住我似的,不行!"

宋府内院一阵鸡飞狗跳,顾风简这里倒还算清净。

宋三夫人总算是学聪明了,晓得去烦着别人,不来恼他。可惜她战力不佳,缠着宋老夫人哭了一阵,又讲道理又卖可怜,也没把人给说服下来。

她惯会看人脸色,习惯了欺软怕硬,担心真将老夫人惹恼了,给自己添上麻烦,没闹得太过分,打算第二日买些好吃的东西,再来找顾风简说点好话,

第三章·打架

朝他赔罪，将事情揭过去。

宋三夫人想，不过一个晚上而已，事情还能变得更糟吗？叫老夫人与宋家两位姑娘都冷静一下，也好。

她却不知道，第二天，顾风简是准备去贺府的。

第二日天一早，顾风简就让春冬喊他起来，因不想再撞见外边的奴仆，二人直接从侧门走了出去。

宋初昭也是起了个大早，步行到贺府附近的一个街口等候。

二人碰面时，朝阳恰好从天际线上冉冉升起，在头顶洒下一片暖橘色的彩光。

三人见了面就笑。

宋初昭是想到后面的事情忍不住傻笑，顾风简是陪着她笑，春冬则是埋头偷笑。

顾风简其实少有这样放松的状态，但一见到宋初昭，就觉得好像世上没什么值得烦恼的，笑到后面心情也跟着变好了不少。

附近的叫卖声越来越响，宋初昭冷静了些，领着顾风简往贺府走去。

春冬好想同宋初昭讲讲这两日发生在宋府的事，可是怕扰了他二人清净，强行忍住了。

等到了贺府的门前，宋初昭皱着眉头低声道："这贺府与我之前来的时候，不大一样。"

顾风简问："哪里不一样？"

"哪里都不一样！"宋初昭指着说，"你见过在门口的石像上挂红绸的吗？又没有什么喜事。"

顾风简意会，笑道："是想叫家里看着活泼一些吧。"

"自然是为了欢迎我们姑娘。"春冬说，"看来贺老爷确实是很喜欢姑娘的！"

宋初昭用鞋底在地上碾了一把："哎，这多不好意思啊。"

春冬说："公子，这是贺老爷为姑娘准备的，您不好意思些什么？"

宋初昭心说，你不懂。

春冬主动说："既然有公子陪着，春冬就放心回去了。"

顾风简将身上的零钱给了春冬："去外面逛逛。今日宋府或许会乱一些，你不高兴，就不用回去。"

"谢谢姑娘！"春冬朝他行礼，"我先回顾府，晚些时候过来接您。"

· 092 ·

顾风简见她心都要飘走了，好笑道："去吧。"

春冬跑得飞快，宋初昭说："那我们也进去？"

顾风简点头，走了两步，想起大事，拉住她问："你带礼物了吗？"

宋初昭说："带了！"

她从袖子里拿出一个小巧的长盒子，打开给他看，里面放着一支笔。

虽然当时贺府的仆役说了不用带礼物，但宋初昭哪能真的不带？

"我本来想拿条人参或者别的什么，总不至于出错。叫顾夫人撞见了，她知道我是要来贺府，就给我塞了这个。"宋初昭解释说，"顾夫人说，贺府什么都不缺，贺将军也见多了世上的奇珍异宝，所以送什么没关系，配得上自己的身份就可以。"

顾风简点头，安心了。

二人走上台阶了，正要抬手敲门，顾风简又急急拉着宋初昭退下来。

顾风简说："差点忘了问你，若是你外祖父母问起，你将来想要什么、想做什么，你该如何回答？"

宋初昭说出的话，贺老不定会满足她。无论是多荒诞的事情，想来他也不会计较。

"我……"宋初昭犹豫片刻，不知道该怎么回答。

"我从小在边关长大，常年学武，普通姑娘喜欢的，我不喜欢，普通姑娘不能做的事情，我想做。"宋初昭说，"你说我该怎么回答？"

顾风简笑："你如何想就如何答。"

宋初昭认真地想了想，然后说："我也想报效家国！不一定要上阵杀敌、金戈铁马，可我想做我能做的事，我能做很多事的，你觉得呢？"

她偏着头，静静地看着顾风简。

顾风简也做出了一副认真思考的模样，然后笑道："我觉得你这想法很了不起，说出去能吓到不少人。"

宋初昭笑了出来。

她觉得顾风简这个想法，比她的还能吓到更多人。

顾风简目光柔和，说："进去吧。"

"你呢？"宋初昭，"你将来想做什么？"

"我？"顾风简顿了顿，然后道，"我没想好，大抵与你相同吧。"

宋初昭说："大抵在哪里？差在哪里？我和你商量商量，说不定殊途同归呢？"

他二人在门外不自觉地聊上了，一门之隔的贺府，却有十多人正在水火中

第三章·打架

不断煎熬。

"来了来了来了！"

"又停住了。"

"听着声儿，该是要敲门了！"

"好像又退回去了。"

"现在没动静了。"

贺老爷站起来，又坐下，再站起来，然后坐不下去了。

他怒了。

"怎么还没进来？你不是说他们已经在门口了吗？你们莫不是在骗我？"

传话的管事委屈道："真在门口。就不知为何一直在徘徊不定啊。"

贺老爷指着他说："怎么能还在门口！从门口到门前那才三步台阶而已！我跳一步就上来了！"

贺老夫人紧张道："她是不是害怕，想走了呀？"

管事马上道："没有没有，姑娘该是在与顾五郎说话。"

贺老爷说："在外面有什么好说的？外面风不大吗？进来说呀，进来还有好多吃的呀！"

贺老夫人烦道："你有本事去外面当着她的面说呀！将她叫进来！你总吵吵，我都听不见别人的话了！"

贺老爷被呛住："我——这时候你还说我！"

傅长钧无奈地说："不如我出去看看吧。"

贺老爷又拦道："别了别了，叫他们先说完，别叫她觉得我们在偷听他们讲话。"

傅长钧无语，可您确实是在偷听啊。

这时，有如天籁的敲门声响起。

贺老爷深吸一口气。

"开门！"

大门推开，贺老爷与贺老夫人几乎是飞奔而来。

两位老人虽然头上已有斑驳白发，身手却依旧矫健。

宋初昭正准备迎接他们，贺老爷直直冲向了顾风简的位置，一把将他抱住。

宋初昭愣了一下，顾风简也是受宠若惊。

他在家中并不习惯与人亲近，即便是顾夫人与顾四郎，也不大同他有亲密

· 094 ·

接触,此刻的讶异与不自然相当真实。

贺老爷内心激动,又想让自己表现得镇定,笑得一脸慈祥,介绍道:"昭昭啊,我是你外祖父。"

顾风简轻笑,朝他行礼:"外祖父。"

贺老夫人期待地指着自己。

顾风简转向她:"外祖母。"

贺老夫人点头。

贺老爷说:"是是,她就是你外祖母。"

两边人认真地打量对方。

贺老爷问:"你母亲在外面过得好吗?"

顾风简回答:"一切都好。"

"你在京城还住得习惯吗?"

顾风简点头:"还习惯的。"

"有哪里不方便的地方,或是想要什么,都可以来找外祖父,你这几日都做了什么呀?"

顾风简耐心地一一回答。

宋初昭被冷落在旁,转过视线,内心空虚地观察贺府。

这不看不要紧,一看真是吓一跳。

她以为门口的那几段红绸已经够叫人奇怪的了,府里突然改变的装饰,才最是惊人。

她先前那次来的时候,正门去客厅的这段道路,是空旷宽敞的。与寻常的府邸差不多,色彩单调,大方简洁。

可是现在,路边摆满了花盆,栽着菊花或是月季,还有几株叫不出名字的东西。隔个四五步,就放上一盆,显然是新买的,将这条道路点缀上了不一样的颜色。

除此之外,两侧还多了几块样式新奇的假山。前方的走廊上,挂上了几盏色彩鲜艳的纸灯。

一切多出的装潢,都同原先的风格大不相同。

一群身形高大的仆役,正排着队,佝着腰,露着牙齿,笑呵呵地看着他们。

宋初昭正要打哆嗦,被人捏住了衣服的后领,这感觉犹如闯祸后猝不及防被逮住,她紧张地扭过头,看见了傅长钧。

傅长钧说:"前两日撞见你打架,这么巧,今日又遇上你了。"

第三章·打架

贺老夫人终于从漫无边际的慰问中抽身，担心地问："顾五郎打架？为何打架呀？"

顾风简忙说："因为当时有人说我坏话，她气不过。"

贺老爷说："那不是打得很好？"

傅长钧无语。

贺老爷郑重地打量起宋初昭。

宋初昭挺直腰背，向他展示自己的风貌。

贺老爷怀疑地说："你同谁打？受伤了不曾？伤得重不重？"

傅长钧说："范二公子站着给他打，没有还手。"

贺老爷不解："为何？"

宋初昭回答："因为我以理服人……"

贺老夫人信了，拍着贺老爷说："别忘人家顾五郎是个读书人，哪同你们这些武将一样的？"

贺老爷点头说："没关系。"

管事过去，小心地将大门关上，贺老爷终于回过神来。

"怎么都在门口站着？说了好些话了，看看我这记性，赶紧往里面去！"他走在最前面，与贺老夫人手挽着手，借这动作掩饰他内心的不平静。

"前边有一个湖，里面放了些鱼苗，你们若是想钓鱼，可以过去的。"

贺老夫人推了他一把。

贺老爷未察觉过来，继续说："后院还有马。咱们贺府够大，这围着墙的一圈都给你清出来了，你要是觉得无聊，可以去骑马。我听你母亲说，你骑马很厉害。咱们府里还有一匹好马，是你傅叔带过来的。"

贺老夫人不高兴，拧了贺老爷一把，后者终于噤声。

她对这笨家伙真是无话可说了！

先前明明说得好好的，等人过来，请到厅堂里聊一聊。聊到昭昭想走了，就请她去骑马钓鱼看个新鲜，这样就能多留一段时间。

这老贺分明没听进去，全在敷衍她！

贺老爷舔了舔嘴唇，无辜地看了傅长钧一眼。

贺老夫人问："你们二人饿了不曾？早饭吃过了吗？"

顾风简其实吃了一点才过来的，但怕二老觉得无所适从，便道："正好有点饿了。"

贺老爷喜道："没吃好啊！"说完觉得哪里不对味儿，又改口，"还是要按时吃饭的。但是今日没关系，我与你外祖母买了些糕点在家里，赶紧一起过

去吃一点儿。"

他这个"一起",顺带带上了当背景板的宋初昭。

贺老爷对着自己外孙女很局促,但对待别的小辈,已经颇有经验。

他绕过去抓住宋初昭的手,开始像在门口一样的长辈问询。他问顾家的事一样很上心,甚至有点严肃,毕竟那是未来的亲家,他得好好把关。

宋初昭挑了个机会,将礼物拿出来。

贺老爷打开认真地看了眼,又认真找了一番夸奖的词,对她表示感谢。

宋初昭嘿嘿笑着。

听母亲说外祖父年轻时很是威严,在战场待过一段时间,身上带了血气,常年冷脸,不怒自威。名字都是个能治小儿夜啼的常用秘方,就算是她也很害怕。

如今这尊武神对着一个小辈也能这样客气,显然是给他外孙女面子。

虽然形式不大对,但本质就是在给她面子嘛,她心里高兴。

一行人在客厅里坐下,仆役开始端糕点上桌。

宋初昭一看,这所谓的"一点儿"可真是谦虚。

桌上满满当当,摆了得有二十来样点心。甜的、咸的、酥的、软的都有,该是不知道他们喜欢什么,就干脆全买了过来。

众人围着一张桌子而坐,贺老爷兴奋得脸色都红润起来。

傅长钧沉默不语,只管作陪。

宋初昭与傅长钧坐在一起,总觉得他在暗中向自己施压,又没有证据。想找个话题放松一下,便问道:"贺公,近日身体还好吧?听说您前些日子患了咳嗽,如今大好了吗?"

贺老爷笑容突然凝滞,表情肉眼可见地沉了下去。宋初昭以为自己说了什么不该说的,顿时坐得不安稳,她反省了一下,觉得也没有啊。

"咳,年纪大了,生病是常有的事。"贺老爷用余光偷看顾风简那边,暗示着说,"身体不如以前康健了,这次病得尤其重。糊涂的时候,眼前都是虚影,好像看见了菀菀与昭昭。前两日听说昭昭真要过来,我这心里高兴,才好得快了。"

宋初昭无语,您现在才想起来演,是不是晚了一点?

可吓死她了!

顾风简还配合着道:"外祖父要注意休息,切记不要吹风。往后我有时间,常来看您。"

贺老爷正要笑,嘴角弧度都翘了起来,被谁提醒,又给强行止住,恰好留

第三章·打架

在了一个苦笑的表情。他叹着粗气，点头说："好，多谢昭昭挂心了，外祖父一定注意休息。"

顾风简与宋初昭对视了一眼，眼神相当复杂。

宋初昭认命了，用手指着糕点，示意顾风简上——

哄哄老人家开心吧，瞧可把他寂寞坏了。

顾风简就近捏起一块糕点，送过去道："外祖父，吃些东西吧。"

"吃不下去了。"贺老爷硬朗的身体转瞬间变得憔悴不堪，腰疼了，腿酸了，胃也不舒服了。

"唉，食欲不振，最近都没有力气，你吃就好了。吃吧吃吧，稍后外祖父去喝两碗补药就饱了。"

宋初昭无奈地转过身，无意间发现站在她身后的管事，正在同贺老爷用力点头。

你们这戏是不是太过了一点？

这根本就是一场"鸿门宴"哪！

顾风简强忍着没笑出来，顺势把那块糕点自己吃了。

贺老爷也发觉自己的演技大概影响了他二人的食欲，干咳一声，问道："昭昭，你在宋府过得还习惯吗？宋家人待你如何？"

顾风简仔细地擦了下手，重新抬起脸，表情也变了。

他先是深深看了眼宋初昭，叫宋初昭有种身负重任的使命感，再是深深看了眼贺老爷，恰到好处的一个停顿，忍辱负重般地点头说："我过得很好。"

贺老爷微表情读取顺利，果然不信，紧张道："真的吗，你可不要瞒着外祖父！"

傅长钧饶有兴趣地看向宋初昭，等她接话。

宋初昭拍了下胸口，严肃中带着忧愁，说道："昭昭，在贺公面前，你还是说实话吧。"

顾风简皱眉："没什么好说的，我一切都好，别叫外祖父替我担心。"

贺老爷点名："顾家五郎，你来说！"

宋初昭迟疑片刻，开口道："宋老夫人是长辈，顾五身为晚辈，本不该置喙，只是昭昭在宋府，确实称不上好吧。"

宋初昭试探着说："母亲原先担心三姑娘不会照顾自己，身边又没有可信的丫鬟，便将贴身的婢女派过去帮忙。那婢女只去了一日，就哭哭啼啼地回来禀报，说三姑娘在宋府受人冷落，住的是角落的偏院。屋里什么都没有，只有些老旧的家具。"

"什么？"

贺老爷抬手怒拍，桌子重重一响。

外边立着的管事瞬间站直，浑身绷紧，他瞪着眼睛，朝贺老爷示意。

贺老爷低头一看，发现桌上留下了一个可疑的掌形凹陷。他沉默了会儿，想装作无事发生，将旁边的盘子拖过来，挡在裂痕上面。

贺老爷沉痛道："外祖父好伤心，他们怎能这样对你？"

管事叫道："老爷您可千万不要动怒，您身体不好！"

此时，被金吾卫操练了两天的宋三老爷，在仆人的搀扶中，虚弱地回到了宋府。

他年纪大了，哪还受得了这般折腾，回来时手脚俱是软的，瘫在椅子上不想动弹。

宋三老爷见到人，问的第一句话便是："三姑娘在哪里？你同她道过歉了没有？事情都解释明白了吗？"

宋三夫人低垂着头，差点哭出来："她人不见了！"

宋三老爷说："怎么就不见了？"

"就是不见了！"

宋三老爷脑子里的弦要断掉了。

如果不是现在腿脚不便，他一定已经扑过去，揪着宋三夫人的衣服狠狠质问。

"人好好在宋府，什么叫不见了？"宋三老爷按着桌子起身，腿脚处的肌肉酸痛比不上他的头疼，"你给我说清楚，她是出去玩了，还是被你们给气走了？"

宋三夫人朝后退了一步，心虚道："我不知道她去了哪里，但我最近真没气她。"

"你没气她？你是要气死我！"宋三老爷一阵窒息，感觉血液都要流不通了，不断用力呼吸，劝告自己冷静。

他接着问："你都知道些什么？我昨日让你去道歉，你去了吗？"

宋三夫人说："我昨日把礼物给她送过去了，可是她没收。"

"她为何不收？"宋三老爷急躁不已，见对方这唯唯诺诺的样子更是狂怒，咆哮道，"你能不能直接把事情一口气都说出来？非得我问一句你才放个屁？你给我留条命不行吗！"

宋三夫人眼中带上了泪："她大概怀疑我们拿了她的礼物，便找借口推诿了一下，说让婢女登记好东西，再收下去。"

第三章·打架

宋三老爷吼："那你还啊！"

宋三夫人委屈地喊道："我还了啊！是你那个乖侄女儿和你的亲娘不愿意还！我去催促，一个说东西丢了，一个非要等今天再说，我能怎么办？我能去和她们抢吗？哪晓得今早去一看，人已经不见了！"

"你啊你……"

宋三老爷十分后悔。

这种不安的情绪已经在他脑海里维持了将近两天时间，在听见宋三夫人这句话的时候，预感彻底成真了。

他从未这样后悔过，自己怎么就娶了这么个成事不足败事有余的娘们儿？

宋三老爷将袖子抖上去，朝着一旁的管事喊道："给我上家法！"

宋三夫人顿时尖叫道："你想做什么？"

宋三老爷大吼："你分明是要害死我啊！我与你说得清清楚楚，你为何还要拖延这一天？你不知道我还被傅长钧给拿捏着吗？你怎么就不能替我多想想？"

宋三夫人的委屈突破了临界点。

他们夫妻成亲那么久，宋三老爷从没说过要打她，更何况是什么丢人的家法。她一万分的难受，剖心口的那种难受。

见宋三老爷真的握住了藤条，她不顾形象地大叫："哪里是我的错？是我想拖延吗？是你亲娘想拖延啊！"

宋三老爷说："我为何要叫你办这事？因为我当你是个晓得轻重缓急的人！我母亲年事已高，溺爱宋二，我早知道她脑子不清楚，结果你也是这样，我失算是失在你这里啊！"

他举着手里的东西，气急之下朝宋三夫人抽了过去。

"啊——"

宋三夫人捂着屁股惨叫，赶紧躲去了另外一边。

这一下打得其实并不疼，宋三老爷终究是舍不得，而且他手上也实在没什么力气。宋三夫人却觉得自己的脸面都被扒了下来，对宋二与宋老夫人的怨怼达到了极点。

她倚在门上，开始痛哭，腔调一波三折，极其哀婉，跟哭丧似的。

府里的奴仆早就能躲多远躲多远，只剩下几个逃不掉的奴仆还站着，他们恨不得把自己缩进地里去，以免受到迁怒。

宋三老爷仰起头拍了下额头，最后将手上的藤条用力往地上一丢，说道：

"你别哭了!"

宋三夫人说:"你只管拿我出气吧,什么都是我的错。自打我嫁到你们宋家以来,就是为了讨好你家老太太。"

宋三老爷皱眉:"你胡说什么!"

宋三夫人不管不顾了:"我怎么就胡说了?你不知,你不知我在家中受怎样的委屈,你也不在乎。你们个个都清高,只我是个坏人,出了什么事,全是我的错对不对?怎么宋三一回来,我就非得做那个里外不是人的恶棍!那是我的意思吗?"

大约是听不下去了,怕宋三夫人再哭下去,要说些不好听的话出来,宋老夫人终于出现。

她扶着婢女的手,大步走来,远远便打断了宋三夫人的话。

"闹成这样是做什么?老三,你刚从官署回来,便关上门教训人了?也不怕叫人看了笑话!"

宋三老爷正满腔的怒火无从发泄,对她叫唤道:"母亲啊母亲,您平日里偏爱二姑娘也就罢了,这样的大事面前,您为何不能公平一点?"

宋老夫人不悦:"你是说我偏心?你一回来就指责你母亲,你还有理?"她在厅中坐下,还一派悠闲,端着礼仪扯平衣摆。

宋三老爷见状,在屋里来回走了一圈,用力地抹了把脸,然后蹲到宋老夫人面前,问道:"母亲,您晓不晓得此事的严重性?"

宋老夫人面露不耐:"能有多么严重?"

宋三老爷冷笑:"宋家这几年在朝堂上混得风生水起,大哥更是一路高升,早已挡了别人的道。我宋家根基不如别家,多的是看不惯我们的人,不过是碍着贺家的面子才不敢动手。如今宋三娘回来了,还要同国公府结亲,您知道有多少人在背地里眼红吗?"

宋老夫人端着杯子,不为所动。

宋三老爷继续说:"府里传出去的那些闲言碎语还都是小事,宋三娘气量大,不计较。可是如今,有人已经要拿大嫂说事了,谁晓得那些人是人是鬼?这笔账,宋初昭若记到我们头上,您说该怎么办?"

宋老夫人瞥他:"你要怎么办?"

宋三老爷急得拍手:"母亲啊!您当宋三娘姓宋,住在这宋府,就得万事听您的话了吗?"

宋老夫人理所当然道:"本就该如此啊!她一未出阁的姑娘,不该听长辈

第三章·打架

的话吗?"

宋三老爷说:"她与别人不一样啊!长嫂的娘家是贺府,贺老将军就算没有儿子,他还有门生。就算不做官了,他还有人脉。更何况他的义子叫傅长钧,傅长钧是谁?那是今上的舅舅!"

宋老夫人被他说得不快:"你到底想说什么?"

宋三老爷也是急红了眼,不管不顾地说:"我想说当年长嫂嫁到咱们家,那就是下嫁!若非她下嫁,我们宋家就没有今日!纵然她是继室,纵然宋初昭不是嫡长女,她也比您想的要尊贵!您继续在她头上动土,那便是在玩火自戕!"

宋老夫人气得颤抖起来。

这是她最不愿听见的话,如今居然从她自己的儿子嘴里听到了。

相似的话,在贺菀刚嫁过来时,她常能从别的官眷那里听到。

她素来爱面子,怎能容忍自己的儿媳妇,爬到她与她儿子,乃至是整个宋家的头上?何况在她心里,宋初昭很可能就不是他们宋家的人!

贺菀肯嫁到她家她就觉得不寻常,起初她没有在意,直到身边人都在做同样的猜测,她才明白过来。她是忍了多大的屈辱,才将这事瞒下?

她心里对那些歧视嘲讽的人深感怨恨,同时也觉得宋家确实是沾了贺菀的光,连反驳都变得没有底气。

后来时间久了,这份心虚随着大儿子不断累积的赫赫战功与一路高升的官职而慢慢消磨。

最近几年已经无人敢在她面前说这样的话,可是她的三儿子,她亲生的儿子,竟这般没出息!

宋三老爷还在说:"最先诋毁宋三娘的那些话就是从府里传出去的,我不管您是谁,往后不能再有!母亲您去同三娘说清楚,长嫂的那些谣言,与我们无关,全是不尽不实的污蔑,是有人想挑唆我们几家关系……"

宋老夫人站起来,抓着她的三儿,不住地拍打,嘴里骂道:"你大哥用命换来的宋家今日啊!你却只晓得汲汲营营,去讨好那个姓傅的。你给我记住,宋家能有今日是因为你大哥,你这忘恩负义的东西!"

宋三老爷一面躲避,一面喊道:"母亲,您清醒一点行不行?"

宋三夫人也急忙去拦。

宋老夫人不知哪里来的力气,死死抓住宋三老爷的衣服。她越骂,越觉得自己没有错。

这贺菀一嫁进来，就将自己的大儿子给带走了。宋诗闻自幼没有父亲，只能陪在自己身边长大，不知道该有多委屈。

如今宋三娘回来，又抢了宋诗闻的姻缘，她身边的仆人看不过眼，出去传了两句，怎么就成了大不赦的大罪了？

为何要让她亲手带大的孙女，忍那宋初昭的气？

"谁说的管谁问罪去！"宋老夫人说，"反正我宋家没传过贺菀的谣言！"

宋三老爷气急："您怎么那么糊涂！现在是人家要害您，您还不清理门户，非得跟着他们一起蹚这浑水是不是？"

宋三夫人也道："老夫人，我郎君说得没错啊！您别只认宋诗闻一个孙女，就连儿子的死活都不管了！她若真有本事，自己同宋初昭争去抢去，凭什么拿我们三房在中间挤对！"

宋三老爷用力一挣，将手抽回来，宋老夫人没止住力，歪歪倒倒地朝后摔去，脑袋直接磕在了椅子上，就听她惨叫了一声，然后便不再动弹。

宋三老爷同宋三夫人俱是一惊，对视一眼，朝着宋老夫人跑了过去。

"母亲！"

二人连声疾呼。

宋三老爷摸了摸她的后脑，发现没出血，又探了探她的鼻息，确认还活着，只是歪着脑袋，张着嘴巴，应该是晕了。

宋三老爷说："赶紧送母亲屋里去，再找个大夫，给她看看！"

仆人点头应声，手忙脚乱地扶着宋老夫人往后院走去。

厅堂里混乱过后的狼藉，如同宋三老爷的脑子一样。

宋三夫人抓着她丈夫的手臂，抽了抽鼻子问："现在怎么办？"

宋三老爷没好气："你闭嘴，让我想想！"

宋三夫人沉默了一会儿，又含泪抬起头道："我可告诉你，今日我与你母亲是彻底撕破脸皮了。往后你还叫我这样侍奉她，我做不到，她是个记仇的人，不会轻易放过我。"

宋三老爷看了她一眼，深感无奈，最后只能拍着胸口道："是我的错，这怕是我的报应。"

是他活该。

他住在自己大哥的府邸，想攀宋家的关系，却不料扯到了一手刺，差点把自己给摔下去。

宋三老爷突然下定决心："母亲是真糊涂了，同她说不清楚，往后事情恐怕更多，我们要搬出去！"

第三章·打架

宋三夫人一惊,问:"搬哪里去?"

宋三老爷说:"搬哪里去也比住在这里好啊!我若还住在宋府,就母亲这样,我还有命可活吗?我走了,也叫她能明白,我是认真的。"

宋三夫人思忖片刻,小心地问:"那就不管了?"

"我敢不管吗?你知道傅长钧怎么说的吗?他说他记仇!这仇要消了,他才能放过我!我哪晓得傅长钧的气何时消?"宋三老爷摩挲着手指,近乎自语道,"她纵容宋二这事,我不能替她瞒,她狠不下心,我得狠下心!这是在逼我不仁义啊!"

这家注定是要散了。

宋三老爷一想到他母亲哭天喊地的画面,不由得悔恨跺脚:"哎呀,我怎么就进了金吾卫呢?"

贺府这边,贺老爷正在打探宋府的事。

贺老夫人拍着他的背给他顺气,他一手撑着桌子,一手抚着胸口,坚强道:"还有什么?你继续说,我撑得住!"

宋初昭也不大记得了。她觉得自己应该把春冬带来才对,那小妮子说故事的天赋简直无人能及。

于是,她就随便讲讲。

"刚过去的时候,宋府下人从不来喊人吃饭,宋姑娘没防备,想必被饿了几顿。"

"院里无人打扫,唯一一个丫鬟也不大听人使唤。"

"总是数落人没有规矩,说话阴阳怪气的。"

就这些,已经将贺家二老听得一愣一愣的,他们恨不得拿上后院镇宅用的大刀,亲自去教教宋家人,什么叫作规矩。

若非这羸弱的身躯连累了他们,他们还能再战一番。

贺老爷问:"昭昭啊,我送你的礼物,你收到了吗?"

顾风简说:"昨夜三婶给我送过来了,但我还没收。我院子太小,东西放不下。本想先整理一遍,存不了的东西给您送回来,时间太紧,没来得及。"

贺老爷问:"昨夜送过去的?"

顾风简点头:"是。"

贺老爷看向傅长钧,后者点头,表示知道了。

"这样啊。"

昧他们贺府礼物的事情,傅长钧之前已经罚过宋三老爷了,但他没有罚过

一次就不罚的道理，谁叫宋家倒霉呢？

他也晓得，此事背后捣鬼的是几个女人，可他不方便直接对付那些家伙。他打压一下宋三老爷，就能引得宋三老爷对宋老夫人不满，到最后他们家宅难安，也算是个收获。

宋老夫人不心疼宋初昭，难道还不心疼自己儿子吗？

热闹了许久的场面，突然安静下来。

大家都在心里翻搅着黑水，一时没找到合适的话题。

宋初昭回神，片刻后，在顾风简的期许与鼓励之中，开口说：“三娘，你若是真在宋府住得不开心，不如来贺家住两日吧，正好贺公身体不好，你就当是为宋夫人照顾一下贺公。”

她话音刚落，贺老爷的眼睛猛地亮了，同贺老夫人一起，迅速看向她。

这种好事……他们之前都不敢想的哦！

这顾家小子真是不错！

贺老爷与贺老夫人一齐往宋初昭那边推糕点，示意她“吃，多吃，管够”，目光中的赞赏与喜爱简直不加掩饰，那是一种终于融入为一家人的和谐光芒。

宋初昭突然受到重视，浑身不自在起来。

傅长钧也缓缓开口：“在你母亲回来之前，你可以先到贺府小住。”

顾风简意味深长道：“怕是会打扰了外祖父。外祖父身体不好，若叫您劳心，可怎么办？”

贺老爷恨不能当场向他展示自己的武力，但好歹还记得自己现在有副羸弱的身躯，只矜持地说：“外祖父的身体已经大好了。如今就是心病，等心病好了，又能同以前一样，还能和你去骑马射箭，你喜不喜欢？”

顾风简说：“那我就放心了。”

宋初昭坐在那里默默品味，突然想到一件事，整个人震了一下。

贺府高手很多啊，连看门的仆役都是上过战场的老兵，想必后院的墙不大好翻吧。

贺老夫人提醒说：“若是要搬到贺府来住，还是得先同宋老夫人说一声。毕竟归根结底，你是宋家人。”

傅长钧笑说：“宋老夫人应该是会同意的。”

他挑挑眉毛，贺老爷就知道他在打什么坏主意。贺老爷……鼓励地朝他笑了一下。

不要留情。

第三章·打架

这事情太过令人高兴。

几人动作一致地喝了杯水，稍作冷静。

贺老爷又问："何时搬来？"

贺老夫人很急："要不就明日吧？我叫人去帮你收拾。"

宋初昭心说那么快的吗？

结果顾风简更狠，淡淡地说："我没什么东西需要整理，今日还早，要不然就今日吧。"

贺老爷差点说不出话来："今……今日吗？"

幸福来得那么快的吗？

他问："真的吗？"

顾风简点头。

"要麻烦贺府的几位仆役，去帮我搬些东西，顺便也将贺府送去的礼物带回来。"顾风简说，"东西都放在宋家的仓库里，我不认得有哪些。"

傅长钧的手指在杯子边缘转了一圈，瞬间明白了顾风简的打算。

他笑道："将管事带去吧。在宋府把东西都清点一遍，以免落了东西。我与你同去，顺便同宋老夫人告知一声。"

贺老爷闻言，立即起身催促道："那就现在吧。快走快走，晚了天就要黑了，府里的人你们可以都带去。哦，我还是去借个厨子回来！昭昭啊，你喜欢吃哪里的菜？什么口味的？有没有忌口？外祖父都能给你找到厨子！"

宋初昭在心里大声喊道：我都想吃！

顾风简笑道："我都可以。"

贺老爷随即看向宋初昭："顾五公子，我就不留你了，多谢你今日陪昭昭回来。"

宋初昭在心里呐喊：无情。

顾风简一直在看她，见她眉眼都写上了"丧"字，忍不住笑出声来。

他顾府的厨子，其实也是不错的。

傅长钧说："我去备一下车。"

傅长钧去准备了一辆马车，以及三辆大板车，又带了十个身强体壮的仆役。

当一行人声势浩大地赶到宋府的时候，宋府大战刚歇，宋三老爷还没来得及缓一口气，便听见傅长钧在外面叫门。

宋三老爷几近崩溃地出来迎接，正好看见顾风简从马车上下来。

他声音颤抖："三娘……"你果然是告状去了！

傅长钧翻身下马，他的笑容看不出任何情绪，甚至有些亲和，寒暄道："宋郎将今日不当值啊？"

宋三老爷低低回道："是。"

傅长钧说："我近日手生，明日去我那里，与我过两招如何？"

果然如此！

宋三老爷吞咽了一口唾沫，没有觉得意外，只觉得惨痛，好像这身体已不是自己的身体。

傅长钧说："哦，对了，义父叫我来同宋老夫人商量一声，他近日病了，需要人照顾，又很思念宋三娘，便想叫宋三娘去他那里住两日。没问题吧？"

宋三老爷精神一个抖擞，心说不可！

宋三娘此时走了，这仇恐怕就要一直结着了！他还想同宋三娘打好关系，将往日那些恩怨一一解除，连如何赔罪如何解释都想好了，岂能这时候放她走？

宋三老爷忙说："我母亲今天也病了！"

岂料傅长钧点头道："那我就不见她了，你同她说一声就行。"

宋三老爷："下官是说……"

傅长钧闷哼一声："嗯？"

宋三老爷一顿："没……没什么。"

傅长钧挥了挥手，他身后的十名仆役整齐上前。

"那我就帮她将东西搬过去了，麻烦宋三老爷请人带这帮仆役进去，我们想将贺府送来的礼物也带回去，不介意吧？"

宋三老爷满头虚汗："应该的，本就是三娘的东西嘛。"

傅长钧说："我就在门口等着了。你去忙吧，不必招待我。"

宋三老爷点头，多看了他一眼，然后转身跑进去。

贺府的礼物还缺了一部分，他必须得找东西补上。

宋三老爷先跑去找府中的管事，让他拖延着贺府的仆役，以礼物太多太杂需要整理为由，让那群人暂时在院里等着，然后趁着时间，赶紧去找宋三夫人。

宋三夫人整理好心情，将脸洗净，去看望晕倒的宋老夫人。

大夫已回报说并无大碍，等人醒了好生调养即可，于是她端了刚煮好的补药，送去对方屋里。结果才进去，又被宋诗闻几句暗中指责的话给气出来了。

宋三夫人生着闷气，在回房间的路上，被宋三老爷拦住。

他急问道："你还记得母亲与宋二，都从礼物里面拿了些什么吗？"

宋三夫人说："我哪记得？总归是一些好看的首饰，还有一些新奇的小玩意儿。"

宋三老爷听她描述，觉得事情可能不大严重，小心地问："多吗？"

"我哪知道！她们拿了什么，又不会告诉我。"宋三夫人想了想，补充道，"不过那些东西看着都很名贵，其实我也很想拿。"

宋三老爷叫她最后一句震得眼前发黑。

"这可怎么办？"宋三老爷原地打转，"母亲如今晕了，我上哪儿去找东西？她醒了吗？"

宋三夫人嘀咕："你方才冲撞了她。她就是醒了，也未必乐意还你啊。"

宋三老爷张口欲言，最后发现她说得还真对。

宋老夫人本性爱占便宜，贺府的便宜就更爱占了，揣进兜里的东西就不愿意拿出来。更何况那些首饰，她估计真的很喜欢。

宋三夫人说："这贺府的人还能数得那么清楚？"

宋三老爷抬手指向门口，大声道："傅长钧就在外面候着呢，要把东西带走，你说我敢少他一两件吗？"

宋三夫人撇嘴，心中对宋老夫人越发不满，嘴上抱怨道："怎么这些麻烦事，尽是你我来做？"

宋三老爷骂："你够了吧？现在是说这些的时候吗？"

宋三夫人见他真的忙乱，便出主意说："那就鱼目混珠吧。傅长钧一大男人，总不至于对女人的首饰有研究。你就是把东西捧到他面前，他也未必分辨得出来，而且就算他知道东西错了，我们也没少了他们的，到时问起来，他难道还非与我们计较那一两件首饰的差价不成？不至于。"

宋三老爷一听，觉得着实不错，问道："鱼目呢？"

"你可别看我！我都已经还回去了，凭什么还要倒贴！"宋三夫人又开始激动，一副誓死不从的架势抗拒道，"找你娘去！你娘要是没醒，就找你侄女去！她总不能赖了吧，我就不信她丢得起这个人！"

宋三老爷脚步急促地徘徊了一阵，最后没有办法，决定还是去找他母亲。

宋老夫人其实已经醒了，正在同宋诗闻哭诉，她万万没想到，自己儿子竟然会为了一个宋初昭打她。

她几个儿子里，最疼的就是老三啊，也是老三陪了她最长时间。

她察觉到自己或许做错了事，也确实对宋诗闻过于宽纵，但是被撞了一下之后，愤怒排在了情绪的第一位，别的事情都不重要了。

她低声哭着，宋诗闻抱着她好言安慰。

这一被安慰，宋老夫人越发觉得自己委屈。

她是家中辈分最大的长辈啊，三儿在下人面前那样责骂她，分明是大不孝。后来明知她晕了，也不过来看一眼，好歹是从她肚子里掉下来的肉，怎么就那么薄情？

最后果然只有宋诗闻陪在她身边，她不疼二娘，又该疼谁？

恰巧这时听到婢女说宋三老爷来见，宋老夫人冷了脸，擦干净眼泪，只说不见。

宋诗闻扶她躺下，亲自走出去同宋三老爷说话。

"祖母还未醒呢。"宋诗闻低着头，叹道，"三叔，您这次有些不小心了。"

宋三老爷朝里张望了一眼，说："我找你也可以。"

宋诗闻惊讶："三叔找我做什么？"

宋三老爷："你与母亲，是否错拿了贺府送来的礼物？那是贺将军专程送给三娘的，想必你二人误会了，现下需要拿出来。"

正在偷听的宋老夫人气得翻了个身，躺到床铺里侧，再不做理会。

宋诗闻眉头皱起，说："这祖母都还未醒，妹妹就惦记起这种事情……"

宋三老爷打断她："是你妹妹要搬出去住，贺府亲自派人来拿礼物。我不管你是不是忘了将东西放在哪里，又或者是忘了都拿了些什么东西，反正件数不能少，你先给三叔补上，叫三叔拿去还给人家。"

宋诗闻很不情愿，这种不情愿更多的来自对宋初昭的不满，不满里有嫉妒，有怨愤，而现在，完全被一种名叫"不甘心"的滋味所填满。

她从小就在老夫人的偏爱中长大，虽然晓得自己有个妹妹，却一直拿对方当作外人。这是老夫人耳濡目染教给她的，改不掉。

老夫人告诉她，她比宋初昭要高贵、要受宠、要讨人喜欢。

对方在边关吹风淋雨，她在京城读书识字；对方是一个乡野村妇、不知礼数，她是将军嫡女、名门子弟，二人不能相比。

可是当宋初昭回来之后，她才发觉完全不对。

家世！明明是同一个父亲，宋初昭的家世背景却是她如何也比不上的。

她自幼在京城长大，结识多少官宦子女，见惯了世俗里的趋炎附势，最晓得"家世"两字所代表的重量。

这重量压得她直不起腰来。

原先一直瞧不起的人，突然比自己高上了一等，叫宋诗闻如何能接受？

宋诗闻想到这里，呼吸都重了起来。

第三章·打架

宋三老爷见她沉默，当她是在找借口，语气不禁变得严厉，催促道："快呀！"

宋诗闻一颤，而后点头说："那三叔随我来吧。"

她回到自己的屋中，在桌子上随手揽了几样首饰，装进一个匣子里。

她确实没想着要还。

她不信贺府的人会锱铢必较，在门口同她清算首饰的价值，贺府丢不起那人。

宋初昭今日做得这般绝，利用贺府与三叔来逼她，毁她脸面，她就非要争这口气。

宋诗闻调整好情绪，抱着匣子走出来，疲惫地说："我记不大清楚了，大概就是这些吧。或许有多的，就当是我赔给妹妹的了。"

宋三老爷伸手接过，看她神色萎靡，忍不住又安慰了一句："好，你听话。咱们宋府自己有钱，你想要什么，叫你祖母给你买，不必为了这些东西伤心。"

"是。"宋诗闻眼角低垂，满是委屈，"我不是在为这些首饰生气，这些身外之物，哪里比得上人呀。"

宋三老爷听着觉得不是味道，可是现下自己也忙，没工夫和她吵，先拿了东西，跑去找管事塞进礼盒里。

这里里外外一折腾，大约用了半个多时辰，宋三老爷才把东西备齐。

他让贺府的人将礼盒全部搬到门口，在早就停好的板车上垒满。

这期间，傅长钧一直站在门口，不催促、不谩骂，只等着他将东西搬出来。

傅长钧在京城是个名人，长相又颇为出色，干巴巴地在宋府门前站了那么长时间，早就吸引了一批人的注意。在附近巡查的街使，也不时要晃到这边来看一下。现在宋府外头，显得有些热闹。

宋三老爷走过来，额头沁着层虚汗也忘了擦。

他笑道："东西都已收拾好了。"

傅长钧说："都在这里了？"

宋三老爷回答："不错，都在这里了。"

"真多啊。"傅长钧拍了拍就近的一个盒子，笑道，"我义父就是疼爱三姑娘，毕竟多年没有见过这个外孙女，只想把什么都补偿给她。"

宋三老爷点头附和。

傅长钧跳着往车头上一坐。宋三老爷当他是要走了，胸口的气正要吐出来，又听他开口喊人："何管事！过来将东西点一点。宋郎将在里面翻了半天，想是对我贺府的礼物不大清楚，你可要对仔细了，别将宋府的东西给拿走了。"

被傅长钧叫到的管事大步上前，拍了拍胸口保证道："将军放心，姑娘的礼物都是老爷精心挑选的，小人全都记得，定然不会弄错一分一毫。我还特意带了礼单和价格，这就清点一下。"

宋三老爷顿时傻眼，脑子发蒙。

傅长钧低头问："怎么了？"

宋三老爷手心发汗，想要阻止："这……"

"这很快，不耽误时间。"傅长钧拍了拍他的肩膀，"劳烦宋郎将了，看你忙得满头大汗，若是累了，可以先去休息一会儿。"

宋三老爷嘴唇干得厉害，听着自己的声音也觉得很远："我在里面已经经过挑选，确认都是贺府送来的东西，不必再翻找一次了吧？看这时辰……"

傅长钧说："这时辰已过了早饭，又还吃不上午饭，正是做事的时候。何管事，宋三老爷是催你快着点呢！"

何管事应道："是！你们快着点！"

那十来个干活的好手，早就已经上手拆礼盒了，根本不给宋三老爷阻拦的机会。东西被取出来，由仆役排着队，一一递到何管事的手里进行辨认。

何管事的眼睛果然毒辣，只消一眼就可看出细节。他清了清嗓子，在宋三老爷无望的眼神里，半点面子不留地，同他们算了个清清楚楚。

"这支发簪款式老旧，还有佩戴过的痕迹，不是我贺家的，就还给三老爷了。"

"这金饰都已经有些发黑了，定然不是我们贺府的。"

"这支珍珠发簪，小人曾在东街的铺子里见过，当时叫价是三两三钱，款式也算别致。但是我们老爷送给三娘的东西，要么是请工匠直接做的，要么是陛下赏赐，从外头买回来的，还没有低于五两的东西，所以这也不是我们贺府的！"

何管事报价的声音极其洪亮高亢，抑扬顿挫、中气十足，纵然是在喧哗的大街上，也传出十几米远。

周边围着看热闹的人越来越多。他们起先还不明白，到后面已经开始低低发笑。

分明是秋天阴寒的季节，宋三老爷却仿佛热得阵阵发晕。

那些骂人的话，纵然听不清楚，也可以从支零破碎的词语里平凑出完整的语句：

第三章·打架

"好歹是个大户人家,也做得出这样的事。"

"贺府这是摆明了不给面子呀。"

"宋家人明面上对着傅将军都敢这么做,不定私下里如何欺负宋三娘,或许傅将军就是给人出气来了。"

"傅将军这也能沉得住气,若是我,就与宋家闹开。"

"我猜,宋家以为贺府没那么小气,贺府的人却是早已料到他们会这么无耻。"

宋三老爷羞得无地自容,从最先的窘迫,到后来咬牙切齿。若非理智还有些许残留,他早已冲进去找人理论。

宋诗闻怎么能这样!不将东西还回来就算,还全拿的上不了台面的玩意儿来敷衍,这丢的是她一个人的脸吗?宋府这回真成全京城的笑柄了!

"一共就是这些了。"

犹如催命的判词终于停止。

何管事将纸张对折,塞回袖子里,朝宋三老爷一个鞠躬,笑说:"一共少了十七样东西,大多是些首饰。这些首饰啊,是我们主子亲自为三姑娘挑选出来的,价钱不是主要,代表的是二老的心意。但宋老夫人与宋二姑娘若是喜欢,我们老爷是个大方的人,也可以割爱,只是,下次还是直说为好,这些多出来的东西,我们不好意思收,请您带回去吧。"

宋三老爷张了张嘴,想要解释,傅长钧却没有与他多说的打算。他眼睛转了一圈,问道:"哎,三姑娘呢?"

他身边的何管事快一步答道:"三姑娘在自己院里休息呢!"

傅长钧说:"赶紧叫她出来吧。若是有什么要带的东西,一律带上,我们人多,能搬得动。"

何管事笑道:"是,小人已经让人去喊了。"

宋三老爷陡然回神,这才发现周围少了几个人,有几个仆役,在方才报礼单的时候,重新进了宋府。

他心下觉得不妙,赶紧回身去找,没想到还是晚了一步。

一位大汉肩上扛着两张老旧的椅子,健步如飞地朝他奔来。

"前边的让让!三姑娘说了,她要将屋里的家具都搬到贺府去。空闲的几位再去帮把手!"

他越过挡路的宋三老爷,出现在人群拥挤的大街上,将肩头的椅子随手往前边的板车上放去。

他动作并不轻柔,那椅子也并不坚固,于是一摔之下,传出了可疑的碎裂声。

"啊！"那仆人遗憾地叫道，"莫非是摔坏了？"

这下，纵然是离得远的路人，也能知道这是张老旧的椅子。

傅长钧训斥："手脚都小心些！三姑娘在宋府住了那么些时日，对桌椅都有了感情，你们若是砸坏了，拿什么来赔？"

仆役们连声称是。

边上有人看不过眼，嗤笑道："这些破烂东西，用坏了就丢呗，还要赔？"

紧跟着，后面的人扛了个硕大的、表面带着青苔的水缸出来，也摆到板车上。

路人再次哄笑："这都是多少年的物件了？"

随后几人连老旧的衣柜都给搬了出来，若非床太大，不好拆卸，他们是想把整个院子给搬空的。

就这，已足以叫人大开眼界。

宋三老爷抬手捂住脸，彻底放弃了挣扎。

四面议论的声音越来越大，众人再无所顾忌：

"这宋老夫人与宋二姑娘拿了贺府那么多贵重的礼物，就叫三姑娘住这样的屋子？"

"投我以琼琚，报之以破烂。匪报也，无可奈何也。"

"若非亲眼所见，我还真不敢相信啊！"

"前些日子听人谣传宋三的坏话，说她苛待下人，动辄打骂。要换作是我，若他们这样对我，我可比三姑娘做得过分多了！"

"我倒好奇宋二姑娘究竟是个什么样的人，怎么与传闻似有不同啊？"

"怕是一丘之貉。"

在人群议论纷纷时，顾风简才晃晃悠悠地从府里走出来，手里抓着几本书。

傅长钧问："你还有什么贵重的东西要带吗？"

"没了，就这四本书。"顾风简一派淡然，"顾五送给我解闷用的。"

傅长钧点头。

众人听着又是一阵心疼。

傅长钧说："你要去义父家中小住，还是同你父母告知一声较好。这样吧，我替你书信一封，将事情都讲清楚，然后找人给你送过去……哦，宋将军若是知道你快要成亲，也该要准备赶回来才是，送信过去或许会错过。没关系，一模一样的信我写两封，一封寄过去，一封等他回来，我转交给他。这样就当是寄到了吧。"

宋三老爷心说：竟有人能将"我一定要告状"这句话说得如此清新脱俗。

第三章·打架

"既然东西都搬好了,那就走吧。"

傅长钧拍了拍衣服上不存在的灰尘,走到宋三老爷旁边,重重捏了下他的肩膀。

傅长钧面上在笑,眼里却没什么感情,凑在对方耳边,陈述地说了句话:

"三姑娘虽然是宋家人,但也是半个贺家人。贺家有个祖传的毛病,护短,今日他们不便来,所以我替他们来了。你该庆幸,毕竟义父当年可是个暴脾气。"

他留下了个"好自为之"的眼神,错身而过,骑上来时的高头大马。

宋三老爷满背的冷汗,除却羞耻,恐惧也密密麻麻地爬了上来,他明白那种跨阶级权力倾轧的恐怖,绝对比傅长钧说的要更严重。

宋三老爷看向跟在后面的顾风简,急着抓住了他的手,恳求着道:"三娘,到底都是一家人,你不给三叔面子,也该给你父亲一个面子啊。"

顾风简望着他,反问道:"面子这种东西,我愿意给,你就有,我不愿意给,你能怎样?"

宋三老爷:"话不是这样说。血浓于水啊……"

"今日这些。"顾风简指了指礼盒,又指了指那堆破旧的家具,"是我逼你们的吗?是我做得绝,还是你们宋府做得绝?我从未主动动手害过你们什么,但是我也不畏事,你们如何待我,我便如何回敬。"

宋三老爷鼻翼翕动,默然良久,终究是放开了手。

顾风简拂了把被他抓过的地方,冷漠道:"其实也不算什么,不过是往后多些传闻而已,三娘当初听了受了,希望你们,也早些习惯。"

宋三老爷脑海中闪过"报应"两个字。

等人群散去,街上重归安宁,宋三老爷还陷在恍惚之中。他在宋府的门槛上坐了许久,混乱地思考着所有他能想到的事情。

他想到了自己的前程,想到人言可畏,想到自己的儿子,最后又定格在傅长钧临走时的警告上。

他唯一想不明白的就是,怎么一朝之间,事情便到了这种地步。

宋三老爷扶着腰站起来,感觉浑身乏力,刚走到房间,宋三夫人立即惊慌地迎上来,问道:"这下怎么办?我在里面全听见了!二娘在老夫人屋里哭呢,东西砸了一地。会不会出事?"

宋三老爷捂住她的嘴,低声说:"还能怎么办?若想要名声,那就早点搬!宋二娘,我们管不了!"

与此同时，另外一边。

刚刚下了朝的顾国公，隔了几日，才从同僚的嘴里，得知自己儿子与别人打架的事。

那同僚走在他身边，关心地询问："听说五郎前段时间与范二公子打起来了，当真没事吧？"

顾国公瞅他一眼："你是说我家四郎吧？"

"不是，是你家五郎啊。"那同僚说，"你家四郎我就不说了，他打架又不算稀奇。"

"我家五郎打架也不算稀奇。"顾国公不以为意，语气坚定，"那是根本不可能的事。"

"你不知道啊？"那同僚诧异道，"那你晓得他今日去贺府了吗？"

顾国公扭过头："他去贺府做什么？他与宋三又未成亲，以何名义？"

那同僚大惊，退了一步，重新打量他，说："顾国公，你怎么什么都不知道啊？"

"你怎么什么都知道？"顾国公停下脚步，"你从哪里听来的谣言？"

"什么谣言？大家都知道啊。"同僚摊手，"你家五公子与范二公子打架，被傅将军给碰上了。今日要去贺府拜访，是贺老将军与人炫耀时说的，证据确凿，许多人都知道啊！"

顾国公眉毛挤到一块："什么？"

同僚重重点头："嗯！"

顾国公坐在殿前长长的石阶上，黯然眺望着远方，悠悠叹了口气。

同他搭话的那位同僚跟着悲从中来，恨不得回到刚才抽自己一巴掌，把话给咽回去。

他弄碎了顾国公的心，现在留也不是，走又不是，内心满是伤怀。

那同僚本着一点微薄的共事情谊，小心靠近，问道："你家五郎，是还记得当年的事，对你有所介怀吗？"

"哪能不记得？我都忘不了啊。"顾国公眼底闪过怆色，"夫人想到此事，夜里都还不敢入睡，五郎就更不必说了。只是他少年老成，心里有什么，从不叫我们知道。"

同僚大为同情，提着衣摆在他旁边坐下，安慰道："当初的事不能全然怪你，你也是身不由己。五郎如此懂事，该是会谅解你的。"

顾国公摇头："归根究底，还是因为我没做好父亲，本是权力争斗里的龌龊龃龉，却叫他一孩子牵连其中，我也不知道他究竟是懂事，还是已经对我凉

第三章·打架

了心。"

"你不必如此自责,要怪,该怪那福东来太过无耻!"同僚唾骂道,"他真的是万死难赎其罪!"

福东来是一位术士。

先帝年轻时尚算英明,到了年老开始犯起糊涂。因为恐惧死别,执迷追求长生之道。大肆网罗天下术士,要他们去为自己寻找蓬莱仙境。其中最为受宠的便是福东来。

他给福东来封侯拜相,赏赐万千金银,甚至差点将对方招为驸马。

即使再聪明的人也有不清醒的时候,而当他们不清醒起来,比寻常人还要可怕得多。先帝踏上求仙路,便跟疯了一样,叫福东来耍得团团转,一会儿要南巡,一会儿要封禅,闲得没事就去祭祭天,身体不好就急着嗑丹药。

当时顾国公与一干臣子看不过眼,便联名上奏,弹劾福东来挥霍无度、朋比为奸,不想叫福东来给记恨上了。

那人做事极其阴损,知道自己动不了根基深厚的顾家,便同先帝说,顾府的小公子很有仙缘,适合做他的仙童,带着小公子,说不定能早日寻得蓬莱仙岛。他又说自己给小公子算了一卦,顾风简的命格与国运冲煞,天生该成仙,不该入仕,武则窃弄威权,文则祸乱朝纲。气得顾国公差点当场举剑杀了他。

顾国公那时还不是国公,手上没这般权力,也拗不过族中长辈,硬撑了几天,还是只能看着顾风简哭得凄惨,被人强行带走,在福东来身边做个小道童。

他起先去看五郎时,五郎总是哭着喊着要跟他回家。他心里万分难受,顾夫人又被气病了,需要照顾,他几边脱不开身。加上福东来会刻意当着他的面差使五郎做事,他去一次,五郎惨一次。他若是不去,五郎还能吃饱穿暖,过得舒服,到后来他不敢再露面。

好在先帝没过几年就死了……哦,不对,是那可恨的福东来祸害得先帝英年早逝,顾风简才被接回家中。

只是就在那几年里,顾风简的记忆已经很清晰。他天生早慧,身体不好,对家人变得极为生疏冷淡。

同僚拍了拍顾国公的背。

他知道,顾国公是这事里最难做的一个人。国与家,忠与情的重量,全压在他一人身上。

而且顾风简还算好的。他聪明,脑子清醒,福东来也没敢对他做什么过分的事,当时和他一起做道童的一位小公子,因为被骗得太深,现在已经出家了。

"我们五郎，哪里能打得过范二啊？他又没学过武。范尚书那儿子，虎得很，同我家四郎有一比。"顾国公忧愁道，"范二断然不会卖四郎面子，五郎不会被打伤了吧？"

同僚说："你们五郎确实身体不大好。但是我听别人说，范二公子伤了，你家五郎没伤。"

顾国公摇头不信："不一定。他就算是伤了，也会悄悄藏起来。"

同僚心道，这还能悄悄藏起来吗？

顾国公说："我们五郎，很是忍辱负重的，又懂事，又好说话，所以我才总是担心他。"

同僚说："你若真担心他，就让他跟着顾四郎学些拳脚。"

顾国公又是一声长叹："唉，他刚回来时，也随口提过想学武，四郎就自告奋勇要去教他，结果没有轻重，让人在风口练习扎马步，五郎刚学了一天，连烧了三天，差点就那样去了。气得我打了他一顿，不准他再胡闹。"

同僚惊道："你打五郎了？"

顾国公瞪眼："怎么可能！自然是打的四郎啊！"

同僚说不出话来，怎么听着觉得顾四郎更可怜一些？

同僚琢磨片刻，还是说："你不该罚四郎。"

"如今想想，我确实不该重罚四郎。"顾国公握着自己的手，悔道，"自那以后，五郎连四郎也不大亲近了。"

对待五郎，他们太过小心翼翼，反倒不像是寻常父母。

那次是五郎自己说要学武，最后却是四郎挨了顿打。加上之前顾国公将他送去当道童，再搭配福东来给他批的那乱七八糟的命格，顾风简难免会多想。

他心思敏感，便自觉与众人疏远。

同僚问："那后来呢？怎么又不学了？你可以给他请个好一点的先生啊。"

顾国公也很苦恼："我去问了他一次，他那时不大想和我说话了，只说不用。"

同僚隐隐有种不好的预感："你怎么问的？"

"还应该怎么问？"顾国公说，"我就直白地问，他也直白地说不要。"

同僚仔细想象了那个画面。

顾四郎被痛揍一顿卧床休养，顾五郎重病初愈，还只能被关在屋里，顾国公冷着一张脸站在他面前，生硬地问："还要学武吗？"

顾五郎顺从地说："不学了。"

顾国公于是哼了一声,拂袖离去。

这是什么惨无人道的恐吓现场?

同僚浑身打了个哆嗦,觉得多半就是如此。

顾国公还在深刻忏悔:"是我对他过于疏忽。"

先帝驾崩之后,朝政还在混乱之中,百废待兴。今上当时年纪尚小,全靠一帮老臣扶持。顾国公被委以重任,奉命前往各处监察巡视、主持大局,连个着家的机会都没有,等他意识到问题严重,想与人拉近关系,顾风简已是个大人了。

顾国公再次长长一叹,他好烦啊。

他的同僚叫他叹得浑身不适。

"我觉得你该与你家五郎好好谈一谈,纵然他不想和你多说,你也先把自己的话说完。"同僚说,"你不要总板着个脸。"

顾国公说:"我哪有板着脸?"

同僚看着他:"你现在就板着脸。"

顾国公指责:"你胡说!"

"回去照照镜子,真的。"同僚站起来,边跑边提醒他,"回去照照镜子!"

顾国公不由得摸了摸自己的眉毛,剑眉英挺,天生便透着冷厉。不少人说过他发怒时十分恐怖,但他不以为意。

生气的时候如果不能叫下属害怕,那生气还有什么意义?

何况,也多的是人说他容貌端正、仪表堂堂,怎么可能会凶呢?

顾国公辛苦结束一日政务,若有所思地回到府中。彼时宋初昭正在院中与顾夫人说话。

顾夫人同她打听了贺府的事情,询问她此行是否顺利。

宋初昭点头说顺利。贺老将军对她很好,不仅请她吃了糕点,还夸了她送的礼物,就是可惜没有留她吃午饭。

顾夫人又与她分享自己刚刚打听到的,在宋府门口发生的那些事情。

宋初昭大感遗憾,因为没有厚着脸皮跟过去,居然错失了一出大戏。

两人连同旁听的顾四郎,都聊得津津有味,觉得宋府这件事,实在是太有意思了。

顾四郎大笑着抬起头,不经意间发现了站在柱子后面偷听的顾国公,那架势,不知已经站了多久。他稍愣片刻,喊道:"父亲。"

于是顾夫人与宋初昭也停下声音,望向来人。

这么多日，宋初昭还是第一次见到顾国公。面对这个英俊又相当威严的陌生男人，她不敢懈怠，站得精神，站得挺拔，等待对方指示。

顾国公发现自己一出现，气氛便冷如冰封，表情跟着暗了下去。

顾四郎发现顾国公的情绪变化，心中发怵。身为惯犯，他熟练地开始日常三思。思完之后他觉得自己最近相当克制，应该没有犯什么错，又扬起一个标准的嘴角，同顾国公微笑。

宋初昭一看，连顾四郎都如此反常，跟着开始紧张，紧绷住脊背，礼数周全地朝顾国公问好。

顾国公观这犹如参见上官的悲惨场面，心里彻底凉了。他问了句极具亲切感的寒暄语，试图进行挽救。

"吃了吗？"

还是顾夫人了解他，笑着说了一句："还没呢，你今日回来得真早。"

顾国公点头："嗯。"他火速处理了公务，准备赶回来和五郎聊聊人生的。

顾夫人说："那我去叫人备菜，准备用饭吧。"

顾国公说："好。"

顾四郎转身，先行去往大厅。顾国公拉了下顾夫人的袖子，示意她先到旁边。二人站在无人的地方。

顾国公问："我时常板着个脸？"

顾夫人看着他道："你说呢？"

顾国公顿了下，又问："我现在也板着脸？"

顾夫人语气重了点，还是道："你说呢？"

顾国公惊了，不敢相信。

顾夫人比他更为惊讶，你的脸什么样你心中竟然没数？

顾国公年轻时还没有这么严重，只是个冷一些的俊儿郎罢了。后来在朝为官，为了树立威信，一直摆出不容置疑的气势，成了习惯，才变成这样，如今连脸上的肌肉，都带着顾国公式的冷酷。

顾国公问："那你当初为何不怕我？"

"我怕你做什么，你又不曾凶过我。我就喜欢你在外威严冷淡，回来对我温声细语……"顾夫人说着不好意思，重重地拍了他一下，"说这个做什么？也不觉得害臊。"

顾国公惊呆了，竟是如此吗？

顾夫人说："快去吃饭，不要奇奇怪怪的。"

顾氏二人到了吃饭的厅堂，发现宋初昭居然也在，不由得呆住了。

第三章·打架

顾四郎同样讶异道:"五弟,你今日要与我们一起吃饭吗?"

宋初昭的脑袋上慢慢冒出一个困惑的小人。

人都到齐了,难道不一起吃饭的吗?不是一家人吗?

她仔细想了想,发现顾风简确实都是在自己屋里吃饭的,因为仆役会准时将饭菜送过来,完全不用她劳心。

她不知道的是,顾府几人吃饭的时间总是不一样。

顾风简胃不好,需要少食多餐,后厨时时给他备着点心。而顾国公公务繁忙,有时要到夜深才回来,顾夫人不可能叫顾风简陪着挨饿。加上这父子二人气场不和,顾风简会有意避开,便是一年到头,他们也很少坐在一张桌子上吃饭。

事已至此,宋初昭总不能起座离开。她不动声色地点了下头,说:"今日凑巧,就一起吃吧。"

顾夫人闻言很高兴:"看来五郎今日心情好!快去催催后厨,叫他们多做两盘菜。"

她瞄了顾国公一眼,将人拉到自己的左手侧,正好坐在宋初昭的对面。

今日顾府果然上菜很快。最先来了一盘炒青菜,紧跟着,又端上来一盘炖鸡肉。

虽然菜还未上齐,顾夫人已拿起筷子,示意大家想吃,可以先开饭。

顾夫人晓得顾国公的本性,便主动在中间活跃气氛:"郎君,你不是有话要问五郎吗?"

顾国公抬起头,脑子一热,张嘴便把正在想的事情给说了出来:"听说你前几日与范二公子打架了?"

顾夫人表情一僵,没能维持住自己脸上得体的笑意。

宋初昭筷子顿在半空,全身戒备,心说这终于是一场真正的鸿门宴了,用力从喉咙里闷出一个字:"是!"

顾国公见她紧张,大感懊恼,为了表示自己没有责问追究的意思,也只应了一个字,想快速斩断这个话题。

"嗯。"

宋初昭整个人僵住。

实不相瞒,她现在很慌。

顾夫人捏着筷子的手指渐渐发白。

好在这时婢女又端着一盆菜上来,填补了这令人尴尬的空缺。

顾夫人瞪着那盘炖鸡,朝宋初昭的方向点了下下巴。

宋初昭以为顾夫人是在提醒自己,让自己赶紧给顾国公道歉。毕竟顾府门

规甚严，她这回打完架，还没有做自我反省。而且听顾风简所言，顾国公想必是不喜欢他小儿子动武的。

宋初昭便自觉地夹起一块鸡腿，缓缓送到了顾国公的碗里。

那一刻，餐桌上的人都凝滞了。

顾四郎的筷子掉了下去，却仍旧举着手，不敢去捡。

顾夫人连眼睛都忘了眨，张着嘴愣在那里。

顾国公的脸部肌肉大幅度牵动，然后用力地看向她。

十分之诡异。

这事情不对。

宋初昭在心里尖叫。

你们顾家人的心思怎么那么难猜？怎么就那么难猜？

她决定把鸡腿夹回来。

"你——"顾国公猛地站起，抓住她的手腕，声音拔高，誓死捍卫，"夹到我碗里的东西，为什么要拿回去？"

宋初昭不明白顾国公为何要因为一个小鸡腿而如此激动，她告诫自己绝不能慌！摆出最冷静的姿态，说："我以为你不要。"

顾国公顿住："我——"

顾夫人一脚抬起，又一脚落下，狠狠踩在顾国公的鞋面上。

顾国公的脸从中间开始涨红，蔓延至耳朵，然后终于冷静下来，等再开口，顺利恢复了先前的平和。

"我要，你可以放下。"

他说完又低低补充了一句："谢谢。"

宋初昭"哦"了一声。

顾四郎颤抖地捧起自己的碗，递到中间，满怀期望地道："我也能拥有吗？"

顾夫人给他夹菜，说："娘给你夹，乖乖吃饭，不要说话。"

顾四郎乖巧道："好的。"

顾国公得到了一个鸡腿，心情极其雀跃。他觉得自己也该说些能让顾五郎开心的事，于是问："五郎，近日可有什么想要的书？"

宋初昭心里苦，为什么要这样对我？

顾国公又提了一件事："我同你说过的，举荐你去别的官署任职，你可有想好要去哪里？"

宋初昭艰难道："再看吧。"

顾国公问："再看？你不想去？"

第三章·打架

宋初昭继续推诿说:"再说吧。"

顾国公沉默下来。

敏锐的他,觉得自己儿子,大约是有心病了。

这顿饭最终在宋初昭一阵头皮发麻中结束,她生怕顾国公再问她一些关于念书的事,快速吃完了饭,便起身告辞。

顾国公那股原本计划跟儿子谈一谈人生的强烈欲望,在察觉到对方强烈的抵触情绪之后,被迫暂停,好在他的内心经过鸡腿的抚慰,变得坚强很多,没有因此觉得难过。

在晚饭后突然空闲出来的这一段时间里,顾国公又开始独自思考起那个伴随了他十几年的人生难题——他的小儿子到底在想什么?

一直到入夜,顾国公与夫人一起躺到床上,盖上了被子,也没有从这个问题里挣脱出来。

安静的环境与突然空虚的心神,更给他创造了胡思乱想的机会。

这一次他能参考的证据比以前多,心情也比以往都要宁静,所以探索得比较深入。

其中,最核心的两个问题为:五郎为何突然要与自己一起吃饭?又为何会主动给自己夹菜?

他们已经许久没有心平气和地坐下来吃饭了,即便是在家宴里,顾风简也始终保持着疏离礼貌的态度。虽然顾风简很少在明面上表现出他的不悦,但顾国公还是能从对方的眼神里读取到,每次自己跟他寒暄之后,他都会变得不大高兴。

顾国公也不想总顶着一颗破碎的心去烦他,加上频繁被陛下派往别处,无暇细思,久而久之,父子关系就变成了这样。

五郎今天的举动……是在主动向他示好吗?

顾国公翻了个身。

他对顾风简,那是极愧疚的。

他回忆起顾风简小时候,依偎在他的怀里,乖乖地抱着他,睫毛上挂着眼泪,瓮声瓮气地同他说想回家。

他当时只能低声安慰,说很快会带五郎离开,又许诺说自己会常去探望,可是最后都没有做到,他甚至不敢再去。

顾国公不由得心酸。

五郎当时是不是特别失望?

他小小的一个人蹲在清冷的山头，托着下巴，望着蔓延到云雾深处的石阶，默默等着自己父亲的身影出现在天地尽头，从早到晚。

顾国公以前总是叫自己刻意不去思考这些事情，因为一旦想起来，便是痛苦煎熬。然而对于五郎来说，就是那样一日一日熬过来的。他对自己的痛恨，积累在过往的每一天里。

顾国公想得眼泪都要流下来，脑子也越来越精神。

五郎一定特别难过，当初把他一个人留在了青山上。

或许还会以为自己不拿他当家人。

顾国公坐了起来，被子撑起，带进来一道风，顾夫人冻了下，跟着迷迷糊糊地醒来。

她偏头一看，闷声道："你做什么呢？怎么还不睡？"

顾国公钻出被子，把边角给她掖平，然后坐在床沿上，两手撑着膝盖，低垂着头，开始今夜的失眠。

顾夫人望着他的背影，躺了会儿，也爬起来，从背后两手抱着他，唤道："顾郎，你在想什么？"

顾国公声音喑哑："我在想五郎。"

顾夫人问："五郎怎么了？"

"我总觉得我偏待他。"顾国公的声音时高时低，"今日仔细一想，发现自己还是太过分了。"

顾夫人问："为什么这样说？"

"我以为五郎性子冷，便由着他冷，不该这样，也许他只是在生气呢？"顾国公偏过头说，"或许他是想叫我哄哄他。"

顾夫人动摇："啊？"

顾风简总是孤零零的一个，冷眼看着他们一家人似的打骂玩闹，这与没回来时又有什么区别呢？住回一起了，关系却更远了，对他来说，岂不是更加失望？

顾国公心想，绝对是这样，所以五郎才会同宋三娘一起去贺府，因为宋三娘以后就是五郎的家人，五郎心里是很看重家人的。这么一看，五郎与范崇青打架也说得过去了，目的是想引起自己的注意。哪晓得自己这般失格，过去数日才知道这事，叫他一番苦心白白浪费。

顾国公痛心道："不是他不体贴我，是我不体贴他，我没有补偿他，还叫他难过了，难怪他不理我。"

第三章·打架

顾夫人不明白:"五郎理你了呀,今天晚上还给你夹菜了。"

顾国公摇头:"所以我更难过了。"

顾夫人以为自己睡得混乱了:"你究竟在说什么呀?"

顾国公沉吟片刻,说:"五郎与范崇青打架的事,你该早些告诉我的。"

"又不是什么大事。"顾夫人不满道,"你怎么又提?今天吃饭的时候你居然还说出来了。"

"哪里不是什么大事!"顾国公严肃道,"此事非常严重!"

顾夫人叫他给镇住,松开手,索性也坐到床沿上,与他并排靠着,问道:"哪里严重?都说已经解决了,只是误会。"

顾国公说:"你想,五郎是那种会因为别人说几句话便动手的人吗?他平素藏得深,根本没人能激怒得了他,若是有人敢当面骂他……"

顾夫人相当熟练:"他会更损地骂回去。"

"是啊!打人是他最不会做的举动了。"顾国公呼出一口气,"其中定然还有别的隐情。"

顾夫人都要给他说服了。

顾国公说:"而且,最严重的是,他居然不喜欢念书了。"

顾夫人回忆一番,后知后觉地惊讶道:"五郎这两日念书的时间好像确实少了,倒是与四郎在一起的时间多了起来,而且还经常出门,这确实不对。"

顾国公暗叹果然如此,用力地拍了下手。

"他两次辞去官职,都是与我有关。如今更是连书都不想读了,我担心他有什么想不开。"

顾夫人恐慌道:"你不要胡说!"

顾国公站起来,懊丧道:"他明明有那么多不对的地方,我们竟然到现在才发现!"

顾夫人按着头,也开始思索起她儿子平日的举止来。

顾国公穿着单衣,在床前焦虑地走来走去,一会儿叉腰,一会儿仰头哀叹。

顾夫人被他弄得很紧张,脑海中冒出了些奇奇怪怪的东西,连忙叫停说:"不要走了,你是得我头都晕了!"

顾国公顺势停了一下,随后又大步走向一旁的架子,扯过外衣披到身上。

顾夫人对着那个晃动的黑影道:"这大半夜的你莫非要去找五郎?"

顾国公回答:"我现在不去,我不心安,何况我若不大半夜去,如何能找得到他?"

顾夫人想了想,还真是。国公来去悾偬,在家里就跟空气似的,抓也抓不到。

她忙跟着站起来说:"那我也去!你对着五郎总是不会说话,当心再刺激了他……先把灯点了,我找不着我的衣服了。"

宋初昭正睡得香沉,突然被人按着肩膀推醒。她艰难地睁开眼睛,面前骤然出现两张长发凌乱的大脸。

二人中间飘着一根蜡烛,如豆的烛火照亮了他们各自半张面孔。在橙黄的烛光下,二人面色青白,轮廓分明。尤其是顾国公,原先就带着点凶气的表情,变得更加威厉。

宋初昭吓得往床铺里面缩了一下,差点尖叫出声,狠狠抽了口凉气之后,才发现原来是顾家二老。

她觉得自己半条小命已经交待在这里了,用力甩了下头,问道:"现在是什么时辰?"

顾夫人说:"不重要。"

宋初昭张着嘴:"啊?"

顾国公神色冷峻,半弯着腰,问道:"我儿,你有什么想对为父说的吗?"

这话让宋初昭来听,等同于是:你有什么错要同我坦白的吗?

宋初昭忐忑道:"我没有。"

"你再想想。"

顾国公逼近一步,将脸又凑近了一点。

他眼角的皱纹挤出深深的沟壑,眼睛却瞪得更大,漆黑的瞳孔因为烛火反出一道诡异的光。

不知道是更像辟邪用的门神一点,还是更像判善恶忠奸的阎王一点,反正宋初昭觉得自己这个小鬼快被诛杀了。

宋初昭重申道:"我真的没有!"

"你心里有什么想的,都可以告诉我。"顾国公不放弃,"是为父错了,我今夜一定与你好好谈谈。你生气也好,想打骂也好,都是爹的错,我听你说。"

宋初昭觉得自己已经冷静下来了,又觉得自己已经疯魔了。她从上往下用力抹了把脸,重新睁开眼,还是同样的画面。

不是做梦。

顾风简没告诉过她,他们顾家人喜欢半夜找人谈心啊。

宋初昭无奈地说:"我没什么想说的,也没有生气。你们回去吧。"

顾国公带着点委屈:"你最近都不怎么念书了,也不要我给你买书了。"

第三章·打架

宋初昭不平静了,内心疯狂尖叫。

就因为这个?不喜欢念书就要被你们半夜堵在床上如此恐吓?

顾国公又说:"还同四郎一起玩了,白天也不留在家里。"

宋初昭继续无声尖叫。

那你们去同顾风蔚说啊!为什么他就可以出去玩耍!

顾国公见她还是不肯承认,又说:"那你当日为何会与范二公子打架?"

宋初昭终于听到了一个自己能正确回答的问题,立马道:"那是误伤,非我本意!"

顾国公缜密分析,步步诱导:"他当时在做什么?"

宋初昭说:"与人喝喝酒聊聊天吧。"

顾国公惊:"所以你是醉酒行事啊!"

宋初昭内心崩溃。

"我没醉!"她大声抗辩,"我当时没喝酒!"

顾国公说:"那就是因为你看不惯范二白日醉酒,无所事事,挥霍时光,所以生气了?"

"他也没醉,不过是几杯米酒而已!"宋初昭说,"不是,我没生他的气,我想打的不是他。母亲,您同父亲说过了吗?"

顾夫人尽责地在旁边举蜡烛,听她喊人,点了下头。

宋初昭从未对自己打过的任何一场架后过悔,这是她生平第一次。

顾国公带着洞察一切的了然:"唉,所以,你真的是想叫爹能注意你。"

宋初昭:"……"

不——都不是!

顾国公你是怎么回事?!

有那么一刻,宋初昭甚至想冲着他的耳朵喊出来:因为我不是你的亲儿子!

宋初昭激动地爬出来,由于顾国公挡在床前,她只能跪着,正要说话,一个温暖的怀抱突然拥了过来。

宋初昭怔住。

身后那坚实的双臂紧紧环绕着她,像是怕她挣开,带着小心,带着忐忑。微微颤动的肌肉暴露了面前这人心底的不安,也将她即将蹦出嘴的话给消了个一干二净。

她突然忘了要说什么,但是这个真的不重要。

顾国公或许不是来问她想说些什么,而是自己想和她说些什么。

"是爹不对。"

顾国公声音沙哑，克制地在喉咙里翻滚。

"五郎，你上次科举高中，却被陛下派去整理文书，不是爹故意整你。当初陛下问我该如何安置你，我随意说了句，我们五郎身体不好。他许是不想让我担心，就给你分派了那么个职务。我知道你做得不高兴，不到两月就主动请辞了，你心里有怨气，不愿意理我，我也不知该如何跟你解释……五郎，爹没有不想叫你入仕，爹相信你，你是可以做个好官的。"

"还有之前……"

宋初昭感受着对方怀抱的热意，犹如沉在一潭暖洋洋的温水里，她放缓了呼吸，安静地听着。

"爹那时看着福东来带你走，是不愿意的……"

她觉得左肩上有温热的液体低落。

这个高大的男人将下巴搭在她的肩膀上，抽了抽鼻子。

后面的声音近乎耳语，已经听不清了。

"我没去看你……也不是故意……骗了你，不是有意……我有时去了，只是不敢叫你见到，怕福东来会为难你，有时我也想杀了他，可是爹没本事……"

顾夫人听着忍不住泪如雨下："郎君，我的五郎！"

宋初昭不知道福东来是谁，但是她记住了。她努力想将顾国公的每一句话都记住，然后去告诉顾风简。

顾风简如果能亲自听见，想必会高兴吧，他当时提到父亲时眼中还有一分落寞……如果他能自己听见就好了。

顾国公继续说着："爹一直将你当最亲的家人，一直想着你……你娘也是，你哥哥姐姐也是。五郎，全该怪我，有什么不对，你说，爹改。"

宋初昭也将头靠在他的肩膀上，顾夫人轻轻抚摸着宋初昭的头发。

一时间，屋内只有三人高低交错的呼吸声。

顾国公又抱了她一会儿，等心情平复之后，松开她，希冀地问："那你还想入仕吗？"

宋初昭心里吐槽，能不能不要这样？

她木然着脸，视死如归地说："我明日，拟一份要买的书册名单。"

"好！"顾国公重重地点头，"这回父亲定然不会再干涉你，你好好准备，看看该如何安排！"

宋初昭心底的苦涩难以言语，只能汇成一碗呛喉的苦酒，自己咽下。

顾家二老是何时走的，宋初昭不想回忆。

第三章·打架

她重新躺到床上，展平四肢，然而翻来覆去辗转无数次，依旧没有困意。

她深深看了眼窗外，对着夜色中摇曳的树影露出一个变态的微笑，起身开始穿衣服。

顾五郎——我替你爹来看你了！

第四章

爬　墙

- SHENCANGBULU -

宋初昭悄悄地溜出国公府。

这几天她已经摸清了府里的各道小门以及护院的巡卫情况，这对她来说没有任何难度，待出了府邸，她一路轻盈小跑。

等宋初昭跑到半路，才忽然想起顾风筒已经从宋府搬走的事情。

她站在凛冽的秋风中，萧瑟地打了两个喷嚏。

顾风筒这身体太羸弱了。

真的太羸弱了，竟然惧怕这小小的寒风！昭昭愿意为他多跑一段路，好好锻炼他的身体！

宋初昭转了个方向，没有迟疑，反向去往贺府，只是这一次的脚步稍显沉重，带着对未知的一点点苦恼。

贺府她只去过一次，且去的时候只逛了正门到客厅的那一小段路，然后就被赶走了，连午饭都没混上。她哪里知道顾风筒住在什么地方？

宋初昭在墙外徘徊张望，丈量着两侧距离，猜测顾风筒所住的院落位置。

贺府的外墙没有做过防盗措施，顶部砌得平坦，利于攀爬。

想来也不会有人蠢笨到来贺府偷东西，毕竟里边守着的全是练家子，不过这倒是方便了宋初昭。

她熟练地爬上高墙，不敢将头露得太明显，只鬼祟地朝府邸深处凝望。

一般的家宅里，都不会种过于高大繁茂的树，因为树上面容易藏贼。所以只要选好位置，立在墙头，就可以视野开阔地看见不少事情。

如此这般，宋初昭围着贺府外围，接连换了两堵墙，切了三个地点，终于发现一个院子比较特殊。

院里摆设的东西过于密集,都是崭新的,且主屋的窗户里透着灯光。

贺老爷与贺老夫人是老年人,一般睡得较早。这个时候还不睡的,多半就是顾风简了。

这顾五郎啊,大半夜的不睡觉……那秃的可是她的头!

她一定要和顾五郎认真讲讲这件事。

宋初昭翻身过墙,轻巧落地,沿着小路,蹑手蹑脚地朝顾风简的院子靠近。

虽然已经夜深,但顾风简还没睡,正在看书。窗户映着的剪影上,只有他一个人。

今日仆役将那三板车的东西运回贺府之后,贺老爷被气得吹胡子瞪眼,直接叫人全部丢到外边去。中午还因为这个气得没胃口,少吃了一碗饭,之后为了补偿自己少吃的那碗饭,贺老爷让管事带着银子出去采买各种新东西。

他不管那些东西贺府有没,总归是要新、要贵、要大,买来后拉着在大街上绕个几圈,让所有人知道,他们家三姑娘,那是个有人疼的主儿,不可随便欺负。除却给自己外孙女准备日常用品以外,还顺道给春冬也买了一套。

贺府的确是非常好——对着靠墙的那一排保存完善的书册,顾风简如是想。

贺老爷把自己书房里存着积灰的那些宝贝,什么砚台、镇纸、古董、御赐的书画,全部都搬进了这个房间。

好在这个房间够大,是打通了隔壁的屋子,连起来的,否则都放不下那么多东西。

顾风简本来还想拒绝,觉得贺老爷这隔辈亲,亲得有点太过兴师动众,等他上前打开书画一看,话全部咽了下去,再抄过几本孤本一瞧……

好。

非常好。

宋初昭就应该值得这个排面。

隔辈不亲何时亲?她在宋府可受了太多委屈了。

顾风简决定替宋初昭翻阅整理一下这些书册,便一直从傍晚看到了现在。

春冬今日在三座府邸之间跑了一整天,又亢奋了许久,到晚上已经很累。她撑着陪顾风简熬了半宿,劝了他好几次,最后见他实在没有要去睡的打算,才去隔壁休息一会儿。

顾风简并不需要人陪,他看得不知疲惫,只是正入神的时候,听见窗户外面传来了熟悉的敲击声。

那敲击声锲而不舍地响了六七下,才叫顾风简注意到,他惊讶地抬起头,

循声走去。

　　院落里的草地上，正站着一个黑影，那黑影见他出来，高兴地晃了晃。

　　这是什么时辰了？

　　顾风简揉了揉有些发花的眼睛，觉得可能都快过子时了。

　　宋初昭朝他招手，小声说话的语气好像是在蛊惑："我有话和你说，你过来呀。"

　　顾风简放下书本，朝她走去。

　　结果宋初昭转身就跑。

　　他虽然不明所以，还是追了过去。

　　就见宋初昭一路蹦跶，逃到贺府边缘处，借着墙边的障碍物，飞速攀登上墙头，然后盘腿坐下。

　　她松了口气，满意道："好，就在这里说吧。"

　　他其实有许多想说的形容词，可是碍于身份不便说出口，只意味深长地问道："这贺府的墙，你也敢爬？"

　　宋初昭内心是有些虚的，但是不能显露出来。她左右仔仔细细看了一圈，确认周围二十米内都没有人烟，才放心地小声道："实不相瞒，我爬过的墙不计其数，贺府这般的，算马马虎虎。"

　　这也值得她骄傲？顾风简哑然失笑，偏偏她说这话的时候强装认真，神采奕奕，脸上似带着层光，只叫人觉得她可爱，不好说她胡闹。

　　顾风简看她坐在那狭窄的墙头，觉得危险，尤其她的肢体语言丰富，总是喜欢乱动，便劝道："不如你进来说话？"

　　"不不不。"宋初昭连声拒绝，"我若进了院子，到时候来不及跑，不成瓮中捉鳖了吗？这位置挺好，若是有人来了，我直接跳下去，他们就抓不到我。"她说完谦虚一笑。

　　我亦无它，唯手熟尔。

　　顾风简哭笑不得，只能继续仰着头，同她说话。

　　"你为何非要等到这大半夜的来？路上那么黑，你也不害怕？"

　　宋初昭刚因为见到顾风简而忘掉的郁闷，叫他一提，又涌了上来。她气得拍腿道："就是这大半夜的！你爹来我屋中将我摇醒，我才睡不着了！"

　　顾风简惊讶："我爹？"

　　"你且等等，让我想想，他都说了些什么。"宋初昭捧着脑袋开始搜索，"他说了好多啊，可我光记得他吓我了。"

第四章·爬墙

顾风简愕然道:"他和你说了很多?"

宋初昭点头:"很多!"

顾风简心里想,顾国公明明是个冷漠寡言的人,连骂人都是一个词一个词地往外蹦,哪里会话多?

墙上那人又开始说话。

"哦,他让我念书!"宋初昭痛心疾首,恨不能泣,拍着身下的土墙诉道,"他非要让我答应他去入仕,要举荐我去什么官署,让我好好挑挑,对我最近没有读书耿耿于怀,还非要送我新书!连我同四郎出去他都晓得,可是我有什么办法,我一点也不喜欢看书!"

她亲娘都没这么逼过她,顾国公的软刀子可太狠了!

宋初昭因为激动,说得有些混乱,然而中心意思是十分明确的。

顾风简也沉默了。他不知该从哪里开始评价,良久后,困惑地问:"你说的真是我爹?"

宋初昭笃定:"就是你爹!"

顾风简依旧怀疑:"你认清楚了吗?"

宋初昭气道:"我认得很清楚!"

顾风简迟疑:他竟能这般好?还要主动送自己书?

宋初昭说:"他竟能这般狠心!可以刀刀戳我心口。哦,对了,你有什么想买的书,现在写下来给我,明日我好让他去买。"

在这个万物躁动的夜晚,同样睡不着的,还有贺老爷。

他睡得浅,半梦半醒中,听见了门外不断徘徊的脚步声,多年习惯叫他陡然苏醒,警戒地坐了起来。

贺老夫人跟着被他吵醒,气道:"你做什么?"

贺老爷说:"门外有人!"

外头的人听他已经醒来,出声道:"老爷,是我。"

贺老爷骂:"鬼晓得你是哪个鬼!"

外头的人静了下,随后无辜地开口:"老爷,是我,何管事。"

贺老爷斥道:"你在外头装神弄鬼的做什么?有事直禀,无事退下!"

何管事也顾不上委婉了,说:"老爷,顾家五郎又来了。"

"来了就请进……"贺老爷皱眉,说到一半终于察觉出不对,整个人精神起来,"这大半夜的,他怎么进来的?"

何管事难以启齿:"爬墙进来的。"

旁边贺老夫人茫然道:"啊?"

贺老爷已经一个箭步冲下床,高举右臂,横眉竖目,喝道:"拿我刀来!"但他未能顺利发飙,就贺老夫人给拦住了。

贺老夫人斜睨他:"你疯了吧?"

"是他臭不要脸,居然敢爬我贺府的墙!这三更半夜的,他来与昭昭相会,想做什么?可曾为我们三娘考虑过?"

"你觉得顾五郎是那般没有轻重的人吗?"

"他做得出这样的事,他还有轻重?"

何管事连忙解释:"没有没有!顾五郎在屋外喊了三姑娘,然后把人叫到了墙边。两人现在是隔墙相望而已。顾五郎还挂在那墙头上呢,二人只说话,没有任何接触。"

贺家二老俱是惊住了。

别说,这顾家老五可真是个人才啊。

贺老爷咂了下嘴,一时不知道该说对方胆子大好,还是该说他厌如狗好。

贺老爷问:"他们聊什么了?"

何管事说:"不知道。三姑娘应该学过武,听力过人,我们没敢靠近。"

贺老夫人突然暴起,踢了贺老爷一脚。

贺老爷回身,委屈道:"你做什么?"

"都是你,我看是你将他教坏了!"贺老夫人说,"白日见那顾五郎,分明是个老实敦厚的人,只同你见了一面,连这些事都学会了。"

贺老爷满头问号,真是欲加之罪,何患无辞!那个姓顾的跟他能有什么关系!

贺老夫人披了外衣,过去打开门,何管事正弯腰站着,见状又后退了两步。

贺老夫人问:"昭昭在和他说话吗?二人关系如何?"

何管事回说:"是。看起来还不错。"

贺老夫人沉吟片刻,然后说:"昭昭的拜帖是叫顾五送的,回来的那日,也特意叫顾五陪着她,说明她对顾五很信任。她在宋府被欺负的时候,更是多亏顾五帮忙,将春冬派过去照顾……"

贺老爷抬起头说:"两回事!"

贺老夫人非常合理地分析道:"想来昭昭很信任顾五,顾五或许是担心她在这里住得不习惯,所以来看一眼,特意挑了半夜,也没有做出什么出格的举动。"

第四章·爬墙

"她是我亲外孙女,难道我会欺负她?"贺老爷不敢置信道,"这还不叫出格?"

"二人只是说说话而已。你今晚要是不醒你都不知道!"

"那我现在就要装不知道?"

"那你去呀!叫人去当着昭昭的面赶走顾五,再狠一点,把顾五抓来罚他一顿,你看昭昭会不会记恨你!"

贺老爷无言以对。

贺老夫人擦着眼角:"昭昭若是与你亲近,也不用等着半夜去和顾五聊天了,她多可怜呀?在京城连一个能说得上话的朋友都没有,好不容易出现一个顾五,还要顾及男女有别,几句话都得熬到半夜悄悄讲。悄悄讲也就罢了,某个人连这都不允许……"

贺老爷妥协了,无奈道:"好,行!"

他去墙边取了鞭子过来,捏在手里,朝着半空猎猎抽了两下,然而这样根本出不了气。

他说:"叫附近的人在边上看着,若顾家五郎只是爬墙,就当我给顾国公一个面子。他若敢爬我们昭昭的窗户,马上将人丢出去!"

何管事连忙应道:"是!"

"等等!"

贺老爷看了眼天色,外面乌漆墨黑得连颗星星都没有。

他说:"只给他们一炷香的时间。什么话一炷香还说不完?到了赶紧给我轰走!"

贺老夫人嗤笑:"瞧瞧你现在这样子,你也好意思。"

贺老爷不理,去点了灯,然后从匣子里抽出一根香,粗暴地插到炉中。

红色的火光在顶端亮起,冒出一缕微弱的香气。他用力朝着火星吹了两气,想叫它燃得更快一点,贺老夫人看见,又是一声嗤笑。

贺老爷拖了张椅子过来,大马金刀地坐在桌前看守。

今晚昭昭不睡,他也不睡!

宋初昭在墙头坐久了两腿发麻,她换了个姿势,活动一下手脚。一番操作看得顾风简惊吓连连。

顾风简将记录着书名的纸递过去,宋初昭小心地塞进衣服里。

顾风简其实还带了件披风出来,可惜宋初昭坐在墙头,他怎么也够不上,只能往上抛给她。

"夜里凉,你赶紧回去吧。"

宋初昭笑:"我还没说完呢。顾国公一晚上也等不及,想来和你说的事,你不感兴趣吗?"

顾风简仰得脖子酸痛,抬手按在后颈,说道:"他想什么,我从来不知道。"

宋初昭叹道:"你父亲确实好难懂,他没什么表情,我都看不出他是高兴还是不高兴。"

顾风简低下头,在草地上漫无目的地踱步。

"他不该为我急入仕的事才是。"

宋初昭拍腿道:"他急!他说……糟!我只记得他说了'对不起',原话是什么,还真不记得了。"

顾风简回头:"他说对不起什么?"

"好多对不起呢。"宋初昭说,"对不起什么让你去做整理文书的官职,知道你心底很不高兴,才主动请辞了,说他其实不是故意的,只是没想到陛下会做那样的安排,本来想同你道歉,可是你不理他了,希望你能再考一次,往后他绝不干涉。"

顾风简身形略有僵硬,然后摇了摇头,像是自嘲:"他怎么可能会对我说这样的话?"

宋初昭身体前倾,认真道:"你爹不仅说了,还悔哭了。我可以保证,他是真情实意的!"

"我爹哭了?顾国公?"顾风简这回彻底不信了,只当宋初昭是在说笑。

他挥手道:"哭了的肯定不是我父亲。"

"他抱着我哭的。"宋初昭又想起伤心事,"哭完就逼着我念书,将我一腔热情都给浇灭了,好不容易背下的词儿也气忘了。"

两人都有种鸡同鸭讲的感觉,仿佛互相说的根本不是一个人。

顾风简听天书一般,再次仰起头看她。

"他还说,当年福东来的事,他对不起你。不是要骗你,什么悄悄去看过你,又不敢什么,边哭边说,泣不成声。"宋初昭停了下,问道,"福东来是谁?你爹去看你,为何还要悄悄?像我现在这样的悄悄吗?"

宋初昭虽然记了这句忘了那句,但是对于关键字句以及重点场景描述都十分精确。

顾风简脑子里开始环绕起"泣不成声"这四个字。

就算天塌下来,顾国公都未必会掉一滴眼泪吧。

顾风简好笑道:"你不是做噩梦了吧?"

第四章·爬墙

"你怎么就不信呢?是真的!我一点夸张的修饰都没用呢。"宋初昭有力无处使,"我觉得你爹挺好的。你今日若是亲自听到他的一番剖白,或许能理解他。"

顾风简淡淡道:"是吗?"

他背过身,叫宋初昭看不见他的表情,声音平坦得没有丝毫起伏:

"他不喜欢我学武。当初四哥想教我学武,最后被他痛打了一顿,平日对我也很冷漠,兴许一年加起来,都未必有你方才说的多。"

"怎么可以这样?"宋初昭瞎出坏主意,"那你就去找傅长钧教你,我不信,顾国公敢跑去打傅将军的屁股。"

顾风简笑道:"听着不错,可惜我现在已经不想学了。"

宋初昭却笑不大出来。

如果今日顾国公没有来找她,或许她也会如顾风简这般误解。但是一想到先前顾国公哽咽的声音,她就觉得这对父子之间,不是真的没有感情,只是隔着一层误解而已。

顾国公对顾风简的父爱是如此强烈,又因为过分的笨拙和谨慎,被克制在他那看似平静的表情之下。

昨天晚上,他抛却一切尊严,来同他儿子说清楚了,恨不能将自己的心也掏出来。

他那么笨,也只能做到这样。

然而顾风简却没有听到。

难道因为她,他们这对世上最亲的亲人,还要继续那种形同陌路般的不正常关系吗?

宋初昭想到这里,就觉得好难过。

顾风简转过身,嘴角笑道:"其实不必安慰我。我心里清楚,也早做好准备,他平日公务繁忙,我与他在一起的时间很短,算不上有什么深厚的情谊……"

他嘴巴张张合合,嘴角始终上翘,可是夜色里他的笑容并不清楚。

今夜的云层太厚,月光都被挡住了,就算他不做出这副表情,也无人能看出他是否言不由衷。

宋初昭从墙上跳了下来,朝他跑过去。

"我父亲官居要职,我能理解他身不由己,我并没有非要得到他的赞赏或认可,你……"顾风简见她越来越近,说不下去了,"你做什么?"

宋初昭一把抱住了他。

顾风简下意识地想要让宋初昭退开，她忽然说："你不要动！"

顾风简只能放松身体，放缓语气问："你在做什么？"

宋初昭说："你爹今日就是这样抱着你。"

顾风简恍惚怔住。

宋初昭把下巴搭在他的肩膀上，鼻间又闻到了对方身上的那股香气："他说：'我一直将你当最亲的家人，一直想着你，你娘也是，你哥哥姐姐也是，全该怪我，往后我改。'他就是这样说的。"

顾风简沉默着，喉头不住地上下滚动。

这怀抱隔开了冷风，给他带来阵阵的暖意。宽广的肩膀紧紧环绕住他，男性的低沉声音中满是安抚，在他耳朵边一字一字炸开。

许久，许久没有人这样将他抱在怀里，和他说这样的话。

上一次，就是他父亲抱着他，一面抵着他的额头，一面深深看着他的眼睛，同他认认真真地说，要带他回家。

对方的眼睛深邃似海，带着慈爱与关怀，他深信不疑。

之后那个男人却消失了。

他们相遇，顾国公会避开眼睛假装不见，他哭着恳求，顾国公会背过身狼狈逃开。

他学做人的年纪里，认识到的第一件事，就是父亲对他的欺骗。

明明骗了自己，却从来没有道歉。

明明要骗自己，却还要给出承诺。

"你相信我吧。"宋初昭说，"我不会骗你。"

顾风简睫毛颤动，听见自己的声音失了冷静。

"真的吗？"

"真的，我以我的名字与你担保！"

顾风简却从这郑重的誓言里品出两分好笑，他心说，看来昭昭确实是很喜欢她自己的名字了。

察觉面前的人放松下来了，宋初昭正待畅言，附近突然传来窸窣的摩擦声，似乎有什么东西在慢慢靠近。

宋初昭倏地回神，脑海中闪过白光，想起这里是贺老将军的地盘。

她快速松了手，往墙边冲去，逃命似的飞奔上墙，再纵身跳下，临走还不忘提醒顾风简："我先走了，你当我没来过！"

她一离开，那些细碎的噪音立即消退，阴影中的人也不敢出来，仿佛刚才的一切只是夜风吹出来的错觉而已。

第四章·爬墙

顾风简木然地杵在原地，身形一动不动，过了不知多久，突然抖着肩膀笑了出来。

他小跑到墙边，对着方才宋初昭踏过的几个地方研究了一下。

如今不是亲眼所见，他都不敢相信自己的身体也可以那样灵活。

他照着记忆里的顺序，一脚踩上去，慢慢攀到了墙头。

长街的两侧，挂着一些照明用的灯笼，此刻还没有完全熄灭。

昏暗的街头寂静无声，只有一道黑影在宽广的道路上行走。

那影子活泼地在地上摆动，时不时地摆摆手、晃晃脑袋，在快要看不清楚的时候，影子突然停了下来。

顾风简是第一次以这样的方式观察这条长街，一半的世界被高墙所阻挡，另外一半的世界，却在对比中变得更加广阔而富有生气。

他有点明白宋初昭为什么会喜欢爬墙了。

那道影子举起手，朝他的方向用力挥了挥。

顾风简也抬起手做了回应，然后一直目送着对方彻底消失在黑暗之中。

香燃尽了。

贺老爷问："他走了吗？"

何管事不敢说顾五爷之前还抱了下他们三娘，点头说："刚才走了。"

贺老爷没有了先前的张牙舞爪，只简单地应了一句："哦。"

贺老夫人在一旁抱住他的手，依偎着他，说："他们两个若是能好好的，你就不要管了。我只希望昭昭什么意外也别遇见，什么波折都不会有。别的事情，她想做什么，都不重要。"

"不会再有什么波折了，世道不一样了。"

两人又坐了会儿，贺老爷过去吹熄蜡烛，没意思道："睡了睡了。叫那顾家小子搅了清净。明日我要去问问国公，他们家都是哪个时辰才休息的。"

范崇青，范二公子，京城有名的青年才俊。虽然平素喜欢闯祸，但侠名远扬，武技过人，人人称道。

前段时间，因为脸上受了伤，不敢见人，蜗居在家，戒掉浮躁，慢慢养伤，就在昨日，他终于伤情大好，准备正式出山。

范崇青重出江湖后去的第一个地方，是他们那帮兄弟常去的一家酒馆。

酒馆开在国子监附近,众人与掌柜的相熟,没事便会过去坐坐。

他今日过去,发现几个相熟的兄弟果然都在。

范崇青朝掌柜的要了一壶酒,单手托着走上二楼,就见紧靠着窗台的位置,有四五道熟悉的高大身影,正背对着他,眺望远处的街景。

范崇青刻意放轻了脚步,想给几人一个惊喜。刚刚靠近,便听见一位兄弟感慨着道:"唉,范兄不在,感觉这日子都无趣起来了。"

范崇青心中不免得意,抚了下自己散落的碎发。

他才闭关数日,这帮人就如此想念自己,果然是兄弟情深。

随后另外一人道:"范兄究竟何时才能康复啊?那顾五郎下手也未免太狠了吧,这都多少天了?"

范崇青笑容一窒,眉毛狠狠皱起。

"可不是?好些日子没见到他了。"

"当真是顾五郎打的?我怎么还是有些不信呢?"

"我原先也不相信,但是范公子多日不曾出现,甚至连个消息都没有传出,你觉得除了他受伤之外,还有别的可能吗?"

"实不相瞒,我去了二人打架的酒馆问过一遍,当时这事惊动了金吾卫,有不少围观的食客。照他们描述所说,顾五郎下手不轻,店内桌椅被砸了大半,一地残骸,顾五郎先是将人按在地上,用力捶打其面部,再是抓着对方的衣领,将其从酒馆的这头甩到那头,极度狠辣,且毫不留情,打得人面目全非、鲜血横流,纵是如此,顾五郎也一直到金吾卫出现了,才肯收手。"

众人:"哇!"

范崇青面部表情抽搐,抬高手中的酒壶,往嘴里灌了下去。

他倒是还想听听,这群人能编出什么花样来。

"如此便说得过去了,范兄真是可怜,竟被顾五郎打成这样!"

"范公子可是个中好手,连他都被按在地上无力招架,可见顾五郎实力之强。"

"何止!范公子身上的肌肉,练得如铜墙铁壁一般坚硬,寻常人哪里打伤得了他?更妄论,被打得面目全非。"

"当真可怕!我竟不知顾五郎武艺高强!"

"他又不与我们厮混,我们从何处得知?"

"'厮混'这词……用得未免太真实了一些,倒也不必如此。"

范崇青忍无可忍,喝了一声:"他打的那个不是我!"

众人虎躯一震,转过头看清来人,异口同声地喊道:"范公子!"

第四章·爬墙

范崇青黑着脸，箭步过去，指着几人鼻头大骂："我不过几日不在，你们便处处编派我，枉我还拿你们当兄弟！"

一小弟缩着脖子低声道："哪里是编派？我们就是从别处听来的，如今京城没人不知道啊。"

范崇青顿时如遭雷击。

一人见他表情不对，忙出来圆场道："大家只是在说，顾五郎在悄悄学武的事，并没有太多提到你。"

范崇青有脾气了："听听你自己说的话，顾五郎要学武，何必悄悄？"

"范兄，这你就有所不知！"

先前的那位小弟提着衣摆，在附近的桌边坐下，顺道请范崇青在对面入座，一副要与他详谈的架势。

范崇青还怨恨方才的事，把酒壶重重往桌上一放，冷冰冰地说："讲！"

小弟说："我也是听我父亲偶然提起的，他说顾国公既不许顾五郎入仕，也不许顾五郎学武，所以对外，只说顾五郎喜欢闷在家中。"

范崇青凑近了他，扯出一张假笑的脸，阴阳怪气道："你自己信吗？"

谁料边上几人都是低声附和。

"此事不假，我父亲也这样说过，还为顾五郎叹过可惜。"

"范兄，此事外人或许不知，可朝中早有类似的风声。我先前也不信，前不久看了顾五郎的身手，才不得不信。"

"若非是国公阻挠，顾五郎何必韬光养晦，藏得如此辛苦？"

范崇青惊疑不定，视线混乱地从众人脸上扫过，仿佛完全听不懂他们所言。

"哎！都别吵了！"一蓝衣男子喝停众人，搭住范崇青的肩膀道，"范兄，就你的了解来说，顾五郎是不是有学过武？"

此事哪里需要疑问？他身上的伤是自己摔的不成？

范崇青嘴上仍旧辩解道："是又如何？不过打个人而已，你们也能想出这么多事？"

众人七嘴八舌道："可那是顾五郎啊！在这之前，谁敢相信顾五郎会有这般武艺？"

一人信誓旦旦道："范，你不记得顾五郎今夏刚辞了官在家休息？若是国公能给他稍许庇护，他何至于此？依我之见，是因为国公明面上允许，暗地里逼迫，他才会无法忍受，愤然离职！"

众所周知，顾五郎是个很奇妙的人。这个奇妙不是说他的性格，而是他的经历。

顾风简入仕很早，比他们这些人都要早。最开始的时候，由顾国公安排，去了户部做杂事。

六部虽然人才济济，大有可为，但其中利益盘根错节，关系繁复，不乏与国公政见不和之辈。

顾风简年纪小，自然受人看轻，分不到什么重要的事情。没做多久，就受他人排挤，还被讽刺说是个借祖上庇荫的无能子弟。

他一气之下，检举了几人，连对方开在京城之外，做得十分隐蔽的几间商铺都给翻了出来。不知是从哪里查到的。

官员弄权，借商牟利，一向是朝廷打击的痼疾之一，恰巧当年出了些事情，那把火被推波助澜烧得朝野震惊。

顾风简功成身退，拍拍屁股走人。

辞去户部的官职之后，他正儿八经地去考了科举。

咳……科举自然是有可操作之处的，但顾风简才学确实惊人，两篇文章传了出去，誉满京城。

这次他是凭自己实力谋的官职，没人敢说他什么。

然而那一届的考生，大多有了好去处，名次在顾风简之下的几人，也被派去各部历练。唯有顾风简，被顾国公插手之下，被委派去整理文书。

大约是觉得实在没意思，更看不见前途何在，顾风简没做多久，又撂挑子不干了。

仔细想想，其实也就这两年发生的事情。但凡与顾五郎扯上关系的，皆是闹得轰轰烈烈。是以他虽久居在家，不爱与人交际，却是个家喻户晓的人物。

范崇青听得云里雾里，问道："可是理由何在？"

"我知道！听说是顾国公崇尚佛道之说，而顾五郎幼时……"

"胡说八道！"

半空又是传来一声厉喝，打断众人谈话。青年们扭头回望，齐声惊道："顾风蔚！"

顾四郎阔步走来，在他们这桌坐下，用力地在桌上一拍，喝道："谁说我父亲不许我五弟入仕？以我五弟才学，多的是官署想要招纳他，先前请辞，是他自己的主意。我父亲前些日子还给我五弟买了一沓新书，五弟欣喜若狂，这两日都关在屋里看书，可谓废寝忘食，我顾家上下关系很好，不劳诸位操心。"

众人才不相信。

即便顾四郎是真心如此认为，也不代表事实如此，他身为被偏爱的一个儿

第四章·爬墙

子,未察觉到自己父亲的偏心之处,才算正常。

范崇青问:"五郎今日也在家中?"

"今日不在。"顾四郎说,"五弟看书过于投入,这两日憔悴了不少,父亲叫我带他出来走动走动,我便领他来这里见见人。怕店里有什么没眼色的家伙在,所以我先上来看一眼,他现在在楼下等着呢。"

众人跑过去,齐齐将头探到窗户外。

果然,不知何时,门口多了个穿着白衫的瘦弱青年,那人两手垂在身侧,无所事事地扭头观察两侧。

范崇青兴奋道:"叫他上来啊!"

顾四郎便朝下面喊了一声:"五弟,上二楼来!"

街上的人抬了下头,然后慢吞吞地往上走。

几人说笑着等候。不远处的客人起身,要下楼,路过他们身边,故意放大了声音说道:"顾风简?不过是个故作清高,沽名钓誉之徒罢了,也值得你们这般讨好。顾风蔚也就罢了,范崇青,可真不怕毁了乃父英名。"

先前这帮人坐在角落,顾四郎上来后没注意到他们,等看清来人,脸色瞬间沉了下去。

范崇青等人同样面露不悦,眼里写满了"晦气"。

这京城年轻的官宦子弟,自然不只有顾风蔚与范崇青两派,还有比较知名的,便是以季禹棠为首的一伙人。

季禹棠一直将他二人的圈子视作纨绔圈,自己拉帮结派的兄弟则是才俊圈。

与范崇青、顾风蔚的随性不同,季禹棠早早便为入仕做足准备,做事圆滑,满身油调。

在讨厌季禹棠的角度上来说,范崇青与顾风蔚还是同一阵营,步调一致,态度坚决。

主要是这帮家伙总用鼻孔看人,张嘴便是什么"纨绔不饿死,儒冠多误身""不学亡术,暗于大理""膏梁纨绔,游手好闲"……他忘了自己也是个纨绔吧?

宋初昭上来的时候,正好听见了这句话。

如果放到数日前,她还会礼节性地生一下气,可是在被逼迫着念了几天书之后,她已经半点力气都没有了。

难得顾四郎今日带她出来走动,她不想再出任何差错。毕竟上次的顾国公

夜谈，就是由她误伤范崇青而引起。

她态度淡然，范崇青却被激怒，当即冷笑道："今日这酒馆真是热闹啊。"

季禹棠一面往下走，一面道："往日也是这般热闹，只是不屑于同你们说话罢了。"

"不知是谁现在巴巴地凑上来。"范崇青回了一句。

"不过是受不了你们这些人浅见寡识，听得好笑。"

顾四郎高声说："怕是某些人嫉妒我五弟才名在外，只好无能狂怒吧。"

宋初昭正面与那季禹棠对上。

双方站在阶梯的上下级，堵住了各自的去路。

季禹棠不肯相让，作势要朝她撞来，她眼皮也不抬，只伸手快速地在他肩膀一按，往旁边顺势一推。

季禹棠愣神，身体不受控制地歪斜，等重新站直，宋初昭已经从中间穿过去了。他回头看了眼，又不好折回去找宋初昭的麻烦，只能继续往前。

顾四郎上前道："不必理会他们。"

宋初昭说："我都不大记得他们。"

范崇青大笑："不记得就不记得吧，又不是什么重要的家伙，别叫他们扰了我们心情。"

今日散朝，顾国公与御史公结伴从宫中出来，二人顺路而行。

御史公长袖在空中轻甩，他沉默了半路，终于还是开口道："顾国公啊，陛下前两日问我，若是你家五郎真的入仕，该安排到何处官署？你是如何想？"

顾国公说："我也不知道，五郎还未告诉我。"

"嗯。"御史公沉吟片刻，"你家五郎确有才学，可为官之道，不是那般简单。混迹官场，少不了要同人打交道。"

顾国公说："我今日叫四郎带他出去走走，结识一下同辈的朋友。"

御史公笑道："在御史台任职，考量所需极多。胸襟要开阔，智谋要灵活，处事要简约，最好还要少私寡欲……"

顾国公脸上的皱纹牵动，表情严肃起来，叫他原本就冷厉的眼神，变得更加锋利。

这是嫌弃他家五郎？

你御史台不想要，五郎还未必想进呢。

你御史公做了那么多年官，还会受他人言辞影响，连对一个年轻人的评价都做不准确，当真是年老糊涂。

第四章·爬墙

总有你后悔的一日!

顾国公对御史公的不满在心里层层叠加,具体表现为直勾勾地瞪住他。

御史公心理活动频繁,为什么不能好好说话?现在瞪着我干什么?

顾风简年纪轻轻,却已经两次辞官了,且两次都叫御史公胆战心惊。

他既不想顾风简太过能干,借由御史台的职权检举一批官员,又不想顾风简太过飘忽,没做两月就闪身走人,哪里敢招对方进来?

御史公被国公无声的谴责弄得浑身不适,正想着该如何解释,忽听前方喧哗,立马道:"街上为何如此吵闹?不如过去看看?"

顾国公继续瞪他。

御史公装作不知,硬着头皮朝那边走去。

街边一群人吵吵闹闹的,不知在争些什么。

有女子在哭,有男人瘫倒在地,还有一群年轻的富贵子弟被围在人群中间,受人指点责骂。

被围着的人里,恰巧有一位是御史公认识的。

"季家公子?我记得好像是叫季禹棠?"御史公给身边的人介绍道,"此人不错,虽然行事尚显稚嫩,但是还算周全,就他的年纪与阅历来说,将来大有可为。"

顾国公木着脸不回答。

御史公自讨没趣,又在人群里看了一圈,说:"那不是你家的四郎与五郎吗?"

顾国公终于放过他,转而看向对面。

他的两个儿子正低头与身边人说着什么,站在人群的前排,应当与此事无关。

季禹棠正急得脸色涨红,他大声争辩道:"我说了这是诬陷,这两人分明是有备而来!"

不知何人叫嚷起来:"证据确凿你还狡辩什么?这光天化日朗朗乾坤的,我们都是亲眼所见,皆可做证!"

包围他们的圈子开始缩小,有人在暗中挑动,引得路人情绪越发暴躁,互相推搡着,似要动手。

眼见事态就要严重,御史公朝顾国公做了个眼色,二人准备上前主持大局。

御史公还未出声,人群中先传来一道高亮的男声:"够了,都别吵了!肃静!"

· 144 ·

声音铿锵有力,极富威严。

御史公脚步一顿,发现是顾家五郎站了出来。

宋初昭走到中间,挡在了季禹棠的前面。

她身形偏瘦,尤其是近两日读书读得心力交瘁,面上透着一股苍白,一双眼睛却明亮清澈,带着坚定的神采,身姿也很挺拔,叫人不敢小看。

她直面躁动的人群,亦是毫不露怯地看着他们:"既然双方各执一词,是清白还是有罪,都该辨真假后再说。有人说自己看见了,可也有人没看见,尚未盖棺定论之前,所有人的证言都有待商榷!诸位若真是正义之士,该保持冷静,再等一等!"

季禹棠先是被人冤枉,再是受众人所指,心里又气又急。

偏偏此事与他有关,众人根本不听他的解释。他明知受人暗算,却百口莫辩,已是做好了吃个闷亏的打算。见宋初昭主动站出来,他语气里尽是错愕:"你……"

宋初昭没有管他,指着人群中的一个男人道:"方才是你在喊是吧?我理解你嫉恶如仇、性情直快,可如今官府的人还没来,这些人也没想逃走,你稍候片刻又有何妨?不如你作为人证,到中间来,其余人各退三步,空出位置,以免冲撞,再有谁受了伤,可就说不清了。"

顾四郎原本是不想管的,但见宋初昭已经插手,担心她出事,只能跟着出列,帮她维持秩序。

范崇青等人同样上前帮忙,努力隔开群众。

场面终于稳定下来。

季禹棠身边的人拉扯着他的衣袖,小声道:"季公子,我们先前还同顾五郎……同他争吵了,他哪里会真心帮我们?不会是又有什么阴谋吧?"

季禹棠抿紧嘴角,谴责地斜了那人一眼。

因为离得近,宋初昭听见了,被那人气笑:"我没有与你们计较,你倒是先以小人之心度我?"

顾四郎本就不快,闻言沉声道:"既然如此,五郎,管他们做什么?叫众人好好打他们一顿,反正现在急的人又不是你。"

他说得严厉,那人畏惧,悻悻闭嘴。

季禹棠欲言又止,最后还是极小声地说了句:"对不住。"

范崇青并不买账,他挤到了宋初昭的边上,愤愤不平道:"顾五郎,我们护着他们做什么?你可别忘了他先前奚落你的事!等眼前这关过去,他们依旧

第四章·爬墙

· 145 ·

记不得你的好。"

季禹棠急说:"我哪里……"

范崇青看着他:"你闭嘴!"

宋初昭摇头说:"罢了,他也没对我做什么,我不至于因为他不喜欢我,就眼睁睁看着他被人冤枉殴打。叫人诬陷的滋味不好受,被谣言侵扰的感觉也不好受,做人本不该如此。"

范崇青深受震撼,由衷地钦佩道:"顾五郎,你真是我见过最高风亮节之人!"

宋初昭被范崇青的一番吹捧弄得有点不好意思。

打架就打架,干吗突然夸人?还夸得如此情真意切……让人不禁想与他做朋友。

顾四郎依旧觉得此处过于危险。怕会有人要阴招,防不胜防,他拉着宋初昭往自己身后带,小声道:"五弟,要不你先出去?"

宋初昭摇头说:"这时候我一跑,他们就要追,一追,就真要打起来了。"

季禹棠鬼似的出现在她身后,声音压得很低,所以说得并不清楚:"若真出了事,你哪能挨得了打?顾五郎,今日之事当我谢你,但不必你来替我涉险。"

宋初昭点了点头,人却没动,视线在人影快速搜寻,想要找到那个在背后煽风点火的主谋。

她多年学武,眼力极准。这一找,没发现什么可疑人物,倒是先看见了在街道对面驻足旁观的顾国公。

顾国公身边还有一位老者,二人都未着官服,但可看出他们身居高位。他们的身影被涌动的人群所遮挡,又站在一根长柱的后方,若非得仔细,还真发现不了。

宋初昭先是惊喜,若是顾国公在此,凭他的威望,群众应当能很快安定下来。再过片刻,衙门或者金吾卫的人,就该循声过来了。

她张了张嘴,打算开口喊人。出声前又想到他们二人选择站在暗处不动,或许是有别的打算,她拿不准顾国公的心思,又将话硬生生憋了回去。

顾国公见自己儿子分明已经发现自己了,结果表情瞬变,一个欲言又止的停顿,最后又状似无意地挪开,当作无事发生,这一转变叫他看得心下大痛。

这是不信任他吧?

觉得他不值得信任了,所以就干脆不再开口。

他心里早该明白。五郎说是不再责备他,却也很难再信任他。可是信任这东西,他又该怎么办呢?

· 146 ·

顾国公当下脚底生风，快步走上去，高声道："前方因何事聚众喧扰？都且让开，御史公在此，由他来辩明曲直！"

御史公瞪眼，他没同意呀。

围观的百姓自觉退出一条道路，以供他们通行，同时议论的声音纷扬而起，皆是欣喜于竟能在这里碰上御史公。

二人刚走到对街来，正好衙门的官差也急急赶到，双方会面，来不及多说，先快速清理现场。

人群被隔开，一直坐在边上哭诉的女子重新回到众人视野，她身边的男子在方才已经看过大夫，因为腿脚受了伤，无法动弹，还躺在地上。

二人面上皆有愤懑，看着季禹棠等人一会儿委屈低泣，一会儿咬牙切齿，表现得无奈又让人生怜。

既然衙门的人已经抵达，御史公自不必接手，他退到一侧，近距离观察起众人的表现。

诚然来说，在这几位官宦子弟中，顾家五郎是其中最冷静的一个。

季禹棠因为事情牵扯了自己，显得有些急躁，他身边的兄弟就更是如此，他们还不懂得该如何收敛情绪。

顾四郎本身性格偏向豪爽，行事干脆利落，却有些过于直接，他只管他五弟，其余人等不大关心。

唯有顾五郎，不骄不躁，既能稳定大局，又懂安抚人心，从始至终都保持着镇静。

只可惜，仅有这些，想在御史台任职还是不足。顾五郎不善与人交际，恐怕难以发现案情中隐藏的证据。这些需靠经验积累，偏偏他做事没有定性，不知能否长久。

倒是范崇青那一帮人……之前还嚣张得很，现在不知道在抖些什么，叫他完全看不懂。

御史公顺着他们的视线望过去，发现他们都在盯着顾国公。

顾国公怎么他们了？

范崇青等人不是自己惧怕顾国公，而是礼貌性地替宋初昭怕一怕。

这位平素不苟言笑的中年男人，此时更是摆出了他们从未见过的冷峻表情，面目阴沉，眼睛泛红，完全是要勃然发怒的前兆，又死死盯住宋初昭，实在很难叫人不多想。

莫非是气顾五郎多管闲事，连累了顾四郎？

范崇青小声说："五郎，你要不要先去同国公道个歉？"

第四章·爬墙

宋初昭说:"我又没错,为何道歉?"

"你自然是没错的。"范崇青瞥了眼顾四郎,"可你爹只盯着你,不盯着你四哥,你不觉得别有深意吗?不如你先去同他解释清楚?"

"啊?"宋初昭摇了摇头,"之后再说吧。"现在哪有那时间?国公会理解的。

范崇青等人心中呐喊:果然这对父子势如水火!

领队的衙役客气地朝众人道:"请几位公子,以及这位姑娘,一起随我们往衙门走一趟。"

宋初昭的思绪被打断,连忙道:"且慢,不可!"

季禹棠等人都准备走了,听她开口,又停了下来。

在场一众年轻人,都是一副以她为首的样子。

衙役便转身向她,抱拳道:"顾公子还有何事?"

宋初昭说:"我们都不走,若是现在我们跟你走了,只怕到时候事情会更说不清楚。"

衙役问:"不知公子因何有此疑虑?老爷会秉公办理,还几位清白。而且顾公子,你不是与此事无关吗?"

宋初昭说:"我是与此事无关,可是当百姓知道,我姓顾,他姓范,在场涉案众人皆是官宦子弟,而现场又有平民信誓旦旦口称目睹经过,此事便不简单。"

衙役摸了摸身侧的佩刀,低眉思忖。

御史公闻言也来了精神,好奇地看着宋初昭。

宋初昭说:"若是那位姑娘所述确有其事,我等方才的举动,难免会被人指责说是包庇季禹棠,若是无中生有,就更冤了。只怕会有人当我们沆瀣一气,反诬他人,连同府衙老爷,也要受此事连累。何况,季禹棠本就怀疑,是有人要恶意陷害于他,更该防备此事,请官爷谅解。"

衙役心中其实也有这般顾虑,所以衙门最怕处理的便是与朝中官员有关的案子,两边都讨不到好处。此时见宋初昭主动提出,猜她已有对策,他便顺势问道:"顾五公子觉得该当如何?"

宋初昭道:"不过是几句话的事,不如就在这里问个清楚。既然顾国公与御史公也在,可以代府衙老爷进行旁听,等事情都当场理清,再去衙门记录一下便是。"

衙役怀疑道:"你确定是几句话的事?"

宋初昭笑说:"本就不是什么复杂的事,凭国公与御史公的经验,应该很

快就能解决。"

御史公捋着胡须暗道，考虑得也很全面，看起来是个处事周全之人。

不对，处事周全，就与他之前想的不一样了。

衙役请示说："请问二位老爷，现在可有时间？"

顾国公率先点头："可以。"

御史公同样应允。

这般情形已经不好再做生意，酒馆的掌柜见有热闹，干脆将店内清空，腾了位置出来，叫几人进去稍坐。

御史公与顾国公坐在大堂正中间。季禹棠等人站在靠近店门的位置。围观的百姓，则全被衙役们拦在了门槛之外，倒是有点像衙门公开审案的场景。

御史公望向自己的同僚，顾国公抬手一挥，表示自己今日避嫌旁听。

御史公将袖子敛到膝上，开口道："堂上尔等，先将案情经过叙述一遍。"

季禹棠大步上前，作手一揖，率先说道："请御史公明鉴！这姑娘说我等轻薄她，分明是污蔑，她说那男子是她丈夫，求我等相救……"

他还没说完，另外一边的女子已经哭道："你这贼人，竟还污我清白！"

季禹棠气道："现在是我在陈述！"

地上的男人支起上身，作势要与他拼命："那你也不该编出如此可笑的谎话！"

宋初昭无奈地上前阻拦，说："还是由我来叙述吧，以免你们几人又争起来，没完没了。"

季禹棠并无异议，深吸一口气，憋闷地退了下去。

宋初昭朝几人抱拳一礼。

"此事方才我已经打听清楚了，有两种证词。"宋初昭指着右手侧女子的方向，"这位姑娘说，她与她父亲走在街上，迎面遇上了带着些醉意的季禹棠等人。那位青色衣服的兄弟……对，就是他，长得稍稍不那么正气，他上手轻薄了这位姑娘。姑娘大力挣扎，反惹怒了季禹棠等人，她父亲护女心切，冲上前来与几人争执。季禹棠等人仗着人多势众，一脚踢伤了她父亲。随后有路人闻声赶来，她侥幸得救。"

宋初昭说完，扭头朝女子确认："是不是如此？"

女子点头，又低头啜泣。

季禹棠欲言又止。

既然不是他上手轻薄，宋初昭能不能别只提他一个人的名字？弄得他都觉得自己是个主谋了。

第四章·爬墙

宋初昭继续道:"而照季禹棠等人所说,是他们离开酒馆不远时,碰见了这二人。当时这二人拉拉扯扯,互相间似有不和,姑娘哭着前来求助,说她丈夫嗜赌成性,如今又毒打她进行泄愤,季禹棠等人看不过眼,便想帮忙赶走那个男人,这位青色衣服的公子,随手一推,也不算很用力,那个男人就摔伤了腿,随后众人闻声赶到,你们被围住无法离开。"

那个长得不那么正气的青年忍不住道:"顾五公子,你真不认得我?"

宋初昭无视了他,只问道:"是不是如此?"

季禹棠回说:"是。"

衙役两手环胸,发问道:"随手一推,就将他人的左腿推断?"

季禹棠说:"我知这说辞听起来荒诞,可事实确实如此!我也不必编造这样的谎言来欺瞒诸位。"

御史公说:"好,此事暂且略过。顾五郎,还有吗?"

宋初昭说:"季禹棠带人离开酒馆时,我正好在。他们走了没多久,我隐约听见女子的尖叫声。我心下好奇,快步从二楼跑下,赶到了背面的那条街,我们算是较早抵达的人,当时在场的,还有七八人,其中三人说是目睹了事情的经过,便是方才在人群中叫嚷的证人。"

御史公正要传召证人,宋初昭抬了下手说:"现在倒是不必叫他们上来。"

御史公饶有兴趣道:"那你还有什么想说的?"

宋初昭说:"根据这二人证词,告方说是被踢的,被告方说是被推的。先按照告方所说'被踢的',既然能一腿将人踢倒在地,还摔伤了脚,想必下手不轻,应当会在这位郎君的身上留下伤痕。麻烦请解开衣衫,看看胸口处是否有痕迹。"

那男人一面挪动着位置,一面嘴上絮絮叨叨地补充道:"他确实踢我了。只是天冷,我衣服穿得厚,不知道有没有留下伤痕,就算没有,也不代表什么。"

衙役上前,挡住群众视线,而后扯开那男人的衣领,查看他的伤情。

在其左侧肋骨位置,果然有一个青色的不规则痕迹。衙役用手按了一下,那男人当即疼得抽气。

御史公和顾国公一同移步过来查看,看完一眼,又坐了回去。

女子一时间又喜又哭,在旁边跪好磕头道:"爹……这便是证据啊,请御史公明鉴!"

御史公没有马上开口,只认真地看着宋初昭。

宋初昭蹲到地上,与那男人再三确认:"你确定他是踢在了这里?"

那男人点头:"正是!"

· 150 ·

宋初昭问:"不是你自己磕绊了的旧伤?"

那男人气道:"自然不是!你莫不是想要推脱?"

宋初昭点头,拍了拍他的肩膀,笑道:"好。我这人做事向来公正,最讨厌别人说谎,你别担心。"

季禹棠听得满头冷汗,急道:"不可能,我们真的没踢,这全是他们计划好的!"

御史公嘴角带笑,慈祥道:"顾五郎,你觉得事情是如何?"

"回御史公。"宋初昭说,"照这样看,的确不是季禹棠的人打的。"

季禹棠愣住。

女子尖叫道:"我父亲胸口的伤痕还在,你也敢颠倒黑白?我父亲胸口有伤,他有伤!大家可以进来看看!"

门外的百姓又开始骚动起来,被衙役们架着刀拦住。

"正是因为有伤才不对啊。"宋初昭说,"人刚被打伤的时候,不会那么快出现伤痕。离你父亲挨打,到如今查看伤情,我满打满算吧,多送你一点,也才半个时辰不到,会有红肿和轻微的青色我信,能出现这样严重的淤青,不可能。"

范崇青对这个很有经验,被她一提醒,忙附和说:"不错,我同人打架,都是到了第二天,身上才布满青紫的。纵然伤得重,怎么也得要半天的时间,才能出现他这样的颜色。"

顾四郎笑了两声:"如此说来,还好现在过去的时间不长。如果与他们一起去衙门,再互相间扯掰两句,消磨些时间,还真有可能说不清楚了?"

那告方二人被当面点破,神态略显慌张,但很快就调整过来。女人抓住她父亲的手,将脸埋在对方胸口,埋怨道:"爹,你为何要说谎?冤枉啊!我爹是一时糊涂,可别的事情,确实是他们做的!"

那男人半跪着起来,朝众人叩首,一脸苦相道:"几位官爷,方才我的确是说谎了。胸口的伤是我昨晚上撞的,我只担心此事没有证据,他们会找借口狡辩,所以在看见伤势的时候,才想着顺水推舟。御史公,再给小人一个机会,我不是有意想要欺瞒!"

那青衣男子气急:"你……你这分明是狡辩啊!"

御史公两手交握,隐在长袖之下。他思考了片刻,点头说:"你们所说也有道理呀。顾五郎,你觉得呢?"

季禹棠等人难以接受:"怎么可以这样!"

宋初昭淡定如常，甚至还笑了一下。她说："我也觉得如此，这算不上什么证据。也请姑娘不要误会，我并不是要为季禹棠等人开脱，我只是好奇真相。我与他根本都算不上朋友。"

季禹棠闻言心中酸涩。

宋初昭走到女子身边，缓声道："姑娘，我看你一直握着你自己的左手手腕，是有受伤吗？"

女子本不欲回答，但顾风简的面貌极其出色，而宋初昭又表现得过于温柔，她最后还是说了一句："那人抓得我疼。"

宋初昭问："他当时是怎么抓的你？能否给我演示一遍？"

御史公点头示意，女子便站起身，走到几人附近，指向青衣男子道："背面的那条小路狭窄，他们几人并排而行，霸占了一整条街道。我与父亲想请他们相让，结果这人，在路过的时候，伸手拽住了我，并出手……出手调戏。"

宋初昭点头："也就是说，当时你站在他们的右手侧，贴墙而立，等待他们过去。而这个人，在路过的时候，用右手抓住了你的左手，是吗？"

女子点头："是。"

宋初昭问："那你的右手呢？"

女子说："我抬手打他了，又被他抓住了。"

宋初昭再问："然后呢？"

"然后……"女子眼中带泪，几乎说不下去，"然后他便用右手缚住我！我爹冲了上来，被人踢伤。可以了吗？"

宋初昭说："可以是可以，只不过，这人惯用的是左手啊，左手的力气应该比右手大。若要单手缚住你，也该是用左手才是，你就没发现他的扇子一直别在左腰吗？"

众人一齐看向青衣男子的腰间。

女子稍怔，而后又说："那或许是左手吧。我当时气得失了理智，记不大清楚了。"

"你既如此气愤此事，怎么能记不清那么关键的细节？"宋初昭伸出两臂在空中示意，"他若是用右手缚住你，你该被人按在靠右的位置，也就是靠近墙。他若是用左手缚住你，你挣扎时，看见的视野完全不同，应该记得十分清楚才是。"

女子按着胸口说："我再想想。"

宋初昭点头："你好好想，证词是很关键的。冷静了再想。"

女子在众人注视之中慢慢走了两步，然后回过头道："是，是左手。你方

才问左右，我心中紧张，没分清楚。"

宋初昭说："你确实是因为没分清楚？这回可想清楚再答，再三修改证词，你说的话就不可信了。"

女子迟疑片刻，轻轻点头。

宋初昭笑道："其实我也没分清，我根本不知道他是不是惯用左手。"

那位青衣男子已经乐出声道："我一直都是用右手的啊！我把扇子别在左腰是因为……天冷了根本用不到啊！这个许多人都可以为我做证，哎，我还可以现场书画一封以作证明！掌柜的，快上笔墨！"

季禹棠拽了下他，示意他别太得意忘形。

女子面上血色渐渐褪去。

宋初昭制止了她继续开口狡辩，说："这时候就不要再改说法了，没必要。"

御史公调整了下坐姿，从鼻腔里长吁出一口气。他脸上已不如最初那时淡定，内心更是震惊。

顾家五郎，当真是多谋善断、通权达变，且不露锋芒。他神态亲和，能叫人快速放松警惕，而他逻辑缜密、问话清晰，不知不觉间便将人诱入圈套。

人才啊！

他们御史台就是缺这样的人才！

御史公悄悄看了眼顾国公，发现后者还是一副没有温度的死人脸，看不出喜怒，不由得撇嘴。

季禹棠等人没有顾家人这般定力，心情几乎都写在脸上。

围观众人也已变了立场，对季禹棠这边信上八分，说话的声音也小了许多，似乎是为先前的指责感到惭愧。

这时，宋初昭笑说："其实还有一点，也是我最初怀疑你的一点。"

竟然还有？

御史公扭了扭脖子，听见身体深处传来的骨骼脆响。

"我当时说了，我们是听见了你的叫声，才从酒馆这里跑过去的。当时店中还有其他人，他们可以为我们做证。你那时喊的是：'啊——爹！'"宋初昭停了一下，以表示节奏，"'你们快放开我！'是不是？当时可有人听见？"

一侧掌柜的举手道："不错，我确实听见了。我当时在后堂，离后街较近，听得很清楚。"

"是这样，我也听见了。"

第四章·爬墙

宋初昭点头:"如此不对啊。"

范崇青崇拜地看着她,一脸谄媚地问:"哪里不对?"

宋初昭说:"自然是顺序不对。照她所言的情况,她喊的应该是:'你们快放开我!''啊——爹!'这样才是。反过来喊,我不是很能理解,她爹摔倒之后,没说还有人拽着她啊。"

范崇青深吸一口气,醍醐灌顶:"有道理啊!"

那告方二人嘴唇嚅动,脸上虚汗涔涔,思考着该如何掩饰过去,可是一抬起头,对上宋初昭通透的眼神,就不敢再说出口。

她那淡定自若、一切尽在掌控的从容,仿佛不管他们如何找借口,都会被她一眼识破。

宋初昭说:"其次还有诸多可疑之处。季禹棠等人的身上虽有酒味,却并未醉酒,这家酒馆每人只得买一小壶米酒,根本喝不醉,动机也说不过去,当街行凶的理由更说不过去。"

掌柜的颔首,向众人保证道:"朝廷不许百姓酗酒,我们这儿的米酒,也只是喝个酒味而已,至今还没有人在我的酒馆里喝醉过。"

宋初昭:"若只是一件两件的巧合,倒也可以狡辩,可是此事漏洞百出,我倾向于是有人刻意陷害。轻薄这种事情,难以搜证,全凭女子陈述,如若查得不严,真信了那几位证人的证词,待证据全部消失,季禹棠等人便是百口莫辩。"

宋初昭朝季禹棠道:"此事说大不大,说小却也小不了,想必那人是恨毒了你,你自己想想,近日可有得罪什么人。"

季禹棠下意识地去看顾四郎和范崇青,两人立即用力回瞪。

季禹棠说:"我可没有说你们的意思,只是我也不清楚。我应该没有得罪什么人啊。"

范崇青冷哼:"你该说是讨厌你的人太多了,你回忆不起来。"

季禹棠争辩:"我哪里有那般令人讨厌!"

"你竟不知道?"范崇青说,"你若能有顾五郎一半坦荡,也不至于会遇到今日这样的事。"

季禹棠出声:"我……"

顾四郎加了一句:"若是能有我五弟一半的聪慧,也不至于被人逼到这般境地,不知是谁先前说我五弟沽名钓誉。"

季禹棠无言以对,唯有脸红。

御史公再次笑得一脸慈祥,不过这回的笑容要真诚许多,恨不得将脸上的褶子全部挤开。他说:"顾五郎,真是观察入微,连这样的细节你也记得。"

宋初昭只平静地回礼:"哪里。"

宠辱不惊!

御史公再次点头,眼睛里面光芒闪烁。

宋初昭转向门口,对着围观的百姓道:"事情大概就是如此。若非要说确凿的证据,目前双方都没有,即便是将人送到衙门,最后也会放人。我希望大家清楚的是,如果最后衙门真的放了人,并非是府衙老爷或者我等进行包庇,若是有人说起,请帮忙做个解释。"

围观众人一齐点头,而后又在某人的带领下开始鼓掌。

"这位公子当真聪慧!乃我国之栋梁。"

"明察秋毫!堪得嘉奖!"

"不知公子究竟是哪家子弟,未能确定,麻烦留个姓名,我好与人传扬。"

连衙役也朝着宋初昭含笑抱拳。

宋初昭压了压手,示意众人安静,然而大家此刻都很兴奋,并不因她的谦虚而收敛。她无所适从,朝两位长辈告辞道:"此处应该该没我的事了,晚辈先回去了。"

季禹棠从欣喜中回神,深感羞愧万分,朝着宋初昭行一大礼:"今日冒犯了!"

他身后的一众兄弟也弯腰鞠躬,郑重地朝她道谢:"多谢顾五郎!"

宋初昭摆摆手,表示自己并未放在心上。

她看了沉默着的顾国公一眼,一字一句坚定地说:"我先回去了。我还要回去——看书!"

御史公快步过来,抓住宋初昭的手腕,笑得异常灿烂:"一起吃顿饭如何?我最喜爱藏书,府里还存着不少。不知五郎平日喜欢看什么书?我正想与人交流交流,不如干脆去我府上如何?"

宋初昭笑容僵硬。

顾国公走过来,无情地拽开御史公的手,扭头的工夫,表情从万里冰封到春风满面,他笑道:"五郎,若是不喜欢,你先与你四哥回去吧,我还有事要同御史公商谈。你也不必太沉迷看书,今日该累了,记得好好休息。"

宋初昭如蒙大赦,快速应道:"是。"

顾四郎冲过来,拉上宋初昭便跑。

范崇青等人反应过来,在后面追赶,热情地喊道:"顾五郎,你等等我啊!"

我也有话想同你说！"

今日天朗气清，顾风简坐在后院的池塘边上喂鱼，顺道晒晒太阳。

贺老爷与顾国公不一样，见他总待在屋中看书，总要担心他为何不出来走走，觉得他回京城之后，必须被闷在家里，是受了天大的委屈，毕竟贺菀给他们的书信之中提过——

"昭昭虽聪慧，然不喜念书，四书五经尤甚，唯兵法怪谈略有涉猎。"

贺老爷心想，不喜欢念书的人怎么突然就开始念书了？还不是因为没地方好去。为什么没地方好去？都是因为京城里的那些人喜欢讲一些不尽不实的坏话，让人难受。

虽然近段时日，类似传言已经消弭，但昭昭想必对他人十分失望，都这么些日子了，还不曾交上一个朋友。

为了委婉解决此事，聪明的贺老爷灵机一动，决定请几位同龄的姑娘来家里与外孙女做伴，也好让人早日习惯京城的生活。

可惜贺老爷提出此事后，被顾风简一连数次的拒绝给憋了回去。

他或许只是随口一提，但着实给顾风简带来了莫大的震撼。

顾风简察觉到贺老爷也是个不寻常的人，临睡前又去找贺老爷说了两次，确认对方没有自作主张请人前来，才敢上床休息。

当夜顾风简做了噩梦，梦见自己被一群女人围在中间。那群看不清面容的女人拉着他的手喊他"昭昭妹妹"。他受不了，转身逃跑，几人便追，无论他跑到哪里，贺老爷都会带着新的姑娘出现在他面前，叫他们好好相处。

梦境迷离而恐怖，好在春冬及时将他叫醒，醒来后额上只余满头虚汗。

春冬将他扶起，在一旁陪着他。

缓神许久之后，顾风简眨了下眼睛，脑子里仍旧有点混乱。

春冬担忧道："姑娘，看来是真吓到了，您的脸色好生苍白。"

顾风简摇摇头，挪动了一下，突然感觉一股暖流在往下流淌。

他张了张嘴，却仅余下瞳孔在剧烈颤动。

春冬忙扶住他，紧张道："姑娘？"

顾风简终是意识到什么，有种天地骤然崩塌的感觉。

话说另外一边。

那日之后，宋初昭的日子依旧过得风平浪静，顾国公却不得清净。

因为酒馆的事情传开了，最近老有人来向他打听顾五郎，其实探听顾五郎

未必是真，揣摩他的态度才是主要。

他觉得烦，不想一一解释，就躲了回来。

顾国公一手还拿着刚脱下的鞋子，人便坐在那里不动，顾夫人来回走了两遍，最后还是过去推了他一把。

"你在想什么呢，魂都要没了。"

顾国公僵硬地动作起来，说："我在想，五郎究竟想要什么呢？"

顾夫人道："五郎是性情淡泊的人，没什么特别想要的吧。"

顾国公再次沉默下去，片刻后像是重新醒来，摇头说："你不知我在街上，看见他是如何威风。"

顾夫人疑惑道："威风？"

"是啊，威风，与在你我面前截然不同。"顾国公说，"他在我面前是寡言，在你面前是乖巧，能避的话题总是避而不谈。可那日在街上，我见他处事从容、运筹帷幄，虽然也不显山露水，但绝对没有像家中如此冷傲。"

顾夫人说："我们五郎本就很好！别拿我与你相比，五郎和我还是能说得上话的。"

"不一样。我是说，他比我想的要更大气一些。"顾国公道，"你看看，连素来桀骜不驯的季禹棠同范崇青，都对他马首是瞻，或许，我还没有那两个小子了解他。"

顾夫人讶然道："啊？"

顾国公将官靴摆到旁边，重新换上一双舒适的布鞋，顾夫人准备叫他出去吃饭，门外的仆从恰好来报："春冬回来了。"

顾夫人顿时高兴道："我怎么觉得好久没见着这丫头了，难怪觉得身边冷清，快叫她进来。"

春冬踏进屋中，笑着朝二人行礼。

"到这里来,近一点说。"顾夫人指着身前的位置,"宋三娘近日过得可好？"

春冬回说："姑娘一切都好，贺老爷待姑娘有求必应，府里也清净，没什么乱七八糟的人。"

顾国公在旁边道："贺家就一个小辈，可不待她很好。对了，今日还有人问我五郎的婚事，问我五郎喜欢什么样的姑娘。"

这时，宋初昭也闻讯过来了。

自从顾风简搬去贺府之后，她连送书的借口都没法再用，上次爬墙被吓了一下，已经好几日没有见过顾五郎。

顾夫人远远瞥见人影，忙说："你看，你可别胡来，我们五郎与三娘情投

第四章·爬墙

意合的,你千万别在他面前提别的女人。到时候他再误会了你,我不帮你说话。"

"我没那样的意思。"顾国公说,"我还未见过宋三娘。五郎应该也只与她见过一两面,却似乎对她很中意。我第一次见五郎这样关心一个人,那宋三娘面貌如何?品行又如何?你了解吗?"

宋初昭一脚迈了进来,朝二人作揖示意。

顾夫人拍了下额头道:"我是不是还没告诉过你?都怪你太忙了!"

顾国公茫然道:"什么没告诉我?"

顾夫人上前,拉住宋初昭道:"三娘与我们五郎早就认识了。当年五郎游学时险些出了事,说是宋三公子救的,宋家哪里来的三公子?原来是三娘!若非三娘及时报信,在那见不着半个鬼影的地方,五郎怕就出事了!"

顾国公惊讶,宋初昭更加惊讶,二人都呆住了,一时没有反应。只有春冬惊喜地叫了出来。

"还想瞒着我,你也真是。"顾夫人佯装生气地拍了下宋初昭的肩膀,"母亲要感谢她都来不及,又怎会同那些见识短浅之人一样,瞧不起她。你不知道我贺菀妹妹当年,也是一个巾帼英雄,我与她是最好的朋友,最喜欢的便是她的潇洒利落。"

顾国公很快接受这件事,了然地点头道:"原来如此。我说五郎为何对宋三娘如此上心。这样说来,我们顾家还欠她一份谢礼。"

"是呀!我也是这样想!"

宋初昭兀自在那边震撼。

顾五郎!当时说得那般可怜,居然是骗她的?

春冬托着下巴趴在顾风筒的床前,笑嘻嘻地盯着他看。自她从顾府回来之后,整个人便这样奇奇怪怪的。

顾风筒正难受,转了个身背对着她,道:"你可以下去了。"

春冬见他如此,也能理解女人每月那几天心情都不好,不忍打趣,便给他披好了被角,又问:"姑娘,您难得睡这么早,怕是会睡不着,要不要春冬给您熬一碗甜汤?热乎乎的,喝下去,能好受一点。"

顾风筒恨不得这世上只剩他一个人才好,敷衍道:"不必,你下去吧。"

春冬依依不舍道:"好吧。那您有事喊得大声一些,春冬就在隔壁候着。"

屋门合上,屋内渐渐积起些许暖气。

春冬走后没多久,顾风筒又听见窗外传来了熟悉的石头打窗声。

那声音断断续续地响了五六下,来人得不到回应,又不甘心离去,终于忍不住爬窗进来。

宋初昭拍了拍腿,小心落地,蹑手蹑脚地走到床边一看,发现里头果然有个拱起的包包。

"顾五郎,原来你在呀?你怎么不出来?"宋初昭靠近了,在对方肩上一拍,"是我!我来了。"

顾风简转回身,瞥了她一眼:"我知道是你,没有第二个人会来爬我的窗。"

宋初昭摸着下巴,若有所思地围着床边走了一圈:"我怎么觉得你今日兴致不高?"

往常见到她,看起来还是挺高兴的。起码不会像现在这样,爱答不理的。

宋初昭挤开一小块被子,在床边坐下,问道:"是不是春冬和你说了,你自觉心虚,所以才不敢见我?"

顾风简立即用手肘支起上身,抓住她的衣袖问:"春冬说了什么?"

宋初昭愣了下:"春冬倒是没说什么,但是你母亲,把该说的不该说的,都说出来了。"

顾风简松了口气,又没力气理她,继续半死不活地躺下。

宋初昭两手抓住他的肩膀:"你就不想知道你母亲说了什么?"

顾风简冷漠道:"不想。"

宋初昭不允许他消极怠工,趴下上身,对着他的眼睛,恶狠狠道:"你母亲说,当初多亏了我救出你,否则你怕是已经在山里出事了。说明我口信已经带到,你却骗我说我言而无信,去不复返。你这是欺负我脑子烧坏了不记得事!你早就知道我是谁,故意唬我呢?"

顾风简定定看着她。

二人离得太近,呼吸的鼻息都能喷到对方的脸上。

宋初昭贴近了才发现,顾风简的额头上有一层冷汗,眉宇间也很是不快。

"你这是怎么了?生病了?可你生病了春冬怎么会不说呢?"宋初昭试了下他的额头,发现没有发烧,关心道,"是哪里不舒服?"

顾风简无奈地叹了口气,说:"你先放开我。"

宋初昭于是松开他。

顾风简动弹了下,把被子拉下去一点。

宋初昭等顾风简开口解释。顾风简忍了忍,发现宋初昭实在不好打发,只能道:"今天晚了,你先回去吧。"

宋初昭说:"今天还晚?今天可早着呢!"

第四章·爬墙

顾风简说:"这两天我不大舒服,你都不用来了。"

宋初昭审视地盯着他,看了片刻,突然恍然大悟:"哦……我都差点忘了,你现在不是个男人。"

顾风简差点没蹦起来与她拼命。

宋初昭见他难得面露狰狞,赶紧又隔着被子将他按下,并用袖子小心擦拭他的额头,笑着讨好道:"别生气,别生气。这种时候不能生气,你一生气就要提气……对身体不好。"

顾风简也发现了,所以他呼吸变得沉重,胸腔剧烈起伏,连眨眼的动作都透着绝望。

宋初昭已然了悟,在那边很过来人地同他说:"五郎,你也别担心,这种事情习惯就好了。习惯之后,无碍的。"

顾风简咬牙切齿:"我还要习惯?"

"也是,那就随便忍忍。"宋初昭思考了会儿,又说,"可是你现在这么早睡,明天醒得也早。我还是得告诉你,这种事情最难受的不是第一天,而是第二天。"

顾风简闻言缓缓闭上眼睛,似乎失去了生命的气息。

宋初昭此刻对顾风简真的是既同情,又觉得有些好笑,但想到顾五郎会有这般可怜的日子,也是用自己的逍遥换来的,好歹还有点良心,摆出了一个心痛难当的表情。

"我给你把被子盖得严实一点。"宋初昭反身把被子往下压实,将边角的位置都往里折进去。按到床位的时候,手伸进被子里摸了一下,发现顾风简果然双脚冰凉。

顾风简察觉到她的举动,猛地将脚抽回去,仰起头道:"你做什么?"

"这天冷,你脚一冰就更难受了。"宋初昭热情道,"你的脚就是我的脚,我以前总想有人给我暖脚,没想到过了这么些年,我终于可以做到自己给自己暖脚,世上怕是再没有第三人可以做到。不然我给你试试?"

顾风简哭笑不得,叫道:"这位小祖宗。"

宋初昭应声:"哎。"

不料她还真敢应,顾风简气笑了出来:"你不要闹了。"

"我都不介意你介意什么?"宋初昭感慨道,"我都已经看开了。"

顾风简说:"你又看开了什么?"

宋初昭坦然道:"看开很多事啊。你说现在,你不是你,我不是我,我戒备你,显得奇奇怪怪。和你讲清白,又似乎是无稽之谈,既然已经乱成一团线

了,也不在乎它变得更乱,我们只要自己心里知道,我们是清白的就好了。"

顾风简心想,宋初昭眼里的清白到底是个什么东西?

他用手挡着脸,闷笑出声:"你倒是一点都没变。"

宋初昭问:"你怎么知道我就没变?"她可长进了不少!

顾风简本就睡不着,叫宋初昭这么一搅和,就更清醒了。

"算了。"他努力靠坐起来,"你扶我一把。"

宋初昭上前给他借了把力,又给他垫了个枕头,然后脱了鞋子,坐到他的对面。

顾风简揉着额头道:"我听说你破了季禹棠的什么案子,还牵扯到了御史公跟范崇青,春冬讲得不清不楚。究竟是怎么回事?"

"不过是巧合而已。"宋初昭说,"你如果想听,我和你讲啊!"

宋初昭于是将酒馆里发生的事简短地说了一遍,着重突出了季禹棠的蠢与范崇青的烦,因为印象太过深刻。

顾风简好奇地问:"你还学过断案?"

宋初昭笑道:"其实也没什么,不算什么本事。军营里有许多鸡毛蒜皮的事。住在边关的百姓有什么解决不了的,不想去衙门,就会来军营,毕竟军营里有好些都是他们自家人。如果来求助的人里有姑娘,便会请我娘出面帮忙。我跟在旁边,不知不觉学了不少。说起来,我对这些案情,比对看书感兴趣多了。"

宋初昭小声道:"季禹棠遇到的那件事情,就更不算稀奇。你知道,自古离间男人,常喜欢用美人计。美人计使不成的时候,就可能会顺势变成蛇蝎美人计,我早早便被人提醒过,见得多了,那二人的斤两,都不算什么。"

顾风简沉思片刻,然后说:"这是一门了不得的本事。既然连御史公都欣赏你,说明你确实是可造之才,你脑子转得快,不是单纯靠学能学到的。"

"可造之才?"宋初昭念了一遍,然后笑道,"还是第一次有人用这样的词来形容我。"

宋初昭摇手:"对了,还有一件事,我要跟你讲。御史公似乎很想将你招进御史台,约了我好几次。你说我是拒绝他呢,还是该答应他呢?"

顾风简问:"你想去吗?"

"我想不想又不重要。"宋初昭说,"不知道我们什么时候会换回来,御史公想招的,也不是真正的我。"

顾风简说:"你如果想的话,可以去看看,做得不高兴再退就是了。"

宋初昭说:"我主要是怕他们官署里的人,见了我的面,说钦佩我的才学,让我先吟诗一首,那我可得哭给他们看了。"

第四章·爬墙

顾风简说:"这个不是问题。你若是不想作诗,就面无表情地盯着他们看,他们自然就不敢了。"

"盯着他们看就好了吗?"宋初昭摸了摸自己嘴角的弧度,"我娘说我不说话的时候显得有点憨厚。"

"你这样做有没有用我不知道,反正我的脸,是可以这样做。"顾风简顿了下,又提醒,"不过你不要那么快答应,先推辞一番,就说还没想好。"

宋初昭举手抢答:"我知道!你们文人恃才傲物,要三顾茅庐才能体现诚意是不是?"

是不想再引顾国公生疑罢了。顾风简说:"是的。"

二人有的没的聊了一阵,待顾风简真的有些累了,宋初昭起身告辞。

跳出窗户的时候,她忽然想起来,自己不是来找顾风简聊他骗人的事吗?

宋初昭回头看了一眼,觉得还是算了,看他现在这样子,也算是遭了报应。

顾风简靠在床头,渐渐睡了过去。

梦里是滂沱的大雨与漆黑的夜幕。

紫色雷霆闪过,他听见上方有人在喊:"喂,下面是不是有人?"

宋初昭不记得二人有什么过往了,但是顾风简无法忘记那如山崩海倾一般的风雨。

那段时日他心情极其不好,跟着福东来学了一堆乱七八糟的东西,回来后都要重新学习整理。国子监的同窗对他陌生又戒备,顾家的一切也叫他无所适从,他便借了个游学的机会逃也似的离开了。

原先路上还有几位青年相陪,临近边关时,众人意见有了分歧,顾风简决定自己走。

随后开始下雨。起先是普通的大雨,结果那场雨越下越大,始终没有停歇的征兆。

他的马受了惊,完全不听使唤,将他带到一条偏僻的山道里,而后开始癫狂地嘶鸣,最后将他甩了下去。

他滚落在一个斜坡上,腿脚受伤,无法逃离。半倚靠在土坡上的时候,他心里还想,自己的性命怕是要交待在此处了。

便是这时,宋初昭出现,她问他:"你上得来吗?"

他当时听着觉得不对,因为那声音清脆中带着点稚气,雌雄莫辨,但年纪应该不大。

他回了一句:"不行,我的腿受伤了。"

宋初昭说:"你等等,我看看怎么把你弄上来。"

紧跟着,轰隆的滚动声响起。

宋初昭沉默了片刻,严肃地说:"前面山上有一颗石头滚下来了,这雨太大,再不离开要有危险,你趴的地方有积水吗?"

他回答:"还没有。"

宋初昭急促地回了一句:"哦。"

他猛地咳嗽,听着人声渐渐远去。

从刚才的声音分辨,他知道上面只有一个人,想对方年纪不大,碰见这么危险的事情,自救都成麻烦,应该是离开了。

结果没过多久,一道黑影直接跳了下来,卡在他旁边。

他身形后退,紧贴住石头。

他只能分辨出对方的四肢和身材,以及头顶高高扎起的头发。

宋初昭抹了把脸,将雨水甩去。奈何今夜的雨实在太大,连说话都很费力气,她顶着满脸湿润说:"天太黑了,我什么都看不清楚!本想找找有什么东西能把你拉上去,结果不小心抓到了根带刺儿的东西!"

他看向她的手,毫无意外是漆黑的一片。

宋初昭说:"我怕你留这里害怕,所以我来陪你了。"

他蒙了:"什么?"

"快一点,先上去。高处的泥土快被冲松了,你这里地势低,过不了多久,要么积水,要么被埋。"

"我怎么上去?"他问。

"爬上去啊!"

"我爬不上去,我的左腿完全使不上力气。"

"我推你上去,快!"

宋初昭一双手提住他的腰带,往上托举,示意他抓住上面那根粗壮的树根。

"这坡不陡,你认真听我的话,我带你上去!你努把力呀。"

二人贴得很紧,宋初昭几乎是一步一步带着他,在往上攀爬。

两人费了好大劲儿,才终于回到主路。路面上凹凸不平的泥洼里,已经积了不少水。

宋初昭为了托他上来,整个人狼狈不堪,此刻呼吸沉重,体力也已告罄。

她躺在地上休息了片刻,又很快站起来,示意他也赶紧起身,并朝他伸出手来。

"你牵着我,不要摔跤了。"

第四章·爬墙

他握住她的手,她手指冰凉,掌心却十分温暖,二人一瘸一拐地往前走。
他摸到她的手很是粗糙。

那种粗糙不单是老茧,还有手掌被水浸泡后的浮肿,以及伤口外翻所造成的不平整,甚至有些地方仍有尖刺的东西。

他想起对方说抓到了有刺的藤条,连忙问:"你的手没事吧?"

宋初昭嘶嘶抽气:"你看这……我不好意思说有事,又不想违心说没事。你何必问出来呢?"

他说:"对不住。"

宋初昭道:"这时候说对不住有什么用?你不如多说两句称赞我的话,颂扬一下我的威名。"

没有回声。

宋初昭气道:"喂!"

离开了山坡,没有植物遮蔽光线,视线终于清晰了一点,让他能看清宋初昭的五官。

那是一张还略带稚气的脸,眼睛明亮璀璨,神色张扬灵动,正朝他龇牙咧嘴。

宋初昭说:"兄弟年纪不大吧?到这里来做什么?"

他说:"我比你大多了。"

宋初昭说:"你衣服的布料光滑柔软,显然是个富家子弟。四肢绵软,没有学过武,只身骑马,多半是想不开离家出走了吧?"

他惊讶道:"你怎么知道我骑马而来?"

宋初昭又气道:"我在外面看见你的马了,险些被你的马踏死!马上面还挂着你的包袱,我就晓得你可能被它甩在了半路。这段路不好骑马,我暂时将它系在山道口,等到了外面,再准备离开。"

他惊讶道:"你回来是专程为了找我?"

宋初昭说:"不然呢?谁没事往这个只有鸟拉屎的地方瞎蹚?"

他问:"你又为何半夜出行?"

宋初昭坦率道:"闹脾气了离家出走逛一圈啊,这你还不懂我?"

他的这份感动不上不下,没了着落。

二人早已被雨淋得湿透,偏偏山风开始吹起,叫他们遍体发寒。

他身体的热度在缓缓流逝,甚至快要感觉不到四肢的存在,于是单手上移,抓住了宋初昭的衣服,而后又改成两只手都抱住了她的手臂,紧紧地贴着她。

宋初昭皱了下眉,倒是没躲,问道:"你抖什么?"

他回答:"我没抖。"

宋初昭震惊道:"你抖得特别厉害!"

他坚持:"我没抖。"

宋初昭好笑道:"你这人怎么这样?你没抖你抱我做什么?"

"担心你跑了。"

"哎,你这人还挺不客气的。"宋初昭惊讶道,"我以为你会敷衍一下,叫我不要管你,自己先走。"

他平静地问:"你也要走了吗?"

宋初昭甩袖:"放手,放手。"

他又十分平静地松开了手。

他从始至终都表现得相当冷静,仿佛所有的情绪全部被克制、被抛弃,这是他所长的。可是他闭着眼睛摇摇晃晃地站在那里的时候,依旧显得有些可怜。

宋初昭在他面前停下来,说:"算了,还是我背你吧。"

他说话节奏变得迟缓:"你背我?"

宋初昭催促道:"快上来,不然我真的走了。"

他也不知道为什么,真的趴了上去。

宋初昭的背单薄而消瘦,但是隔着布料的身体,有着火热的温度。

他两手环着她,将头搭在她的肩膀上,看着雨水顺着她白皙的脖颈往下流动,脑袋一转,再近一些,就能碰到对方的耳朵。

他看了会儿,突然道:"你是个妹妹?"

"胡说什么,我可是你亲哥。"宋初昭不正经道,"晓得我是你哪个哥哥吧?"

他顿了下,微弱地呼吸,说:"我家人并不会管我,若是他们,恐怕方才已经走了。"

宋初昭唏嘘了一句:"那你命可真好。"

他错愕道:"你说什么?"

"危难之际,许多人的家人都未必会管他们,可你随便遇到个萍水相逢的人,就这般拼命地救了你的性命,不是命好是什么?"宋初昭得意地哼道,"哪是谁人都能遇到你哥哥我这样的人物?"

他收紧手臂,闻着她身上的水汽,觉得异常安心。

宋初昭痛苦道:"你不要勒我这么紧。"

他语气稍显轻快:"恩人,求问姓名。"

"我姓宋,宋家老三。"宋初昭说,"你也可以叫我一声三哥,不枉我救你上来,是吧?"

第四章·爬墙

他笑了下，一笑牵动到内脏，又开始咳嗽。他的身体很虚弱，连咳嗽都显得无力，好像再咳两声，气就要喘不过来了。

宋初昭能感受到身后的人烫得跟块热铁似的，她再次停下脚步，说道："不行，我们走得太慢了。"

他脑子已不大清明，需要思考许久才说句话："还有多远？"

宋初昭说："就我们这速度，怕是还要走半个时辰。你留在路边等一会儿，我跑出去骑马找人。"

她找了个安全的位置，把他放下来。

他问："你还回来吗？"

宋初昭说："回来啊！"

他视线模糊，突然很恐惧，觉得对方的身影要隐没在黑暗之中。他紧紧抓住宋初昭的手道："我可以自己走，走得快一点，慢也没关系，也许再过不久，雨就停了。"

宋初昭深深地看了他一眼，安慰道："不要害怕。你发热了，得赶紧看病，安心在这里待着，我不会不管你。"

他固执地要站起来："我没病，我很好，我的腿也不疼了，不必你背。"

宋初昭脱下了自己的外袍，盖到他的头顶，能暂时遮点雨。她安抚地拍了下他的肩说："我会回来的，你留在这里等着。"

他双手无力，却仍旧抓着她："你要什么？我都给你，带我一起走，我从来听话，也很懂事。"

宋初昭问："你叫什么名字？"

他发脾气道："我不告诉你！"

"算了，不与你这个病人计较。"宋初昭无奈，从他腰间扯过一块玉佩，"我拿走了，当作信物，说了会回来的，你乖乖的，别闹！"

她拽下他的手，转身快速地跑开。

"宋三！宋三！"他在后面追着她跑了一段，直到视线里失去对方的踪迹。在雨幕中辨不清方向的时候，他又开始迷迷糊糊地喊"爹"，思考这些人为何都不要自己。

他若是能改，都愿意改。

他晕倒前还想，他一定要等到宋初昭回来，这样才不算对方违约。可惜后来他被人救出，宋初昭却病倒在床。他前去探访，宋家根本不肯承认当夜出逃的人是宋三姑娘，连番推诿。

他被顾家人强行带回京城，再没了见对方的机会。

虽然迟了好些年，但对方的确来找他了，爬在他的墙头，满脸无辜地同他说话。

顾风简转了个身，从梦中醒来。

姑且，不算她骗人。

第四章·爬墙

第五章

吟 诗

- SHENCANGBULU -

范崇青想起那日顾国公阴沉的表情,担心顾五郎回家后会不会遭受非人的毒打,于是挑着日子,前去探望自己新交的兄弟。

范崇青亲自来顾府找,宋初昭也不能不见。顾四郎担心范崇青这人嘴上不把门,于是也过来了。

三人严肃认真地坐在客厅里,你瞪着我,我凝望着她,她冷静地喝着水。

范崇青上上下下确认了一遍,放心点头。

顾国公看着还算有点人情味,打人没打脸,当然也可能没打,只是用了别的办法,比如让人挨挨饿、抄抄书、跪跪祠堂之类的。

宋初昭叫他看得头皮发麻,出声询问道:"今日来访,是有何事?"

范崇青笑了下,说道:"是季禹棠的案子出结果了,我想五郎会关心,所以特意前来告诉你一声。"

衙门查案的效率还算快。主要是那二人没了狡辩的底气,衙役恐吓威逼了一番,尚未上刑,便已尽数招认。与预料的没有出入,那二人连同当时围观的几人,皆是同伙。

范崇青单手搭在矮桌上,故作神秘地问:"你晓得背后要害季禹棠的人是谁吗?"

宋初昭摇头。

顾四郎嫌弃道:"我五弟不感兴趣,你爱说便说,不说就走!"

"是黄启成啊!"范崇青全当顾四郎不存在,拍腿大笑道,"居然是黄启成,五郎你肯定想也想不到!"

宋初昭对这名字有点陌生,思考了片刻才回忆起来,好笑说:"就是当初激你们二人在靶场比试的那个祸水？"

被她提及往事，二人脸上皆浮出一丝尴尬。

宋初昭说："那黄启成确实厉害啊，独自一人将你们招惹了个遍，我都要佩服他的胆识了。"

"哪里是！若真是这样，我也要佩服他。"范崇青说，"前段时日，我与四郎不是说要找他报复吗？他吃了几次亏，大约猜到我有人相帮。可当时四郎还未与他在明面上扯破脸皮，他对四郎很是信任，恰好季禹棠那帮人平日眼高于顶，嘲笑了他，他便误以为与我勾结的人是季禹棠。"

顾四郎不满道："啧，能不能好好说话？什么叫勾结？我与你又岂是一丘之貉？"

范崇青耸肩："总归就是如此。他被逼到无路可走，便想了这么个阴损的法子进行报复，以为众人查不到他身上。他想毁了季禹棠的名誉，顺道毁了对方的仕途。没想到，他没机会看季禹棠从高处摔落，自己先走到头了，季禹棠本就是个小肚鸡肠的男人，怎会与他善了？这几日，都在家中狠狠唾骂黄启成那浑蛋。"

顾四郎也乐道："黄启成造谣滋事，证据确凿，一顿牢饭是跑不了了，这样想想，季禹棠还算有点用处，就当他是舍身成仁了。"

范崇青笑道："再就是，京城中遍传五公子的美名。五郎，虽说你已有婚约，但还是挡不住那么多美人芳心暗许啊！"

宋初昭汗颜，这要她说什么？宋三娘可真是太好运了？

那更好运的事情你们都不敢想的。

范崇青说："我说你们究竟何时成亲啊？这聘礼未下，宋将军也还未有消息，我瞧小县主对你尚未死心。还有几位官员，得知我与你相熟之后，不惜辗转到我这里打探你的消息，我收了好几份帖子，私下全扔了，总之他们多数不看好你与宋三娘。你若真的无意，该早日对外人说清楚，时间拖得久了，对人家姑娘的声望不好。"

宋初昭没有回答，顾四郎先行喊道："胡说什么呢？叫他们都打消了这个念头吧！我五弟与三娘，那是两情相悦，以心印心，心心不异，外人绝无插足的可能！"

宋初昭两边眉毛一齐向上挑起，哇，这你也晓得？

顾四郎言之凿凿："如今我顾家是在等宋将军回京。陛下已准了他回京探亲的公文，只是这一来一回地传信，加上边关事务烦琐，需要耽搁数日，要见到他们，应该是得等到年后了吧。"

第五章·吟诗

范崇青大感震惊,差点挥掉了桌上的杯子。

"他二人不相熟吧?宋三娘究竟是何等神仙人物,莫非能叫我们五郎一见倾心?"

顾四郎猛灌了一口茶,而后把杯子在桌上重重一放,激动道:"实不相瞒,我可真是太佩服她了!"

范崇青眼放精光:"何出此言?"

宋初昭也是惊了,看这顾四郎的表情,演得还挺像。

她却不知顾风蔚那是情真意切的佩服。

顾四郎说:"宋三娘自幼是在边关长大,先前京城对她的传言虽大多不实,但也有稍稍可信之处。那便是她善武艺,精于骑射,涉猎兵法,为人爽直!我那日与她草草一见,观出她步伐稳健、气息沉稳,是多年练武才能有的身姿,可见她平日是个刻苦之辈。"

范崇青不敢相信:"当真?你竟也会崇拜武将?"

顾四郎挥了下手以示反驳,继续道:"宋三娘自己也说了,边关并没有太多书本,说明她平日应该不爱看诗词论述一类的文章,与我家五弟截然不同。"

宋初昭重重点头,认真道:"她确实,非常不喜欢!"

范崇青说:"可我观五郎平日不喜交谈,宋三娘不通诗书,二人岂非无话可聊?"

宋初昭想了想,顾五郎和她在一起时,从没聊过诗书啊。

顾四郎再次响亮一拍桌面:"可我那日见她,她居然在看闵公的书!"

"啊!"范崇青客气惊呼了一声,又诚恳地问,"闵公是谁?"

顾四郎拍桌:"你看看你,连人是谁都不知道。闵公是前朝一位有名的大儒,穷其一生搜罗了大量前人对《周易》的注释笔记,并加以整理编撰成册,总归就是一些我们看不懂的东西。"

范崇青服气道:"我肯定是看不懂的。"

"她为了我五弟,竟能牺牲至此。即便是要我为我五弟看这些书,我也宁愿……"顾四郎缓缓抬起手,朝着宋初昭愧疚一抱拳,"要对不住了!"

宋初昭无语,倒也不必如此。别的不说,你五弟压根儿就不可能借书给你。

范崇青已在震撼之中难以自拔。他畅想道:"若是有个女人,也能专程为了我学骑射,学蹴鞠……"

顾四郎无情道:"那你就该醒了。"

范崇青委屈含泪。

其实也不用非跟着他去策马奔驰,只要能在旁边给他递递箭、叫叫好,他就满足了。

范崇青代入自己思考了一遍,真诚道:"即便她只是做做样子,有这份心,我也觉得感动了。"

顾四郎说:"所以叫他们赶紧打消了这个念头吧。我五弟对三娘同样是极好,上次他为了宋三娘与你打架的事,你都忘了?"

范崇青一想也是。顾五郎这般冷静自持的人,也能为了宋三娘怒发冲冠,他二人确实是情比金坚。

果然顾五郎无论做什么事,那都是极其认真的!

宋初昭被范崇青盯得全身发麻,忍不住打了个哆嗦。

范崇青问:"近日的园亭宴,你二人是要一同去吗?"

宋初昭疑惑道:"园亭宴?"

这场园亭宴是在临近中秋时办的,由礼部筹办,会有官员考察,偶尔陛下也会去逛上一圈。

往年是请几位高官的家眷、当年刚选拔出的天子门生,以及京城中有名的才子佳人来一同开宴,总归就是场年轻人玩乐一把的文酒宴。

无论是为了社交燕乐,还是为了展露才名,这都是一场规格极高的文酒宴,自然少不得明里暗里的针锋相对。

国公府尚未成家的两位公子,一向能收到请柬。宋初昭今年刚回京,凭她的家世,应该也能收到。

顾四郎说:"看来五弟都忘了,不过也无碍,反正到时候人去了就成。你已有婚约,又不需扬名,不过是去露个脸而已。"

范崇青赞同道:"如我等这般,才是要担心。季禹棠年年落我脸面,我恨不得将酒泼他脸上!"

顾四郎说:"他今年自顾不暇,应当不会再折腾你了。"

他二人聊得开怀,宋初昭却是在心中冷汗狂流。

哪里是无妨?要她去参加什么文酒宴,岂非是让她赔上老命?

那边顾四郎还在说:"其实我倒是更担心宋三娘啊。你说京城那么多女子心仪我五弟,叫她们见到宋三娘,岂非要红了眼?"

范崇青在明确宋、顾二人关系之后,便自觉将宋三娘当作是自己兄弟的人,当下也忧愁道:"有理。我们男人这边的明争暗斗不少,听说姑娘那边也是不遑多让,三姑娘在边关待得久了,本就不喜欢拐弯抹角的东西,怕是习惯不了

第五章·吟诗

京城里的事物。"

顾四郎说:"而且从她回京之后的种种事情来看,确实有人在嫉恨着她,还善于使些下三滥的手段。"

范崇青叹说:"可是你我七尺大汉,总不好与几个女人在明面上计较,她们若是同季禹棠一样阴险,变着法子让三娘在文酒宴上丢脸,那可怎么办?"

二人忧心忡忡,宋初昭亦是忧心忡忡,场面不禁冷了下来。

顾四郎暂时想不出对策,但见旁边宋初昭也一脸愁容,为了让她安心,摆出了大哥的气势,说道:"我倒要看看,谁敢兴风作浪!范崇青,你先去问问,这回都有哪些兄弟要去,然后同他们知会一声,这回我就不与你吵了,先看好宋三娘再说。"

"好!"范崇青说,"五郎你放心,哪能让三姑娘在你面前受人欺负?不过是嘲笑人不爱念书等等把戏,应对这种事情,我最为熟练!"

宋初昭心下还是有些感动的。范崇青与顾四郎确实是个愣头青,但也实实在在地讲兄弟情。只是这份感动汇到深入,剩下的就是哭笑不得。

"我会叮嘱他的。"宋初昭说,"他颇为聪慧,不用替他担心。"

范崇青再三同她保证,又说宴会当日,自己要过来接他们,约定好之后,才三步一回头地离开了顾府。

送走范崇青,宋初昭继续愁心宴会的事。

她得去找顾风简问问,究竟要不要去,毕竟如果出了岔子,那丢的可是顾风简的脸。他们文人都重视面子,她可不想顾五郎到时候因为这些误会,埋怨起她来。

因为记挂着这事,宋初昭难以安心,当夜便想去找人说清楚。

她去贺府,那是熟门熟路,只是没想到这回只隔了两天,她又来了。

或许是因为次数多了,她的胆子也跟着大了,这回直接跳进了院子里。

夜幕四合,树影婆娑。侧面的窗格里照旧透着一缕微光,证明里面的人尚未休息。

宋初昭小心地摸过去,躲在墙根下听了会儿,确定春冬不在里面,才放心地推开窗户,露出自己的一张脸。

顾风简正坐在桌子后面,已经看见她了,放下书本,抬手勾了下手指,示意她进来。

宋初昭利落地从窗户翻进屋中。

她关心地问:"顾五郎,你今日大好了吗?"

顾风简暗暗叹了口气,他觉得自己离"大好"这个词,已经是彻底无缘了。

宋初昭见他不回话,走到他身边,小心对着他的脸色观察了一番。

气色不错,看起来是没事,就是情绪不大高。

宋初昭在他身边坐下。

顾风简问:"你们每月都这么麻烦?"

"是啊。我还算好的,有些人疼得腰都直不起来了,还得下冷水里劳作,打理家中里里外外大小事务。为了省柴火省烛油,冬天里也鲜用热水,做什么都摸黑去。"宋初昭冷笑道,"就这样,还总有人觉得是女人矫情。"

顾风简面色凝重道:"这么严重?"他说完甩了下头,觉得自己大概是疯了,居然和宋初昭讨论这种事情。

宋初昭笑道:"自然。我不是在说顾五郎你,我明白五郎你是最善解人意的。"

顾风简被人夸奖,并不高兴,依旧怏怏不乐:"我不是。"

"还有那个,我想跟你说一件事。"

顾风简状似无意道:"没事你也不会来找我了。"

宋初昭立表决心:"无事我也会来找你的!只是最近不大方便,你家与我家都盯得紧。"

顾风简嘴角若有若无地勾了下:"说吧。"

宋初昭问:"就是那劳什子文酒宴,你知道吗?你要去吗?"

顾风简说:"去吧。你今年第一次回京城,不去,显得是怕了谁。"

宋初昭迟疑着问:"那我也要去?"

顾风简语气冷了下来,斜眼看她:"难道你要让我一个人去?"

宋初昭忙告饶说:"我去,我去!若是有人欺负你了,我帮你看着。我只是担心叫人看出端倪来,毕竟我又不会作诗,有人考我可怎么办?"

顾风简脸色又趋向缓和,说:"宴会筹备好时,已经临近中秋了,无外乎就是让你作些与风花雪月题材相关的诗,再喝两杯酒。你多背几首,到时候诗会上有人问到什么,你就当灵光一闪,背出来即可。"

宋初昭惊道:"还可以这样?"

"自然可以这样。"顾风简说,"不然你当这世上真有那么多出口成章的才子?还有人特意请了幕僚,先替他们写好,再上去背诵。文与武不同,粗略一试,很难试出深浅。"

宋初昭跟范崇青混了些时候,溜须拍马的功夫直线上升,几乎是本能地脱口而出:"难怪这世上有那么多沽名钓誉之辈。五郎,你定不能与他们为伍!"

第五章·吟诗

"届时前往的青年才俊很多,众人都想要一个表现的机会,不会刻意来找你麻烦,反叫你大出风头。顶多只是贵人对你眼熟,点一个你的名字,叫你作诗一首,热个场面。"

"那我就放心了。"宋初昭松了口气,又很有眼色地吹捧道,"也是多亏了顾五郎才名在外,替我省掉了大半的麻烦。"

顾风简上身挺直了点,语气显得随意:"还好。我放在书房里的诗集,你可以随意挑几首背。"

宋初昭说出那句听了无数遍、已经相当顺口的感慨:"不愧是五郎!"

顾五郎深思地看了她一眼,似乎觉得她有点奇怪,而后又十分受用地点头。

二人对着烛火静坐。

宋初昭突然发现,原来吹嘘过后就是空虚,搞得她现在无话可说。

她只能侧过头,礼貌性地看着顾风简。

暗黄色的光线照在顾风简的脸上,将他的轮廓虚化出一分柔和,他懒散地坐在椅子上,目光里透着漫不经心。

顾风简的手因为一直在外面摆着,指节冻得有些发红,宋初昭见他时不时要用手心去温一下手指,就知道他还是怕冷。

她去抽了条厚重的毛毯来,给顾风简保暖,盖到他的腿上。

顾风简将毯子往上扯,同她笑了一下。

于是,宋初昭终于又有话说了,她苦口婆心地劝道:"顾五郎,你要早点睡啊。我每次来都见你在熬夜,书有那么好看吗?"

顾风简伸手摸了下桌上的书册:"好看。而且也没别的事做,不如黄涛有意思。"

宋初昭茫然道:"黄涛是谁?你新交到的朋友?可是没见你出去见人啊?"

顾风简看了眼封面上的名字,将书的正面翻到背面,冷静地点头说:"嗯。以文会友。"

宋初昭笑道:"那太好啦!"

宋初昭说话的声音稍微大了些,突然听见外面有一阵轻微的响动,她吓了一跳,赶紧躲到桌子下面。

等了会儿,外面的声音又停了。

她闹不准那是什么意思,反正不会是好事。

在宋初昭准备离开的时候,顾风简又开口说:"还有一件事,我得先同你问清楚。若是有人刻意刁难你……准确地说是刁难我,我是该装作技不如人,

还是马马虎虎地回敬他们几句？"

宋初昭想也不想道："自然是骂回去啊！"

顾风简问："你不怕会有人生疑？"

宋初昭说："有什么好起疑的？他们又没见过我作诗，怎么知道我不行？纵然以后暴露了，就当是你教我的，既然宴会上弄虚作假的人那么多，顺道加我一个呗。"

顾风简也觉得可以，便"嗯"了一声。

宋初昭悄悄地溜向窗边："我先走了，等文酒宴当日，我来接你。"

顾府的人似乎都不大在意这文酒宴，自从那天范崇青提过一次之后，便再没有人关心。

宋初昭抽空将顾风简诗集里的好几篇都背了下来，连同他随意记录在别处的长篇文章也背了两篇，平日里不喜欢看书的脑袋，在有了明确任务之后，反而亢奋了不少。

隔了两日，顾四郎拿了请帖过来，随意地丢给她，将她以为此事告败的心给打了回去。紧跟着，季禹棠那边特意送来了一批谢礼，对她先前为季禹棠仗义执言表示感谢。

据说这是顾五郎第一次收到来自同龄人的礼物，顾夫人极其兴奋，将它们全部收进了库房，并单独存放。

宋初昭其实更想能和季禹棠聊一聊，若是能同他达成共识，就彻底不用担心会有人在宴会上为难自己。可惜的是季父觉得他为人行事过于高调，才会惹来当日这样的祸事，发怒之后将他关在了屋里，让他静思己过，在文酒宴之前，都不得出门。

宋初昭便这样迎来了文酒宴开始的日子。

宴会的时间安排在晚上，天色还灰亮之时，范崇青便已提着灯，如约来顾府接人。

宋初昭以为范崇青所谓的同行，真的只是简单的同行而已。结果到了出发的那一天，他带了一帮兄弟，顾四郎也喊了一帮兄弟，两队人马排列得整整齐齐，站在顾府门口，斗志昂扬地等着宋初昭一起出门。

这些人皆是达官显贵的年轻子弟，为了参加此次宴会，刻意穿得有些华丽——深色衣裳，腰带与发冠更是镶金配玉，手上再提几盏做工精致花俏纸灯，一看便知身份不凡。

第五章·吟诗

两群人一文一武,气质迥然相异,俱是意气风发,加上面貌出众,极其夺人眼球。

好一群翩翩少年郎!

宋初昭在门口默默站了一会儿,感受到来自围观群众的灼热目光,恨不得独自离开。然而范崇青根本不给她这个机会,一见她出现便笑嘻嘻地凑上来,说道:"五郎,你总算出来了!你今日就穿成这样前去?"

宋初昭现在穿的就是平日常穿的月白色长衫,她本就不喜欢佩戴玉饰,因为活动起来不方便,所以这次也没戴。

寻常来看没什么问题,但和这几人一对比,就显得过于朴素了,不够有金钱的气息。

她原是想低调一点,最好能泯然众人,不想反而"出众"了。

顾四郎从后面跟过来,豪爽地笑道:"我五弟不过是去走个过场而已,穿得那般艳丽做什么?何况就算他穿着最简朴的布衣,也无碍他的才名,谁人敢忽视了他不成?"

"这倒也是。"范崇青再次敬佩地说,"五郎果然淡泊名利,不在乎这些虚荣!"

倒也不是如此。

她急着离开,便示意道:"走吧。"

"好!"范崇青力气大,手中挑着的是一盏动物形的铜吊灯,他手上一甩,那灯便快速晃动,火焰跟着跳了一下。

他兴奋道:"我们这就去接宋三娘!"

宋初昭突地不敢前去。

宋初昭虽有些抗拒这些人的排场,可确实不能让顾风简独自前去宴会,所以心里踟蹰着,脚步还是飞快地去了贺府。

得到管事消息的顾风简披着外衣快步出来,一同出来的还有贺老爷与贺老夫人。

三人看着门口这支浩浩荡荡将近二十来人的队伍,齐齐被镇住了,一时间说不出话来。好在范崇青等小辈十分懂礼貌地一直傻笑,才叫气氛没变得尴尬。

顾风简目光在人群中扫了一圈,很是困惑。

他以前与范崇青完全不熟,而这些高官的子弟也大多有着自己的傲气,尤其是范崇青,谁人也不服,更不会主动与他往来,怎么一段时间不见,他的交友圈就扩得这般广?

宋初昭不是说，她一直被顾国公逼着看书吗？

顾风简的视线往范崇青那里多飘了一会儿，被对方脸上的憨笑给闪到了。

来的是季禹棠也就罢了，当作是为了感谢。这二人不是刚打过架吗？范崇青与四哥，不是势同水火吗？

顾风简摇了摇头，朝宋初昭挑了挑眉表示困惑。宋初昭脑海中琐碎的信息太多，未能理解他的深意，于是也挑了挑眉作为回应。

顾风简更迷茫了。

春冬见他二人挤眉弄眼，勾着唇露出一个堪破世事的微笑。

贺老爷摸着自己的额头，一脸深思地走上前，围着宋初昭转了两圈。

宋初昭装作镇定地转过身面对着他，朝他轻笑问好。

贺老爷指着范崇青等人问："你喊来的人？"

宋初昭思考着措辞："他们其实是……"

她身边的范崇青更快一步，拍着自己的胸口保证道："贺老将军放心，今日我们这么多人带三娘出去，自会看好了她，绝不可能叫她受了欺负！"

旁边的兄弟们急忙跟着表忠心，声音能传到九霄云外去。

宋初昭被他们吵得耳边嗡嗡作响，难以呼吸。顾风简表情虽然冷静，眼神中却有着同样的凌乱。他一直望着宋初昭，且越来越用力，叫宋初昭心虚得不敢直视。

这出戏还未过去，谁知贺老爷一直紧绷的脸突然笑开了，中气十足地喝了一声："好！"

他一掌拍在宋初昭的肩头，叫宋初昭整个人都颤了一下。

"有心了啊顾家五郎，昭昭果然没有看错你。"贺老爷笑道，"你带着去吧，记着早些回来。"

贺老夫人也在台阶上面忍笑。

贺老爷说："三娘回京城，还有许多不习惯的地方，原本我是想亲自送她过去的，现下看来是不用了。你们记着，遇事冷静些，今晚的文酒宴，绝对不是个能闹事的地方，若是处着不高兴，就先将三娘送回来。"

宋初昭作揖应道："是，贺公。"

贺老爷回身朝顾风简招了下手："你们年轻人，快去吧。"

顾风简缓步下来，范崇青等人自觉地让开一条道，叫他二人走在最中间，并嘻嘻哈哈地簇拥在后面。

宋初昭觉得更尴尬了。

第五章·吟诗

顾风简见她肌肉僵硬,简直有些手足无措,又低下头,看见了她手中的纸灯,问道:"我没有吗?"

宋初昭手上的这一盏轻,谁提都方便,忙递过去说:"你喜欢?我的送你。"

顾风简顺势接了过来。

范崇青等人见状在后边瞎起哄,发出一阵怪声。宋初昭回头凶狠瞪了一眼,那群猴孩子又赶紧收声,窃窃私语地互相间密聊。

人群朝着园林的方向逐渐移动。

顾风简始终神态自若,似乎不受后边那群人的影响,对手里的灯好像也很有兴趣,挂在两人中间,时不时要看一眼。

宋初昭靠过去,小声问:"你不生气吧?"

"嗯?"顾风简回应,"你为何总觉得我会生气?"

宋初昭想,能生气的地方很多吧?比如正经人应该觉得她是在"胡闹"。

顾风简接着说:"就像你总觉得我会受人欺负一样。"

宋初昭说:"难道不是吗?"

顾风简问:"你真觉得是?"

宋初昭惊道:"你自己没察觉到吗?"

顾风简沉吟片刻,若有若无地笑了下:"所以你让他们兴师动众地来这里接人?"

宋初昭回头看了一眼。众人感受到她的视线,友善地朝她露出一个灿烂的笑容,那一排排雪白的牙齿在夜色的烛火照耀中变得诡异而阴森。

顾风简说:"下次不必这样,人太多了。"

宋初昭点头:"我下次记住了!"

她等了等,发现顾风简没再说这事,不由得松了口气。

众人说说笑笑,未多久,就到了今日举办宴会的园林。

一队装备齐整的金吾卫正守在入口处,仔细核查通行众人的身份。

那将士提醒众人,不得携带兵器及尖锐的物品入内。众人站好,自觉地接受他们搜身。

顾四郎用手肘顶着宋初昭,示意说:"看那边。"

宋初昭顺势一看,发现傅长钧居然也在,他原本坐在里面的一张桌子旁,此时发现了他们,已经朝这边走来。

照理来说,这样的宴会,远用不上傅长钧出面,他会出现,不知是受了贺老将军的嘱托,还是今夜会有贵人到访,提前来负责排查。

见对方直冲着这边过来,顾四郎感慨道:"想娶贺家的姑娘,果然不简单

啊。五弟，你自求多福。"

贺家的姑娘表示，她好难啊。

顾风简随一旁侍奉的婢女去了旁边的隔间里搜身，她们查得不严，很快就进了园内，宋初昭及一帮兄弟还站在外头等待。

前边的那几个金吾卫搜身搜得极其仔细，或许是因为范崇青等武人一看便觉有威胁，所以在他们身上花费了些时间。傅长钧靠到了宋初昭这里，单手按上她的肩膀，笑道："顾公子来了？今日还挺早。"

傅长钧的手指用力掐在宋初昭的肩头，但面上笑得十分和乐，宋初昭也只能笑道："不知今日是傅将军当值，将军辛苦了。"

顾四郎同他的兄弟看着傅长钧那因为使劲而外突的骨节，心下一阵胆寒，他们很厌地后退了一步，表示不参与二人的沟通。

傅长钧在她耳边低笑道："我金吾卫负责京城巡卫，不管何时、何地，表现鬼祟之人，皆可为巡查兵将所察。顾五你久居家中，不想身手动作却挺灵活，看来是五公子天资卓越，常人难及，此等天赋，切莫荒废。下次若还想去贺府找义父讨教，不如来我金吾卫的练武场试试招式，我最喜欢提携根骨绝佳的后辈，也可以替你去同顾国公打好招呼，想来他会同意的。"

宋初昭冷汗再次下来。

说来你可能不信……一切都是那该死的名叫误会的东西的错。

傅长钧问："你有何想法？"

宋初昭不可露出怯意来，八风不动道："谢傅将军抬爱，我若得闲，便去看看。"

"好志气！"傅长钧向上挽起袖口，恢复了声音，能叫周围人听见，"现下人多，我给兄弟们搭把手。顾五郎，你随我到旁边检查。"

顾四郎与范崇青依偎在一起，发出一声同情的痛呼，两双小手紧紧交握，再次退了一步。

二人移步到旁边。傅长钧活动着手腕，嘴角挂起一抹意味深长的笑。

宋初昭想了想，决定还是转过身——不正面对着这位祖宗，起码不会觉得瘆人。

她已经做足了心理准备，可在对方的大手拍下来的时候，还是忍不住睁开眼睛，瞳孔猛震。

这一掌！感觉将她阻塞已久的奇经八脉都给打通了。萦绕多日的肩膀隐酸被强烈的按压疼痛所取代，而后僵硬的肌肉跟筋骨舒展开，带来一种前所未有的松弛。

"好……好痛快!

宋初昭眼前仿佛亮起一道虚幻的白光,让她想起了自己当年驰骋武场的快乐。

竟还可以如此!

顾四郎见她眼睛周围的肌肉都开始用力,呼吸也急促了起来,紧张道:"五弟,你没事吧?"

范崇青同样抖着声儿请求道:"傅、傅叔。能不能轻一点?五郎看着不那么硬朗。"

"你们在说什么!"宋初昭一字一句,严厉道,"傅将军查得仔细,也是为了我等安宁,此次宴会往来人群诸多,哪里可以松懈?有劳傅将军了。"

"五郎你真是……"范崇青放缓呼吸,而后再次坚定道,"令人钦佩!"

为了讨好宋三娘的娘家人,竟可以牺牲至此!

顾四郎也是惊叹,不愧是他五弟!

傅长钧对顾五郎同样刮目相看,不想对方弱小身板一个,倒是真有些骨气,可是他也没收手,又用手指扣着她的肩膀,往里一拉。

傅长钧狐疑……顾五郎的背怎么那么硬?他好像听见了骨骼活动的声音。于是他又在某个穴道上,用力劈了一记手刀,与此同时,他听见面前这人闷哼一声。

范崇青和顾四郎虽不敢开口阻拦,却一直在旁边痛呼,导致一旁的弟兄们看傅长钧的眼神都有了一丝谴责。

傅长钧很是无奈,突然下不去手,最后还是算了,松开人道:"你进去吧。"

宋初昭回过身,压下心头的遗憾,礼貌地朝他抱拳道:"劳烦傅将军。"

那语气力不仅没有不满,甚至还带着点尊重和……感谢?

傅长钧见她到如今还对自己保持着的风度,又想起她当初在酒馆无所顾忌痛骂范崇青的暴躁模样,对她好感更甚。

能有这般耐心,可见真当他是自家长辈。

傅长钧不动声色道:"嗯。"

宋初昭走了两步,又回身补充了一句:"下次晚辈再去找将军讨教!"

傅长钧摆手轰她进去。

他没兴趣了。

前方，顾风简进了大门，目不斜视地朝里走去，而后在引路婢女的指引下，找到了自己的位置。

虽然近年来他少见外人，但对京城局势看得还算清楚。而在他做道童期间，更是跟着福东来去过不少官员的府邸，大多的官宦子弟，他都认识，各自性格也略有了解。

视线随意一扫，全是眼熟的面孔。

宴上男女分边而坐，男在左，女在右。

他的右手座此时是空的，而在他左边座位的不远处，靠了两个人。其中一位不出意外便是宋诗闻，另外一位则是小县主唐知柔，陛下的亲侄女。

宋诗闻见他出现时，略微低下了头，避开他的身影。小县主则大感不满，直接不加掩饰地进行嘲讽。

"宋三排场如此之大，可见平日就是个嚣张的人。二娘，你在家里多受委屈了吧？可笑你一副柔弱好欺的性格，外人却对你说些不堪的词，这天下好利用的愚人是当真多。"

宋诗闻按了下她的手，示意她不要再说。

唐知柔哪里是个好脾气的人？她翻了个白眼，继续道："顾五郎也真是堕落，竟然同范崇青等人厮混在一起，还几次三番闹出叫人看笑话的事。我以为他珍重名誉，若是交友，最起码也该同季禹棠等人打交道。"

旁边的几位姑娘见她不依不饶，看在她身份的面上，也赔笑着说了两句。

唐知柔挽住宋诗闻的手臂，大声道："诗闻，你不必害怕！我自是站在你这边的。谁与你作对，便是与我作对！那些心怀叵测之徒，我倒要看看，是否敢在天子脚下兴风作浪！"

她说话时是瞪着顾风简的，而顾风简淡然坐着，对周围非议不做理会，只简单点了点下巴，示意在旁服侍的婢女先上几道冷菜来。

见他如此沉稳，唐知柔自己反被气得跺脚，仿佛一拳打在刚出笼的馒头上，无比烫手。她用力哼了一声，转过脑袋。

宋诗闻也一直在用余光观察着那边。顾风简越表现得漠不关心，她心底暗藏着的那道尖刺便越发骚动。一股无名的热焰不断向上窜起，她往下压去的同时，又升起浓浓的不甘来。

自从上次宋三娘从宋府搬出，平静的宋府就变成了一池浑水。

宋三老爷与宋三夫人逃命似的要搬出宋府，还主动撇清自己与宋家各种琐事的关系，表示自己毫不知情，卖力地向傅长钧求好，卑微又殷勤。

第五章·吟诗

他们这番绝情的举动,就是为了叫自己显得清白,那被他们急急撇去的宋家是什么?可不就是极尽欺压宋初昭的泥潭了吗?

宋三老爷对待宋老夫人也不客气,虽未口出恶言,但言辞坚定,不容商量。

宋老夫人很少受过那样的气,年纪又大,一怒之下,真的给气病了。偏偏宋三老爷仍旧当她是在装病,以为对方是在胁迫自己,愠怒之下,不仅没有停下计划,还将事情添油加醋地告知了几位前来探望的长辈。

宋府毕竟是将军府,本是宋将军的宅邸。三老爷当初是因老夫人的意愿才会住在这里,如今他非要离开,众人也无法阻拦。

宋家另外几位子女,并不都走仕途,但多少受过宋家老大的照拂,处事相对公正。他们对宋三老爷的品性最为清楚,见他不管不顾地要离开,便知事情内幕或许真如他所讲。

得知宋老夫人苛待宋初昭的事后,几人真是又气又急,甚至还夹着一丝好笑。笑这老太太一把年纪,行将就木了,却还要自作聪明,任性一把,等惹下祸端,才开始后悔。

宋老夫人病了,又自觉有错,脾气收敛了不少,见着子女便装作一副凄惨的模样卖可怜,宋家几位孩子自然不能、也不忍心对着自己的母亲百般说教,就将积郁着的怒气转头发泄在了宋诗闻的身上。

说她"不懂事""不知阻拦""荒唐""对待妹妹太过刻薄"……还有一些其他罪状。

宋诗闻自尊心强,面上表示知道错了,实则受到了极大伤害,日日夜里恼得睡不着觉。

她无法忍受别人说她刻薄,更无法忍受别人说她贪小便宜,这样的话在她眼里等同于"低贱"。可是类似的风声不知不觉已经传遍了京城,她阻拦不及。

当初宋初昭是如何被人议论的,她就被人以更加不堪的方式进行议论。平日里交好的几位姐妹,都主动与她撇清了干系,不再往来。只有一直维系且性格单纯的小县主还在为她说话。

宋诗闻想到这里,呼吸就不由自主地沉重起来。唐知柔没发现她的不对,依旧抱着她,同前来搭话的几人埋怨道:"诗闻哪里做得不对,便直白地说出来,不要设些所谓的计谋,在外人面前,故意丢自家人的脸,将家中丑事外传,莫非还能得意不成?"

几位姑娘互相笑笑,含糊地应了几声,又提起别的事,想将话题转至别处。

她们虽与宋诗闻不熟,却不认为对方真是个天真纯粹的人。

唐知柔小声嘀咕:"傅将军与贺爷爷也是……"

· 182 ·

她到底不敢真说这两位长辈的坏话，只是随意抱怨一句，吐出半茬，便主动止了话题。

宋诗闻却又因此想起近段时日的倒霉事。

宋家不知是不是流年不利，连犯太岁。

原本已经打点好的升迁，突然没了影，先前只要招呼一声的小事，这回被各官署连番推诿，大大小小，冒出来不少麻烦。

宋家自从与贺家联姻之后，顺风顺水惯了，受不了这样的磕磕巴巴。他们本想去找贺府的人帮忙，可最后连贺老将军的面都没见着。傅长钧就更不用说了，莫提相助，他那意味深长的冷笑，每一个字都能叫他们琢磨出一身冷汗出来，再不敢打两家的主意。

宋家长辈聚在一起一商量，自然而然地又把错误归咎于宋诗闻，气急了，还说了几句重话，几次三番催促她去找宋三娘道歉。

宋诗闻万万想不到，宋初昭离开之后，自己的日子会变得这样艰难，就因为对方母亲姓贺，便有本事可以为所欲为。

宋诗闻手指用力绞着绢帕，情绪难以平复，面上还要控制着冷静。她不再看向隔壁，只扯起一个浅浅的笑，同唐知柔低声细语。

没多久，宋初昭与范崇青等人脚步带风地走进来。

宋初昭小幅度活动着手臂，感觉身体迎来了新生。

别说，那么按一下，痛虽然是痛，但顾五郎那久坐看书给落下的肩膀酸硬都给治好了，傅叔这手艺当真天下一绝！

不知她表现得难受一点，能不能让对方给自己再来几次。

早知道她就不带顾四郎跟范崇青了，真是扰人兴致。

季禹棠已经在院内与人交谈，见宋初昭一出现，立即停了声音，提着衣摆起身相迎。

他灿烂笑道："顾五郎，多日不见，近日可好？"

宋初昭点了点头，神态自若地坐到自己的位置上。

顾风简差不多就坐在她的正对面，二人隔着走道互相点头，又含蓄轻笑。

季禹棠毫不认生，不经招呼，直接在她旁边坐下，絮絮叨叨地说："顾五郎，实在是礼数不周，原先我是想亲自去找你道谢的，可是……"

范崇青和顾四郎是一时不察才叫季禹棠得手，一直在旁边挤他，想把他踢开。

三群人在暗地里死命较劲，外人看着就是关系密切，在互相打闹。

第五章·吟诗

姑娘这边见众人如此亲密,不由得讶异,开始私语:

"那几人怎么关系变得这般好了?不是素有嫌隙吗?"

"可不是?前不久还听见范公子在与季公子吵架呢。"

"我觉得他们几人之间的关系未必好,毕竟都是心高气傲的人,不过是围着顾五郎而已。"

"五公子不愧是五公子,竟能让他们三人握手言和。"

"尤其五公子长相出众,对人从不冷脸。"

"嘘——小声说说也就罢了,五公子如今是有婚约的人。"

宋初昭这一出现,叫空气都变得甜丝丝起来,仿佛提前到了春天,一群貌美女子羞怯地望向对面,看了会儿,又掩着唇开始低笑。

唐知柔同样被吸引了目光,她一眨不眨地盯着宋初昭,自然也就看见他二人之间的"眉目传情",心中不由得酸涩。

宋诗闻见她出神,抽出自己的手,说:"我去找我三妹说两句话。"

唐知柔惊醒,不悦道:"你去找她做什么?"

宋诗闻轻叹,露着我见犹怜的半张脸:"原就是我做错了才会让她误会,我去与她说清楚。"

唐知柔按下她:"你别动!我去,我和她说!"

宋诗闻低下头道:"不合适,毕竟这是我宋家的事。"

唐知柔说:"那我与你一起去!当是给你壮壮胆,这样她若要为难你,也得卖我一个面子。"

宋诗闻面露犹豫,唐知柔见此便当她同意了,利落地站起来,走到顾风简旁边。

"喂!"唐知柔敲了敲顾风简的桌子,"你随我出来一下。"

顾风简本不想搭理她,手里反复地转着一个茶杯,但见宋初昭因为这边的动静看了过来,还带有疑问地朝他挑了挑眉,他思忖片刻,起身随人过去。

唐知柔见他乖乖跟上,心下满意,在前面领路。

三人的身影相继消失在灯火的暗处,而后被两侧的假山彻底遮蔽。

顾四郎急忙挤到宋初昭的边上,耳语道:"五弟,不妙啊。"

宋初昭一慌,下意识地去看傅长钧进来了没。

顾四郎单手抵着她的侧脸,将她脑袋转过去,说:"你往哪里看呢?三人是朝那边去了!"

宋初昭一瞥:"只是去聊聊天,都是一群姑娘,能出什么事?"

· 184 ·

顾风简现在用的可是她的身体，一拳两个没问题。

用脚应该也行。

顾四郎说："谁人不知小县主倾心于你许久？本就心怀不满，如今私下叫了三姑娘出去，还带着一个宋二娘，能有什么好事？"

宋初昭怔了下，又惊又奇。

她以为顾风简平日深居简出，应该连大家闺秀都没见过几个，竟然还有个这样钟情于他的美娇娘。

宋初昭试探道："她倾心我什么？"

"倾心你冷酷无情？"顾四郎也很不解，"唉；女人的心思我们如何清楚？总归就是如此。她对你的爱慕从不掩饰，京城里众人皆知，如今你突然有了婚约，她定会觉得落了面子，这怨气不好对你发泄，可不就得冲着宋三娘去了吗？"

宋初昭点头："是这样的理。"所以你五弟去跟人说清楚了。

顾四郎等了片刻，见她还坐着，问道："你不过去看看？"

宋初昭觉得自己掺和这事儿挺奇怪的，但众人大有"你不去你就不是顾五郎"的架势，她迫于压力，只得起身道："那好，我过去看看。"

范崇青义气道："若是出事，记得叫一声，我们会火速赶去。"

三人立在一棵葱茏的古树下。不远处的路边，摆着几盏石灯，当火光传到这里的时候，已经被削得相当微弱，将三人的表情都隐藏起来，变得模模糊糊。

唐知柔等了片刻，不见人开口，便指着面前的人道："你说吧！"

顾风简好笑："小县主将我叫出来，却让我先说？我该说些什么？"

唐知柔被噎了下，又看向宋诗闻。

宋诗闻道："三妹，先前的事情，全是一场误会，姐姐今日亲自同你道歉，希望你不要计较。"

顾风简的声音毫无波澜，却无端能让人听出一种讽刺的意味。他说："你我姐妹，解释的机会千千万，难为你能忍那么多日，等到现在。"

宋诗闻身形晃了下，带着无措的目光，向唐知柔求助。

唐知柔气道："你以为她同你道歉，就全都是她的错了？这几日京城可不安宁，诗闻被关在家中，连寻个出门的机会都没有，更别说街上还满是些尖锐伤人的粗鄙之词，哪里能去找你解释，这一切莫非你不知？"

顾风简问："我该知道什么？"

唐知柔与他对峙道："你休要装傻！那些个离谱的谣言，你敢说与你无关？居然在大街上演了那么一出戏，半点情面也不留。你别忘了，你也姓宋，最后

第五章·吟诗

伤到的还是宋将军的心！"

"谣言？哦。"顾风简低笑一声，"京城盛传宋三娘谣言的时候，不见小郡主出来说一声姓宋。"

"究竟是何人传的，是真是假我都不清楚，我出来说什么？"唐知柔快一步说，"你可不要欺瞒，我打听过了，先前金吾卫抓到的那个人，根本就不是宋府的下人，没有证据的事，不要诬赖到我们二娘身上！"

"所以，这京城的谣言，可以传我的事，就不可以传她的事？"顾风简说，"既然如此，小县主该去找京城里那些谈天的百姓，好好教训一番，叫他们乖乖听话才是。而不是来这里找我说道，毕竟京城的百姓，可同样不听我的话。"

"你简直是强词夺理！"唐知柔急眼，又很快反应过来，"不对，我根本不是来同你争辩谣言的事的。"

"你单'谣言'这二字就用得不对。"顾风简瞥向宋诗闻，哂笑道，"她真跟你说，一切都是我自己演的？众人看见的东西都是假的，宋家没有苛待，也不曾拿那些破烂木头去做偏院的家具，你再问问她，有本事清清楚楚地这样说一遍，别到时候，又找些别的说辞来。"

宋诗闻脸色苍白，凄婉地说："三妹，你对我们宋家，真的有好大误会。祖母近日因为这事都病了，病时还念着你的名字，你若是气消了，回去看看她吧。"

唐知柔闻言皱眉："宋老夫人怎有可能那样偏待自己的亲孙女？你只管咄咄逼人，便对了吗？"

"照你看来，傅将军也是做戏的一把好手，陪我演了那么一场戏，你若有疑虑，怎么不先去问傅将军？"

唐知柔挥手一甩，表示自己不愿听信："你少拿傅将军来压我！傅将军不过是看在贺家的恩情才对你多有偏待，否则哪能如此不公平！"

"如何不公平？"顾风简顿了下，意味深长道，"我倒是很好奇，宋诗闻私下究竟都同你说了什么，她若真觉得如此冤屈，怎不见宋家对外呼号？"

唐知柔说："你若当真清白，何必怕她言说？宋家是念着旧情，所以给你留一分薄面。不像你，成天在外挑唆傅将军与宋家的关系。原本两家关系密切，如今宋府有难，不过一个小忙，傅将军都再三推诿。"

顾风简恍悟："若是一件小事情，宋家人都自己解决不了，岂不是太过废物？换作是我，也不想再劳心劳力了。"

唐知柔愣住了。

宋诗闻声音尖细喊道："三妹，你怎能这样说话？"

186

顾风简不以为意:"宋家如今遇到的麻烦,是傅将军去叫人做的吗?若不是,那便本该就是由他们处理的。解决不掉,不说自己无能,反怪别人不帮忙,这是何等道理?食君俸禄,该忠君之事,朝廷最怕的便是备位充数、尸位素餐的人。小县主,不如你仔仔细细地说清楚了,哪一点不对,你只要能说出一点来,我便去找陛下请罪,亲自告发傅将军,你说如何?"

唐知柔被他的几句陈述给说糊涂了。

她待宋诗闻如亲姐妹,对方说什么,她其实没有往深处细想,草草听过后,觉得没有错误,又合乎情理,就自然地信了。

如今顺着顾风简的思路再理一遍,也觉得双方立场差异过大,其中内情并不如她想的那般简单。

傅长钧是绝不可能暗地里去打压宋家人的,他向来公正严苛,不会使用这般下作的手段。面前的宋三娘也是一副胸怀坦荡的模样,不像是在硬撑说谎。

那究竟是谁?

唐知柔心中已经动摇。

一旦对什么事情产生了怀疑,原先忽略掉的不合理之处便会一一浮现出来,叫她带上另外一种不安的猜测。

可是顾风简的眼神刺得她太过难受,让她静不下心来思考。她的自尊心又开始作祟,不肯在对方面前落了面子,于是暂时放下疑虑,继续硬着头皮道:"我……人皆有私情,我同你讲私情,你不要拿大的事压我。"

顾风简冷笑道:"贺家是念着宋夫人——我母亲的关系,才对宋家多有照拂,相帮了十几年,想是帮得太多,如今不肯帮了,便成错了。小县主日后可千万别做好事,因为这世上有太多背恩弃义之人,恨不得食其肉、啖其血,将别人的东西占成自己的才好,也望你能多听多看,我极讨厌蠢人。"

宋诗闻说:"三妹,你能不能冷静一些?我未对庆平县主说过傅将军的坏话,宋家发生的事情我也深感抱歉,二姐只是想同你道歉……"

顾风简哪里理她们,不等她说完,便转身想走。

唐知柔急着想问清楚,冲上前去拦他。

二人所站的位置比较尴尬,唐知柔只能侧步过去,拽住顾风简的手臂。岂料顾风简的反应过于激烈,刚被人从后面抓住,立即十分抗拒地用手臂甩脱,仿佛遇见了什么让他极其憎恶的东西。

宋初昭这具身体的气力过人,顾风简下意识的这一甩,没控住力道,等他半途想停,已经来不及了。

唐知柔运气好,站的位置恰好避开,宋诗闻就没那么幸运,直接被抽在了脸上。

清脆的一道抽打声，在夜间的小路上响起。

唐知柔呆住，宋二娘也呆住，连顾风简的身形都僵了下，三人杵在原地半晌没有动弹。

那"啪"的一声，虽然早已消散，但无声的回音还不断在几人的脑海中循环。

随后是宋诗闻捂着脸，发出一声委屈的嘤咛，才将唐知柔从怔神中拉了出来。

唐知柔错愕道："宋三娘你这就过分了，你方才想打的不会是我吧？"

顾风简抿着唇没有作声。

这是他第一次打女人，准确来说是第一次打人，有些不大习惯。

唐知柔将他的沉默当作是默认，受伤道："不、不至于吧？大家说说就好了，你怎么能动手呢？"

顾风简觉得现下真的没什么好说的了，无情地扭头，继续离开。

唐知柔再次伸手拽他，只是这一次的动作多了点小心翼翼："喂……"

"放手！"

黑暗中突然传来的高亮男声叫三人都颤了一下。

宋初昭黑着脸，快步冲过来，扯开唐知柔的手往旁边不客气地一掷，阴沉道："你想做什么？"

唐知柔被她吓住，嚅嗫了一阵才道："我没做什么呀，我只是想叫住宋三娘。"

"他既然想走，你叫他做什么？"宋初昭逼问，"方才是谁挨打了？我已经听见了！"

她对着顾风简的脸观察了一会儿，能看得出对方心情不佳；但是否受伤，还观察不出。

宋初昭火道："你们居然敢打他？"

"谁打她了！"唐知柔说，"挨打的人正哭着呢，你没看见呀？"

宋诗闻顿时哭得更委屈了，感情真得一点不作假。

宋初昭见是宋诗闻被打，又安下心来。

园林里的路曲折得厉害，她起身追的时候没跟上，在那环形走廊里绕了好几圈，才寻到这边，一来就见到这样的情形，不由得着急多想。

不过，她倒是没想到顾风简真的会动手打人。

看看宋诗闻做的好事，都把人逼成什么样了！

顾风简头疼，催促道："走吧。"

"站住！"唐知柔已从震惊中冷静下来，"你打了人，一个道歉都没有，就这样走了？"

宋初昭只能停下，问道："那你说，为何要打人？"

顾风简淡然回道："失手，没控制住力。"

唐知柔指住顾风简，气都要捋不顺："你听听，连个像样的借口都不肯找，她就是故意的！她原是想打我，宋二娘替我倒了这个霉！"

宋初昭迟疑着道："若他真不是故意的呢？真相有时确实会很荒诞。"

唐知柔本就在不理智的边缘，此刻见自己的心上人还在自己面前帮着另外一个女人，情绪瞬间如山洪般爆发。

"顾五郎！"唐知柔语无伦次道，"你喜欢她什么呀？先前听说宋三娘粗蛮无礼随意动手我还不信，哪晓得她真是这样，一言不合就动手打人，还找如此拙劣的借口。顾五郎你是被她摄了魂还是迷了心智？"

宋初昭面上的寒霜随着她的话一层层厚了起来，几乎要结成一层厚冰。

唐知柔从宋初昭肩膀侧的视线看过去，发现顾风简微勾着嘴角正笑得诡异，大受刺激，叫道："看！她现在还在冲我冷笑！"

宋初昭也回头看了一下，顾风简茫然地偏过脑袋，朝她无奈地摇了摇头。

宋初昭不由得加重了语气，说："小县主，你心中对他有偏见，连看他展颜都觉得他是在冷笑，又要他能如何？"

唐知柔被宋初昭一训斥，眼眶发热，已经要能哭出来。她说："我哪里要做什么，我只是想来主持公道。"

宋初昭道："我知道你想说什么。你说来主持公道，可立场已经偏颇，别说宋三娘不会认，就是他认了，我也不会认，你也可以将这事说给外面的人听听，看看他们是赞同你的多，还是赞同我的多！"

唐知柔道："你都不知道我们方才说了什么？顾五郎你变得不讲道理了！"

"左右就那么一点事。"宋初昭说，"无外乎是讲宋三冤枉了二娘，又累及了宋家的名声是吧？再或是气病了宋老夫人，大为不孝，还有什么？"

唐知柔讶异，她没想到对方什么都知道，一时间想告状的心都歇了。

顾风简又简单补充了两句，内容不出宋初昭预料，但还是将她气得够呛。

宋初昭哼笑道："我倒是当真好奇，宋三娘究竟有多大的能耐，回京不过月余，如今多半时间都待在家中，怎么就能背上那么多的恶名？连别人的事也能算在她的头上！"

唐知柔语塞："我……"

第五章·吟诗

宋初昭又道:"我不知你都是从哪里听来的风声,只听了一人的话,便觉得所有人都是错的,想必这世上无人能比得上你聪明吧,不需分辨,便可自断黑白。"

这话说得重了,唐知柔眼泪直接掉了下来。

顾风简虽然为人冷淡,但从未当众发过火动过怒,更别说像现在这样严厉。唐知柔有点惊慌失措。

宋初昭接着说:"我也可以告诉你,宋三娘自幼学武,若真想对谁如何,一巴掌便能打得某人不能自理,无须耍那些腌臜手段。照你所说,她有傅将军和贺公撑腰,不将宋家放在眼里,那打了便打了,将宋府搅得天翻地覆也是轻易,又何必搬到贺府去住?如此自相矛盾的证词,你就没觉出哪里不对?"

唐知柔抬手抹眼泪,心下只觉得无比委屈:"我又不是当局者,我哪里晓得那么清楚?"

宋初昭道:"你既然知道自己不是当局者,那便不该插手此事。一知半解的,偏偏又说是主持公道,你让旁人如何想?他们若真信了你,你的举动又算是怎么回事?与外头那些乱嚼舌根擅传谣言的庸人有何区别?"

唐知柔不知如何反驳。

宋初昭自己接了下去:"哦,不,你是县主,你说的话可比他们厉害多了,自然有人愿意相信。"

唐知柔忙道:"哪有你说的这般严重!"

宋初昭说:"我不过说你两句,你便难受得哭了。宋三娘被多少人说,又被说了许久?你却说不严重。他现下是心平气和地站在你面前同你说话,可照你这样来算,他若要哭,眼泪都该填满前面那个池子了!"

唐知柔抽噎,泣不成声:"你为何对我这样凶?你可以先问我知不知错,你再骂我呀!"

宋初昭说:"你还推他!"

唐知柔急于辩驳:"我没有要推她!"

宋初昭说:"那你现在该晓得,被人毫无根据地冤枉,是种什么滋味了。"

唐知柔用手臂捂着脸说道:"那根本不一样!"

别人说她什么,她可以不在意,但被顾五郎讲一句不好的,她就忍不住要往心里去。

她再也不要喜欢顾五郎了,这男人发起怒来怎么会那么可怕?

宋初昭也不是要刻意针对唐知柔。

在军营里处事，对错须得分明，处罚必须到位，最忌讳"算了""面子"一类的事。军规一旦松弛，便很难再严明起来，尤其是对风声谣言一类事情的处理，纵然是她，也没少受罚。

对宋诗闻这种不明着来，又喜欢玩些不痛不痒的小手段的，宋初昭没有办法，可小县主和她吵，她就忍不住要跟对方争个清楚。

吵完之后，宋初昭又觉得没什么意思。对面两个貌美的小姑娘，一个哭得比一个凄惨。

哦，宋诗闻还哭得很孤独，因为有两个人不懂怜香惜玉，而唐知柔已经顾不上她了。

宋初昭放缓了语气，说："好了，你们别哭了。"

两位姑娘都不理。

正好这时，远处响起一阵乐声，其中铜锣的声音尤其响亮。

顾风简说："酒宴该是开始了。"

宋初昭无奈道："现在这情况，还怎么去？我先找人送二位回家吧，叫人看了笑话也不好。"

唐知柔迅速止了声，听了会儿，说："这乐声……好像不是礼部原先准备的乐曲啊。"

一金吾卫悄无声息地冒了出来，也不知是刚到，还是偷听了许久，反正藏在暗处。他提醒说："几位郎君、姑娘，陛下来了，请速去宴厅。"

四人到的时候，陛下已经在园中主座上坐着了。

他穿着一件黑色的常服，大马金刀地坐着，左手小臂搭在膝盖上，宽大的衣袖向下垂落，正歪着脑袋观赏挂在前方的一盏纸灯。

纸面上端正写了一首短诗，是方才有人刚配合着画补上去的。

唐彰廉其实也才不过二十六岁，尚且年轻。多年帝王，让他练就出了一股老成的气质，沉如山水，不露波澜。但是从他的眼神与动作来看，还是可以看出他本身性格并不沉闷。

"嗯。"唐彰廉收回视线，点了点头，一脸真诚地说，"不错。"

被夸赞的那位青年顿时喜上眉梢，上前行礼道："臣自当勤勉苦学，不负陛下赏识！"

宋初昭等人本想从侧面悄悄溜进去，不知为何园内十分安静，四人突兀出现，受到了所有人的关注。

第五章·吟诗

唐知柔比较熟悉唐彰廉，自己也是皇亲，便率先上前，朝陛下行礼。宋初昭等人跟上两步，但未走到中间，只站在侧面躬身问好。

唐彰廉仰起头，看向站位有些远的四人，视线最先落在唐知柔身上。

他对唐知柔其实并没有太多的感情。

当年皇子间互相争权夺利时，早已抛却了所谓的兄弟血亲，行事无所顾忌，各种肮脏或残忍的手段尽数展露。若非他小舅舅与贺老将军冒着危险将他藏下，他怕早已因年幼死在那场政斗漩涡之中。

事后他没有追究几位兄长，已经是最大的仁慈，让他同更陌生的侄女处出亲情了，那是不可能的。

对他来说，同唐姓的皇室宗族，都不如小舅舅与义祖父来得亲。

唐彰廉面上和蔼轻笑，摆出一副长辈的宽厚模样，说："庆平县主看着长大了不少，已是个端庄稳重的姑娘了。"

唐知柔勉强地笑了笑。她才刚哭过一场，眼睛红肿，笑起来没什么精神。

唐彰廉好似不见，未再多问，又把视线转向旁边，说道："宋三姑娘，许久未回京城，住着还习惯吗？"

顾风简这才走到中间，答道："回陛下，一切安好。"

唐彰廉又笑："令尊与令堂身体可好？朕看宋将军递来的公文，总是不报家中喜忧。多年戍守边关尽职尽责，我想叫他回来休息一阵，都找不到借口了。"

顾风简回答："谢陛下关心。家父与家母均身体康健，只有放不下手头事务，怕有负陛下信任。"

"好。康健就好。"唐彰廉拍了下腿，"你父母该是很快就能回京了，他们若是瞧见你与顾五郎相处得不错，想来会很高兴。"

宋初昭听着觉得有一点点奇怪，顾风简也不知道该回答什么，于是又抬手作揖。

唐彰廉并没有因为他的疏离有任何不悦，甚至没觉得他行礼的方式有哪里不对，拂袖一挥，让他们三人先回自己的位置坐下。

众人观陛下态度，立即品出味道来了。

方才陛下对着自己的亲侄女才说了一句话，对着宋三娘，却连连问了许多事情。这聊家常一样地唠嗑，除却是在照顾她初回京城，也是因为对她确实亲近。

宋二娘常年居于京城，可没得过这样的厚待，所以靠的还是贺老将军与傅将军的面子呀。

莫非陛下今日来这文酒宴，也是为了宋三娘？

聪明的人想到这里，面上带笑，但心思已经活络起来。他们视线低垂，把

· 192 ·

情绪隐藏起来。

别看宋家近两年来如日中天,到底还是翻不过贺家这座山哪。

唐彰廉端起桌上的酒杯,众人连忙起身,诚惶诚恐地举杯,与他共饮了一杯。他笑了两声,心情似乎很好,手指不断地在桌面上点着,众人以为他要继续主持这场文酒宴了,结果他又猝不及防地将话题翻了回去。

唐彰廉问:"庆平这眼睛,为何红红的?"

唐知柔连忙抬手用力擦了一把,而后答道:"林里风大,站得久了,被风吹的。"

"哦。"唐彰廉又转了个方向,"宋二娘这脸,又为何好像有些发红?"

宋诗闻之前被忽略了太久,心中怨气正盛,冷不丁被唐彰廉叫住,不由得打了个哆嗦。她连忙回道:"夜里路黑,许是被什么东西给擦到了。"

唐彰廉了然道:"哦——那该小心一点才是。"

"谢陛下关心。"

众人眼观鼻,鼻观心,面上正经,内心却同唐彰廉一样,满是好奇。

宋二娘一看便知是被打了,小县主也明显是大哭过的表情。问题是顾五郎才去了没多久,此刻表情平静,像是与他无关。众人也不相信他会不顾场合出手教训女人。

而且,小县主一向恣意任性,此时陛下在,她若受了委屈,断然没有帮别人隐瞒的道理。

那事情可就奇怪了。

这时守在旁边的傅长钧弯下腰,在唐彰廉耳边说了几句,唐彰廉点头。紧跟着又一位金吾卫走上前,在唐彰廉耳边说了一串话。唐彰廉明显来了兴致,连连点头,还出声"嗯"了两下。

宋初昭看着那位将士说完之后一身正气地后退一步,回到队伍中去,不由得嘴角微抽——

别以为我不知道刚才偷听的那个人就是你。

众人酒不喝了,对陛下的紧张也忘记了,只十分好奇此事的内情。

唐彰廉也未叫他们失望,当场提了出来:"朕近日确实也听闻了些宋家的事情,只是模模糊糊,并不清楚。宋二娘,你是宋三娘的亲姐姐,素来懂事聪慧,比她大了些许,就辛苦一些,多照拂她一把。三姑娘刚回京城,对京中人事不大了解,性格又比较直爽,若犯了什么错,你千万别同她计较。"

宋诗闻忙道:"昭昭是我亲妹妹,我自然是希望她能好的。"

"是啊。所以若是有什么误会,定要及早说开,切莫生了嫌隙。"唐彰廉替二人忧愁道,"其中内情,我也不知,不过既然傅将军牵扯其中,你对他又有疑虑,我就让他当面同你解释清楚。"

宋诗闻脸色变了变。

唐彰廉扭过头,对着身侧的人佯怒道:"傅将军,我当你金吾卫的职位应当很忙,不想连他人的家事都有插手,多管闲事不说,还险些叫她姐妹二人生出误会来。你自己解释吧,我不帮你说话了,这回朕都要生气了!"

傅长钧面不改色道:"臣惶恐,不知陛下所指何事。"

"宋姑娘搬离宋府之时,你没同人家说清楚吗?"唐彰廉指着他斥责道,"我就说你平日爱板着一张脸吓唬人,行事冲动又强硬,就因为你这般冷硬的模样,才会叫宋家人误会!宋三姑娘不过是去贺公家中小住,他们祖孙许久未聚,贺公前段时日又感染风寒,现下亲近一下是正常的事,贺公不过叫你去接个人,怎么你就能惹出那么多事情来?你该好好反省一下了!"

傅长钧道:"臣当日说得清清楚楚,宋府的人也未有不满。"

"你还狡辩!平白惹出那么多麻烦来,你说你。"唐彰廉咋舌摇头,一面指责,一面又道,"宋将军最为孝顺,三姑娘一直被他养在身边,受他影响,自然也该是孺慕宋老夫人的。她回京之后,最先去的便是宋府,也在家中陪了老夫人一段时间,岂会因为一点小事,便怨恨上自己的同族血亲呢?"

宋诗闻慌乱道:"民女并无此意!"

唐彰廉换了个姿势:"总归是傅将军做事不周全,才叫你们有了如此荒唐的猜测。不过这官员任命调度的事,我得替三娘解释一句。她刚回京城不久,想必对朝廷诸事都陌生得很,哪里能左右得了朝堂上的事?傅将军只管宫城守卫,也没那般大的能耐。"

傅长钧抱拳道:"臣向来秉公职守,只按律例行事。"

"嗯。何况,这朝堂政事,官员任免,不是你们宋家女眷该关心的事,若有疑虑,可请你伯叔亲自去吏部询问清楚。"唐彰廉拍桌担保道,"若其中是真有猫腻,朕来替宋将军主持公道。"

座上的青年们听见这话,心中震撼,虽然只有三言两语,但可从前后推断出最重要的内容。

这宋家定然是闹不和了,所以宋三娘搬了出去,想是在她离开之后,宋家的人出了些事,几人便认为是宋三娘挑唆傅将军,从中作梗。

这可真是……可笑又有点荒唐。

傅长钧是出了名的公正严明，岂会因为一个小辈的抱怨之词，去做那种下三滥的事？更不必说，不和归不和，宋三娘到底还是姓宋啊！贺老将军不计得失帮持了他们那么多年，怎可能因为一点麻烦，就转头打起自家人来了。

　　宋家人若当真这样想，那眼界可是狭隘短浅了些。

　　众人相视一笑，无奈摇头。

　　宋诗闻急着想解释："民女并未说过这样的话，也从未有过这样的心思！"

　　唐彰廉惊讶道："所以是庆平误会了？"

　　唐知柔正生气呢，下意识地便想反驳，但仔细想想，宋诗闻确实没有这样明确说过的话，只是旁敲侧击地用各种方式暗示默认过，自己这样说的时候，她也从未反驳。

　　唐知柔张了张嘴，发现自己无从解释，不由得脸色阴沉，终于明白自己是遭人利用。

　　她真心实意对待别人，别人却将她算计得干干净净。

　　她唐知柔看起来就那么蠢吗？

　　唐彰廉严肃起来道："庆平，方才还夸你稳重，结果你又如此。清官难断家务事，你这冲动又爱管闲事的性格，该改一改了。"

　　唐知柔咬了咬牙，最后认命道："是。"就当吃了这个教训了。

　　唐彰廉还想再说，嘴巴张到一半，被傅长钧瞪了一眼，悻悻咽了回去。

　　宋家面子还是要顾的，玩过分了也不好。

　　唐彰廉再次笑道："说清楚便好。我想宋二娘贤良淑德，宋三娘天真烂漫，你姐妹二人定能好好相处。罢了，今日即是文酒宴，还是聊聊相关的正事吧。"

　　唐彰廉说了一半，又留了一半。他自己是高兴了，却留下众人心里跟挠痒痒似的好奇。他又满足道："顾五郎，刚才方生已经作诗一首，不如你也来作一首？"

　　唐彰廉让她作诗，宋初昭是一点都不虚的，毕竟顾风简早早关照过，且唐彰廉没有任何为难她的意图，只叫她随意发挥。

　　宋初昭掸了掸不存在的灰尘，站起身来。

　　他们军营里那位什么都懂点的老儒生，在要说大话时都会先做这个动作，看着有种内敛的嚣张，极其霸道。

　　宋初昭低着头沉思片刻，而后选用了诗集上留下的最新的那首诗，那么短的时间，顾风简总不可能对外说过。

第五章·吟诗

这首诗写的是景。写夏秋换季时,孤山万仞,直入云间的风景。只寥寥数笔,便将高山耸立的险、山色层层变化的艳、白云寥寥秋风瑟瑟的冷,以及远目凝望遥不可及的憾,都写得韵味非常、淋漓尽致。

借山河的壮阔,衬托出自己的渺小,而最后一句里的措辞,似乎显出了诗人些许的抑郁。

宋初昭的声音平缓低沉,诗词字句从她嘴里蹦出,有种兵刃出鞘的悦耳。可是她表现得越平静,众人细品之后,越觉得其中有一些暗藏的浓厚情绪。

本就是一帮年轻又满怀抱负的青年,不由得将自己代入其中,便有了自己的情绪。

他们纷纷猜测,这应该是顾五郎在借以表示自己怀才不遇吧?说明顾公子对顾国公将他困在家中,既不让他学武,又百般妨碍他入仕的事,是怀有怨言的。他出身高贵,却幼遭劫难;经纶满腹,却无从施展;聪慧懂事,却不受宠爱。

所以这首诗里面的感情,才会如此浓烈,如此委婉,又如此震撼!

压抑与痛苦,才最动人心弦。愁,是每一位诗人的灵魂!

宋初昭背完诗,立即观察身边人的反应。她最初读这首诗的时候,读出了天地的壮阔与豪情,所以对这诗很是喜欢。怎么这群人……跟丢了大钱似的?

唐彰廉在上方静坐片刻,认真地念了一遍,而后点头说:"无愧五郎才名啊,这诗一气呵成,字字精妙,诵之如身临其境,久久无法自拔。"

宋初昭谦虚道:"陛下谬赞。"

台下一帮年轻人,尤其是季禹棠等觉悟高的兄弟,立即搭腔道:

"五郎才学,实在令人佩服!仔细推敲,确实觉得一字一句都更换不得。"

"这诗气势博大,足以显出五郎胸怀里的万丈豪情。"

季禹棠等接受过长辈吹捧技巧教育的青年,若是想夸起人来,那可谓是出神入化。一时间,宋初昭被他们的花式吹捧弄得有些找不着北,心里也升起些压不住的得意。

顾风简原先是挺喜欢这首诗的,无论是押韵还是用词,都有一种恰到好处的舒服。可是在过了一段时间,心境平和下来之后,再去回顾,他又觉得无比矫揉造作,然后被宋初昭这么当众一念,当着陛下的面被翻来覆去地分析,他的心情只剩下别扭。

十分尴尬,且莫名其妙。

这群人脑子里想的都是什么东西?都不要面子了吗?

宋初昭心情飘飘然的时候,随意一扭头,发现不远处顾风简正面无表情地

看着她，心下顿时又开始突突。

怎么，五郎不满意？

一定是因为她不够谦虚！

于是宋初昭连忙严肃地推托了两句，表示这不算什么，不过是随兴的一篇诗作而已，经不起诸位考究。

众人立即不满意起来，非要她收下这份赞誉，她只能跟着应声。

高台上，唐彰廉的视线在四周巡视了一圈，高兴地站起来，指着一个地方道："就那盏灯！给我拿过来！"

一名金吾卫领命上前，把灯从上方挑了下来，送上唐彰廉的桌案。

唐彰廉提在手里转了一圈，将纸面上的画看清楚，笑道："我看这灯上的画与五郎方才的这首诗意境相称。虽不如五郎诗词中所写的那般壮阔，却也有几分味道。顾五郎，如何，将你的诗题到这盏灯上，就挂在靠近门口的地方，大家以为如何？"

宋初昭愣了下。

她不知这是文酒宴历来的惯例，诗句能被选上，悬挂在最醒目的地方，是这场宴会的荣誉所在。一众文人抢破了头，就为了争这个面子，只是顾风简以前不大喜欢凑这种热闹，偶尔来一次，也没什么兴致要参与，所以不曾被选上过。

座上的青年们又开始新一轮的捧场大会，言语间无不称好。

宋初昭就这么一个愣神的工夫，纸灯已经被金吾卫送了过来，随后笔墨也备齐全，摆在她的右手边。

众人的眼神，期待中带着羡慕，皆目不转睛地望着她。

宋初昭嘴唇干涩，喉头重重一滚。

这般氛围，她再不情愿，也寻不出拒绝的理由，只能一面安慰说自己的字不算难看，凭这帮文人的本事定然能给她夸出花来，一面硬着头皮提起笔，带着心虚移向纸面。

这时一道清脆的声音乍然响起，就听顾风简道："陛下若不介意，请让宋某来写。"

众人连同唐彰廉，都顺着视线看了过去。顾风简极有风度地起身，朝唐彰廉庄重行礼，又复述了一遍。

唐彰廉见状，心领神会地一笑，点头道："自无不可。"而后一拂袖，让人把东西搬过去。

宋初昭只觉得松了口气，立即让出位置，朝对方做了个请的姿势。

第五章·吟诗

顾风简穿的衣服,虽然样式简朴,但作为女装,还是过于不便。他把袖子在手腕上缠了一圈,而后从容提笔,在不好落笔的灯面上书写。

唐知柔坐在他的旁边,托着下巴,神色怏怏地斜眼偷看。

她今日本是为了顾五郎而来,不想出了先前的意外,被顾五郎狠狠训斥了一番,现下已完全没了对文酒宴的兴趣,心里酸得厉害,根本不想看这二人在她面前出风采。

她瞥了几眼,发现身边这人落笔的字迹龙飞凤舞的,搅作一团。落笔有力,墨汁浸染了纸面,看着架势十足,可是相当潦草,她一个字都认不出来。

唐知柔还是本能地不喜欢宋三娘,张口便道:"这字写得好丑啊,都是什么呀?"

周围几位姑娘也摇了摇头,有人问身旁的好友:"你看得懂吗?"

"字太小了,我看不见。"好友回答。

众人听见这话不由得好奇,伸长脖子想要看,唐彰廉也跟着紧张起来。

唐彰廉当对方主动请缨,应该是有点本事,才欣然同意,若宋三娘真的只有半桶水,却急于显露,那在这场文酒宴上,是要闹出笑话来的。

他岂不是要被贺公念死?

顾风简对唐知柔的话不予置评,仿佛没有听见,手下笔锋依旧,一直到最后一句写完,才利落地收了笔,架到案上。

他泰然起身,声音平坦道:"不才,献丑了。"

等在边上拿灯的金吾卫顺势看了一眼,发现自己也看不懂,抬头间有些迷茫,将灯抱了过去。

他这反应,搞得唐彰廉更紧张了。

唐彰廉接过一看,眉毛上挑,他深深看了顾风简一眼,又饶有兴趣地看了唐知柔一眼,而后在众人的急迫中,不动声色地挥了下手,示意金吾卫将灯笼拿给左侧的青年们过目。

纸灯在众人的面前游过,让青年们能近距离看个清楚,但众人还是一窝蜂地涌了上去。

季禹棠定睛一瞧,率先拍手夸道:"这手狂草,写得真是飘逸啊!"

其他人的夸赞紧跟其后:

"何止是飘逸啊?与五郎豪迈不羁的文风相得益彰!实在是太妙了!"

"这是仿沛公的字吧?我看神韵已得九成。"

· 198 ·

"不想宋三娘的书法造诣竟如此深厚，狂草写得如此好的女子，这世上可真不多！"

范崇青其实也认不得上面的字，他甚至觉得那几个字比自己的字还要难看，但听季禹棠等文人这般推崇，也与有荣焉地应和道："哈哈哈，这世上同宋三这般潇洒的女子也没有几个啊！她可是在边关长大的，自然看得更多更广。"

宋初昭起初听着高兴，范崇青一开口她又有点慌了，生怕这憨憨说得多了，唐彰廉一高兴，让顾五郎上去表演个单手扛鼎的绝活来。

好在唐彰廉没有再让众人表演才艺的兴趣，只在众人回到座上之后，叫身边的侍卫把灯挂到最显眼的地方，供之后观赏。

众人认同顾风简的字，唐知柔就陷入了无比难堪的状态中。虽然此时无人说她的不是，也没将目光落在她身上，但她依旧觉得脸颊火辣辣地疼。

唐知柔秀眉拧起，又扫了宋诗闻一眼。

都怪宋二娘，给她暗示了许久宋初昭不学无术的事，她才下意识地如此认为，哪里晓得宋三娘还会写什么狂草。

这宋诗闻嘴里可真是没一句实话，或许关于宋初昭的别的坏话，也全是假的。看看宋三娘这气质、这姿态，像个不喜念书的人吗？该不是怕宋初昭盖了她的风头，才编出这些可耻的谎言？

唐知柔这样想着，看宋诗闻的眼神便有了鄙夷。

唐知柔却不知，宋诗闻比在场众人都要震惊。

她祖母不是这样和她说的！

她最为骄傲的，便是自己比三娘更为博识的才学，待人接物也不同三娘那般粗鄙，这些是金钱与权力改变不掉的，是她自己多年努力所得。

来宴会之前，她想过宋初昭可能在众人面前出丑的模样，或许还会一气之下闯出祸端，却绝想不到对方能有这种一鸣惊人的机会。

宋诗闻怔怔地坐着，思绪如波涛汹涌。

这不对吧？

第五章·吟诗

第六章

一鸣惊人

- SHENCANGBULU -

周围人群吵吵嚷嚷，宋诗闻却一句也听不进去。

她听着青年们陌生的赞词，心里不甘地想着，宋初昭怕不是中了邪，为何能处处压她一头！

这个念头一出来，在觉得荒唐的同时，又慢慢在她脑海中生根发芽，如何也甩脱不去，她意识到什么，猛地惊了下。

她不知道宋初昭是否会写狂草，也不知道对方是否在边关念过诗文，但是，不知从哪天起，宋初昭的性格确实是发生了变化。

以前宋初昭虽然也不曾对她动手，但是眼神里不乏对众人的不耐与烦躁，语气也带着冲动，显然还不善掩饰自己的情绪。

到了后来，对方的目光里就只剩下叫人退却的寒意，那漆黑的瞳孔仿佛能洞察所有的事情，以一种可笑的心态在俯视他们，连原先春风得意的妙儿，也被对方整得不敢吱声。

宋初昭才回来不久，众人都对她不太了解，这种变化，若不仔细观察，或许发现不了，可一旦疑心，其中的诡异之处又显而易见。

所以，哪怕顾家人从未见过宋初昭，也对她格外关照，顾五郎甚至一反常态，为她与人打斗。

这世上，怎会有人平白无故地喜欢谁？除非是叫人摄了魂。

宋诗闻呼吸一窒。

顾五郎的失常，总不该是她多想了，连唐知柔也是这样认为！

宋诗闻不安地抬起眼皮，朝着右侧瞄去一眼。顾风简吊着眼角，也正巧看向了她，那带着警告与威慑的眼神，叫她心脏颤了一下，赶紧将脸移开。

· 200 ·

"宋三娘。"唐彰廉饶有兴趣地问，"你住在边关时，生活如何？可有什么趣事？宋将军平时是如何训兵的？他待你严厉吗？还有，不知教你书法的，是哪位先生，他竟愿意到边关去。"

一连串的问题砸到顾风简的头上，他沉默了片刻。

答倒是也可以答，只是他知道的没有那么详尽。

唐彰廉笑说："尽可随意些，大家都不必拘谨，我今日也是来参加这场文宴的，诸位将我当作寻常人即可。"

众人附和地笑了两声，只是那笑声背后委实不大真诚。

毕竟唐彰廉也只是随便说说。

这时宋初昭出声道："宋将军确实御下严格，军营里纪律分明，至于其他的事，应当与京城差不多吧，只是边关的琐事更多一些。"

唐彰廉看向她："顾五郎知道？"

"三姑娘与我说过。"宋初昭索性将话接过来，"一些经验丰富的精兵，平日里负责边城巡卫，每日操练不可懈怠。边界处偶有外敌蠢蠢欲动地进行试探，这批精兵便会带队出去轰赶威慑，也有一些零散的士兵，大多是当地的壮年男性。有战事时他们会举刀相助，无事时就帮着家里耕地种田，充作劳丁。所有士兵都得学习如何传达军令，如何列阵行军，如何快速扎营。近两年里国泰民安，边关也和平了不少，有时会有商队途经，想要出关，他们担忧安全，便会请将士们帮忙护送，并送些棉服过来作为感谢，所以军营里的士兵过得还好。只要不出什么大的天灾，都可以吃得饱、穿得暖。"

唐彰廉拍桌高兴道："吃得饱穿得暖就好！都是我大梁的好儿郎！"

众人又跟着恭维了一番。

傅长钧有些诧异地看了宋初昭一眼，未料到顾、宋二人私下居然已经交流了那么多，对顾家五郎略感不满，但是也没太放在心上。倒是宋诗闻的脸色越发苍白，心中的违和感逐渐加重。

她注意到了，方才宋三娘迟疑了下没有回答，所以顾五郎才出面替她解围，可是宋三娘自幼长在边关，如此简单的问题，哪里用得着犹豫？

此事分明有异，绝不简单。

由于宋初昭帮忙代答，唐彰廉当是宋家三娘不喜在人前说话，就没有再问。他倒是还想再听几人说说，可是傅长钧提醒他时辰已经不早，催促他赶紧离开。

唐彰廉见今日确实浪费了太多时间，而自己在，这帮小子也玩不尽兴，遗憾起身，先行离场。

第六章·一鸣惊人

他一走，宋诗闻也借口身体不适，匆匆告辞。

她面无血色，确实是不舒服的表现，众人没有怀疑，关心了两句，命人送她离开。

唐知柔本想跟着离席，但闹了别扭，不愿与宋诗闻撞上，又见对方表情仓皇，面带心虚，担心若自己也走了，会有人拿开场时的事说道，便决定等一等。

唐知柔意兴阑珊，范崇青等人却跟放出了笼的猴子一样，火速涌向宋初昭。

这帮糙汉不方便去缠着顾风筒，对上宋初昭倒是毫不见外，一个个围紧了她，让她再讲讲边关的事。

季禹棠等人不甘示弱，举着酒杯过来，要与她谈论一下方才的诗作。

宋初昭顿时感觉周围空气都变得混浊，对这帮人十分嫌弃，同样嫌弃的还有顾四郎，可惜他被人拦住，自顾不暇。

顾风筒坐在远处，神色不明地盯着宋初昭。

他依旧不大明白，为什么这群人要围着宋初昭，同时还有些不快，觉得他们太过讨厌。

顾风筒的眼神太过直白，范崇青感受到了，那刀子一样扎在他身上的视线，让他想忽略都难。可是范崇青是个脸皮极厚的人，他压根儿没想过这时候应该避开，而是背过了身，当作不知，然后倒了一杯酒，豪放地送过去。

宋初昭正在和人说话，也没注意，见范崇青递东西过来，就顺势接了，接了之后又听范崇青说什么"我敬你一杯"，再三催促着她也喝，她就跟着喝了。

军营里是允许喝酒的，且军营中的酒比普通酒馆卖的酒要烈得多，味道也更好。宋初昭虽然被宋父勒令不得饮酒，但还是偷偷摸摸喝过不少，不知遗传了谁，酒量惊人，喝这一两杯米酒完全没当回事。

季禹棠见她喝了范崇青的酒，当下激动，把袖子往上一抖，露出一截手臂，而后抓起一旁的酒壶，也要敬她两杯。

范崇青阴阳怪气地与他叫嚣。

宋初昭烦他们，不想他们在自己面前争吵，索性喝就喝了，喝完让他们都到一边去。

转眼间，手上一松一放地接了个好几个杯子。

由于身边人太多，挡住了宋初昭的视线，她也就没看见隔着一条走道的地方，顾风筒露出了个错愕的表情，还紧张地站了起来。

还是顾四郎反应更快，他一个错神的工夫，就发现自己五弟被人灌酒了，当下大声叫道："快住手，你们给我五弟喝什么？我五弟不会喝酒！"

众人听见都怔了下，现场甚至瞬间安静下来。宋初昭当下就想反驳，可是

准备开口时，突然发现舌头有点迟钝，还有一股热气在往上冲。

她惊吓非常，意识到这是微醺的状态，再喝下去恐怕真要醉了，也终于意识到，她如今的酒量，不是自己的酒量。

饶是如此，她依旧极为震惊。

不过是几杯米酒而已，世上竟然有人能喝醉？

顾四郎快速推开众人，弯下腰问："五弟，你还好吧？"

宋初昭摇了摇头，现下大脑还很清醒，也没什么难受的地方，只是脸颊在慢慢发热。

顾四郎对着那帮玩闹的兄弟谴责地扫了一圈，众人惭愧，自觉地退开几步，嘿嘿赔笑。

宋初昭赶紧往顾风简那边一瞧，果然发现对方正带着无奈的表情。

顾风简见她终于发现自己，朝她摇了摇头，又指向门口。宋初昭遂咳嗽一声，说："我先回了，诸位玩得尽兴，不必相送。"

场内另外一位青年跟着举手道："我也回去了！"

那人同她一样，意识虽然清醒，但不胜酒量，正在上头，为防酒后失言，一般觉得有一点醉意了，便会先行离席。

宋初昭起身往门口走，那边的人大约是想与她同行，快速冲了过来。

对方脚步并不稳当，冲来的时候没看清楚，被桌角磕绊住，一个趔趄，又撞上了一旁的木柱。

靠近宴厅入口的那根木柱并不牢固，是临时搭建起来，用于悬挂装饰用的纸灯。柱子被成年男子这猛地一撞，直接朝前翻倒。

姑娘那边立即传来声声刺耳的尖叫。

宋初昭走得远，正背对着柱子，没看见这场面。在听见尖叫之后，她下意识地望向女子那边，扭转的视线中，顾风简飞一般地朝她冲来，转眼已到了她面前，且趋势不减。

宋初昭条件反射地错步躲开，然而顾风简张开手，准准地抱住了她，将她撞倒在地。

紧跟着，接二连三的落地声响起，宋初昭看见散落在地上的各式纸灯，才意识到自己现在的处境。

一双手垫在她的脑后，鼻尖能闻到一股清淡又熟悉的味道，手的主人很快从她怀里爬起来，并将她扶坐起来。

顾风简皱了皱眉，认真检查宋初昭的后脑，看她是否磕到。见她一直不说

第六章·一鸣惊人

话,他尽量用柔和的语气问:"没事吧?"

宋初昭摇头,又问:"你没事吧?"

顾风筒收回环住她肩膀的手,按住自己的右臂,沉声道:"大约是撞到手了。"

宋初昭连忙去看他的伤势。

在这个形势之下,顾风筒及时地用右手推挡了一把,把靠近的柱身推了出去,让二人恰好躲过。

但是他没学过武,不知该如何化力,方才只是凭借蛮力,所以右手小臂上难免留下一道划痕,通红一片,还破皮了。

若是自己伤成这样,宋初昭或许不觉得疼,但是伤在顾风筒身上,她就觉得痛觉格外真实,不由得抽了口气。

季禹棠等人忙围过来,想要扶宋初昭起身,顾风筒回忆起方才这些人的莽撞,冷声喝退:"别过来。"

青年们察觉到他的敌意,原地停住。

众人都还在惊吓之中,尤其是姑娘那边。现场最淡定的,反倒成了顾风筒本人。

顾风筒平静地说:"走吧。"

宋初昭还拉着他的袖子,被他带了一步,往外走去,紧紧跟随他的脚步。

顾风筒见她内疚,低声安慰她说:"无碍,小伤而已。"

宋初昭点头。

顾风筒顿了顿,问道:"酒喝多了,头疼吗?"

"没有。"宋初昭说完,补充了一句,"没喝多,只喝一点。"

顾风筒笑道:"一点是可,但如果不想喝,那就不要喝。"

等他二人的身影渐行渐远,在场众人才缓过神来。

范崇青手里还傻傻地抓着酒壶,呢喃道:"宋三娘真是……"

那轻声细语的温柔,那可靠刚强的臂膀。

原以为是朵解语花,不想其实是块遮雨棚啊!

他羡慕。

等上了街,被夜风一吹,宋初昭喝进去的那几两小酒,全飘散了。

她想看一看顾风筒的手,却被顾风筒不动声色地挡了回去。

顾风筒原本想叫她心疼一下,但真见她难受,又觉得没意思,只推说没事。

走了片刻,宋初昭才后知后觉地问:"这是去哪里啊?"

· 204 ·

顾风简说："你不送我回家吗？"

宋初昭一个哆嗦，外祖父会不会杀了她？

当然，死也是要去的。

宋初昭为表谢意，重音道："送！你要是累了我还能背你回去！"

顾风简沉默片刻，然后道："背到贺府，路可远着。"

宋初昭也想起来，叹道："唉！"

顾风简被她的一声叹刺激到了，后退一步，跳到她的背上。

宋初昭："……"何必为难自己的身体？他俩谁还不知道谁的深浅？

不过，这话题是她嘴贱先提起来的，也只能硬着头皮背人回去。

顾风简催她："走。"

走就走！

宋初昭一步步踩着冰凉的路面，在夜色中穿行，朝着贺府前进。

将人送到贺府时，宋初昭本以为贺老爷会大发雷霆，已经做足了心理准备，迎接他的狂风暴雨。

岂料贺老爷得知外孙女受伤的原因之后，就完全不当回事儿了，让人去请了大夫，便把事情轻轻揭过，甚至还感谢了下宋初昭将人送回来。

宋初昭担忧了一路，现下无事发生，满心欢快地跑步离开，没听见贺老爷在身后低声询问道："你腿脚又没受伤，为何要他背着你回来？外祖父还以为你伤得厉害，可吓到我了。"

顾风简面不改色地说："她非要背我。"

宋诗闻魂不守舍地回到宋府时，管事正准备叫人套车去园林外接她。见她出现，稍显惊讶，快步上前道："二姑娘怎么今日回来得如此早？可是宴会上出了什么事？"

宋诗闻软声说："倒没什么。只是我心中有事，在厅里坐着觉得透不过气，就先回来了。"

管事问："那您见着三姑娘了吗？"

宋诗闻眉头轻蹙，然后说："见到了，与她解释了经过，也同她说了祖母生病的事，可她似乎不大相信，对我还有怨言。是我的错。"

管事叹了口气："那便没有办法了。二姑娘也不必放在心上，我让下人去烧几桶热水，姑娘先回去休息吧。"

因为时间尚早，宋诗闻惯例去看一眼宋老夫人。

往常这时候，宋老夫人正是难受，需要她陪伴在侧，可今日，她来了祖母的院落，却发现里头的灯已经暗了。

负责服侍宋老夫人的老仆还候在外头，见她站在院门口，迈着小碎步快速走来。

"二姑娘好。"那老仆说，"老夫人前两日夜里都不能休息，今日可算是早早睡着了，二姑娘现在还是别进去了吧？您的孝心，老夫人自是明白。"

宋诗闻叮嘱道："既然如此，我便不进去了，你记得好好照顾祖母。"

那人点头道："是，老仆自当尽力。"

宋老夫人原先是老当益壮的。她年轻时吃过苦，体格倒是练得很好，之后宋将军仕途通畅，宋家跟着水涨船高，她便学着京中那些官员夫人，开始注重保养，好几年不曾生过病。

可是这回，宋三老爷以及她的其余几位子女，到宋府来指责她，当真叫她寒了心。她愤怒中又确实有点害怕，多般思虑之下，元气大伤，短短几日苍老了许多，如草木被一场风雨打去了所有的生命力。

宋老夫人面上不肯承认，其实心中早已察觉到自己的年老，惶恐不安，躺得越久，这脸色就越难看。

宋诗闻先前一直认为，祖母这是心病，病因只是太过怕死，可是有了今晚的猜测之后，她又荒诞地觉得，或许不是呢？

如果，真是被吸了精气该怎么办？外头的故事里不都是这么说的吗？宋家那么多事，可全是宋初昭回来之后才发生的。

宋诗闻已经准备走了，半途又回过身，叫了一句："方姨，你消息最是灵通，你知道哪里能找到驱邪的道士吗？"

老仆一时没反应过来："啊？"

宋诗闻笑了下："我是觉得，这段时日宋家发生了太多晦气的事，或许该找位道长或者大师，来府里办场法事，也是中秋快到了，顺便能讨个吉利。"

老仆也笑："姑娘不必担心，老夫人往年都会去白云观祈福，等过这段时日，她身体好些了，便去找道长们求个平安。"

宋诗闻见老仆听不大明白，用力咬了下唇，强调说："我想找个灵验的，找个能叫我安心的道长，你去替我打听一下吧。"

老仆盯着她看了会儿，犹疑道："姑娘，您也晓得，陛下最讨厌这些鬼神之事，除却必要的祭天，平时很少接待道长，如今天下方士都老实着呢。"

宋诗闻说："方姨在说什么？我哪是那样的人？我真只是想驱个邪。"

老仆面上仍有犹豫，两手握在一起，似乎有什么欲言又止。

宋诗闻见状，催促道："方姨想说什么？"

· 206 ·

老仆想了想，还是小声道："老仆知道姑娘没别的意思，只是突然想起前几日听到的一点风声，姑娘听了，若觉得只是我多嘴，那就忘了吧。"

宋诗闻问："什么风声？"

老仆走近一步，在她耳边道："姑娘您也知道，我是最信这些东西的，家里还供着三清像呢。我也是听说，据说福东来的弟子，过段时日要到京城来了。"

宋诗闻讶异道："他不是个骗子吗？"

"若只是个普通骗子，哪里能骗得了先帝那么多年？他确实是有点本事的人。或者说，是当时天下最有本事的一个术士。"老仆认真道，"姑娘生得晚，不知道。老仆年轻的时候，天下间莫不是福道长的传闻，众人将他传得无所不能，连呼风唤雨也不在话下。如今虽已少有人提及，可有些事，确实是事实，朝中不少官员，都亲眼见证过。所以，福东来伏诛之后，他指点过风水的亭子、别院、偏殿，依旧无人敢去挪动，连陛下也是如此。"

宋诗闻听得入神，又说："可是他都死了，他的弟子还能活着吗？"

老仆道："说是他弟子，其实该是他女儿……那福东来生性风流，风光时收了不少美人，可他并不喜欢孩子，也不是什么良善之辈，多少女人被他抛弃，下场凄惨，那位先生的母亲也是如此。听说她出生时身体羸弱，险些活不下来，但是极其聪慧。幼时曾历过苦难，将死之际又被福东来发现了天赋，被带回家中，不知是命大还是命苦。"

宋诗闻惊呼："竟是如此？"

老仆说起这些事情，滔滔不绝："可不是！若不是她当初大义灭亲，福东来也不会死得那么早。所以一切真是因缘际会啊，朝中官员因此未追究她的身份，放她离开了。据说她天生慧眼能通阴阳，如今在天下都很有名气。不过众人只知她的名讳，却并不知她与福东来之间的关系，我也是因着老夫人的关系，才知道一点内情。"

宋诗闻问："那她现在在何处？"

老仆道："据说先生近两年一直在天下游荡，数日前，她身边的小道童传了风声出来，说她要回京了，按照消息的时间来看，左右也就是最近吧。"

宋诗闻急说："那你能替我找她问一问吗？"

"她可不是什么人都见的，她给人看卦算命，只靠缘分。"老仆说，"姑娘若真是担心，老奴就去找人问一问。听说先生心地善良，真见着装神弄鬼的事情，就不会袖手旁观。"

宋诗闻忙点头："好！"

宋初昭背着顾风简走了一长段路，回家后差点虚脱，本以为第二天要腿脚酸痛，吃些苦头，不想竟没有大碍。

可能是因为她近日的锻炼起了成效，顾五郎的身体已不如她刚来时那般单薄。

宋初昭察觉这事喜出望外，既然生龙活虎的，她就按捺不住地想去贺府看看顾风简的状况，顺便同他炫耀一番自己的成效，好证明这段时日没有荒废。

观顾五郎昨日的态度，他似乎很在乎自己的体力行不行。

听说她要去，顾夫人大为支持，甚至比她还要上心，连番催促，且恨不得将家中的伤药都给掏空了给她带走。

最后宋初昭只拿了一瓶外伤药，揣进袖子里，忙不迭地跑了，生怕顾夫人追出来。

照她看，顾风简的伤，看着疼，但不算严重，上多了药，可能还好不快。

宋初昭未带仆从，一路欢欣地到了贺府门口。

贺老爷听说是她来拜访，已经习惯，连刁难的心情都不大有，索性留在屋中不出来见人。

顾风简闻讯出来，宋初昭与他简短地说了几句话。

宋初昭眉飞色舞的，拍了拍自己的肩膀表示强壮，又小心查看了顾风简的手臂，然后把药瓶塞到对方的手里。

顾风简安静地听她讲，猝不及防地，就听对面的人说："好，我走了。"

顾风简愣了下，说："走了？"

"嗯。"宋初昭说，"我只是来看一看啊。"

她正要离开，顾风简神色倏地严峻起来，说："我有东西丢了，想是那日没有注意，摔倒的时候，掉到了哪个地方。"

宋初昭听是因为自己，忙问："是什么东西？"

顾风简说："葫芦。"

宋初昭半晌没想起来，茫然道："什么葫芦？"

顾风简说："你送给我的那个葫芦。"

宋初昭惊了，她还给顾五郎送过东西吗？葫芦又是什么玩意儿？她要送，铁定先送把刀啊。

顾风简的眼神渐渐变得危险，在他即将冷下脸的时候，宋初昭突然灵光一现，想起当初自己塞给顾风简买东西吃的那个玉饰，连忙点头说："是！我给的！那块玉对不对？"

顾风简脸色稍霁："嗯，葫芦丢了。"

宋初昭说:"那我去帮你找找,应该还在,即便丢了,打扫的奴仆也应该有看到。"

顾风简走下台阶:"我也要去。"

宋初昭想也不想,挥手说:"你不必去了,我去帮你找回来就是了。"

顾风简拽住了她的衣袖,定定地看着她。

二人沉默。

在对方长久的谴责目光中,宋初昭终于悟了。

"哦。"宋初昭说,"我陪你一起去吧,得你自己,才能认得准东西。"

顾风简终于满意点头。

贺家那位身材魁梧的管事,倚在门框上,冷笑地看着宋初昭,见状怪声怪气地哼了两声。

宋初昭:"……"或许你觉得我心机深沉,私下诓骗了你们姑娘,但其实我真的没有。

她露出一个尴尬的笑容,叫管事帮忙向贺老爷通报一声,中午两人可能就不回来吃了。

管事翻了个白眼,又对着顾风简柔声细语地叮嘱说:"那三娘可要早点回来,您不回来,我们老爷都吃不下饭,他年纪大了,离不开人。"

顾风简笑着答道:"好。"

宋初昭独自咽下这份委屈。

宋初昭领着顾风简往园林那边走去。

说来奇怪,这条路昨天晚上二人才刚走过,可白天与夜晚在街上穿行的感觉,竟然迥然相异,还显得有些陌生起来。

昨夜天黑之后,路上宁静,宋初昭只注意了自己脚下那块厚实的泥地,以及空旷街道两侧正在缓缓归家的行人。又因为范崇青等人起哄,她不敢与顾风简站得太近,不说话的时候,二人最远可以拉出半米的距离。

如今旭日当空,艳阳高照,她视线可及之处皆是路人,怕被人群挤散,她与顾风简肩并肩而走。

偏偏还有人急着赶路,时不时从后边推攘过来,将顾风简推到她怀里,她便伸手扶了一下,与他保持着距离。

他二人衣着华贵,而顾风简现在梳的又是未出嫁的姑娘发饰,结伴而行,路上不少人将目光落在他们身上。

这种眼神宋初昭在边关时见得多了,谁瞪她,她就不善地瞪回去,万不能

第六章·一鸣惊人

叫那些人看出心虚来，给他们说道的机会。

宋初昭正忙着用眼神杀人，手臂上突然一沉。她偏头看去，发现是顾风简挽住了她，又抬起头来，对上顾风简正好望来的视线，后者粲然一笑，在日光下显得熠熠生辉。

顾风简很少笑得那么开怀。

宋初昭被他贴近，也没觉得讨厌，甚至没觉得奇怪，倒是心里想道：顾五郎……真甜啊。

从贺府到园林的一段路，其实不算短，但今日走到头时，宋初昭觉得才过去了没一会儿。

园林平日是对外开放的，供人游览参观，昨夜众人散去之后，礼部已派人清空宴厅，并进行打扫。

宋初昭直接去找了看园子的管事，想问他有没有见过一个玉饰，对方听他们说明来意，返身从柜子里拿出一个小布包。

那管事将东西递过来，说："有倒是有，只是发现时，它已经碎了，我想或许会有人来找，便留下了。"

凡是捡到的物品，即便损坏，他们都会保存，毕竟昨日来参加文酒宴的，全是家世显赫的年轻子弟，身上就没有便宜东西。

顾风简接过一看，发现葫芦旁边的一片叶子给摔裂了。

运气好的是，只摔成了两半。运气不好的是，中间似乎缺了一小点，那块东西应该找不回来，因为太小了。

这小葫芦是当初宋初昭从身上摸出来的，本就是顾风简的东西。当时顾风简身上配的挂饰不少，不见他对这个葫芦有多偏爱，还是她指着说看起来挺好玩，对方才注意到这个小玩意儿。

虽然不知什么时候成了她送的东西，但顾风简既然觉得不舍，那就不好随意丢弃。宋初昭安慰说："我去找人看看，能否补起来，若是工匠手艺好，不一定能包得更漂亮。"

顾风简把东西用绢帕包回去，在身上放好，说："我找我师姐修吧，她最擅长这个。"

宋初昭惊道："你还有师姐？"

顾风简睨她一眼，似觉得她大惊小怪："我还有师兄呢。"

宋初昭于是呼道："你还有师兄？"你师门还挺全的啊？"

顾风简淡淡道："嗯。不过我那师兄应该是个傻子，后来跑去做和尚了。"

宋初昭："……"听起来你省略了太多故事。

二人辞别管事，从原路返还。

这园林宋初昭昨日也没来得及好好观赏，如今跟着顾风简走只觉得曲折非常，倒是景色确实别致，湖水也相当清澈。

在幽静的林间小路里，宋初昭顶着上方的树影，还是忍不住小声问道："顾五郎，你师姐在哪里？怎不见你去找她？你与她关系好吗？她叫什么名字？她是不是个游方术士？厉害吗？若是她见了你，认出我不对该怎么办？"

看得出她憋了许久，顾风简偏头朝她笑了一下。

宋初昭发现不妥："要不你先回答第一个？"

"她快回京城了。我们关系不好不坏，已经许久没见面。她叫冽水。不用她认，她知道这事，不知道她算不算是个道士。"顾风简说，"我给她递了消息，叫她回来看看我的情况。若是连她都不知道该如何处置，天下间恐怕没有第二个人能有办法了。"

宋初昭听他这样讲，似乎是个很厉害的人，遂问道："那她给你回信了吗？她怎样说？"

"她就说'哦'。"

宋初昭迷茫："'哦'是什么意思？"

"'哦'就是有意思的意思。"顾风简总结说，"若是觉得没意思，她会说'不'，若是她自己也没办法，就会回'滚'。"

宋初昭品了品，神色诡异道："你们师门的人，说话还挺深奥的。"

"只她而已。"

顾风简对他师姐已经没什么大印象了，只记得对方瞳孔的颜色极浅，面色也总苍白得吓人。因为她的眼神总是毫无波澜，定定看着谁的时候，总有人说她像个死人。

冽水虽然性情冷淡，但很记仇，对那些说过她坏话的人，都暗暗记在心里，没事翻出来骂两声，是以除却顾风简，没交几个别的朋友。

福东来的几个徒弟都很聪明，而冽水尤其聪慧。可能应了"慧极必伤"这话，她身体十分不好，连说话都是没有中气的模样，吐息时更是一副将死的状态，不知现在好些了没有。

因二人都不大喜欢福东来，没少凑在一起编派那恶人的坏话，冽水大部分的力气，都耗在了这个上面。

"那你为何说，不知道她算不算是道士？"

第六章·一鸣惊人

"我师姐性情可算极端。跟着福东来学道门秘术,习天文地理,算是半个道士,却不大信鬼神之说,平生也最恨装神弄鬼之人。福东来死后,她就独自离开了,在各处游历,偶尔会给我寄几封信,顺便送点钱。"

宋初昭惊讶:"她还给你寄钱?"

"嗯。"顾风简说,"我师兄过得清贫,钱都捐去修庙里的佛像了,师姐看他可怜,就经常接济他,又觉得不好落了我,所以也常给我寄东西。"

宋初昭觉得他师姐听起来是个挺有意思的人。

"从前年起,她就曾提醒过我,叫我多注意些,最好是少出门,身上或许有大事发生,只是她也算不准具体是什么。所以我送信告知之后,她应该有所准备了。"

"这样啊。"

宋初昭听到事情有了头绪,先是一阵欢喜,喜悦之下,又泛起一丝说不出的遗憾。

她觉得做顾五郎的生活很是潇洒,这种潇洒的快意如同有毒的蜜饯,吃多了上瘾,可早晚要戒。

然而这种心情只是一闪而过,宋初昭藏得很快,她扭过头,对着若有所思的顾风简笑道:"走吧,先出去!"

二人到了园林门口,一群人正站在外边,围着挂在上方的纸灯高谈阔论。

最中间的,自然是顾风简的那盏灯。

顾风简听到些对话,发现那群文人正在念诵自己的诗,还念得声情并茂,表情顿时不大自然,拉着宋初昭,想快点离开。

宋初昭好笑,故意道:"这诗要在这里挂多久啊?五郎你不去听一听吗,他们可都是在夸你。"

顾风简不语,快速将人甩在身后,直到走到街上,才停下脚步。

宋初昭追上他,见他还有点别扭,笑道:"我请你吃饭吧。仔细想想,我似乎还没请你吃过饭。"

顾风简淡淡道:"哦。"

宋初昭朝前一指:"不挑了,就那儿吧。"

那间食肆就开在园林附近,是这一片最大的店铺,往日就有不少儒生路过,今日更多了。二人到的时候,一大帮老老少少的书生,正聚在店中,同园林外的青年们一样,说得满脸通红。

店家也是乐见其成,还特意给他们拼了几张桌子。

两人选了靠墙的隐蔽位置，坐下点菜。

宋初昭问："你喜欢吃什么？"

顾风简说："没什么特别喜欢的。"

宋初昭问完已经知道答案了，因为想起顾风简平日需要忌口，顾府给他准备的食物大抵是清淡的东西。

顾风简装似不经意道："你呢？"

宋初昭不假思索："肉！"

顾风简见她郑重其事的表情，脸色总算不至于如此阴沉，喊了人过来，什么烧肉、烧鹅、烧鸡，全都点了一遍，又加了几道清淡的小菜，然后让人上菜。

二人坐着等菜时，店家先上了一壶热茶来。宋初昭抓过了一双筷子，正巧听见外边的儒生大声说话，提到了她的名字。

"你们都说那宋三娘书法飘逸，该是人如其名，依我看啊，她根本是有违妇道！哪有女子像她那样的？"

这话说得宋初昭愣住了，一时竟没反应过来，倒是顾风简动作明显顿了一下。

二人的注意力都被拉过去，竖着耳朵听外边的人议论。

店中另外一人问道："宋三姑娘怎么了？"

"天底下哪个女子，如她一样，时时在外抛头露面的？听说她竟还习武，以一挑三都不在话下，可见脾气凶悍非常。再说，字如其人，你看她这凌乱的笔锋便知，宋三娘绝不是一个善与之辈。"

"不错。你看宋二娘自小养在京城，便是温静娴淑、知书达理的个性，连说话都是温声细语的，那才是大家闺秀该有的模样，宋三娘如何能比？她那般彪悍，谁人敢娶？就算娶回家中，还得担心压不住她的气势，丢了自己的脸面。"

"人家宋三娘已经定下婚约了，哪里劳你们操心？"

"名上说是定下，可你看这些时日里，国公府有人上门送聘礼吗？分明是拖延之策而已。不过这也寻常，若我是顾家家主，也得害怕此人。诸位请想，她会理家吗？会治下吗？会操持内务吗？会相夫教子吗？这样的姑娘，哪怕将来为人妻为人母，也是野性难驯，如果再教出个无法无天的人物来，岂不是家门不幸？"

众人觉得有理，纷纷应和，似为顾家五郎感到头疼。

宋初昭握着筷子的指节因为用力而渐渐发白，她没有注意，直到发现的时候，手中木筷已被她掰成两段。

宋初昭听见声音，赶紧低头看了一下，默默把筷子放到靠墙角的位置，重新抽出一双,朝对面的人尴尬笑道:"不必理会他们,一群无能嘴碎之人,还是吃吧。"

顾风简紧盯着她,说:"我以为你会出去与他们理论。"

宋初昭欲言又止,表情有一刻出现剧烈变化。像是怒到极点想要发泄,可又顾忌什么,在爆发的边缘强行忍了下来,最后归于某种隐忍的平静。

她用筷子戳了下面前的餐盘,恹恹道:"与他们计较又没意思。"

她如果只是一个人,如果还是宋初昭,或许真就忍不住冲上去打了,打完落个心里爽快,拍屁股走人,可现在她顶着的是顾五郎的身体。

她自己不怕麻烦,但她怕给别人惹上麻烦。

这帮"文人"的嘴,可比他们口中所谓的"女人"更碎、更毒、更狠,一旦沾上,就恶心地跟你一辈子。

宋初昭深吸了一口气,摆出一个笑容来:"现在有空坐在这里放言高论的,大半是群郁郁不得志的酸文人,管他们做什么?"

顾风简只沉默地望着她。他那双眼睛极为通透,仿佛能窥破她心底的想法,看得她面上的笑快要维持不住。

宋初昭索性就不笑了。

顾风简忽然站了起来,单手提过桌上的茶壶。

宋初昭紧绷道:"你想做什么?"

顾风简大步流星地走到大堂中间,扯开外围的几人,侧身上前。

他的出现极为突兀,一大帮男人中间突然多出了个女人,众人自然而然地停下话题,注意到他,还有人特意退了少许空间,让他走动。

被围着的中年男人见顾风简面上带笑,容貌俊秀,以为对方是因为仰慕,来给自己送茶的,当下高傲又得意地抬起下巴,问道:"姑娘,有何事?"

顾风简直接将茶壶冲着对方的脸泼了下去,而后把空了的陶壶往地上一掷,露出个冷笑。

茶水放了许久,虽不算滚烫,可依旧带着些许热度。中年男人的皮肤瞬间感到一阵刺痛,他捂着脸快速后逃,带翻了身后的木椅,失态地尖叫道:"你做什么?当街行凶?我要报案!"

众人始料未及,哗然一声又腾出一圈的空间,但无人跑出去报案。

宋初昭怔怔站在后方,被顾风简生人勿近的气势镇住。

顾风简拍了下手里莫须有的脏东西,冷声道:"见你好不容易灌了满脑子水，怕你这会儿说干了，过来给你补补。"

中年男人手指颤抖，从指缝间查看他的模样，嘶吼道："你——你这女人，何其歹毒！"

顾风简讽笑："只许你们这帮文人在大庭广众之下说些上不得台面的闲言碎语，还以此为傲沾沾自喜，却不容我浇浇你这满脑子的污秽？我怕你再说下去，你的祖宗先辈，才真要被你从土里气跳出来了。"

一人指着她问："你究竟是谁？我们众人互相谈天，与你何关？"

顾风简并不畏惧，朝着出声的那人逼近一步，面带不屑道："我敢堂堂正正地说，我是宋三娘，你有本事，报出自己的名讳来吗？"

那人听见他的身份，唯唯诺诺，泄了气势，果然不敢被他记恨。

先前被泼了水的男人不肯罢休，激动地招呼众人道："众人来看，她就是宋三娘！我先前的猜测果然不假，如今看来，她何止是不守妇道？居然连当街行凶这样的事都做得出来！"

宋初昭意欲上前，被顾风简一个眼神制止。

顾风简挥挥手，示意她不必担心，闲庭阔步地走到桌前，在空出的主桌上坐下。

"若非是你先在背后道人长短，我又何必出来与你对峙？你不觉惭愧也罢，竟还反诬他人。当真是，演极了小人的模样。"

中年男人问："你有哪里不服？"

顾风简说："笑话，我有哪里需要服气？"

中年男人用力地抹了把脸，将水渍擦干净，冲上来两手按在桌上，压着声音阴沉道："你这样的女人，全无妇道可言。我一帮男子坐在此处论道，你也敢毫不避讳地上前，无半点男女之防，我说娶不得你宋三娘，哪里有错？你可知羞耻何在？"

顾风简掀起眼皮："不是娶不得，是娶不起。娶不起是因为你废物，莫将罪怪到别人的头上，你尚且不知羞耻地在我面前表现，我又何必感到惭愧。"

中年男人受他辱骂，深感屈辱，怒极反笑道："你这女人真是好大的口气！你宋家就是这样的家风？"

"不必你来同我说家风，我倒是好奇你家的门风。"顾风简低着视线，摩挲自己的食指，"你父母给了你身体发肤，你先生教你识文断字，可到头来，你一无所长，唯一长的只是舌头，不仅长，还多，可惜一口三舌，相妨无益啊。请问这究竟是哪家的门风，我倒想长个见识。"

中年男人呼吸急促，险些栽倒，捂着胸口，"你你你"个不停，没了下文。

第六章·一鸣惊人

宋初昭在人群之外感叹，连步伐都小心翼翼起来。她看着顾风简，已变成一种仰望的姿态，莫名觉得那端坐着的人影是无比高大。

怎有人可以骂人骂得如此精妙，还不失格调？不愧是顾五郎！

然而店中站着的人多，败了一个，马上又有人上前讨骂。

一白衣儒生道："宋三娘，他今日在此数落你，措辞不当，确实有错，可女人当做女人该做的事，你瞧瞧你现下的做派，成何体统？"

众人一齐点头。

顾风简转头看他，问道："何为女人该做的事？"

一人抢先说道："宋三娘或许没看过什么书。《周礼》有言，妇学之法，妇德、妇言、妇容、妇功。"

他拿腔捏调，挺起胸膛补充道："或许你听不懂，简单地说，便是叫你听话，听自己郎君的话，持家执业，教育小辈，不要在外惹麻烦，亦不可轻浮随便，当正身立本。纵然这些你做不到，少说少错总是对的，莫给自己丈夫丢脸。"

一人接嘴道："男人在外操劳家业，疲惫归家，若见到你这般桀骜乖戾的模样，家宅还如何能安？这样你听懂了吗？"

顾风简笑了下："着实听不懂。"

他眼神里的鄙夷明显得刺人，哂笑道："在外操劳？我倒不知你们在外究竟操劳了些什么。是大好时光里，忙着贬低别人来抬高自己；还是蹉跎一生中，劳而无功，所以只能自欺欺人，败坏圣贤名声来为自己博名？果真是操劳，操劳了自己的良心吧。"

那人怒指："宋三娘！"

"叫你们处处诋毁、视之不堪的宋三娘，究竟是哪里错了？且问，是保家卫国错了，还是戍守边关错了？是救人错了，还是护国错了？大公面前，圣人何时分过男女？大义面前，圣人何时提过妇道？你如何敢言之凿凿，辱人清白？"

一人想开口，顾风简抬手一拦，示意他住嘴，接着道："'君子欲讷于言而敏于行'，尔等恰恰相反，只晓得骂人，却不懂得做事。哪里来的颜面提圣贤名讳？待你们博得功名，能为国效忠，再来说'操劳'二字吧。"

又一蓝衣儒生道："我等勤学苦读，便是欲为家国效力！未来可期，总好过你一女人！"

顾风简笑出声："'十载长安得一第，何须空腹用高心'，切实些吧，莫再做个笑话。"

"纵是我等现在未求得功名，我也不会叫家中的女人，出去抛头露面，有

违礼数,长此以往,家宅尚且难安,又如何忧心国事?"

顾风简似是累了,淡淡吐出一句话:"君子求诸己,小人求诸人。"

那蓝衣儒生用力拂袖:"任你口齿伶俐,也颠不了黑白。你尽可诡辩,倒是问问在场众人,究竟如何看你!"

"千羊之皮,不如一狐之腋;千人之诺诺,不如一士之谔谔。"顾风简说,"尔等一丘之貉,你们如何说,与对错有何关系?"

"道理都叫你说了,自己倒是撇得干干净净。莫非你觉得自己毫无错处?尽是我等的错?"

顾风简跷起脚:"躬自厚而薄责于人,则远怨矣。"

"宋三娘!"一儒生死不信邪,挽起袖子,面红耳赤道,"我今日就不信我说不过你!"

然而,还真是说不过。

众人被顾风简逼得跳脚,一轮接着一轮地上,可是无论他们如何气急败坏地开口,顾风简都能用轻飘飘的一句话堵回来。

围观的路人越来越多,辩论到了最后,对比也越来越鲜明。

一方狼狈不堪,一方从容不迫。平日喜爱附庸风雅的儒生,跟患了病似的,正剩下一个"疯"了。

嗤笑声不断响起,这帮人也终于深刻明白,宋三娘哪里同传闻里的那样不学无术。从这人的对答与气质来看,怕是通读儒学经文才是,且涉猎颇广,烂熟于心,或许……或许不亚于他们。

失算了!

他们在行内也算小有名气,还是第一次这般惨败折戟,若真这样惨淡收场,往后还如何在京师立足?

直到这时,才有人叫出了宋初昭,不知是真的刚刚看见,还是必要性开一下眼。

"顾五郎,原来你在!"

宋初昭正看得津津有味,心情激奋,被人一喊,不大甘愿地点了下头。

一众儒生仿佛找到了方向,朝她涌来,颤抖着道:"顾五郎,你可曾听见她的惊世骇俗之言?"

"听见了。"宋初昭心里想,还是得多读书,否则,她就只能这样评价——

"说得有理!"

她掷地有声的四字,叫众人瞠目结舌。那帮文人受了刺激,急道:"顾五

第六章·一鸣惊人

郎,你也疯了吗?"

宋初昭反问:"那你觉得他方才哪句话无理?"

顾风简大多只是引用,要挑他话里的错处,又是另外一件没完没了的事了。

宋初昭说:"我若要制止他,早便制止了,一直在旁边看着,正是因为我觉得他说得对。我顾五郎,欣赏他人志向,不会因着谁人言语,就将其束之牢笼,也不会觉得训服一个女人,是件多值得骄傲的事,更不需一个女人来替自己撑门面、背骂名。宠辱自负,敢作敢当!"

顾风简偏头,正好与她视线交错,顿时展颜一笑,说道:"不错,我信顾五郎确实如此。"

他眼睛亮得发烫,宋初昭拐弯抹角地夸完人,被他这一看,张了张嘴,反而接不下话了,摸着耳朵移开视线,突然觉得有些不好意思。

众人拿他二人全然没有办法。

中年男人道:"你们如此嚣张,当真不怕?'人言可畏'四字你可听过?"

"尔曹身与名俱灭,不废江河万古流。"顾风简下意识地说,"我还真不信,你这般废物,是能名留青史怎么的?"

一群人脸色青白交加,险些气到心梗。

宋初昭依旧是那一句话,恨不得在顾风简耳边重复上千百次,来表达自己的心情。她重重道:"有理!"

顾风简掸了下衣摆,站起身来,朝着宋初昭走去。

他一字一句道:"我今日,便是要告诉你们,我宋三娘想做什么便做什么。我的自由,与男女无关,旁人的话,我不在乎,也不必在乎,世上道理本无那么多是非,我只坚守本心。"

他站定在宋初昭的面前,深邃的眼神里带着鼓励,问道:"你在乎吗?"

宋初昭深吸一口气,听着自己胸腔里猛烈的心跳声,大声回答:"自然不在乎啊!"说完忍不住笑了出来。

顾风简见她心情终于不再阴霾,也低头一笑,说:"那就走吧。"

二人在瞩目之中,旁若无人地走出去。

跨过门槛之后,宋初昭回头看了一眼,见众人都还虎视眈眈地盯着他们,拉起顾风简就道:"快跑!"

顾风简不知她为何要蹿逃,还是任由她牵着,跑动起来。

二人一路远离了园林、食肆,到了另外一条街上,才终于停下。

218

顾四郎正在不远处的地方与人会面，顾国公叫他出来帮忙办点事，因着那食肆里聚集了不少人，其中就有认识他的兄弟，认出顾风简之后，立即跑来同他报信。

顾四郎刚出酒馆，就被一个面熟的男人拦住，说是顾风简要与人打起来。

顾四郎虎躯一震，在附近翻找了一圈，随后朝边上的摊贩借了根棍子，背在身后，飞速往前跑去。

"五弟你坚持住，四哥马上就来了！"

顾四郎到的时候，好戏已经散场了。

东西都收拾干净，桌椅重新摆放，儒生们再次聚在一起，嘴里苦涩地哀号道："那宋三娘怎么如此彪悍啊？"

"她在边关哪来那么多书看？"

"究竟谁人传的？可害苦我了！"

就非常丢人。

顾四郎快速搜寻了一遍，没发现自己五弟的踪迹，随手揪住一人，面带杀气地问："我五弟呢？"

"顾、顾五公子？"那倒霉催的儒生被他一吓，话说得磕磕巴巴，"他早走了啊。"

顾四郎质问："去了哪里？"

那儒生指了个方向。

顾四郎松开对方，正待去追，掌柜从后面跑出来，连声喊道："客官且慢！暂且留步！"

"你叫我？"顾四郎回头，先行说道，"东西若被打坏了，叫他们赔，与我无关。"

"不，不是东西的事。"掌柜指着角落的位置道，"你五弟点了一整桌的菜，还未结过账，人就走了，如今菜上了一半，这银子总该你付吧？"

顾四郎狐疑地过去一看，发现所谓的一半，已经快堆满整张桌子，还全点的昂贵饱腹的荤菜，看着色泽油亮，味美诱人。

掌柜将账目递给他看，并伸出手讨钱。

顾四郎看着数字不由得傻眼。

五弟你怎可以这样？

宋初昭迎风跑了一阵，跑出满身大汗，却不觉疲惫，反而将胸口憋闷的郁气散了不少，心下一阵说不出的畅快。

她听着周围商贩的叫卖声,下意识地摸自己的钱袋,才发现自己还牵着顾五郎的手,连忙将人松开。

她兴奋地说:"顾五郎,你太厉害了吧,真能说得他们哑口无言!我还以为他们要继续装傻,故作不知。"

宋初昭扬眉吐气,不忘数落那几人:"我和谁都能讲道理,偏偏和他们这帮老迂腐讲不了道理,好像只要搬出圣人说过的话,他们就一定是对的。可圣人还说'人非圣贤'呢,他们怎么一点自知之明都没有?"

顾风简笑说:"他们既然假意听不懂别人的话,我便用他们能听得懂的话来说,左右不过是扣帽子嘛,谁人不会?"

宋初昭用手比了比,夸奖道:"人人都会扣帽子,可是都不如五郎你扣得端正、扣得严实、扣得爽快!你扣的帽子,怎么就那么好看哪!"

顾风简听她夸人的方式如此新鲜,享受道:"还有吗?"

宋初昭毫不犹豫又给他来一段:"主要还是他们技不如人!虽说文无第一,但是文有优劣。你与他们比,自然高下立分!五郎啊五郎,你可真是我的好五郎!"

顾风简浅笑吟吟地点头:"嗯,是吗?"

宋初昭琢磨了下,觉得自己最后一句有些失言,趁着顾风简还没反应过来,赶紧转移了话题,说道:"不过我知你平日不是这样争强好胜的人,这次出头,纯粹是为了给我出气,多谢你!"

顾风简说:"你不想叫我为难,我自然也不能叫你在我面前被人欺负。"

宋初昭摆摆手道:"我没有被欺负啊,我只是觉得没必要同他们争吵罢了,他们这样的人,骂又骂不醒,还多得数不清,只将他们当作路边讨人厌的杂草好了,我总不能看见一棵草,就去踩一脚。"

宋初昭围着顾风简不停地转,顾风简问:"那你现在高兴了吗?"

宋初昭大笑道:"高兴啊!我笑得脸都要抽了!"

顾风简点头:"说明你还是想骂他们的。"

宋初昭顿了顿,嘿嘿附和道:"这样说,倒也没错!也是他们唯一还有用的地方了。"

两人靠近路边,漫无目的地往前走。

宋初昭还是未能平复心情,没一会儿又热情地侧过身同身边的人搭话:"说实话,我更想不到的是,顾五郎你也会因为一些闲言碎语同那些人大动干戈,我还以为凡事都惊扰不了你,你是一个万般坦荡、潇洒不羁的人!"

顾风简挑眉:"失望了?现在不觉得我好了?"

"哪里！"宋初昭踮起脚，将手伸过头顶，示意说，"原先觉得你像谪仙人，现下觉得你高大伟岸啊！"

顾风简一直表现得过于镇定，连对跟宋初昭交换身体这样诡谲的事情都不见有多少慌乱，面对宋家各种不平也始终淡然处之。宋初昭一度觉得，哪怕泰山崩于前，顾风简恐怕都不会皱一下眉毛。

顾风简说："我也不过是个庸俗的人罢了。"

泰山崩于前他可能真的不会皱眉，毕竟泰山与他何关？

"见你被人欺负，被人诋毁，被人坏了心情，我会不高兴，我既然不高兴，自然要生气，我的脾气，未有你想的那么好。"

顾风简以为，宋初昭接下去该问句"为什么"，结果宋初昭深深凝望了他一会儿，表情变幻莫测，在内心完成了极其复杂的情绪转换之后，只汇聚成一句话："顾五郎，你真是一个好人啊！"

这句话他真的已经听倦了。

宋初昭的肚子适时叫了两声。

顾风简无奈道："你饿了。"

宋初昭想起自己的一桌菜，遗憾叹道："唉，说了请你吃饭，结果又没吃上。"

路边的麻油面香，混着猪油的食物香味一起飘过来，勾得宋初昭越发嘴馋，她都觉得自己老久没吃过好东西了。

顾风简说："你若只是想请我吃饭，那吃什么都无所谓，只要无人打扰就好，我也与你静静坐着吃顿饭。"

宋初昭被他说得莫名脸颊发热，她快速扭过头，指着路边道："那就在这里吃吧。"

二人面对面地坐下，相视一笑，伸手招呼："伙计！"

不出意外，顾风简在食肆里那激荡的一骂，传了出去。

宋初昭本以为这不算大事，激不起什么风浪，毕竟宋三娘这个身份发疯已不是什么稀奇事了，却不想后续的影响十分汹涌，且愈演愈烈。

但这里头起主要作用的，不是顾风简，而是她。

是她，在大庭广众之下，支持了顾风简的言论，甚至主动为他开脱，让众多女子梦中的虚幻泡影成了现实。导致一大帮文人深受刺激，还有一帮妙龄少女深陷震撼，也导致了事情的余韵久久不散，让众人有了激情讨论的正当理由。

宋初昭很有自知之明，在顾国公发话之前，主动将自己关在家中，进行反省。

第六章·一鸣惊人

可是这回,顾国公并未表示出任何诡异之处,也没再做出深夜找她谈心的举动,甚至见面时连提都未提,大有支持她胡闹的意味。

宋初昭那是受宠若惊啊!

她见过许多人家,若是族中出了个这样偏袒女人的儿子,他们只会觉得对方是在给祖宗丢人。

哪怕是现在,也有不少人正如此认为。

顾家人对儿子怎么就那么宠爱呢?真该叫她爹娘过来学学!

宋初昭这两日表现得乖顺,对国公夫妇的态度自然就软化了不少。顾夫人见她整日关在屋里,闷得慌,便鼓着勇气,喊她到自己屋里来聊天帮忙。

宋初昭未觉出不对,欣然答应了。

然而顾夫人叫她过去,并没什么事真要她动手,她只能坐在边上,无聊地看顾夫人绣花穿线,到了后面,开始不可抑制地发起呆来。

宋初昭托着自己的下巴,感慨道:"顾五郎,真是一个好人。"

顾夫人捏针的手一滞,以为自己听错了:"啊?"

宋初昭忙改口说:"哦,我是说,宋三娘,真是一个好人。"

顾夫人失笑道:"你这孩子,想见她就去见呗,呆坐在家里做什么?"

宋初昭坐正身体:"我没有想见他的。"

"你有。"顾夫人道,"你都念叨她了,怎么会不是想见她呢?"

宋初昭反驳道:"只是提一句而已。"

"哪里是一句!"顾夫人用小拇指指向身边的婢女示意,"你问问她,你方才是不是魂不守舍。"

宋初昭看向后者,那婢女笑道:"公子是未发现自己牵肠挂肚的模样吧?"

宋初昭心说,自己惦念家里那几块肉的时候,恐怕比现在要真情实意得多,你们太不懂昭昭的心了。

"你喜欢她,又不是什么不好的事情,有什么不能承认的?娘又不是四郎,还能笑话你不成?"

宋初昭想也不想便道:"我没有!我只是突然想到而已,我也会在他面前提起四哥,提起你啊。"

"胡说!我看你提起四郎才是突然,方才坐在那里,分明就是在想三姑娘。"顾夫人看了她一眼,"当你时不时要念起一个人的时候,定然是因为想她,放不下她了,这不是牵肠挂肚又是什么?什么喜欢呀,两情相悦呀,都是从放不下开始的。念念不忘得久了,人自然就刻心里头去了,一面心里想着,一面又

· 222 ·

假意说自己不喜欢,那都是男人在外骗人用的,五郎你可不要学他们啊。"

宋初昭将信将疑道:"啊?"你可不要唬我!

顾夫人开了话头,之后便不停撺掇着宋初昭去找顾风简私下细聊,说她是个男人,应当要主动一些,该趁着对方现下对她有好感,多交流,还叫她洁身自好,莫被美色迷了眼。

宋初昭无奈,却又不好说什么。

隔了两日,洌水的信件送到了顾府来,说是给顾五郎的。信函的外面未写收信人的名字,只写了一个"开"。

宋初昭不知道这个"开"字,是特地写给她看的,还是写给顾五郎看的,她与那小童确认道:"让你送信的人可有说,这信谁能看吗?"

对方茫然道:"你能看啊!她就说送给你看的!"

宋初昭想顾风简的师姐是知道她二人状况的,应该不会弄错,心下消了疑虑。

"好。"她掏出了几枚小钱,递给面前的童子,"多谢你送信了。"

那童子虎头虎脑地笑起来,握着手心的铜钱乐颠颠地跑了。

宋初昭拿着信件回到屋中,拆开查看。

纸张有些陈旧,且上面布满各种凌乱的字迹。从墨渍来看,对方书写时的状态与时间各不相同,正写反写的都有,甚至连所用的墨水都不一样,好些字能明显看出颜色不同,是堆叠上去的。想来是随手拿的用过的废纸。

宋初昭变化着信纸的方位,研究了许久,终于读出对方想跟自己说的话。

洌水的措辞不是很清楚,用得十分简略,好些该用一句话解释清楚的事,她只用几个字来拼凑,导致内容断断续续的。

洌水说,她快到京城了,但是因为进京的公文不小心被烧了,现在卡在城外进不来,已经听说师弟最近日子过得挺愉快,她非常欣慰,如果没什么急事,建议继续瞎玩会儿,要是真的心急,就自己到城外的少陵山找她。

后面还叮嘱说,如果真要来,先一个人来,不要带着人家姑娘,她现在手头穷,无礼见人。不过京城的有钱人还是那么多,稍给她一点时间,就能充盈钱袋,师弟不必担心。

还问顾风简,要不要送他几张黄符,好让他拿出去送人,她可以抬一抬价格,大家一起赚大钱。

大概就是那么个意思。

居然读出来了,宋初昭可佩服死自己了。

然而看过之后,宋初昭可以确认,这信应该是送给顾风简的才对。

她把纸张塞回去封好口，招人过来把东西送去贺府。

顾夫人正巧来送水果，一脸"我儿都会写情书了"的欣慰表情，从她门口飘过。

宋初昭："……"这都被你发现了。

天色昏黄之际，一阵急促的脚步声从宋府偏门进来，直直去了宋诗闻的院落。

来人正是跟在宋老夫人身边多年的老仆，不知今日何时出了府。

她沉沉敲门，待里面的人回应之后，闪身进去，又快速合上。

老仆拉着宋诗闻走到桌边坐下，面露喜色道："先生已经到了！如今就住在少陵山，正在待客，去的人太多，我托了好大一番关系，才在今日见到她。"

宋诗闻问："你可将事情说清楚了？她如何说？"

老仆道："先生说你叙述得太过含糊，真相如何，要等她亲自看到人才好判断。"

宋诗闻忧愁道："啊？那可怎么办，我要如何才能将人叫去城外啊？"

鬓边满是白发的老仆说："姑娘莫怕，老仆已经问清楚了，对方若真是沾上了什么不干净的东西，你可朝她丢把糯米试试。"

宋诗闻问："这种民间的方法，也有用处？"

"有。虽说用处不大，但对方若有反常，便可看出端倪，要是对方没有丝毫反应，那就是个道行深厚的厉害角色了。先生说了，此事若真，那就拖延不得，请您尽快决断，以免未来伤了自己。"老仆从袖中小心拿出黄符，送过去道，"姑娘给的银子我都用了，从先生那里买了一道符，只要放到对方身上，便可将鬼怪压住。"

宋诗闻忙接过，用力地捏在手心。

手上握有了东西，心里就踏实多了，好像这明黄色的符纸真能给她力量。

然而宋诗闻还是惴惴不安。

她能用什么借口，把宋三娘给约出来？

第七章

出 游

- SHENCANGBULU -

宋诗闻正苦恼着该如何去找宋三娘，不想机会很快就来了。

唐知柔那边约了几个相熟的姐妹，正打算着要出去走走。

自文酒宴之后，唐知柔一直将自己关在家中，没有半点消息，她其实是想叫自己静静，借此忘掉顾五郎。谁知一个人待得越久，心里的孤独就越甚，沉积的难过也就越重，脑海中不断回忆起那二人联手训斥她的模样，简直成了她的心理阴影，搅得她不得安宁。

她就不是那种适合独自神伤的人哪！简直是自寻烦恼！

想明白之后，唐知柔便觉得不如出去散散心。

宋诗闻听到风声，急匆匆地赶去，建议唐知柔可以带朋友去少陵山走一走。唐知柔本是不乐意的，她还惦记着先前宋诗闻利用她的仇，对宋诗闻心怀戒备。若是可以，她都不乐意叫上宋诗闻，事实上她也确实没有，是对方干巴巴地硬凑过来。

宋诗闻在她面前表现得谦卑愧疚，对她好话说尽。

唐知柔也不是什么小气之人，心里的怨其实早已消了大半，加上宋诗闻说，近日少陵山上来了一位很神的道士，无论是算命、驱邪、看风水，都极其灵验，可以去找大师求个吉利。

唐知柔嘛，倒是不大信奉道士和尚之类的，平日也不会去道观或寺庙敬香火表诚心，可敬畏之心始终根植于心，不敢笃定说二者不灵，若只是凑热闹，她很有兴趣，所以在略作考虑之后，便爽快地答应了。

宋诗闻于是又让唐知柔给宋三娘也送一份请柬，说若是落了宋三娘显得不妥，近日一直有人在暗中说道她二人关系不和，可以喊宋三娘出来，叫谣言不

· 225 ·

攻自破。

唐知柔暗暗心道，她与宋三娘的关系的确不算好，里面还有你宋二娘的一份功劳呢。

想归想，私下里她也知道宋诗闻所言有理。她与京城里大多官员女眷都有交好，又素有外向友善的名声在，若一直放着宋三娘不理，说不大过去。

唐知柔最后还是写了封请柬，邀宋三娘出城游山。时间定得很近，就在明日，差人直接送去贺府，并吩咐仆人，等得了宋三娘的准确回信再回来，安排好后，随后便不大客气地请宋诗闻出去。

宋诗闻如愿以偿，也不在意唐知柔的冷漠，转身朝着送信的人追了出去。

她只担心，少陵山的事最近传得太广，宋三娘偶然听过风声，到时候不肯随行。

她本想将那道黄符随信附过去，让人试试三妹的反应。但是想到符纸的价钱，心口一阵泣血，太不舍得，决定还是紧要关头拿来保命用。

没有黄符，糯米也是聊胜于无吧。

宋诗闻叫住了送信的仆役，往请柬上抹了一层薄薄的糯米粉，确认看不大出来，才让人离开。

请柬很快送到贺府，知是别家姑娘送来的信函，贺老爷很是关心。

不知为何，老爷子十分在意"昭昭没有朋友"这件事儿。

顾风筒看着老人家一副好奇又克制的表情，干脆当着他的面把信拆开，又把上面的内容念了一遍。

看见少陵山时，顾风筒还愣了下。

今早宋初昭已经把信给他送来。

巧了，怎么近日，人人都往少陵山上跑？

不等他回神，贺老爷已在那边怂恿道："去吧，多认识些人也是好的。京城里也有性格爽直的姑娘，不定能与你聊得来，你往后或许得在京城待上一段时日，总得习惯习惯的。"

贺老夫人并不知当日文酒宴上几人交恶的事，接话道："这小县主我也算认识，从小受尽宠爱，无拘无束。虽然有些任性，可不是不讲道理的人，她主动邀你出去，就是想与你交好，当是好相处的。"

如此无趣的事……

顾风筒摩挲了下手指，感觉指尖有一层略微粗糙的粉尘，他抖了抖请柬，

· 226 ·

不知上面怎么会有那么多细小的粉末。

虽然那粉末是白色的，只薄薄糊了一层在纸面上，顾风简还是被那不知名的东西恶心得够呛，往旁边一丢，不想再碰。

贺老爷见他面露不悦，动作又很嫌弃，立马紧张地问："昭昭啊，你是与那小县主处得不好吗？"

顾风简说："没有。可能是掉地上过了，我摸着有点脏。"

"哦。那你想去吗？"贺老爷说，"我与你外祖母身体好得很，不用你日日留在家中陪伴，你若是想去，你就去。"

最怕"外祖父"忽然的关心。顾风简回忆起贺老爷之前想给他找小姐妹做伴的事，心脏突突跳动之下，连忙答应道："既然如此，我就一起去吧。"

届时他自己去找师姐就行，反正与唐知柔的关系也不算多好。

贺老爷听见他的答复，开心得不行。这位老人家赋闲在家，没别的事做，所有的心力都用来操心自己的外孙女了。

翌日，天朗气清，果然是个出游的好日子。

唐知柔没叫太多人，只叫了平日与她交好的几个姑娘，加上顾风简，一共七人，还带了六位帮忙背东西的仆役与两名侍卫。

一行人乘了马车来，留下两人在山下看车，其余人沿着山道往上行走。

少陵山虽然就在京城附近，地势绝佳，又清朗秀丽，可未像其他山头一样，被朝廷修建改造。原因是当年福东来特意探过风水，批注说，少陵山上不宜修建寺庙或道观。这习惯那么多年，一直流传了下来，哪怕福东来已经身死，也无人敢去触那霉头。

但是山上修了不少的凉亭，道路也经过开垦，还算平坦，山腰以上，还有许多废弃的房屋，那里原先是个小村，后来慢慢荒废了。

唐知柔今日特意出发得早，想早些登到山顶，以免晒到正午的太阳。

众人开始爬山时，还很有兴致，一路走走停停，赏着景谈着天，说说笑笑，好不惬意。唐知柔的心情也跟着好了不少，觉得林间的空气比京城里要清新多了。

这种愉悦的氛围，在持续了近半个时辰之后，终于消弭。原因无它——太累了！

唐知柔看着隐在树木之间的蜿蜒小路，用袖子抹了把热汗，恨恨道："我怎么以前不觉得这少陵山那么难爬？明明看着也不高啊，怎么就到不了头呢？"

她身边的姑娘也喘着粗气道："说起来，我从未来过少陵山，只听说这里

第七章·出游

的草木都特别葱郁,风景也十分秀美,常会有文人在初春之际来这里踏青,还会在山顶祭祀。要说风景秀美,应该是真的,已是晚秋,草木依旧兴盛,可是这也太高了,我们哪里需要来少陵山散心啊?"

一群姑娘跟着搭腔,叫苦不迭。

她们平日很少锻炼,最多也就是聚在一起玩玩游戏,有几位喜欢骑马的,此刻还好,多数体格柔弱的姑娘,都快要倒了。

这山道就算平坦,可坡度起伏不定,弯弯曲曲地向上,爬起来依旧累人。

唐知柔说:"是宋二娘说这里有位排八字很灵的道士,我才想过来看看,我哪知道高人都要住在高山上啊?"

她身后跟着一群仆役其实已经察觉到些许不对,只是没说。

大家闺秀的体格虚弱还说得过去,可他们背着各种杂物跑了一路,也觉得很是疲惫。按照他们的脚程与少陵山的高度来看,早该到上面了才对,怎么会还在山腰处徘徊?

若非现下是青天白日的,他们都要怀疑自己碰上了鬼打墙。

听唐知柔说到道士,几位姑娘反而来了兴致。

"当真?"

"那这许是高人设下的玄机,为考验你我的诚心。"

"那道长算卦当真厉害吗?其实我也听说了些,说近日少陵山上来了个高人。"

"是怎样的高人?会替人算卦,算姻缘吗?"

"是个女人,我听人都喊她先生,不叫道长,我也不知为何。"

"竟然是个女人?"

几人惊讶地聊了起来,索性坐在原地休息片刻。

顾风简抬头看向高处。

应该是洌水担心来的人太多,所以刻意做了点手脚,从不久前起,他们就一直在呈斜角绕圈向上,好好的一段路,愣是拉长了不少,能爬得不累吗?

不过等靠近山顶,速度就能快起来了。

"可是……"众人正说得兴起时,一位姑娘突然开口,"照你们所说,来少陵山的人应该不少才对。从我们方才上山起,只见到寥寥数人吧?之后便再也没遇到了,就当我们来得早,前边没人,可跟着我们后头的人,为何也没了踪迹?"

她的声音越来越低,混在空旷的风里,添了两分缥缈。未等她说完,众人

· 228 ·

已经都沉默下来，待语落时，恰巧山间林风吹过，周边树枝一阵飒飒，落下大片的枯叶。

林间风总是强势，地上的土尘也被吹了起来，迷了众人的眼睛。那强风拍在背上，犹如一双大手按着他们的身后，不注意还好，一旦在意，就显得格外恐怖。

一位胆小的姑娘突然尖叫，其余人受她惊吓，跟着叫了起来。

唐知柔蹦过去抱住身边的姐妹。

一学二，二学三，一眨眼工夫，一群人已经抱作一团。

惊叫声倒是随风停了，可姑娘们仍旧不敢收手。

顾风简未被风吓到，倒是被她们吓到了。

几人丝毫未觉不妥，反还觉得害怕，畏惧地打量四周之后，有人细声道："不会吧？你这样一讲，我也觉得这少陵山诡异得很。"

几位仆役身上背着东西，此时心里也有点发虚，他们警惕地等待了会儿，才道："姑娘，似乎只是风。"

"哪里是风那么简单？"一姑娘说，"只有风才更吓人了！别的人呢？"

另一姑娘问："我就说这山高得不寻常！现下我们还继续走吗？"

唐知柔的手臂绕过身前的人，拉扯着宋诗闻的衣袖，叫道："宋二娘，是你叫我来的！究竟是怎么回事你倒是说一句话啊！"

宋诗闻的脸色比唐知柔还白，她用力攥紧了袖子里的黄符，同时拿余光打量着顾风简。

不正常！此刻众人都如此害怕，只"宋三娘"淡定地独立在旁，连眼神里都是冷漠疏离。

果真有问题！

宋诗闻确定了心中猜测，忐忑不已，再一眼，更觉得对面那阴晦女人看着自己的表情，犹如在看一件死物。

她不停地安慰自己，那位先生就在山上，想来孤魂野鬼不敢太过放肆，不能拿她如何。

"我也不知。"宋诗闻哆嗦道，"怕是有人不敢见道长，所以才将我们困在此处。"

唐知柔说："你在说什么？你指谁？"

宋诗闻离开众人，走向顾风简。

众人都看着她动作，不解其意。

在二人还有两三步距离时，宋诗闻伸手在袖中一掏，丢出一把糯米。

白色的米粒砸在顾风简的脸上,又弹到远处。顾风简蒙了,反射性地眨了下眼睛,忘了反应。

唐知柔震惊得忘了害怕,也靠近过来,死死地盯着宋诗闻的脸瞧。

宋诗闻颤颤巍巍地道:"你……你害不害怕?"

"她不怕我都怕了!"唐知柔跳起来,抓住宋诗闻的手腕,"宋二娘你是疯了吗?你方才做什么?"

顾风简一直没反应,宋诗闻以为是有效果,用力挣脱桎梏,又以迅雷不及掩耳之势,朝着甩出一把糯米。

细碎的落地声,混合着风声的呼啸,场面异常尴尬。

顾风简也不知道自己在想什么,居然连中招两次,他看着宋诗闻的眼神,同在看一个傻子一般怜爱。

唐知柔弯腰将东西捡起,说:"这都什么呀?你甩宋三娘大米做什么?"

顾风简也捡了一点起来查看,发现米粒的形状圆润短胖,应该是糯米。糯米向来有驱邪的说法,联系到宋诗闻对着他一副畏畏缩缩如丧考妣的模样,不难猜出她所想。

居然将他当鬼?

他该赞一句宋诗闻心思敏锐好,还是说一句她脑子不灵光好?

顾风简两指指尖揉搓着糯米,抬起眼皮淡淡斜了对方一眼,嘴角勾起一个冷笑。

宋诗闻被顾风简盯得浑身发毛,见糯米无用,趔趄退了一步,想把自己藏到唐知柔的身后。

唐知柔反手抓住宋诗闻:"宋二娘,你这是何意?你不会说话了?你没事吧?"

顾风简起了点恶劣心思,觉得对方荒谬之余还很可笑,于是在众人未看见的地方,朝宋诗闻龇了下牙。

宋诗闻本就惨白的脸,这回更是褪得半点血色也无。她惨叫一声,转身跑进林子。

宋诗闻慌不择路,只想远离顾风简,埋头间爆发出莫名的力气,竟然冲出老远。

唐知柔未防备,没及时拦住,急急喊道:"宋二娘,你不要乱跑!"

她追了两步,回头朝还傻站在原地的侍卫喊道:"你们还愣着做什么,快追啊!"

两位高头大马的男人这才回神，跟着冲进林子。

谁承想，不过是慢了一步，还能听到对方的声音，却见不到人了，而声音混在林间的杂音中，变得模糊，辨不清方位。

侍卫回禀说："这林子里的树木太多，完全挡了视线，远的地方就看不见了，我们得循着足迹来找。"

唐知柔也慌神，却还晓得轻重："哪有那时间？看不见也得找，分开找，赶快找！她现在情绪不对，不能让她一个人待着！"

宋诗闻是她叫出来的，若是在山里出了事，她难辞其咎。

顾风简也没料到宋诗闻居然那么不经吓。他伸手抚了下嘴角，觉得自己的表情应该并不夸张才对。

侍卫都追进去了，唐知柔踯躅地树林边缘走动，也想进去搜寻，可又不大敢。

几位姑娘手握着手，忍不住问："那我们呢？现在该如何？"

唐知柔回头看向她们，犹豫道："你们……"

"你们先下山吧。"顾风简说，"下去后，若是担心，可以帮忙找些人手上来，我进去看看。"

那毕竟是宋初昭的二姐，他不能袖手旁观。

"若是下不了山呢？我们已经被困在此处了！"

"宋二娘是被吓得失言，你们也当真？"顾风简指着高处道，"方才觉得路远，是因为我们一直在绕着山走。别看山头，看太阳。只循着太阳的方向一路往下，应该很快就能下去。"

唐知柔问："这是何道理？"

顾风简说："没什么道理，障眼法而已。没有危险，不必担心。"

他不再解释，直接进了林子。

顾风简走得不快，因为要观察路边的痕迹，在他走出一段路后，听见身后传来了急匆匆的追赶声。

顾风简本不想理，觉得那人会主动回去，谁知对方不依不饶。

"你等等！"唐知柔大喊道，"宋三娘你慢一些！你等等我啊！"

顾风简无奈地停下脚步，沉着脸道："你进来做什么？"

"我总不能叫你一个人在山林里吧？"

唐知柔小心地绕过脚下的障碍，朝顾风简靠近。可是未经开辟的山地崎岖坎坷，还有不少缠人的枯枝，她没走两步，就被荆棘绊住了衣裙，好不狼狈。

唐知柔心下气闷，又无处发泄，强忍着脾气询问道："你现在是要到哪里去?"

顾风简说:"上山。"找洌水下来帮忙寻人,他们容易在半途迷了方向。

唐知柔想他们如今好歹也是共患难,先前的事就不必计较了,伸出手想去挽着对方同行,岂料顾风简飞快地将手甩开,与她拉开距离,并露出不悦的神色来。

唐知柔受伤道:"你这么凶做什么?"

顾风简说:"我不喜有人碰我。"

唐知柔叫:"你当我稀罕?"

顾风简哪里是个怜香惜玉的人:"那就离我远些。"

唐知柔气得脑袋发晕,差点哭出来,转过身要走了,又听顾风简道:"不想迷路被困在此处,就跟着我走。"

唐知柔犹豫了下,视线在四周游动,确认自己早已认不出来时的方向,也没有勇气独自回去,还是乖乖跟了上去。

她一面走,一面愤愤,用脚踢着地上的石头,嘴里嘀咕个不停。

她怎么就与宋三娘不对头呢?问题定然不是出在她身上,是因为宋三娘的性格太过冷淡,又冷淡,又无情,所以顾五郎为何会喜欢这样的人?

莫非就是喜欢对方的冷酷无情?

唐知柔简直不敢深想。

二人一前一后,安静地走着,眼见前方地势越来越险,考虑到唐知柔的体格,顾风简决定绕过这片山,找一条相对平坦的路来走。

顾风简正在观察地形,身后忽然传来一声尖叫。那带着尖刺一般的叫声在他脑海里狠狠刮了一下,将他心底的烦躁放大了无数倍。

顾风简带着怒意回头,一看,却发现身后空空荡荡的,哪里还有什么人?

顾风简讶然道:"小县主?"

唐知柔崩溃的声音在前方不远处响起,带着沙哑的哭腔:"我在下面!这里为何会有个坑啊!"

顾风简循声过去,发现唐知柔是踩进了一个隐蔽的土坑里。那坑洞应当挖了有些时日,被附近肆意生长的杂草遮挡了痕迹,不易发现,同时又被植物遮挡了光线,看不出究竟有多深。

唐知柔已是吓得失色,紧紧拽住垂落在洞口的一根藤条,身形摇摇欲坠。

顾风简伸手去拽唐知柔,想将人拉上来,岂料那土坑附近的土壤已经疏松,站他一个人还好,多了个唐知柔的重量,直接往下坍塌,带着他一起滑了下去。

两道紧紧相连的重物落地声之后，林间重归平静。

坑底垫了不少枯叶，虽然有些发臭，但很柔软，两人摔下来，并未受伤。

唐知柔躺在地上，呆滞地看着上方那个狭小的洞口，数息之后，委屈自胸腔决堤，尽情放声大哭。

"我就说，这少陵山是座什么鬼山？自上来后就没遇到一件好事！宋二娘坑死我了！"

在她嘹亮的哭声里，顾风筒深吸一口气，又重重将浊气吐出来。

这莫非又是什么命运给他的惩罚？

宋初昭站在少陵山下，单手遮挡光线，仰头望向山顶。

昨日春冬回国公府来汇报，说今天"宋三姑娘"要来少陵山，与顾夫人凑在一起商量了许久，之后就开始合伙怂恿着"顾五郎"也来。

宋初昭本是不愿意的，毕竟少陵山是洌水的地盘，顾风筒在这里能出什么事？

然而她还是来了。

说来话长，因为那对主仆真的是好能说。

宋初昭抬脚走上山道，纯当是锻炼身体了。

未出多远，宋初昭就听见一阵杂乱的脚步声由远及近，随后一群姑娘迎面冲了过来，步伐匆促，好似身后追着什么洪水猛兽。

几人身上的衣着装扮皆是上品，一看便知不凡，宋初昭想她们应该就是与顾风筒同游的姑娘了，遂出声关切问道："山上是出了什么事？你们为何如此慌乱？"

几人见到她愣了下，停下脚步。

"顾五郎？"

宋初昭问："请问，宋三娘是与你们一道来的吗？"

几人又是激动，又是后怕，语速极快地说："宋二娘跑进林子里了，三娘与小县主一起去找，如今不知身在何处！"

宋初昭迷茫道："宋二娘跑进林子做什么？你们可是遇到了危险？"

一姑娘道："不是人！这少陵山里满是古怪，一直走不到山顶不说，还处处透着阴森，看不见其他的人。半途时，宋二娘又不知为何突然发疯，冲进了林子，转眼就没了踪迹，我们害怕，三姑娘叫我们下来，找人帮忙。"

宋初昭听她们这样说，顿觉心口一阵不安，越过几人冲了上去。

几人在后面叫道："五公子，山上危险啊！这山那么大，光你一人找不到

第七章·出游

她们的!"

宋初昭不予理会,沿着那条满是脚印的泥路快速奔跑。

这山的确很大,若顾风筒不走主道,钻进了旁边的树林,宋初昭确实找不到他。但是冽水就在山顶,听顾五郎将她师姐说得传奇,对方应当有办法。

何况顾五郎也是个机敏的人,应当不会莽撞去寻宋二娘,或许已经在山顶了也不一定。

宋初昭跑了许久,身上起了热意,汗渍顺着她的脸颊一路滑到下巴,又随着她抬头的动作滴落在地。

宋初昭估算了下距离,发现自己还在山腰的位置,觉得有点不对。她怀疑是自己迷了方向,或者这里的路故意挖得曲折,稍稍观察过后,直接穿进树林,跟着日头的方向走。

她在边关住得久了,不惧这种曲折的山路,加上她习武多年,如今虽然换了个身体,但意识还有留存,手脚依旧矫健。

这次没有出错,换了行走的方式之后,她的速度快了。

约过了一炷半香的时间,宋初昭已经接近山顶,并看见了几间简陋的木屋。

前方的树木被砍伐了不少,地势相对平坦,视线也开阔。宋初昭一眼看见了木屋前站着的那个神秘人。

对方穿着修身的黑色长衫,脸上戴着一个白蓝色交加的绘制面具。面具的左侧,朝下坠着一截长长的白色穗子,底部挂着一块玉石,随着她动作一直在轻微晃动。

宋初昭放轻动作,不敢确认,因为这人的装扮太过奇怪,且气质凛冽。

还是对方先道:"师弟,你干什么?"

"道长。"宋初昭说,"我不是你师弟,我是……"

冽水点头:"师弟妹。"

宋初昭自我介绍:"我叫宋初昭。"

冽水招了招手示意,宋初昭乖顺上前。

宋初昭走近,看清楚了对方面具下露出的一双眼睛,才发现此人瞳孔的颜色比之常人显得极淡,尤其是在阳光照射下,浅淡的褐色像通透的玉石一样,仿佛能穿过光线。

对方一动不动地盯着她,视线有种特别的力量,让她无法扭头移开。

宋初昭心说,原来这就是高人!

许久之后，洌水抬起手，缓缓搭在她的肩膀上。

宋初昭很是紧张，屏住呼吸不敢动弹，以为对方是要作法了，结果，洌水突然冒出一句："这衣服看着还是新的，怎么不小心弄得那么脏？"

窒息的沉默。

宋初昭又能说什么。

"怎么是你过来？"洌水不见有多惊讶，语气平淡道，"也没什么好送你的，我先送你一件换洗的衣服好了。"

宋初昭跟在她的身后，往木屋走去，说道："前辈，顾五郎今日也来少陵山了，可与他同行的人说，他进了旁边的山林。我看这里道路复杂，山势陡峭，他既然还未上来，许是迷路了。劳请前辈先将他找到吧。"

洌水从架上抽了一件外袍，听到她的话，又转向往里屋走去。

宋初昭站在门口等她。

"师弟年幼时，数次险些丧命，他八字如此，命中有劫。"洌水从桌上摸过了一块东西，"民间有话说'金压惊、银辟邪、玉石保平安'，福东来死后，我将他随身佩戴的玉石分割成了三块，师兄弟一人一份。他二师兄不要，也送给了他。这玉石福东来戴了许多年，据说是从他师祖那里传下来的，若玉真有灵性，也该沾上了。"

宋初昭大惊，心说不会就是自己打碎的那一块吧？

洌水将东西随手丢过去，宋初昭急忙去接。

玉佩以缓慢的速度在空中滑过，抛出一道完美的曲线，宋初昭视线紧紧追着它，举起了手。

她的手应该能接出玉佩才是，却不知为何双臂僵硬在半空，愣了片刻，眼睁睁看着玉佩穿过她的指缝，落到了地上。

两者相撞，发出清脆的声音，通透的玉石霎时间碎裂成无数的小块，宋初昭抬眼，看向洌水深邃的眼睛，来不及错愕，眼前骤然一黑，身体倒了下去。

等她再次恢复意识时，耳边响有连绵的哭声，唐知柔不停地推攘着她的肩膀，喊道："宋三娘，你没事吧？你可不要吓我啊！"

宋初昭坐起来，脑子里朦朦胧胧的一片，她伸手摸了摸面前的土墙，又见头顶从枝叶中漏出的稀疏阳光，当即明白顾风简是掉坑里了。

能两个人一起蹲在坑里，看来还有点故事。

唐知柔见她无事，想到她对自己的嫌弃，重新拉开距离道："你是不是故意吓我的？我还以为你晕了呢。"

第七章·出游

宋初昭按着额头，厘清头绪，声音低沉地说了一句："我只是在思考。"

唐知柔不敢坐下，只抱着手臂站在侧面。

坑底积蓄了少量水，空气里的味道令人作呕，唐知柔看不清地上的东西，心中恐惧，加上方才摔了那么一下之后，她现在浑身都有种刺痛般的痒意，恨不得当场将衣服脱了，冲到水里洗脱一层皮。

"现在怎么办啊？落到这样的地方，不知何时才能被人发现，衣服脏了，肚子也饿了，我还想如厕。"唐知柔绝望道，"宋三娘，你陪我说说话吧，这里好黑，我是真的害怕。"

宋初昭没仔细听唐知柔的话，正在检查自己的身体情况，看看有无受伤。

她后背的衣服因为潮湿而黏在皮肤上，接触的地方让她大感不适，然而此刻她还无暇关心这种小细节。

她站了起来，近距离看着自己的手，并进行活动手脚。

手肘部位的肌肉有微微的酸痛，或许是摔下来的时候强行支撑所导致，但是不成大碍。

宋初昭满怀欣慰——自己的身体就是不一样啊，轻盈无比，充满力量，犹如踩着云踏着风。

唐知柔见她全然不理会自己，本就脆弱的心变得稀碎稀碎的，哭道："宋三娘，你能不能理理我啊？我都已向你示好了，你还这样冷落我，在你心里，莫非我还不如尘垢秕糠？"

宋初昭这才注意到唐知柔，头疼道："你别哭了，我听，你再说一次。"

唐知柔说："你嫌弃我吵你是不是？我偏吵我就吵！都已到这般境地了，宋三娘你至于对我这么过分吗？"

宋初昭无辜道："你没毛病吧？"

唐知柔"哇"的一声哭开了。

宋初昭无奈，拿她当小孩儿看。他们边关的孩子一向是自由放养的，暂时随她哭一哭好了，哭得越中气十足，越证明她应该身体无碍。

宋初昭靠近墙边，用手指探入土层，尝试能否借力攀爬上去，等她围着土坑转了一圈，确认好四面墙壁的硬度，唐知柔的哭声还没有停歇。

唐知柔哭得非常投入，腔调也十分悲伤，气息平稳，中气十足。宋初昭想不明白她怎么会有那么丰沛的情感。

宋初昭脑子里魔音环绕，忍无可忍道："不过是掉个坑而已，你究竟在哭什么啊？我没有不管你，你也没碰到什么危险的东西，有什么好哭的？"

唐知柔哭声停了下，说："这么黑的地方，难道你真不害怕？从上山起，此地就没有一处正常的，有没有鬼，都说不准呢。"

宋初昭听着反笑出声："你原来是关心这个？那还不如多祈求一下，不要突然冒出一条蛇来。顺便盼盼这坑里没什么厉害的毒虫鼠蚁。鬼愿不愿意出来见你不知道，这几样东西倒是真危险。"

唐知柔眼睛睁大，面露惊恐，而后哭得更大声了。

"还有老鼠？这鬼地方居然还有老鼠？难怪我身上那么痒，这水里是不是有毒？"

宋初昭有些无语。

唐知柔跳起来："有什么东西在爬我的脚！是不是你？"

宋初昭额头的青筋跟着进行弹跳。

唐知柔哀号："娘……"

宋初昭一把揪住她的衣领，喝道："不许哭！光哭有什么用？也别跳了，你又跳不出这个坑！给我冷静些！"

唐知柔说："谁让你吓我！"

"我只是说句实话罢了。"宋初昭说，"你要真害怕，赶紧爬出这个坑。"

唐知柔哭声渐渐缓下去，问道："这要怎么爬？"

宋初昭说："这墙面不光滑，本就不是为了困人用的，当然直接用手爬啊。"

宋初昭在地上摸索了一阵，找到一块石头，调整着方向，用尖锐的一面，在墙面上挖凿，轻易就刨出个浅坑来。

宋初昭牵着唐知柔的手往墙上摸，不顾对方退缩，强硬道："学着。在墙上抠几个坑出来，方便借力。用你的手，抓着那些不平坦的地方，脚下用力往上蹬。很快就上去了。"

唐知柔不敢相信。

宋初昭抢先截断她的话："不许哭，也不许抱怨！否则我就自己走，将你一个人丢下！"

唐知柔赌气地哼了一声，转身用手去攀土墙。

她没有类似的经验，不懂如何施力，手指疼了，人却还是一点不动。她很快放弃，摇头说："我不行的。"

宋初昭被气笑："还没开始你就说你不行？拿出你方才喊叫的气势来。若真是怕，再高个几倍你也能爬得上去。"

唐知柔说："我……我只是一个女人啊。你太看得起我了吧？"

宋初昭说："这同男女有什么关系？男人比你多的地方，也不能用来爬墙

第七章·出游

啊。"

唐知柔脸色迅速涨红:"你……你也太孟浪了吧?"

宋初昭拍了下她的腰,无情道:"爬!"

唐知柔眼睛红肿酸涩,紧跟着想起自己的眼泪对面前这女人根本毫无用处,不如省省。

她再次转过身,抓住了墙里的一块石头,努力往上爬去。

宋初昭在后面指挥道:"脚用力!用你的双脚去蹬,身体不要后仰,手不要抖!"

唐知柔颤颤巍巍,爬了两步,手臂发软,想要下来,宋初昭一把撑住她的腰,将她继续往上抬。

"上去!"

唐知柔骑虎难下,愤愤道:"我说了我不行!我手都疼了!"

"你若是自己都不肯努力,莫怪别人说你无用!"宋初昭说,"我当你个性里还有个爽快,不想只剩下骄纵!"

唐知柔扭头朝下面道:"你又骂我!你怎么总骂我?"

"我是怒其不争!叫你气死了!"宋初昭说,"你眼下分明有自救的机会,却连坚持都不肯,全把力气用在哭爹喊娘身上,你的出息呢?"

唐知柔说:"我又不是你,我没学过武啊!"

宋初昭说:"所以我不是正在帮你吗?你非得别人把路都给你铺好了你才能走?我可不会纵着你!唐知柔,除非你手断了,否则你就给我接着爬!"

唐知柔咬牙切齿,流着鼻涕,一面抽噎,一面用劲。

这坑其实不深,宋初昭在后面给唐知柔搭手,还算容易。等唐知柔爬到了够不到的高度,她再退开一点,防着唐知柔摔落。

唐知柔不知是不是受了刺激,当真一鼓作气爬到了顶上,顺利逃出生天。

见人从洞口消失,宋初昭松了口气,挽起衣袖,扎好裙摆,借着轻功,三两下跟了上去。

外面的光色陡然变亮,宋初昭被刺得闭上了眼睛,过了片刻才重新睁开。

唐知柔虚脱地坐在不远处,哀怨地望着她,眼泪无声地流淌,看着楚楚可怜。

见唐知柔这样子,宋初昭无奈,叹了口气,走到她面前蹲下,在身上搜了一圈,发现顾风简出门没带手帕,只能将里面那层衣服的袖子抽出来,去给她擦脸。

唐知柔先是畏惧地躲避,之后发现宋初昭不是想打她,才定在原地,略带

惊讶地任宋初昭擦拭。

宋初昭对她难得温柔，她更觉委屈了，眼泪跟断了线一样往下喷涌。

宋初昭好声好气道："这不是上来了吗？本就是不难的事，不过是你自己觉得不行罢了，方才还哭成那样，你看看，至于吗？"

唐知柔说："那我也不想的。"

宋初昭说："别人看轻你，你也看轻自己，还有什么底气叫别人尊重你？'不行'二字，少说，多做。"

唐知柔别过脸，说："所以你那么讨厌我。"

"我不是讨厌你，我只是希望你能坚强一点，有话就直说，有事就去解决，哭能改变得了什么？"宋初昭换了个姿势，语重心长道，"我知道你想等人帮忙，你从小长大，许多人都告诉你，女人不行，还是得靠男人，是不是？但是男人可靠吗？他若真心喜欢你，或许愿意给你几分温情，对你几分好。可哪日他移情别恋了，你的命是不是也要随他走了？你问问，男人的喜欢值钱吗？你的命值钱吗？"

唐知柔听着觉得有理，好奇地看着她，问道："你对五公子也这样吗？"

宋初昭说："顾五郎可不会在我面前哭哭啼啼，也不会在遇着事的时候光想着赖别人，更不会对我说'你只需要依靠我就好了'。"

唐知柔问："那他会怎样？"

"他会说'你想做的事，就去做，我晓得你可以'。"宋初昭说，"他甚至比我还豁达，看轻世俗，胸怀广阔，你同他多学学。"

唐知柔嘀咕道："说得好听，世上只有一个五公子，已经叫你抢走了。"

宋初昭没听见，说道："小县主，你身份尊贵，人人都要高看你一分，本就比许多人好了，我看你也不是优柔寡断的性格。万万记住了，想要别人看得起你，便别只想着示弱，眼泪只能带来同情，不能带来尊重，你大大方方地求人帮忙，好过撒泼打滚一百倍。"

唐知柔说："我没有撒泼打滚！我只是急！"

宋初昭见状，低低笑了出来，朝她伸出手道："可算有精神了？那就起来吧。"

唐知柔垂下视线，久久盯着她的手，而后握上去，起来的时候，小声说了一句："我瞧你也挺豁达的。"

唐知柔情绪来得快去得也快，冷静下来后，也不忍回忆自己先前的表现，拍拍屁股，不敢看她，虚张声势地问："接下来我们该往哪里走？"

这问题不用回答，因为宋初昭已经看见远处跃动的两道人影了。

第七章·出游

顾风简跑得急促，眉眼间有难得的焦虑，从高处的山坡上纵身跳下，险些滑倒，用手拽住了旁边的枯枝，才勉强站稳。

宋初昭看着惊险，下意识地高喊提醒："慢一点！"

顾风简见她无事，才稍稍放缓速度。

这段时日，宋初昭看自己的脸已经习惯了，但是看顾风简的脸，还带着陌生。毕竟她也不喜欢天天照镜子。

顾风简从树影下穿过，身形在明暗中交替，快速朝她靠近，他脸上带着寒意，看向她的时候，又努力想把皱着的眉头抚平。

宋初昭正想打个招呼，顾风简一把扣住她的肩膀，问道："你没事吧？"

宋初昭说："没事啊，我还把小县主带出来了。"

唐知柔张口欲言，想问顾五郎为何会来，结果发现顾风简半点眼神没施舍给自己，咽着嘴里的苦涩，识趣地闭嘴。

顾风简问："你如何带她上来的？背她上来的吗？危险的事，你该等我来帮你，我已很快来了。"

唐知柔莫名觉得脖子上被人砍了一刀，顾五郎为何要瞪她？

宋初昭说："她自己爬上来的，小县主今日还挺努力。"

唐知柔闻言又感动、又骄傲。

宋初昭居然夸她了？

顾风简紧抿着唇，似乎找不到接下去的话题。

冷风吹在宋初昭湿润的衣服上，叫她不由得打了个寒噤。

顾风简立即解下外袍，披到她身上，手指用力把衣襟扯紧，余光看见她手上的泥渍和被割出的划痕，表情变得阴晦，低声说了一句："你没事就好。"

唐知柔也是瑟瑟发抖，目光转动，落在洌水手臂上挂着的衣裳上，希冀地眨了眨眼。

洌水淡定地抖开衣服……给自己披了上去。

唐知柔："……"你们可以。

等四人回到山顶时，宋诗闻也被找到了，侍卫领着她坐在屋前的空地上，她形容憔悴，看似比宋初昭、唐知柔还要狼狈。

宋初昭与她毕竟没有大仇，又是一家姐妹，见她这样，本着关心的态度，上前慰问。

哪知宋诗闻反应激烈，急急从袖中掏了个东西出来，甩到宋初昭的身上。

宋初昭抬手轻巧接住，发现是个熟悉的玩意儿——一个黄符小包。

"你给我这个做什么?"宋初昭从腰间和袖子里摸出许多一模一样的东西,展示给她看,"我多得很,你要送我吗?"

宋诗闻张着嘴巴,目露惊骇,无法回答。

宋初昭说:"你先起来。"

宋诗闻连忙避开她的手,吓得面如死灰。

宋初昭也不知该说什么好,见对方不配合,干脆与她呈斜对角地站立。

顾风简本就不喜欢宋诗闻,看宋初昭得了个冷脸,就更不关心了,催促着宋初昭快去把湿衣服换下。

洌水这里只整理出了一个炉灶,要洗热水澡,得先烧水,而空着能用的锅只剩下一个,她们得轮替着来。

唐知柔自觉排到后面。

宋初昭一离开视线,宋诗闻立即镇定了许多。洌水将宋诗闻带到旁边的空屋里,让小童给她端了碗热汤过来。

宋诗闻坐在木椅上,用手捧着陶碗,浅浅喝下一口。大约是屋里安静,氛围放松,她渐渐缓过神来,眼睛里也有了点神采。

唐知柔坐在她边上,问道:"宋二娘,你怎么回事?当时跑那么快做什么?大家都去寻你了。"

宋诗闻放下手里的东西,前倾着身体,小心地问:"道长,听闻你道行高深,请你如实告诉我,我身边究竟有没有什么脏东西?"

"没有你想的那种脏东西。"洌水说,"这世上多半的鬼怪,都不过是心里有鬼,宋二娘,你魔怔了。"

宋诗闻说:"不是我,是宋三娘!她真的变了,变得与以前不一样,若不是换了个人,哪能一夜间有这样天翻地覆的变化!"

洌水沉默片刻,对着一旁侍卫道:"她有病。"

唐知柔擦着脸上的泥渍,问:"什么病?"

"心病。"洌水说,"送她去看大夫吧,我这里帮不了她。"

宋诗闻跑过去,抓住她的袖子苦求:"我不要!有病的不是我,是我妹妹!她不寻常,她真的不寻常啊!道长你再试试,不定只是她藏得深,你做个法事吧。道长,你也不希望她害顾五郎是不是?"

顾风简低垂着视线,沉默不语。

唐知柔忧虑道:"我看她才像是中了邪的样子。宋二娘以前不是这样的,先生,她真的没事吗?不如你真替她做场法事?"

洌水用力地抽回自己的袖子,摇头道:"你该冷静,宋二娘。你眼底发红,血丝遍布,可见是因思虑过重、心事深沉,久未休息。你越是如此,便会越加不安,别再想宋三娘的事,回去好好休息一下吧。"

宋诗闻这段时间,的确一直在自己吓自己。

每到入夜,她就开始回忆宋初昭的各种细节,想到无法入眠,到后来有些画面连自己也辨不清是真是假。

她本就因为宋老夫人生病的事,忍受了太大的压力,宋家那几位长辈,对她并不体恤,无意中说出的话总是万分伤人,而宋老夫人还不停地与她数落宋初昭的坏处,唯有想到宋初昭被换了魂,原该低她一等,才能有片刻喘息。

先前爬山时,她一直紧绷着精神,随后受了那帮姑娘的叫声影响,以至于情绪极度敏感。

她本就不是什么心志坚强的人,许久打击,早已被消磨至崩溃边缘。

洌水对着侍卫叮嘱道:"送她回家吧。让大夫给她开些静心凝神的药,再让她好好睡一觉。不要再在她面前提什么鬼神之说。这种事情,越说越容易深陷其中,最好早早撇清。"

唐知柔听得愣愣点头,让那侍卫原样转告宋老夫人。

等宋初昭洗完澡出来,宋诗闻已经离开山顶,顾风简也换好了衣服,坐在客厅里等她。

趁着唐知柔进去沐浴的工夫,三人围坐在一起,吃了碗面。

面是洌水身边的小童煮的,汤底清亮,但味道鲜美,用昨晚上一直吊的老汤炖煮,回味无穷。

宋初昭吃得心满意足,感觉滋味美得很。

从她穿到顾风简身上起,就没吃过多少油腻的东西,一是顾风简的身体需要保养,二是口中寡淡,品不出什么滋味来。

这回总算过足了瘾。

洌水放下筷子,问道:"你二人身上,可有不适?"

宋初昭摇头说:"没有。"

她方才沐浴的时候检查过了,肚子上的肌肉略有变软,腰围也稍稍粗了一点,不过皮肤白了不少,除此之外,没别的不同。

不过因为许久没回自己的身体,当她托着自己脸的时候,觉得手心里那软软的肉,比以往更加舒服,还有点陌生。

顾风简的脸部轮廓分明硬朗,捏起来只感觉硬硬的。

宋初昭思绪一歪,眼神不自觉飘到了顾风简那边,仔细一看,发现对方举

着筷子，从容不迫地夹起面条，耳朵却有点发红。

宋初昭问："顾五郎，你是不是着凉了？先前把衣服借给我，不会被山风吹冻着了吧？"

顾风简咳了一声，说："许是，但应该无碍。"

洌水无情地拆台："哦，他挺好，不会有人着凉是只红耳朵的。"

顾风简："……"这面吃不下了。

洌水按着手边的面具，说："先前听说你在京城过得不好。师弟妹，你借着他的身份，是否受过苛责？"

宋初昭说："没有，反倒交了几位朋友。虽然他们麻烦了些，但还挺有意思，倒是顾五郎代我在家里蹲了许久，想必烦闷不已吧？"

顾风简觉得洌水那平静的面孔下正有一肚子坏水在汹涌，简要答道："一切挺好。"

宋初昭问："遇到这种事，你心里不会觉得不痛快吗？"

岂料顾风简竟然道："不会。"

宋初昭好奇道："为何？"

顾风简看向她，轻笑道："因为是你。"

宋初昭被他笑得心跳险些失速，想了想，又镇定下来，点头说："确实，天底下少有我这么像男人的姑娘了。换了个人，不定会毁你的声誉，但如今是我，你尽可放心，保准叫其他人看不出半点端倪来！"

可不是？短短时间里，吵架、打人的事都做遍了。

顾风简无奈，笑了笑，又问："那你呢？"

宋初昭有些惭愧。

天知道她这段时间在外逍遥快活得很，狐朋狗友招手即来，行事恣意潇洒不拘，往日被人唾弃诘问的举动如今却受尽吹捧，满身禁锢都被卸了大半。

她觉得做男人真是太好了！

但想到顾风简替她过了那么一段惨淡的生活，若自己还在他面前炫耀，实在说不过去。于是宋初昭含蓄地说："可以忍受得住。"

顾风简忍笑："真是辛苦你了。"

"哪里！"宋初昭挥手，其实可以再辛苦辛苦！

洌水听他二人一番虚伪对话，觉得还挺有趣味，可惜没持续多久，唐知柔换好衣服出来了。

几人已经在山上耽搁了太久，宋初昭得早些回贺府，免得外祖父担心，唐

第七章·出游

知柔也没了游玩的心情，想回家反思反思。

有了前车之鉴，冽水决定亲自送他们下山。

其余姑娘已经离开，但马车还停了一辆在山底等候。

宋初昭率先上去，唐知柔就跟在她屁股后头。

因为马车有些高度，宋初昭习惯性地伸出手，想拉后面的人一把，唐知柔也顺势将手递上去。

二人双手即将交握时，后方的顾风简悠悠地盯住她们。

宋初昭脑袋一热，方向一转，改而提着唐知柔的衣领往上一扯，把人粗暴拎了上来。

唐知柔一脸疑问。

她呆坐在木板上，有点蒙。

宋初昭拍了拍胸口，又朝顾风简伸出手。

顾风简也被她的举动愣了下，而后眼神带笑，说道："不许丢我。"

宋初昭应允："我拉你上来。"

两人都没疑惑为什么是女孩子拉男孩子上来，反正宋初昭握住了他的手，后者也欣然爬上了马车，然后让人起鸡皮疙瘩地说了句"多谢"与"不客气"。

目睹一切的唐知柔十分无语。

她又做错了什么？

她要有小脾气了。

冽水跟着上前一步，朝顾风简颔首："师弟，慢走。"

顾风简回礼。

冽水又说："师弟妹，慢走。"

宋初昭听这称呼还是有些尴尬，提醒说："你可以叫我宋三娘。"

冽水才不。

她扭过头看向唐知柔。

唐知柔已经自己做好道别的准备，正要回应，冽水猝不及防地冒出一句："以后不要来了。"

唐知柔哑然。

宋初昭对这小可怜深表同情，解释说："她的意思应该是，以后不要带太多人来，尤其是不要带怕鬼的人来，如果你自己也怕鬼，最好就不要来。"

唐知柔抹了把脸，坚强道："倒也不用安慰我。"她知道自己这回丢够人了。

冽水挥挥手："去吧。"

黄土上留下两道车辙，马车颠簸着朝城门靠近。

半个时辰后,车辆停在唐知柔的家门口,然后又往回绕了大半圈,才在贺府停下。

宋初昭准备下去,掀开门帘后,不知为何回头看了眼顾风简。

顾风简笑道:"好好享受贺公的疼爱,他喜欢你喜欢得紧。"

宋初昭也笑,说:"顾国公也很关心你,只是不善言辞,望你回去后能与他好好说话,消除嫌隙,我走了。"

说完,她身手灵活地跳了下去。

宋初昭还未走近,门口通报的仆人已经高兴地喊道:"三姑娘,您回来啦!"他的声音顿了顿,在看清她的打扮时,突然消了下去,变得低沉而颤抖:"三姑娘,您怎么换了身衣服?"

宋初昭被他逗笑:"不要多想,只是与小县主在山上弄脏了衣服,所以找人借了一身而已。"

仆人不甘地问:"那为何是五公子送您回来?"他方才已经从门帘的缝隙里瞥见顾风简了。

宋初昭说:"因为他师姐就住在少陵山上,我们恰好遇见了。"

仆人恨道:"好巧哦……"

宋初昭迟疑了下,问道:"我外祖父呢?"

仆人立马应说:"老爷在后院的马厩里,我替您去叫他!"

宋初昭想了想,拦住人说:"还是我过去找他吧,正好我也想看看马。"

这位身材高壮的中年男人明显愣住了,原先半眯着的眼睛也睁了开来。

他们姑娘来贺府之后,一直表现得礼貌而疏离,从未在无事时主动去找过贺老爷,更没去过马厩那样的地方。

贺老爷虽然难过,但觉得三姑娘是初次回家,与他们不亲近也是正常,只嘱咐众人别去打扰她,想着等相处久了,或许就熟稔了。

今天莫非就是那个春暖花开的日子?

男人很快地反应过来,激动道:"好的!我这就给您带路!这边来!"他说完飞也似的往后院的方向走,丝毫没觉得自己速度太快。

宋初昭觉得这门房的反应真是有趣,笑了两声,将过于宽大的袖子往下甩了甩,把袖口抓在手心,一路小跑着跟上。

她心底有点羞怯,但兴奋居多。

当初看贺老爷围着顾风简团团转的时候,就很想享受一下,毕竟她父母管教严格,她还没体会过被溺爱的滋味。

第七章·出游

· 245 ·

那仆人走到临近的院口,就主动停下脚步,示意宋初昭自己进去,想叫他爷孙能单独相处一会儿。

后院的马厩,是贺老爷为了宋初昭特意改造扩建过的,因为他猜宋初昭或许会喜欢骑马。

他将周围一圈的摆设都给清空了,理出来一片宽阔的空地,大小刚好够骑着马绕两圈,之后担心宋初昭嫌弃,又让仆人把马房从里到外都打扫了一遍。

带臭味的旧家具能丢则丢,不好丢的就多次擦拭干净,马粪必须及时清理,稻草也得保证新鲜干爽。

是以宋初昭走进来的时候,竟没闻到多少异味,要是在边关,那臭气估计能熏出一里地。

贺老爷正背对着院门洗马,听见脚步声,以为进来的是府里的仆人,随口问了句:"什么事?"

宋初昭说:"这马躯干壮实,四蹄轻捷,看着是匹好马。"

贺老爷脊背猛地一顿,然后缓缓转过身,大笑着说:"是昭昭来了啊?你果然眼光好,这匹马本是陛下赏给你傅叔的名驹,我看着喜欢,便向他借来养几天。"

宋初昭朝他露齿笑道:"傅叔舍得割爱,也是大方。"

贺老爷叫她笑得内头一片柔软,小心地问:"你要不要摸一摸?不用害怕,这马听话得很。"

宋初昭于是伸手在已经洗干净的马脖子上顺着摸了下。

这马很有灵性,见她靠近,不仅没有躲避,还乖顺地靠过来,在她手心磨蹭。

宋初昭本就爱马,见之欢喜,叫道:"这马也太乖了吧!"

贺老爷赶紧抽过腰间的抹布,将自己的手擦干净,说:"你且等等,外祖父再去打桶水来,把它身上冲干净了。"

宋初昭问:"要我帮您吗?"

贺老爷一个"不"字都已经说出口了,脑筋突然灵光起来,到了嘴边急转,变成:"不……那么轻松的,我也一把老骨头了,这样的粗活做得不多,你若是能帮我,那自然是最好的。就怕你今日刚回来,有点累了。"

宋初昭笑说:"没关系,我力气大得很。"

贺老爷整个人都轻飘飘起来,仿佛荡在三月最柔和的春风里。

他外孙女怎么那么体贴哪?

他的昭昭啊!

两人一起去打了桶水来。

不管是贺老爷还是宋初昭，常年习武，多有锻炼，一人担个四五桶水都不在话下。偏偏凑到一起，还得你一只手，我一只手，磕磕绊绊地提着个木桶往马厩里拎，完后互道两声辛苦。

因为是冬天，井水偏凉，贺老爷爱惜这匹马，又让人去烧点热水回来调温。

黑马乖乖地站在原地，任由他二人往自己身上泼水。

二人一面闲聊，一面做事，往常一炷香就能做完的事情，硬生生给他们拖了半个多时辰，到后来，马儿都有点烦躁了，不停地从鼻子里喷着气。

宋初昭看它可怜，觉得惭愧，终于提说应当是洗干净了。

在用抹布给这马擦干的时候，宋初昭问道："明天我可以骑它吗？"

贺老爷飞快道："好啊！你看它也喜欢你，这院子前边的路都拓宽了，届时让人注意些，你可以在那边跑。"这本就是为了讨宋初昭欢心，才去找傅长钧讨来的马。

宋初昭问："府里就这一匹马吗？"

"还有两匹，也是好马，关在里面的格子里。"贺老爷问，"我带你过去看看？"

宋初昭点头："好呀。"

两人又跑进棚里头，对着正在吃草的两匹马一顿夸，什么奇怪的词都冒了出来。贺老爷甚至连它们祖辈的英雄事迹都给编出来，硬生生给史书上那几匹千里名驹塞了几个后代。

那两匹马也确实聪明，见人来，主动走到他们面前，准备出去奔跑。在发现二人只是莫名其妙地来说说话之后，又嫌弃地回到原位，低下头继续吃草。

等两人逛完一圈出来，天色已近黄昏，贺老爷红光满面地领着宋初昭去前厅吃晚饭。也是到现在，贺老夫人才知道，贺老爷居然背着自己与昭昭在交流感情。

贺老夫人简直心痛如绞。

竟被捷足先登了！

在宋初昭去换衣服的空隙，贺老夫人逮着机会，冲着自己郎君就是一脚，她气道："昭昭难得愿意出来，你为何不叫我？我看你心里其实没有我！"

贺老爷委屈地说："你又不懂马。"

"我不懂马难道还不懂你？"贺老夫人说，"你二人聊着，我又不会打搅你们，在旁边给你们端个水递个糕点，总是可以吧？你心里就是没我！"

贺老爷："……"怎么可以不讲道理？

第七章·出游

所幸宋初昭很快跑回来，制止了夫妻二人继续争吵。

然而吃饭的时候，贺老夫人一直单手按着额头，一副中气不足的模样，筷子停在自己的瓷碗上面，起起落落，却没有夹菜。

贺老爷心虚地坐在旁边，低垂着头，假装不知。

宋初昭吃了两口，察觉到她闷闷不乐，关心地问："外祖母，您怎么了？不舒服吗？"

贺老夫人瞥了眼旁边的男人，慈爱地笑道："只是没有胃口而已，昭昭你多吃一点。"她在屋里已经吃过好几顿了。

贺老夫人后面的话还没说出口，宋初昭站了起来，夹了一块炒鸡蛋到她碗里，说："外祖母也多吃一点，不吃的话身体如何能好？"

贺老爷与贺老夫人俱是一副受宠若惊的模样。

贺老夫人用颤抖的手夹起鸡蛋，克制地说："好，外祖母多吃！"

她连着饭，将金黄色的鸡蛋送进嘴里，细嚼慢咽后才吞下去，脸上露出满意的神色，仿佛吃的是什么龙胆凤髓。

宋初昭已经在顾家见识过这样的架势，这回还算淡定，表情不自然了下，很快调整回来，转头看见贺老爷炯炯有神的双眼，也给他夹了一筷子。

"外祖父也吃。"

"吃，吃。"贺老爷捧着碗，高声道，"昭昭给我夹的菜，我能多吃三碗！"

宋初昭看他这架势，怕他真的胡吃海塞，忙道："吃太多也不好，饱了就行。"

贺老爷跟个孩子似的笑道："自然，自然。"

宋初昭给他们夹了什么，二人就不停地吃那道菜，没一会儿，鸡蛋就少了一半。

宋初昭只能说："菜也要多吃。"

"肉也要吃。"

"不要吃太多啦。"

管事站在一旁，眼含热泪，大感欣慰。

贺府空了多少年哪，终于有生气了。

这一顿饭吃下来，祖孙间亲近了不少。二老的面色也明显更为红润，因为胃口大开，比平日多吃了许多。

宋初昭与贺老爷约好明天早上出去骑马，遂满足地放下碗筷，准备回屋。

贺老爷挥了挥手，将她叫住："不急，我们再聊聊。"

宋初昭不忍违背，扯了扯衣摆，重新在他面前端坐。

· 248 ·

贺老爷问:"昭昭今日出门,有遇到什么特别的事吗?"

宋初昭茫然道:"没有啊。"

贺老爷问:"那可是有什么麻烦?"

宋初昭回答:"一切顺利。"

贺老爷停了下,又问:"与小县主相处得好吗?"

"还不错。"宋初昭说,"小县主虽性格软弱了些,但也通达明理,我二人没什么矛盾。"

贺老爷觉得不对头,抬手捋了把胡须。

宋初昭更是满脸无辜。

贺老爷与贺老夫人对视一眼,换成贺老夫人发问。

"听说你是与顾五郎一起回来的……你可有别的请求,想与我们说?都是自家人,你尽管说,不必拘谨。"

宋初昭恍然大悟,紧跟着无奈一笑。

莫非是觉得她这般殷勤讨好,是因为犯了错,或是有求于人?

倒是与她爹娘一样有先见之明,该不会她娘以前就是这样的个性?

宋初昭放松了身体,笑说:"是遇到顾五郎了,还与他聊了片刻。"

贺老爷心生嫉妒,面上和蔼:"你二人聊什么了?小县主也在吗?"

"众人都在,不止我与他。"宋初昭眼珠转动,眉眼弯弯,机灵又可爱地笑道,"他跟我说,我母亲与他母亲,曾是关系极好的故交,亲如姐妹。"

贺老夫人回忆起来,感慨道:"确实如此。我们两家关系一直很好,所以才有你与顾五郎的婚事。"

宋初昭点头,郑重其事道:"嗯。顾五郎还与我讲,外祖父年轻时,风姿丰伟,英勇不凡。当年平乱,一人一骑,便可震慑敌军,大有'秦王扫六合,虎视何雄哉!挥剑决浮云,诸侯尽西来'的豪情壮阔!还有外祖母,独自操持家业,当年风雨飘摇的危险境地,受人胁迫也不屈不挠,有着巾帼不让须眉的坚韧性情。"

贺老爷怔住,半信半疑道:"他、他真这样说?"

"嗯,还聊了很多事情。"宋初昭叹了口气,抬起头道,"他开解我。说我母亲远赴边关,多年未归,您二人身边只有傅叔陪伴,不是你们不关心她,只是形势所迫,其实心底一直思念着我母亲。"

贺老爷忙加了一句:"也思念你的。"

宋初昭笑:"我知道。你们与祖母不同,是真心疼爱我,只是不知该如何表达。"

第七章·出游

· 249 ·

贺老夫人当下眼眶就湿了，忙用绢帕擦了擦眼角，把眼泪逼回去。

她说："我们与她自然不同。昭昭，我们不会由着别人欺负你，谁若是叫你受了委屈，你回来告诉我，我给你出气，你比我的命……比什么都重要。"

宋初昭摸向她的手，点头道："我晓得。原先我当您二老，也会不喜欢我跳脱，所以想乖巧一点，怕你们讨厌我。"

"怎么会？"贺老夫人声音变得尖细，目光闪动，恨不得将她抱进怀里，开口激动得语无伦次，"你什么样子我都喜欢！你这活泼的样子，怎么都好！你母亲当年，比你还调皮……你祖母不喜欢，我是喜欢的！"

宋初昭道："我现在明白了，顾五郎也这么说。以后您可不要不喜欢我。"

"我的昭昭啊！"贺老夫人忍不住，上前抱住了她，紧紧贴着她的脸，哭道，"你不晓得你多招人疼，外祖母只觉得对不起你，哪里会不喜欢你？是喜欢的说不出来。"

贺老爷看着抱在一起的两人，抽了抽鼻子，心里对顾风简那印象啊，真是突然拔高了一万八千尺，往日爬墙的仇，都可以一笔勾销了。

而另外一面的顾风简，正被顾国公叫到书房里说话。

顾风简垂首站立，顾国公一动不动地盯着他。

书房内极其寂静，仅有轻浅的呼吸声此起彼伏，父子二人竟就这么站了许久，谁也没有开口。

要不是宋初昭跟他说过顾国公"对他深怀愧疚，只是不善言辞"，他一定已经拂袖离去了。

这是做什么？叫他罚站吗？

时间悄悄而去，顾国公似乎发觉自己失态，用力地咳嗽了一声，然后弯腰装模作样地去摸桌上堆叠的公文。

顾风简抬起头，再次等着对方发言。岂料顾国公又闭嘴了，仿佛刚才的咳嗽真的只是一时喉咙发痒而已。

在顾风简的脚步开始蠢蠢欲动时，顾国公动作停了下，然后放开双手，重新坐正，那一脸正气的表情，仿佛方才的一切都未发生，他刚发现自己的儿子站在自己面前。

顾国公朝旁边指去："嗯，坐，坐这边来。"

顾风简现在就想知道顾国公究竟要做些什么，提了下衣摆，坐到旁边的位置上。

顾国公看着他紧抿的嘴角与冷峻的表情，张了张嘴，欲言又止。

先前顾风简对他的态度已经明显软化,与他说话时,也能温和交流,甚至偶尔还会对他笑上一笑。那段时日,他高兴得无以复加,甚至有点不敢相信,夜里与夫人谈话,聊到此处,便是无比动容。

可是今日,五郎又变得冷硬起来。那眼神、那动作,让他回忆起了数月之前的恐惧。

顾国公不知道自己是哪里做错了,心下忐忑又不安。

顾风简又等了片刻,终于忍无可忍,问道:"父亲叫我来,究竟有何事?"

顾国公只能没事找事。他的目光在桌上游走了一圈,而后按住一本册子,说:"御史公叫我转托给你的公文,你先看一看吧。"

顾国公的表情十分阴沉,眉头紧紧皱着,犹黑云压顶,语气也很生硬。与顾风简记忆里没有任何不同。他实在想不出来,这样的表情除了"败兴"与"抗拒",还能代表什么。

顾风简忍着心头不适,伸手接过,拿在手里翻阅了一遍。

书册里面记录了一桩案子,人物的名字已经隐去,或许是真的,也或许只是杜撰,御史公将它简略描写出来,在后面提问,该如何处置。

这应当是为了考核他能力而出的问题,内容也与御史台平日的公务有关。

顾国公一直用余光窥觑着儿子,发现儿子的脸色肉眼可见地难看起来,五脏六腑都开始震颤。

发生了什么?他到底做错了什么?

顾风简合上书册,问道:"父亲这是何意?"

顾国公脸色紧绷:"你自己拿主意即可,我不会逼迫你。"

听语气好像不大情愿。

顾风简现下十分矛盾。因为宋初昭的保证,两种截然不同的观点在他脑海中不断对拼,让他无法对顾国公进行准确的判断,理智也在拉扯中逐渐丧失,最后汇聚成大大的"搞什么"三个字,在他嘴边盘旋。

顾风简把那几乎要脱口而出的话咽了回去,捏住书册递还回去,说:"我自己找御史公细聊吧。"

他单手伸过去的时候,袖子往下滑落,露出了他的手背和一小节手腕——以及上面明显的红痕。

顾国公先前不敢正大光明地看他,这回瞧得仔细了,一看见他的伤,顿时眼睛发红,站了起来。

"你的手怎么了?你与人打架了?"

第七章·出游

顾风简手上的划痕，是在山林里，为了绕近路，从枯枝间穿行而伤到的，手上沾着泥的时候，这些伤还不明显，洗干净才发现，红痕错落密布，看着有点恐怖，尤其是到了现在，伤口的颜色加深，变得更加明显。

其实并不多疼。

顾国公一把抓住他的手腕，对外面喊道："刘管事，去拿两瓶伤药来！"

顾风简想将手抽回来："这没什么，我已经上过药了。"

顾国公紧紧抓着不放，眼神凶悍地盯着他，满身杀气都放了出来："这是怎么回事？你平日最爱惜自己的手，怎么会叫自己受伤！"

顾风简重重地呼了口气："我说了没什么，是我自己情急之下弄伤的。"

顾国公问："你今日去了哪里？又见了什么人？你无故为何要去危险的地方？是不是别人逼你？"

顾风简声音重起来："我说了是我自己！若是打斗，哪能出现这样的伤！"

顾风简用力往回一抽，顾国公怕弄疼他，赶紧松开手。顾风简动作一大，袖口翻飞，放在袖子里的黄符小包就那么滑了出来。

二人的视线跟着转移过去。

顾国公看清那道黄符，本就暗沉的脸色更是褪成死白。他身形猛地摇晃了下，似是不能接受，而后如风雨爆发，满腔怒意沸腾起来，咆哮道："谁给你的东西？那个人又跟你说了什么？他是何居心？是谁？"

顾夫人担心他父子二人谈话会吵起来，毕竟顾国公那脾气，真是一言难尽，二人之间的嫌隙还未消除干净，可不要再增添新的误解。

她端了盘点心，特意在这时候送过去，想找个借口留下，好为他二人打打圆场。岂料，她才刚走到回廊的位置，就听见了顾国公勃然大怒的吼声。

顾夫人一听便觉不妙，粗暴地把糕点塞进旁边婢女的怀里，快步冲过去。

果然，一进门，她就看见顾风简梗着脖子，握紧拳头强行忍耐的模样。

顾夫人不由分说，上前就推了顾国公一把，也训道："你凶他做什么？你吓到五郎了！什么事不能好好说，非要这般态度！"

顾国公被她提醒，脸部肌肉缓了缓，可还是很难看。

"他……"

顾夫人顺着偏过头，看见了地上的黄符，当即叫出声来："天哪！"

她对着那黄符后跳一步，过去抱住顾风简的肩膀，惶恐道："我的儿，我的五郎，这些东西不可信的，你万万不要当真！那些旁门左道之徒，只晓得骗钱罢了，嘴里没有一句真话！"

顾风简说："我今日只是去了少陵山。"

顾国公不知自己发怒的表情尤为狰狞，激动地质问："这是谁给你的？"

顾风简回答："师姐给我的。"

"你师姐？"顾国公气道，"她为什么还要来找你？"

顾风简扭头看去："她为何不能来找我？"

顾夫人忙抢过话题，解释说："你父亲不是要责问你的意思，他是关心你。只是洌水既然知道你的经历，不该再给你送这些东西。她是你师姐，当晓得你憎恨福东来，也憎恨鬼神玄学，她可有与你说什么？"

顾国公知道自己怎么说怎么错，干脆闭嘴。他懊恼地按住额头，背过身去，面墙而立。

那道黄符给他的刺激太大了。他生怕顾风简还记得当年福东来的卦文，并信以当真，更怕有人在顾风简面前提及往事，蛊惑其遁入道门。

他都这样难过了，五郎要是亲耳听见那些狠毒谣言，该如何伤痛啊！

顾风简看了父亲的背景一眼，从那佝偻抖动的腰背里看出了一股颓丧，语气不由得放缓，解释说："师姐只是身边没有合适的东西，随手赠我，让我拿去售卖，她也不喜福东来，不喜道士。"

"什么？"顾夫人迷茫道，"让你拿去售卖？"

顾风简点头说："师姐送了宋三娘一大把，顺手也给了我一个，说是京城中有人重金求购，再不济，留在身边求个平安也好，这是她的心意。"

顾夫人再看向地上的黄符，心情变得复杂起来。

顾风简上前，将东西捡起来，拍去上面的灰尘，重新放好。

他多解释了两句："手是今日在山上划的。小县主与宋三娘不慎掉进了一个土坑里，我与师姐去找她二人，为了赶路，抄了近道，少陵山上的枯木极为繁盛，还有不少荆棘，没有注意，才变成这样。"

他说完，三人都沉默下来。

顾国公依旧对着墙面，让人看不清楚表情，只能听见压抑的抽动鼻子的声音。

顾夫人也不知道该说什么。

越是爱之深，越是难以冷静。

顾风简抬手作揖，告辞道："若没其他的事，儿子先下去了。"

"五郎！"

顾国公猛地爆出厉喝一声，然后转过身来。

顾风简就那么猝不及防地靠近了一双满含热泪的眼睛。

第七章·出游

顾国公大步朝他走近，抱住他说："五郎，父亲不是要凶你，父亲只是怕你受人欺负。不是在对你生气，是对别人，是对自己！"

顾夫人在一旁用力点头。

顾五郎被他抱住，身形僵硬，无法动弹，只有睫毛飞快地颤了颤。

顾国公说："我怎么那么不会说话？我想同你和颜悦色的，想心平气和地问问你今日为何不高兴，只是我偏偏不知该从哪里开始说。我一看见那黄符，担心你又记起福东来，心下恐慌又紧迫，才乱了分寸。你要相信，父亲会护着你，往后不管发生什么事，出了什么变故，都会护着你。哪怕福东来还活着，再搬出些天花乱坠的东西，我也不会再将你交给他！"

顾夫人跟着道："你父亲在外就是这样的脾气，他面冷心热，你去问问四郎啊，他最懂的！"

顾国公抱着顾风简，手臂上的肌肉都在颤抖。

顾风简与之紧紧依靠，觉得父亲的怀抱，比宋初昭的还是要宽阔暖和一点，只是已经不同记忆里那样坚如磐石不可摧毁，父亲如今，坚强里透露着无法隐藏的害怕。

那种畏惧，那种弱点，是因为他。

顾风简抬高手臂，虚虚地落在顾国公的背上。

对方抱得他更紧了。

顾国公声音沙哑："我是你父亲啊！我要如何说才能让你明白，我想做一个好父亲，不会再像当初那样无能……"

顾五郎安抚地说："我知道。"

顾国公说："你不知道！你有事只晓得瞒着我！你受委屈也是自己受着！你误会我时都从来不说！你根本不知道，你心底是憎恶着我这个父亲的，甚至不屑与我说话！"

顾风简语塞。

其实他一直能理解。当年的事情，换作是他，也未必能做得更好，只是理解与私心之间，有着一点相悖之处，也只有一点点。

那点不甘心，只要顾国公同他说一声对不起，他就能原谅。

或者说……

"我其实从未怪过你。"只是希望你能再对我好罢了。

"更不是憎恶你。"只是不想输了感情，才刻意变得冷漠。

顾国公难过又自责，总能找到批判自己的理由："那是为什么？为何我做

父亲会如此不尽责,就是想不通你在想什么?"

顾风简支吾:"我……"

好在这时管事端着一瓶伤药,火急火燎地跑过来,救了顾风简一命。

顾国公终于放开顾风简,可依旧用一种顾风简无法抵挡的眼神看着他。

顾风简认真道:"我真的知道,往后我有事,都同您说清楚。"

顾国公分明不信。

类似的假象,曾经出现过一次,但也只是假象而已,不定过几天又像今天一样变回去了。

他的五郎,好善变的。

顾风简:"……"可那真的不是我。

顾夫人提议说:"你手伤得这么严重,让你爹先给你上个药。"

顾国公神色顿变,在惊喜和冷漠之间不断切换,诉说着他内心的挣扎。

顾风简看了眼实际上已经结痂的手。

呃……上就上吧。

他大无畏地挽起袖子,贡献出了自己的手,以供顾国公表达自己的父爱。

顾国公上药,小心翼翼,如在执行什么重要公务。顾夫人也在一旁认真地看着。二人严阵以待的架势,叫顾风简无奈中多了点酥麻的暖意。

那个平素不苟言笑的男人,如今在他面前低着头,翘着手指,一板一眼地把药膏涂到他手上的每一条伤痕,力求没有错漏。

他能看清对方头顶的白发与额角的皱纹,这人如同那失去了光泽的发一样在渐渐衰老,但仍旧用坚不可摧的意志在维持着他的尊严,挺立在一国之巅,挥洒着心血与汗泪。

顾风简移开视线。

顾国公上完药,接连检查了好几遍,才关上瓶盖,同他说好了。

于是顾风简顶着一手浓浓的伤药,坐到餐桌上,鼻间闻到的全是草药的气味,导致心情也趋近于菜色。

但是他不能表现出来,因为顾国公正目不转睛地看着他,表情依旧难以读懂。

不久后,顾四郎甩着手潇洒地跑过来。

顾风简听到脚步声,心里即起了不祥的预感,他实在无法想象一向咋呼的顾风蔚也掺和进这件事情之后会变成什么局面。

在这一点上,他四哥从未让他失望。

第七章·出游

顾四郎用脚钩了椅子,没什么正形地坐下,一扭头瞥见他的手,惊叫道:"五弟,你这手是怎么了?怎么伤得那么严重?"

顾风筠没理,因为无法回答。

不是伤得严重,是治得严重,他都觉得原本已经快要痊愈的伤口正在悲惨地发热发痒。

顾四郎靠近来,又一看,继续叫道:"谁给你上的药啊?怎么上得如此乱七八糟?四哥还以为你整只手都废了!上药怎么能这么上的?又不是越多越好,哪家大夫弄的,四哥帮你去揍……"

顾四郎愤愤说了一段,终于发现场面不大对劲。桌上另外三人都眯着眼睛,用一种意味深长的目光,凌迟着他。

顾四郎虎躯一震,吞了吞唾沫:"我是说,那大夫一定极关心你,所以肯下这样的血本。你不知道,这种伤药可贵得很。"

顾国公说:"我顾家虽清廉,但不缺银子。"

顾四郎点头:"是。"

顾夫人同情道:"我劝你吃饭。"

顾四郎继续乖巧:"是。"他心中有数,他懂,他明白。他端起碗,埋头扒了两口,见桌上几人都同凝固般一动不动,主动站起身,去夹远处的菜。

顾四郎就着弯腰的姿势,想了想,问道:"五弟,你有哪道喜欢的菜吗?要是不方便,我帮你把盘子端过来。"

顾夫人眼睛一亮,跃跃欲试道:"五郎这手都伤了,要不要娘来……"

顾风筠立即抓起筷子,不给她说出下一句话的机会。

顾夫人遗憾叹气,退而求其次地为他夹了一道菜。

顾国公见状,也学着往顾风筠的碗里夹了一只鸡腿。

顾四郎看着啧啧摇头,期望顾风筠能稳住,切莫当场翻脸摔碗走人,同时心里暗道,爹娘这是怎么了,不晓得五弟的个性吗,五弟哪里会喜欢别人给他夹菜?

哎,这家中最了解五弟的,果然还是自己,前段时日也相处得很好,五弟已慢慢愿意同自己出去会友,想必早晚有一日,他能明白自己这个四哥的良苦用心。

爹娘还是不行。

顾四郎正暗中得意,就见顾风筠默默就着米饭,把碗里堆叠起来的菜吃了下去,虽然表情冷淡,可是并无不悦。

这何止稀奇了得?

顾四郎猛力咳嗽,差点将嘴里的饭喷出去。

顾夫人警告道:"顾风蔚!"

顾四郎激动地说:"我——"

顾风简按着他的肩膀:"你给我坐下。"

顾风简胃口小,象征性地吃了两口,就用手挡住碗口,吃饱之后,也快速回了房间,不与众人交谈。

饶是如此,几人已很是惊喜。知他态度软化,是不再计较从前的事,一家人终于又是一家人了。

顾风简也想不到,自己回到顾府之后吃的第一顿饭,是这样哭笑不得的画面。

他静坐在许久未回的房间里,将头靠在书桌后的椅背上,脑海中不停地重复回放方才那几人的表情,连自己也未察觉地笑了出来。

天边黄昏的余辉逐渐散去,褪成淡色的月光。

仆人轻轻叩门,端着灯进来,为他点亮屋中的几盏烛灯。

顾风简被那动静唤回了神,才发现自己竟然发了许久的愣。

待仆人下去,顾风简才开始打量自己的房间。

宋初昭其实未动他房里太多东西,只抽了几本书摆在桌面上装装样子,但是房间里各处的细节,都留下了她生活过的痕迹。

譬如书桌的边缘处,有她百无聊赖、难以忍受时刻下的划痕,看划痕的深浅与粗细,可能是指甲,可能是笔杆,也可能是桌上不知道什么东西。

顾风简已能想到宋初昭坐在桌前时那苦大仇深的模样。

不知她暗地里有没有因此骂过自己。

还有床上。

顾风简的入睡姿势十分规矩,只要躺下,就可以一动不动地睡到天亮,所以床铺向来只用半边,另外半边连褶皱都少有。

而现在,里边的床单有被拉扯过的痕迹,应该是宋初昭夜里睡乱,而仆人在打扫的时候,又没有整理得那么仔细。

顾风简走到床边,摩挲着翻找一圈,果然在里侧的被褥下面,翻到了他叫春冬送来的话本。

封面有褶皱,还有烛油。

可见宋初昭藏得很是辛苦,难为她了。

顾风简又在屋中转了几圈,觉得实在很有意思。

第七章·出游

宋初昭在军营住久了,对衣物及某些物品的摆放有种近乎苛刻的计较,顾风简一打开柜子,就能看见里头叠得整整齐齐的衣服,以及按照大小成排放置的各式玉饰。

偏偏书笔一类,又会很不计较地杂乱堆放,挂在墙上的书画被蹭歪了,也不见她过去扶一把。

时而仔细,时而粗犷,喜好与性格都很直白,生活惬意得很。

宋初昭真是一个满身朝气的人。

顾风简正这样想着,耳边似有幻觉一样,听见有人在外头轻喊:"顾五郎!"

声音一连叫了两次,而后窗格上响起了熟悉的敲击声,似乎因为有点心急,对方砸得有点用力。

顾风简笑了出来,合上柜门,走过去开窗。

宋初昭缩在墙角下,见他出来,从窗台底下冒出个毛茸茸的脑袋,无辜地往屋里张望。

顾风简说:"你来了?"

"嗯!"宋初昭点头,"我今日回了家以后,才想起来有些事情可能没跟你交代清楚,你不知道,小心说露了馅。"

顾风简退开一步,示意她进来。

宋初昭单手一撑窗台,利落地跳进屋中。

她动作鬼祟,磨蹭着往里走,似乎是不大好意思,压着声问:"你回来之后,顾夫人未发现有哪里不对吧?"

顾风简说:"没有,我可以处理。贺府还好?"

"很好呀!"宋初昭兴奋说,"你不知道,贺府后院,养了三匹好马,膘肥体壮,皮毛油亮,而且极具灵性,外祖父答应我了,明日送给我玩一会儿。"

顾风简问:"你在边关,不是见过很多马?"

宋初昭说:"军营里好马很少的,大多宝贝得很,哪里舍得送给我出去兜风?借都借不出来。"

马匹昂贵,在军营中被重点看管,若是丢失或者受伤,那看管马匹的人怕是死罪难逃。

两人在桌边坐下。

宋初昭按着脑袋道:"让我想想,前几日你娘都叫我做了些什么,除却总撺掇我去贺府找你,还有很多鸡零狗碎的事。话说你们顾家人的一些习惯,是真的奇怪,为什么一个人刺绣的时候,旁边得有人在看着啊?还有,为何谈心

的时候，一定要选在半夜呢？"

顾风简沉默片刻，心说你宋家人不也喜欢在半夜翻人家窗子吗？

"我家人其实不会在半夜来找我谈心。"

他话音刚落，印证似的，门外传来几声呼唤："五弟，五弟！"

宋初昭一惊，指着门口无声道："你看！"

稍一愣神的工夫，顾四郎已经跑到了他门前，用力拍着房门，问道："五弟，你睡了没有？"

顾风简说："我睡了。"

"睡了我也要进来与你说话！"顾四郎无赖笑道，"你不开门，我就跳窗了啊！"

宋初昭已经溜到窗边，闻言吓得一个激灵，就地转身，绕去了屏风后面。

顾风简见她抱着脑袋蹲好，门外又一阵窸窸窣窣的动静，不知道对方在做什么，赶紧过去开了门。

木门一开，倚靠在门边上的男子险些摔到地上。对方身上带着一股浓重的酒味，趔趄了两步，又凭借过人的肢体平衡，立了起来。

顾风简皱眉："你喝酒了？"

"一点点。"顾四郎用手指比了比，笑道，"父亲在书房搬出来两坛老酒，我闻着香，跟着喝了几杯。"

听他语气，明显有点含糊，是醉得不浅了。

宋初昭心说，你们顾家还真是祖传的酒量差啊。

顾风简知道顾四郎的酒量其实不差的，否则在一帮武生兄弟里也混不开，他只是喝得多，原先平坦的小腹都已向外微微凸起。

顾四郎的几杯，与普通人的几杯，不是同一个杯子。

顾风简想将他赶走，语气不免有点急促："你有什么事？"

换作平常，顾四郎根本听不出五弟话音里的情绪，不想在喝醉了之后却变得极其敏感。他笑脸顿时一收，逼近了一步，问道："你为何这样冷淡？"

顾风简噎住，否认道："我没有。"

"你都不叫我四哥了。"顾四郎开始翻旧账，激动道，"不仅如此，你还当着范崇青与季禹棠那两人的面，直呼我的名字。你为何不叫我四哥？我待你不好吗？"

所以宋初昭你为何不叫他四哥？

顾四郎抱着他就开始哭："四哥真的好难过！"

宋初昭在屏风后头快要笑抽了。

第七章·出游

顾风简掰正顾四郎的脸,本以为能看见他四哥涕泗横流的表情,却不想后者只是在干号而已,口水都比眼泪流得多。

他那一腔愧疚的心仿佛喂了狗,用力将顾四郎推了出去。

顾四郎得不到安慰,又跟狗皮膏药一样黏上来。

"你小时候总爱跟在我身后喊我四哥,我那时候嫌你烦,总想将你赶走,四哥错了!"顾四郎一开腔,情难自控,抓着顾五郎开始回忆往昔。

"你不知道,你小时候虽然长得可爱,模样端正,可是你爱流口水。你年纪小流口水自然是正常的,可我真的受不了你喜欢把口水糊我脸上……"

顾风简听见屏风后面传来抽气声,忍不下去,去堵他的嘴:"你住嘴!"

顾四郎的力气比顾风简大多了,完全不惧他挣扎,见他靠过来,反手躲过,并顺势抱住了自己的兄弟,继续深刻忏悔。

"是我太不懂事,没好好照顾你,说是带你出去玩,却差点让你和路边的狗抢东西吃,还不慎把你给踹沟里去了,到现在我也没敢告诉娘实情,这事儿憋在我心里头许久许久了。"

顾风简怒了:"那你就继续憋着!"

"憋不住了!四哥一想起,就止不住地难受!"顾四郎干涩了许久的眼眶终于湿润起来,声音也放得低沉,"父亲明明叫我看好你,我却没能拦着把你带走的人,娘也叫我气病了。他二人怕我也自责,故意不在我面前提你的名字,私下里,又在院子悄悄抱着你的衣服哭,我看见了,却什么也不敢说。"

顾四郎抽噎:"我常梦见我挥开你的样子,我以为你要缠我十几年,缠我一辈子,可你还没长大,就离开了顾家。你走了我才晓得兄长是该照顾你的,我怎可嫌弃你?我可以把什么都给你,好吃的、好玩的都给你,五弟,五弟你还认我这哥哥吗?"

顾风简被说得动容,放弃了挣扎,正要叫一声"四哥",那边顾四郎深吸一口气,而后把鼻涕喷了出来,全溅在顾风简的衣服上。

似乎在说,鼻涕也可以给你。

就这样,他还紧紧箍着顾风简。

顾风简忍无可忍,要出口的称呼变成了:"宋初昭!"

顾四郎迷茫道:"宋什么?"

顾风简推不开他,继续求救:"宋初昭,快出来!"

后头刻意放沉重的脚步声响了起来,顾四郎可算明白房间里还有其他人。他松开手,慢一步地转过头,还未看清,面上就被击了一拳。

力道虽然不大，可正正打在鼻梁上，还是让顾四郎痛呼了一声，并下意识地抬手捂住脸。

宋初昭收回拳头，遗憾道："对不住了，四哥！"

顾风简疲惫地挥挥手，示意她赶紧离开。

宋初昭走了两步，回过头，意味深长地望着顾风简，恶意地吸溜了一声，又抹了下嘴角莫须有的口水，然后才从窗户跳出去。

皮一下特别开心。

顾风简杀人的心都有了。

顾四郎晕头转向地问："谁？我看见谁了？宋三娘？我是瞎了吗？"

顾风简戒备地退到两米以外，说："你看错了。"

顾四郎清醒了一点，又朝他走去："是宋三娘吗？"

顾风简说："是你看错了！"

顾四郎不解："那我鼻子为何那么痛呢？五弟你打我？"

"你自己磕到了。"顾风简急迫地将他轰出门去，"你回吧！管事！外头谁人还在？我四哥醉了，快将他带走！"

顾四郎不舍地回头："等等，我方才是醉的，可我现在已经好多了，五弟，我是话想跟你说……我刚才说到哪里了？"

"啪！"

顾风简冷酷无情地摔上了房门。

第七章·出游

第八章

回 京

- SHENCANGBULU -

贺老爷夜里过于兴奋,几乎整宿没睡,到了天色近亮才堪堪入眠,第二天早上差点没能按时起来,全是一股"我要陪昭昭骑马"的信念在支撑着他。

然而他的昭昭根本就没打算带他一起玩。

骑马这样的事,风险还是很大的,纵然是宋初昭这样的老手,也保不齐会有出意外的时候。可她身手敏捷啊,只要不是被马蹄正面踢中,养两天就能好了,贺老爷可不一样。

不管外祖父年轻时有多英勇,骨骼有多坚硬,如今这把年纪,若是不慎被冲撞了下,宋初昭只能以死谢罪。

宋初昭无比坚定地拒绝,贺老爷被重伤一刀,整个人气息奄奄,打不起精神来。

宋初昭独自策马,在贺府转圈,来来回回从前院处逛了三遍,次次都能看见贺老爷那佝偻着背的萧索身影,心里实在过意不去,干脆也不玩了。

贺老爷见她停了下来,只陪着自己说话,感觉是自己扰了她的兴致,也自责起来。

祖孙二人开始互相客套,将那良驹冷落在院子里。

贺老爷脑筋一转,问道:"那外祖父找人来陪你玩怎么样?"

"谁啊?"宋初昭说,"咱们家里不是有好些人会武的吗?其实可以叫他们陪我玩啊。"

贺老爷被"咱们家"这三个字叫得喜笑颜开,说:"府里的这些人没学过多少武,力气虽大却不晓得收敛,陪你玩不起来,我去叫个厉害的人回来。"

宋初昭笑道:"能有多厉害啊?"

贺老爷心里得意,昭昭的,那必须是要最好的!

宋初昭万万没想到贺老爷这一叫,竟把傅长钧给叫过来了。

哇,宋初昭那叫一个悔。

她顶着顾风简的身份久了,每每见到傅长钧都忍不住胆怯心虚。

因为对方看她的眼神总是带着威压跟审视,虽然没有恶意,可十分让人不适,毕竟她心里真的藏着秘密。

而且……她似乎经常在犯错的时候,被傅长钧给逮着,你说这是不是八字不合?

贺老爷见宋初昭突然变得束手束脚起来,怀疑地扫了傅长钧两眼,质问他道:"你是不是吓我昭昭了?"

傅长钧才奇怪宋初昭为何要怕他,他自认对宋三娘的态度一向是很温和的。他低头检查了一遍自己的情况。

今日来,特意没有佩刀,当然,他觉得以宋初昭边关的出身,应该不会怕刀。出门前方洗的澡,身上没有汗水的味道。

一身黑色的衣服,他已经习惯了,平日就这么穿,而这身衣裳款式也普通,适合骑马。

那就是……

傅长钧想着,朝宋初昭友善地笑了一下。

宋初昭于是回以干笑。

贺老爷愤怒地踹向傅长钧——恐吓!这绝对是恐吓!

傅长钧真是无计可施。

他问:"你喜欢骑马?"

宋初昭点头。

贺老爷说:"叫你来,就是陪她玩,反正你让她玩高兴了就行。"

宋初昭感动地望着外祖父,做咱们贺家的孩子也太幸福了吧?居然可以这样宽纵的吗?

但是真的,夸张了,傅长钧可是皇亲国戚,一国重臣,特意在白天过来陪她玩,显得她是个多无可救药的纨绔子弟似的。

宋初昭打了个冷战。

傅长钧不会真这样以为吧?

傅长钧并未因为自己被喊来带孩子而觉得不悦,只是平和地问:"击鞠会吗?"

第八章·回京

宋初昭的注意力瞬间被转移，惊道："家里还能玩击鞠？"

贺老爷立即炫耀道："能！你娘以前胡天胡地的，就爱在家里玩这个，还把府里的东西给砸碎了不少。我一回家，你外祖母就与我抱怨此事，让我一定好好管教，你娘每回都是灰头土脸地认错，转头就给抛到脑后，可把你外祖母气得够呛。"

宋初昭惊讶道："您与母亲一起玩的吗？她玩得如何？我都不知道她也喜欢击鞠。"

"我那时公务繁忙，久不着家，哪里有空陪她一起玩乐？"贺老爷低下头叹了口气，"而且我那时脾气不好，常会凶她，她是不乐意与我待在一起的。"

宋初昭好奇地问："那是谁同她一起打球？她的姐妹？顾夫人瞧着也不像是喜欢这个的人呀？"

贺老爷没答，只拉住了傅长钧叮嘱道："人我交给你了，你可看好一点，不许让她摔着了。"

宋初昭转过头，正好与傅长钧的眼睛对上。

对方比她高大了不少，卸掉戾气，满身慈爱的时候，让她有种莫名的熟悉感。

他淡淡"嗯"了一声，示意宋初昭跟着自己。

傅长钧对贺府果然极其熟悉，甚至还知道球杖放在哪儿。

他带着宋初昭去了杂物间，亲自从角落里翻出两根棍子来，让宋初昭选一根。

"你公务不繁忙吗？怎么能来陪我打球？"宋初昭随手接了一根，小声问道，"是不是外祖父逼你来的？你若是不愿意，其实也可以拒绝的。"

傅长钧好笑地问："你是不是怕我，不想和我打球？"

宋初昭当即否认："哪里可能？我是那样的人吗？我只是关心你而已。"

傅长钧说："多谢你了，但是不用。我手下的将士个个都是能人，不至于没了我之后，就什么都做不成。"

他率先走出去，宋初昭一步一跳地跟在他后头。

待左右无人，宋初昭跑到与傅长钧并列而行的位置，讨好道："傅叔，你跟我娘，以前关系很好吗？"

傅长钧说："你打听你娘的事情，该去找你娘才对。"

宋初昭理所当然道："可是我怕被打啊。"

"你娘会打你？"傅长钧偏头看她，思忖片刻，"那你该有多调皮？"

宋初昭瞬间苦了脸，傅长钧反笑了出来。

"好吧。"宋初昭说，"我娘一般是不打我，可是我怕她伤心，所以不想

264

问,她很少提京城的事情,但是我想知道。"

傅长钧垂下视线,表情又淡了下去,说:"我也不想提。"

宋初昭说:"可你不就是京城的人嘛!"

二人来到了马厩,傅长钧让宋初昭先挑,宋初昭自然是更喜欢那匹她亲手洗的马的,随后傅长钧也进去牵了匹马出来,翻身上去。

宋初昭再次叫道:"傅叔啊……"

傅长钧突然勾走了她跟前的球,率先带马冲了出去。

宋初昭气道:"哎,傅叔!你等等我啊!你也没说怎么玩,怎么就开球了呢?你这是赖皮,我不问了还不行吗?"

傅长钧在前方停了下,回过头道:"你若能从我手上抢得到球,我就告诉你。"

宋初昭潇洒地甩着手中球杖,哼声道:"小爷我在边关,那可没怕过谁,败在我棍下的无名小辈,没有一千也有一百!你别以为我真怕你。"

傅长钧失笑道:"难怪你娘打你。"

"我娘不打我的好吗?我方才是骗你的,我娘真的不打我!"宋初昭说,"我犯错的时候她嫌弃我是真,就给我穿特别丑的衣服,我是故意让着她,哪能叫怕?"

"好,好。"傅长钧在马上颠了两下,"来,我也很久没打过马球了,倒想知道你究竟有多厉害。"

贺老夫人听见动静走出来,正好看见一根长棍粗暴地铲秃了一片草皮,而马球撞翻了她心爱的花草,顿时怒道:"怎么又变成打球了?谁起的头?给我站出来!"

宋初昭打球打得满头大汗,可是追了一路,都没能从傅长钧的手上抢到球。

明明她的坐骑比傅长钧的要厉害一些,她的骑术也一向傲视群雄,偏偏就是绕不过对方。

傅长钧总勾着球在她面前转悠,让她觉得好像只差一点点,可偏偏就是那一点点,无论她使出十八般武艺,都补不上。

对方这球打得真是太刁钻了!傅长钧小时候一定不好好念书,专门把功夫都用在打球上了。

贺老夫人见打球的人是宋初昭,多瞪了贺老爷两眼,倒是不骂了。她特意搬了张椅子来,坐到院里晒太阳,顺道看着宋初昭的英姿。

昭昭真是,连打球的样子都那么可爱。

第八章·回京

春冬也跑出来凑热闹，站在一旁嘶声呐喊，给宋初昭鼓劲。

她不敢提宋初昭的名字，只重复地喊"姑娘威武""姑娘厉害""姑娘您就要赢了"一类的话。随后贺府的其他下人也冒了出来，或拿着扫把或举着抹布，装作在那儿干活，实则挥舞着手臂给宋初昭出主意。

他们就大胆得多了，还敢间或有意无意地去给傅长钧搞破坏，帮着自家姑娘抢球。

众人对这种玩闹，表现得比宋初昭还要热情。

不得不说，击鞠啊，就是得有观众才好玩，宋初昭打了几圈，丝毫不觉疲倦，精神还越发兴奋。

做贺家的孩子真的太幸福了吧！她回京城之后，就没这样酣畅淋漓地挥洒过汗水！

两人追逐了两个来回，在宋初昭快要体力不支的时候，傅长钧终于露了个破绽，叫她冲过来把球抢走。

宋初昭晓得他在放水，但不妨碍她觉得高兴，高举着球杖，在马上笑得前俯后仰。

一帮壮汉在底下吹嘘鼓掌，说她竟然赢了金吾卫第一高手傅长钧之类，吹得她都飘飘然地以为自己做了什么了不得的事情。

傅长钧但笑不语。

两人下了马，稍作休息。

贺老夫人迎出来，拿着帕子给宋初昭擦汗，又端着水喂到她嘴边，叹道："哎呀，你们看看，玩成这个样子。"

宋初昭笑得停不下来，边喝边抖，将碗里的水洒到了衣服上，激得贺老夫人在她背上拍了一掌，笑骂道："没个正经。"

宋初昭说："我吗？我只是觉得开心罢了，没想到傅将军球打得这么好。"

春冬两眼放光。方才就她喊得最起劲儿，现下声音都哑了。她说："姑娘可太厉害了，您能与傅将军打个来回，足以证明您的骑术出众，怕是比京城里那些知名的才俊还要厉害！"

宋初昭笑说："京城里的才俊，哪像我一样天天去军营里玩的？你可不要再夸我，我要信以为真的。"

贺老夫人说："怎就不能信以为真啦？这说的本就是事实呀！"

宋初昭与她们聊了两句，朝着傅长钧跑去。

傅长钧将两匹马都系在一旁的柱子上，把球杖靠在了墙边。

宋初昭在他旁边笑呵呵地看着他。

傅长钧瞄她一眼，从怀里摸出一封信，递了过去。

宋初昭问："这是什么？"

傅长钧道："围猎。"

冬至是每年都要大肆操办的一个节日，朝廷也要举办最为隆重的一场祭天，祈求来年风调雨顺、万事平安，而祭祀的猎物，会提前准备。

为显当朝青年之英勇，每年朝廷会在城外郊区的树林里圈个猎场，放人进去打猎。

按照惯例来讲，陛下也会参与。因为这本就是君王闲得无聊找人来陪自己玩一把的游戏而已，但到了唐彰廉这儿，规矩改了，成了一场专门嘉奖武将的盛会。因为如果他打不到猎物，别的人也不能打到猎物，以至于所有的人都要盯着他行事，搞得他十分不好意思。

他可是皇帝啊，缺那两句夸奖吗？非得弄得那么尴尬？不觉得害臊吗？

当然，在冬天里这个万物萧瑟的季节里，为何林间会突然出现一批活动的猎物，是一个心照不宣的秘密。

宋初昭问："我也可以去吗？"

纵然在边关，凭她的身份，有些事情也是不许她参与的，她只能巴巴地在边上看着。

傅长钧说："本就是办着玩的，陛下出手大方，很多人都会去讨个彩头，去的姑娘也不少，你想去就去，不想去就不去。"

"这京城里玩的事情还真多。"

"是啊，否则怎会有那么多人，一心想往京城闯荡。"

宋初昭觉得有趣，将请柬收下了，笑问："那你之前说的话还算数吗？你说我要是能抢得到球……"

傅长钧又从怀里摸出了一个东西，递给了她。

宋初昭问："这又是什么场啊？"

傅长钧说："你父亲的信。"

宋初昭已经看见信封上的字了。

宋将军的字不好看，所以一眼就能认出来。

傅长钧说："信是半月前从某处关隘送出的，按时间推算，他们应该快到京城了，陛下让我来告诉你一声。"

爹娘要回来了，宋初昭自然是高兴的，她从初秋等到入冬，可算将人给盼了回来。

第八章·回京

只不过,她自小独立,不黏人,要说有多高兴,也不至于。

见傅长钧准备要走,宋初昭追上去问:"哎,傅叔,今日和你玩得真高兴,我下次可以去找你吗?"

傅长钧说:"自是可以。"

宋初昭得寸进尺道:"那我可以去演武场骑马吗?"

傅长钧不说话了,只浅笑地看着她。

宋初昭卑微地请求:"可以吗?"

傅长钧走到一侧的战马旁边,伸手拍了拍马脖子,然后用手指顺着马脖子将它凌乱的毛发捋平。

这本就是他的马,对他很是亲近,将头贴在他的脸侧轻磨。

傅长钧说:"还可以让人教你射箭、陪你练武好不好?"

宋初昭被狂喜砸晕了脑袋,不敢置信道:"真的可以吗?"

傅长钧解了马绳,翻身上去,在马上低着头笑道:"顺道再叫上顾五郎,你二人正好可以一起学学,我看他那身子骨,确实需要好好操练操练。"

宋初昭"咦"了声,失望道:"傅叔你威胁我?这样不好吧?"

傅长钧说:"你若不在意,那我说的话就是算话。"他说完夹紧马腹蹬了下,骏马立即跑了起来,带着他冲出院门。

宋初昭缓了许久才意识过来,急道:"啊——我的马!他把马骑走了!马没有了!"

贺老爷听到她的惨叫声跑出来,发现傅长钧又欺负人,安抚着她道:"没事。下次你直接去找他要回来,反正他不敢赶你走,他抢你一匹马,你就骑一匹再牵一匹回来,气死他。"

宋初昭跃跃欲试,然而良心未泯,羞涩道:"这不大好吧?"

贺老爷无所畏惧:"就说是我让你去的。"

宋初昭没有办法,看,这都是外祖父怂恿她去的。

宋初昭今日玩疯了,可也确实把府里的花草踏坏了不少。

傍晚的时候,贺府的下人都在整理院落,为她收拾烂摊子。

宋初昭洗完澡,也跑过去帮忙。

她找了块布,把那两根球杖擦干净,仔细观察之后,才发现这球杖已经有些年头了,在手柄的上方,还刻了几条交错的痕迹。

浅一些的刻印,已经被手指抹平,辨认不出究竟刻的是什么东西,宋初昭想起傅长钧是从角落的杂物间里拿的东西,就跑去那边搜寻了一遍。

这个房间平日很少人进，堆放的都是有些年岁的陈旧物品，甚至部分东西已经明显损坏。

按照贺老爷的品性，会留着这些没用的东西，委实稀奇。

宋初昭就猜，或许这些都是她娘用过的，那就说得过去了。

她在屋里翻翻找找。

春冬一路问着人寻过来，到了门口，看见她蹲在地上忙活，笑说："可真是稀奇，姑娘以前洗澡可慢了，这回倒是迅速，我不过离开了一趟，您就跑这儿来了。"

宋初昭停下动作。

春冬又笑："脸倒是还一样的红。"

宋初昭缓缓转过头，说："答应我，以后千万不要再提。"

"这有什么不好意思的？我还觉得姑娘可爱呢。"春冬走进来问，"姑娘想找什么，我来帮您吧。"

屋里全是灰尘，宋初昭翻不出什么有用的东西，也不想待了。她拍拍手站起来，问道："春冬，你从小就在京城长大是吧？"

春冬说："是啊。我打记事起就跟在夫人身边了。"

宋初昭说："顾夫人与我娘关系那么好，那你知道我娘的事情吗？"

"这个……"春冬遗憾道，"问题是我打记事起，宋夫人就已经不在京城了呀。"

宋初昭叹道："倒也是。"

春冬想了想，又说："我虽知道的不多，可有些事情还是晓得的，姑娘想问什么？"

宋初昭说："其实我最想知道，我娘为何不愿意回京城。"

春冬放低了声音："这我就不知道了。可您若觉得，或许和傅将军有关，也许还真有可能。"

宋初昭问："怎么说？"

春冬说："我也是听夫人说的。前几年好些朝臣都想给傅将军说亲，只是他不理会，夫人就遗憾地说：'可惜了贺菀妹妹，她若是知道，不知是该高兴还是该难过。'"

宋初昭沉思，紧张道："我以前听说，他二人有婚约，不是谣言啊？"

春冬摇头："不是啊，确实如此。以前傅家，也是钟鸣鼎食之家，与贺家关系很好的。"

宋初昭说："现在也是啊。"

第八章·回京

春冬说:"曾落魄过一阵的。"

宋初昭问:"有多落魄?"

春冬说:"险些被当成反贼给抄了算吗?"

宋初昭说:"可不能更算了……"

春冬左右看了看,确认无人,才大胆地说:"总归都是先帝爱求仙问道的错,疑心病又重,连累我们公子,都吃了好大一番苦头。"

宋初昭扯自己的头发。

春冬又说:"不过外面那些闲话,您大可不必相信,多是别有用心之人嫉妒您罢了。您若真想知道,我可以去帮您问问我们夫人。"

宋初昭在好奇心与理智之间挣扎许久,最后还是一甩脑袋,拒绝道:"算了,既然大家都不想说,我也不该刨根问底,免惹众人不快。"

春冬笑着点头:"姑娘既这般决定,春冬也觉得挺好。"

自傅长钧说了宋父即将回来之后,没过几日,春冬从顾府问到了确切的日期,她急着跑回来告诉宋初昭。

春冬兴奋道:"宋将军的人快到城外,已经差人进京通禀,说是明日中午就能进城。夫人问您,要不要去城门接人,若是您去的话,她正好可以陪您。"

宋初昭惊讶:"这么快?"

春冬说:"宋夫人自然是急着想回来见您啊。"

宋初昭想起自己当初不辞而别,不由得一阵皮痒。

她娘可能确实是急着想回来……揍她吧?

宋初昭握住春冬的手,郑重道:"请务必,让顾夫人,陪我一起去。"

说是中午可以回京,实际宋初昭在城门等到傍晚也没看见人。

出去查探的将士回禀,说宋将军带了几车东西回来,结果车辆半路出了问题,被耽搁住了。已经派人在抓紧修车,应该在关城门前能赶到。

宋初昭本是站着等的,后来顾夫人来了,她不能叫这般贵妇与她一起杵在街边,就在附近寻了个摊子稍坐。

顾夫人是带着顾风简一起来的。

二人是有过爬墙友谊的同伴,但在顾夫人面前装得很老实。

顾夫人见他们目光互相躲避,不知道他们是心虚,还以为是羞怯,便在中间聊天,帮着活跃气氛。

她抓着宋初昭的手说:"我好久没见到你母亲了,想想还有些紧张,不知道她还能不能认得出我。"

宋初昭张口便道："我娘记性好得很，像顾夫人这样美丽的女人，莫说当初是姐妹，便是只有一面之缘，她也不会忘记啊。"

顾夫人听得大笑："你这孩子怎么那么会说话？我可真是太喜欢了。"

春冬也笑："我们姑娘可讨人喜欢，谁与她在一起都能高高兴兴。夫人不知道，贺公这几日看着都年轻了不少，连傅将军来贺府，都要被姑娘逗笑。"

宋初昭心说，我又不是个专职讲笑话的人，春冬你夸张了。

顾夫人意味深长道："我看你是忘了你是顾府的人哟。"

春冬摇着脑袋道："都一样呀。反正我以后都要跟着姑娘是不是？那也是顾府人呀。"

宋初昭扯了下她的衣摆。

顾夫人暗笑："那等你回顾府来，我定要好好赏你。"

春冬笑答："谢夫人，谢姑娘！"

宋初昭尴尬，朝顾风简耸了耸肩。

顾风简笑了笑，把面前的茶杯推过去。

宋初昭不明所以，狐疑地端起来，作势要喝，又被顾风简抬手按了下去。

顾风简在杯子边缘摸了一下，示意她……用来暖手。

顾夫人翻了个白眼，纵然是她的五郎也快要受不了。

说句话能怎么的？而且他们顾府是没有手炉吗？

顾夫人骄傲地把手炉放到桌上，推了过去，衬得边上的茶杯略显寒酸。她和善地笑道："昭昭冷不冷呀？出门得急，忘记带东西了吧？来，给你。"

宋初昭其实不大冷，毕竟她在边关待习惯了，加上有内力傍身，只要穿得暖和，就不大有问题。她视线一转，见顾风简将手缩在过长的袖子里，就把手炉推了过去，说："我其实还好。顾五郎你要吗？"

顾夫人笑容一僵，换成顾风简低头笑出声来，他方才不过是随意找个借口而已，顺势把手炉接了过来，颔首道："多谢，宋姑娘。"

宋初昭挥手："哪里，哪里。"

顾夫人无语一阵。

不一会儿，顾夫人又挑着别的话同宋初昭聊起来，问了许多贺菀的近况，以及贺菀的喜好，算是给顾风简一个提醒，叫他仔细记在心里，别第一次见面，就出了差错。

其实她心里也清楚，贺菀是个大度洒脱的人，绝不会讨厌自己的儿子。

几人正聊到兴起，一人插话道："许久没见母亲，笑得如此开心。"

顾夫人回头一看，说："你从来只气我，自然看不见了。"

第八章·回京

顾四郎朝宋初昭作揖，打了个招呼，粲然一笑，他身边还跟着个高大的中年男人。宋初昭忙站起来，也朝二人行礼。

顾国公里面穿着的是朝服，一看便知是刚从官署回来。

他最近天天被夫人训斥，说他平日板着脸，若是见到宋初昭，怕是得吓着人家小姑娘。

顾国公念着此事，就努力缓和了表情，扯出一个笑容来，说："这就是宋三娘吧。"

宋初昭见他突地露出一个狰狞的微笑，不由得头皮发麻，好在知道他的性格，也乖巧回道："是晚辈，顾叔。"

顾国公很满意，想自己一定是做得不错，他捋了把胡须道："快坐，不必多礼。四郎，你去打听打听，怎么人还没来。莫叫人等久了。"

宋初昭跟着坐下，心里又道，不知道的还真猜不到，今天要接的其实是我爹娘。

一张桌子这就坐满了。

宋初昭混在一堆顾家人里，有一种奇特的和谐感，毕竟……她和这几人深夜谈过心。

就是这画面显得有点奇怪，她歪着脑袋想了好久，也没察觉出哪里不对。

这种违和感，在宋老夫人出现的时候，终于让她琢磨出来了。

她是宋家人啊，怎么就跟顾风简待一块儿了？

宋老夫人是坐着轿子赶来的，面容间还留着苍白的病态，气色比之宋初昭刚回京时差了不少，可见近日过得不好。

与她同行的，还有宋三老爷一家。

宋初昭一直没有见过面的大哥也来了，对方比宋初昭大了有五六岁，宋初昭与他完全不熟。倒是不见宋诗闻。

双方人马都看见了彼此，宋老夫人视若无睹地扭过了头，宋初昭扯了扯嘴角，也不是很想过去。

在她犹豫不决时，顾风简突然道："宋姑娘，等了那么久，饿了没有，让春冬去前边给你买碗面吧？"

不等宋初昭回答，春冬已经跑了出去。

顾四郎无所顾忌，嗤笑了声，说："往常宋将军回京探亲的时候，从不见宋家人到城门来迎接。这回是怎么，怕被你抢了先，还是怕宋将军听见你告状，竟如此热情？"

宋初昭哼了声。论告状，她不会吗？她不会，还有外祖父、傅叔。五郎的口才，也比他们好得多。

而且，家人与上官一起在场，那父亲肯定是要先同顾国公寒暄的。

顾叔，来得真好！

顾夫人说："四郎，不如你自己去给自己买碗面？"

顾四郎乖道："我不饿。"

好在，没过几句话的工夫，天色将黑之际，宋将军宋广渊与宋夫人贺菀的马车出现了。

马车在城门口停下接受排查，贺菀率先走了出来。

"娘！"宋初昭火速跑上去，挽住她的手臂，高兴地叫道，"娘，昭昭好想您啊！"

贺菀抬手就要抽她，她缩着脖子躲了下，可怜兮兮地望着贺菀。

最终还是没打下去，贺菀佯怒道："叫你下次还乱跑，只晓得让娘担心。"

宋初昭摇头说："没有下次了。"她可算认清宋老夫人的面目了。

贺菀说："你还狡辩，等我回去再教训你。"

顾夫人激动地上前道："我的贺菀妹妹！"

贺菀比顾夫人要小上许多，其实才三十多岁。顾夫人看着面前这个衣着朴素的妇人，觉得她竟与离开时候没有多大差别，依旧同一簇盛开的海棠花一样，芳菲清雅，一看便让人心生欢喜。

贺菀见着顾夫人也觉得感动，未料顾夫人竟然亲自来接她，瞬间抛开宋初昭，抓住了顾夫人，叫道："方姐姐！"

二人明明已多年不见，可一见面，却无半点生疏，执手相望，泪眼蒙眬。

宋初昭看着自己空掉的双手，不敢相信地心痛了一下。

顾夫人细细将她的模样记下来，笑得眼睛都眯了起来，又赶紧扯过顾风简道："快，这就是我家五郎。你看看，满意不满意！"

顾风简上前，抖了下衣袖，朝贺菀行礼："晚辈顾风简，家中排行第五，见过宋夫人。"

贺菀认真地打量了他一遍，觉得面前这公子落落大方，又谦逊有礼，气度面貌俱是上品。她诚心地赞道："好一个俊秀儿郎！"

顾夫人自豪道："你出去打听打听，我家五郎是个爱读书的人，洁身自好，温和有礼，不会叫你失望的。"

贺菀点头："姐姐教出来的孩子，我自然是相信的。"

她晓得顾风简这样的人，在京城里定然是最受欢迎的几个郎君之一。单凭

第八章·回京

对方的容貌,恐怕就能叫无数女子倾心,何况那满身的儒雅之气,实在很叫人倾心。

他们家昭昭……昭昭自然很好,就是二人气质差别,好像太大了一点。

贺菀有些担心,顾五郎优秀归优秀,可是她怕二人处不来。

顾夫人似乎看出她的顾虑,拉住了她说:"好有缘分,你的昭昭,曾救过我家五郎,他二人……"

顾夫人看了眼周围,按捺着心情道:"回去再与你说!"

贺菀惊讶:"还有这样的事?怎么连我也不晓得?"

顾夫人说:"我家五郎是个心直口快的人,你叫五郎自己说。"

顾风简看着宋初昭,笑道:"宋三娘,天真烂漫,能谋善断,敢作敢为,有着京城女子少有的侠气。"

宋初昭脸色臊红,忙挥手打断说:"够了,够了!你们不要打趣我好吗?顾五郎,你也无聊!"

顾风简淡笑。

贺菀见他二人关系确实熟稔,对视时还有点欲盖弥彰的默契,就晓得他们二人关系匪浅。她一时间感慨缘分,同时又觉得欣慰。

还好宋初昭成亲的对象是顾风简,否则她这次回来,怕是要闹个天翻地覆。

见自己被遗忘,顾四郎只能摸着鼻子,主动上前讨嫌道:"晚辈见过宋夫人!"

顾夫人被他一提醒,这才想起自己是拖家带口来的,忙笑着介绍道:"瞧我,这是我家四郎,这是我家郎君。"

宋广渊正在同守城的将士交托公务,余光间看见了顾国公,吓了一跳,连忙跳下马车,大步过来,受宠若惊道:"顾国公!顾夫人!"

几人笑着寒暄。

宋初昭叫:"爹!"

宋广渊看着她,问道:"可有听话?"

宋初昭回答:"听话得很!"

宋广渊点头,笑道:"看来过得是不错,还胖了一些。"

宋初昭与顾风简同时陷入沉默。

数人聊得很是尽兴,宋三老爷搀扶着宋老夫人走过来,场面顿时变得安静。

宋老夫人颤颤巍巍地伸出手,握住了宋广渊的手,双目含泪道:"广渊,你终于回来了!"

宋广渊说:"母亲,我不是前年才回来过吗?"

宋老夫人说:"我这身体,是一日不如一日啊。"

宋广渊不赞同地看向宋三老爷:"三弟,既然母亲身体不好,你为何要带她出来吹风?"

宋三老爷笑说:"母亲许久未见你,心里想念,我这拦也拦不住啊。"

宋广渊巡视了一圈,问道:"既然你们都来了,二娘呢?"

宋老夫人阴阳怪气道:"这该问问你的三娘才是。"

宋初昭高声道:"我不知道啊。"

贺菀当她在呛声,便道:"好好说话。"

"我真不知道啊。"宋初昭说,"我最近都住在外祖父家里,他们又没告诉我发生了什么。"

她说这话的时候,不忘用余光窥觑贺菀的脸色,见母亲没有露出异样的神色来,暗中松了口气。

贺菀说:"爹娘年纪也大了,年轻时还受过伤,你可别给他们添麻烦。"

宋初昭捏着自己的手,委屈道:"我真没有,您怎么老说我是麻烦呀?"

顾夫人忙说:"你可不要训她。昭昭好得很,又聪慧又懂事,一个人在京城还吃了不少苦头,你是她亲娘,该心疼她才对。"

贺菀对宋初昭了解得很,说:"哼,我看你是怕我训你偷跑,所以先卖起可怜。"

顾夫人惊奇:"怎么还有偷跑的事?"

贺菀点着宋初昭的额头,道:"你自己问问她,自作聪明,险些栽了跟头。"

宋初昭说:"我本意也是好的,我已经知错了。"

宋老夫人听这边提及此事脸色不佳,说:"多日不着家,连自己二姐病了也不知道,还说得如此坦然。"

贺菀没说话。顾夫人不悦,用力咳嗽了两声,宋老夫人不敢与她犟嘴。

宋广渊无奈道:"母亲,贺老将军只昭昭一个外孙女,她多年未归,前去探望,也是合情合理。因着年纪还小,疏漏了宋家这边的事,您就莫同她计较了吧。"

宋广渊本来是想问问宋老夫人的身体如何,但觉得这般情况,问了也只能得到一个答复——被昭昭给气的。他就干脆不问了。

宋老夫人等了许久,见自己儿子始终闷声不响,很是气愤。

她怎么就养了这么个木讷的儿子?

好在这时,一金吾卫骑马飞驰向城门的方向。众人一看,便晓得应该是宫里来的人。

金吾卫在马上抱拳,说道:"陛下口谕,说宋将军与宋夫人连日赶路,舟车劳顿,不必急着去宫中述职,暂且回家休息片刻,择日入宫便可。"

宋广渊简单回礼:"谢陛下体恤。"

那军爷策着缰绳,笑道:"下官身上还有要务,先走了。宋将军若有什么吩咐,可找我金吾卫的将士帮忙。"

宋广渊抱拳:"有劳了!"

军爷的马在原地踏了两步,尚未离去,他说:"方才下官路过贺府,听闻贺公本想来城门接宋夫人,岂料气血上涌,一时晕了过去,如今正在家中躺着休息,或许病得严重。"

宋初昭心里道,这外祖父的病还是来得这么——恰如其分啊!她出门时,这老爷子还能一跳三尺高来着。

她又瞥了一眼母亲,发现贺菀一点也不担心,就明白外祖父原来是个多年惯犯。

宋广渊忙道:"岳父竟然病了?稍后便去探望,多谢将士告知。"

那军爷满意离开,留下面如黑炭的宋老夫人一行人。

顾夫人忍笑道:"宋将军,若不介意,我想先陪着贺菀妹妹走一段,我有好多体己话想与她说。"

宋广渊点了点头。

顾夫人立即拉着贺菀往贺府的方向走,不忘带上宋初昭。

宋老夫人急说:"我来城门亲自接你,你、你却要先去看望那家人?"

宋广渊一脸愁苦道:"母亲,贺将军已经病重卧榻,他既是我的岳父,又于我有知遇之恩,我若不去探望,有失礼数。我刚回京城,哪能叫人落下话柄?母亲大度,委屈母亲了。"

说完,他又朝着宋三老爷道:"三弟,你先将母亲带回去。把你外袍脱下给母亲盖着吧,免得母亲吹风着凉,下次切忌如此莽撞。"

宋老夫人身体一软,倚靠着宋三老爷,虚弱地咳嗽道:"母亲也病了。母亲已病了好些时日,只是你不知道罢了,而且你纵然不顾念我,也要顾念一下诗闻啊。"

宋广渊面露为难,片刻后似终于想到了办法,说:"贺老将军听着,病得更重些。母亲,贺老将军在京城人脉广,想来认识不少名医,待我去看过贺老

·276·

将军,请他借位先生给我,来府中替您看病,也算是一举两得,您看如何?"

宋老夫人要怎么看?她看自己要被亲生儿子气死。

宋广渊转头对着宋三老爷,就不必再装什么好脸色,摆出长兄的气势说:"三弟,你还愣着做什么?莫非要母亲在外头干站着受累?还不快送人回去?我很快回来,有话待我回家再说。"

宋三老爷万没想到自己能被大哥堵得无话可说,这男人以前向来沉闷,不会说话,对着母亲也从不忤逆,他就猜想或许是贺菀事先挑唆过大哥,心下一阵抑郁。默默挨了一通骂后,他只能认栽,作势要扶宋老夫人回去。

宋老夫人闹起了脾气,嘴里不断喃喃道:"怎么能这个样子?我可是你亲娘啊。"

宋广渊对宋诗闻还是关心的,毕竟那是他亲生女儿。

他快到京城时,频频派人来京中打听,顺便传递消息,可是几次回馈,都没听说宋二娘生病了。他为保稳妥,嘱咐手下士兵,去请几位有名的大夫,到宋府问诊,他先随贺菀,去拜见贺公,若真有事,他再赶回来。

顾家人都走了,但顾国公没走,还等在原地。他本是想在宋广渊推托不掉的时候,顺道将人带走,结果对方不需他帮忙。

两位中年男人极为含蓄地点了点头,算作招呼,而后并肩朝着前方走去。

宋广渊说:"今日回京,不想国公竟然前来相迎,宋某实在惶恐。"

顾国公道:"都是亲家,谈何如此生疏?是拙荆一直念着要见一见尊夫人,闲着无事,便来等了。"

宋广渊说:"国公家那二位公子,前几年回京时我没来得及招呼,如今一看,竟已这般大了。一文一武,出类拔萃,皆是人中龙凤啊。"

顾国公捧场道:"宋将军家两位千金,也是出落得亭亭玉立。"

宋广渊叹道:"说来,我正愁心此事。昭昭的婚事,如今已有了着落,我也可以安心。只是我家二娘,如今还不知该如何安排。对了,你家四郎婚配了吗?"

顾国公沉吟片刻,严肃地说:"我家四郎年岁是已不小,可他平日行为放肆,没有约束,我也管不了他,先任由他逍遥一阵。如今逼他娶亲,怕是要害了人家姑娘。"

宋广渊沉默,不知道是不是他的错觉,他总觉得顾国公好像很害怕这个话题的样子。

前面,贺菀与顾夫人说了宋初昭回京的前因后果,提起来又很气,狠狠白了宋初昭一眼。

第八章·回京

宋初昭心虚，主动落到二人后头，以免叫她娘看了碍眼。

顾风简也退了下来，在她身边走着，与她小声地说话。

上次让洌水帮忙修的葫芦玉饰已经修好了，只是因为碎的地方太过不巧，最后进行修补的时候，做了大幅度改动，洌水往里加了几块上好的玉，重新切割打磨，将它们连成了一串小小的、可人的玉葫芦，一只只肥肥胖胖、憨态可掬，比之前的还要可爱。

宋初昭接过，惊喜道："哇，洌水师姐好厉害！"

顾风简说："师姐手艺好。我跟她说，你很喜欢这东西，她就用心修了。"

宋初昭顿了顿，不好意思道："我说实话你别生气，其实我之前没有很喜欢它。"

"我知道。"顾风简说，"可是你也没告诉我，你有什么很喜欢的东西，只夸过这个。"

宋初昭举起手里的玉葫芦，笑道："现在我很喜欢的就是它啦！以后我一定常带在身边！"

顾风简笑说："你喜欢就好。"

顾夫人挽着贺菀，听完她的叙述，哭笑不得道："原来如此。我就说，怎么只有昭昭一人回来，怕是信里写得不仔细，你二人没看明白，其中竟然还有这般隐情，那宋老夫人究竟在些想什么，搞得我顾家里外不是人。"

贺菀说："当然是怕我阻拦，以为将军回来了，就能将此事定下。"

"她自己是那种性子，便以为你也刁蛮。"顾夫人说，"放眼京城也没几个像她这样的人啊，她防人不如多防防自己。"

贺菀回头看了一眼宋初昭，说："我原先还担心昭昭与宋家人处不习惯，原来是去贺府住了，这样倒好。"

顾夫人说："你以为是平平安安搬出来的呀？是傅将军亲自带兵去把人领出来的。"

贺菀从未在宋家住过，只一次放宋初昭回来，留了不好的印象，现下听着，怎么觉得宋家跟个魔窟似的。

贺菀问："她在宋家出了什么事？还有方才他们说，宋二娘又怎么了？"

"你可别提宋二娘了，这回昭昭真是冤得慌，五郎当时也在场，都同我说仔细了。"顾夫人叹说，"那宋二娘以为昭昭是个鬼，想找道士驱邪，都找到五郎的师姐那里去了，结果把自己给吓病了。"

贺菀瞠目结舌道："什么？昭昭是鬼？"

顾夫人说："是啊！不知道宋老夫人究竟都教了宋二娘些什么，还能生出这样荒诞的想法，你说好笑不好笑？"

贺菀简直笑不出来。

"你们宋家，也是一团麻乱。宋将军此次回来，他若插得进手，真该管管，不过妹妹，你可千万别管此事。"顾夫人小声说，"你这次回来打算住多久？宋老夫人可不是好相与的人，你们要做好打算。"

贺菀失神了一会儿，说道："不会太久。"

顾夫人叹道："我倒是希望你能住久一点。你不知道，自你离开以后，我就再没遇到像你这样同我聊得来的人了，可你留下若受了委屈，我又为你觉得不值当。"

贺菀说："还是要住一段时日的。"

"那就好。"顾夫人，"你可以往贺府多走动，也可以来我家里小住一段时日，我要好好和你商量一下两个孩子的婚事。"

贺菀轻笑。

顾四郎觉得自己好尴尬，往前走吧，他母亲瞪他，让他不要偷听。

往后走吧，他五弟瞪他，让他不要横插进二人中间来。

于是他只能跟个小可怜似的，远远坠在四人后面，看着他们两两成对，亲亲密密，还看见他五弟悄悄往人家宋姑娘手里塞东西。

好在后面他父亲赶上来了，顾四郎便停下脚步，挂着笑脸等待，想做顾国公的小跟班。岂料顾国公看见他也是一瞪眼，凶狠地示意他走开。

顾四郎："？"

我还是不是你们顾家的孩子了？

终于，贺府快到了。

顾夫人不想打扰他们一家团聚，在前一个路口时，先行与贺菀分别。

宋初昭发觉贺菀有点紧张，遂上前挽住母亲的手，朝她一笑，带着她一起过去。

贺菀感受到来自宋初昭的鼓励，才发觉自己的女儿真是已经长大了，也握住了对方的手。

守在门口的门房见到贺菀出现，眼睛一红，手足无措地叫："姑娘！"

他这一声姑娘，叫的是贺菀，可是，贺菀已经不是姑娘了。

贺府一直没有年轻的小辈，仆人们也担心会叫贺公触景生情，十几年来就没改称呼，只管贺公叫老爷。宋初昭回来以后，为了方便，顺着叫姑娘，如今

第八章·回京

贺菀回来，才发现辈分乱了。

那人马上说："我……我去叫老爷！几位请进，都请进！"

贺菀等人相继走进府中，宋初昭扯着嗓子大喊道："外祖父！"

她还未走多远，就看见了人影，可见对方早已等在此处。

贺老爷穿着一身灰色的布衫，背着手站在中间的主道上，他混浊的双眼凝视着贺菀，瞳孔动了动，不知该开口说些什么。

贺菀眉眼低垂，松开宋初昭，走上前，叫了一声："父亲。"

贺老爷喉结滚动，沙哑道："回来啦。"

贺菀点头："嗯。"

贺老爷说："去了好久。"

贺菀回答："是。"

贺老爷问："还怪我不曾？"

贺菀说："不了。"

贺老爷朝贺菀伸出手，贺菀一笑，上前抱住他。

父女二人抱在一起，贺老爷大手轻拍她的后背，又是安慰，又是愧疚，说："是为父对不住你。自你走后，才发现对你甚为严苛，想补偿你，你却不在家了，以往听你抱怨，不当回事，待家中也只剩下我与你母亲二人，终于明白你幼时有多寂寞。"

贺菀眼眶湿润，摇了摇头。

贺老爷说："当时逼你离开是情非得已，你愿意回来就好，回来就好。"

贺老夫人从院里跑出来，喊道："我的菀菀！"

贺老爷不舍将人放开，就见贺老夫人同箭似的飞了出来，一把粗暴地抱住了贺菀，将人揉进自己怀里。

贺老夫人说："你瘦了。你这看着又瘦了，以前身上摸着都是肉的，如今全剩骨头了。"

贺菀听着又哭又笑，用手背抹着眼泪道："我哪里瘦，还胖了不少。"

贺老夫人嗔怪道："你胡说。我以前把你抱在怀里，都是沉甸甸的。"

贺菀笑道："那是多久以前了，那时我都还是个孩子。"

贺老夫人哭道："你现在也是个孩子！"

宋初昭站在一旁傻笑，见母亲在外祖母面前，也是乖巧听话的，就觉得好笑。

她等几人温存了会儿，才开口说："我想吃饭，我在城门那里喝了一下午的水。"

贺老爷忙心疼说:"哎哟,可怜的昭昭。都往里坐,快进来,知道你们来,我特意去请了两个厉害的厨子,早就备着要上菜了。"

贺老夫人发现贺菀不生她的气,心下无比欢喜,抓着贺菀不愿意松手,带着她坐在自己身边。

宋广渊这才有机会打招呼,上前道:"将军。"

贺老爷对他客气道:"如今我已不是将军,不过是个寻常老翁而已,你随意喊吧。来,快坐。"

众人也不讲究,就近选了位置,在餐桌上坐下。

仆人端了碗筷过来:"呃,宋夫人……"

贺老夫人终于不再盯着贺菀猛瞧,反应过来,指着自己说:"往后叫我老夫人,贺老夫人!菀菀回来了!哈哈!"

众人脸上皆是一片喜气。

管事笑着问了句:"贺老夫人,现在上菜吗?"

贺老夫人听着高兴,点头说:"上菜!菀菀,你们饿了不曾?马车坐久了,该是累了吧?"

管事过去催促,酒菜很快就端了上来,一盘盘摆满了桌子,热气与香气一起升了上来,叫宋初昭食指大动。

贺老爷给自己倒了一杯酒,对宋广渊说:"广渊,我要敬你一杯。"

宋广渊连忙举起了酒杯。

贺老爷看了他一会儿,结果话到嘴边又无言,只一口将酒闷了下去。他叹说:"本有好多话想对你说的,可是见了你,又不知该说什么了。"

宋广渊道:"属下都知道。"

贺老爷指着他:"你看。你已不是我手下的小兵了,还改不了这习惯。"

宋广渊笑道:"多亏贺公提拔重用,才有宋某今日。贺公一向待我如亲子,我也敬贺公一杯。"

宋初昭看了一圈,举起手道:"你们都没话说,我有话说,可以说吗?"

贺老夫人柔声问:"昭昭想说什么呀?"

宋初昭中气十足道:"我要告状!"

贺菀直接用筷子抽她,示意她不要胡闹。

宋初昭摸着自己的手背,说:"我真要告状!我若不告状,回宋府他们也要告状,到时候我连申诉的机会都没有了。我在这里说,外祖父还可以替我做证!"

第八章·回京

· 281 ·

贺老爷点头:"我做证。"

贺菀气道:"哪有人一上餐桌,就在背地里说人坏话的?我以前是这样教你的?"

宋广渊笑道:"让她说吧,你看她这样子,憋着难受。"

贺老爷说:"她呀,憋闷坏了。你就当她是胡说,随便听听,不要放在心上。"

宋初昭说:"事情都有两面。父亲多听一听,才好辨明真相,而且今日,是宋老夫人先提起宋二娘的,我不过受她提醒。"

宋广渊表情认真起来,问:"母亲说二娘病了,究竟是怎么回事?你与她闹不愉快了?"

贺菀干脆低头吃饭。

宋初昭蹭过去,在宋广渊身边道:"我没与她计较,我都搬出来了,是她主动邀请我去攀少陵山,我去了,结果她是想叫山上的道士收我,哪晓得那山上树林密集,她跑进林子里出不来,却把自己给吓坏了,我与小县主一起进去救她,还掉坑里了。"

"什么找山上的道士收你?"宋广渊表情似有动怒,"我宋家,从不信这些鬼祟!"

宋广渊当年也是经历过福东来权势滔天的日子,他跟在贺老爷手下当值,受了贺公与顾国公等人的思维影响,对这些歪门邪道深恶痛疾。

而且他四处奔走时,曾亲眼见过不少因为妄信游方术士最终落得家破人亡的例子,对这些事情唯恐避之不及,加上自己又是一位武将,沙场上杀人无数,很是忌讳这些鬼神之说。

宋初昭说:"反正不是我的错,全是她自己把自己给吓病了。"

宋初昭是宋广渊在身边带大的,他知道这个孩子心直口快,最不会说谎,既然会这样说,那九成九便是真的了。

思及此,他脸色一片墨黑。

贺老爷说:"孩子可以慢慢教。宋二娘以前未听说过有迷信鬼神之说,许是一时受了人蛊惑。你回去与她好好讲讲,开解一番,就无事了。"

宋广渊不想坏了几人兴致,点头应下。

宋初昭又举手,贺菀说:"你还没完?你存心要你父亲吃不下饭?不能吃完饭再说吗?"

宋初昭悻悻道:"哦。"

宋广渊心里有气,不差这一桩,说:"你说吧。"

宋初昭说:"是我为何要搬出宋府的事,我自己坦白!"

"你想搬出来,爹没有意见。"

"不,不是这个,里头也有好些事。"

宋初昭就把当初贺老爷送礼,却被宋老夫人私自截下,之后又拿旧物冲抵的事给说了,自己那所破院子也顺口提了一句。

宋广渊听着,脸色在红白黑之间不断转换,整个人差点暴起。

他当他母亲好歹也是大家闺秀出身,虽然对待子女偏心了些,但心中尚有考量,不想年老来,竟然变得如此荒唐。

前年他回京探亲时,宋诗闻还是温和体贴的一个女子,在京城教养得很好,私下竟然成了这样!

贺老爷对着宋广渊,还是有一丝惭愧,说:"此事是我做得不妥当,当时气急了,没给她们留面子。"

宋广渊苦笑道:"本该如此。若不说个明白,叫她们吃点苦头,怕是她们都不会觉得自己有错。"

贺老爷差点跟着点头,最后还是给女婿留了点面子,说:"倒也没你想的那么严重,不过是点小物件而已。"

宋广渊抿了抿嘴角,扯出个难看的笑脸。

这顿饭,贺家几人是吃得高高兴兴,宋广渊则是心事重重。因顾忌他的情绪,众人的兴奋都表现得很含蓄。

吃过饭后,贺老爷不再拦着几人,亲自送他们到门口,临分别时又依依不舍,叮嘱贺菀若无事,可随时来这里走走。

宋广渊朝贺老爷拜别,领着贺菀与宋初昭,上了马车。

马车很快抵达宋府,府门前挂着灯笼,仆人站在外头,正等着他们。

宋广渊说:"昭昭,你与你娘先回去吧,我去看看你二姐。"

宋初昭点头。

宋广渊又看向贺菀,说:"我母亲在屋里,她现在恐怕正在气头上,为免麻烦,请你暂时躲一躲。"

贺菀点头说:"好。"

宋广渊无奈一笑,又说:"她本就不喜欢你,你明日也不用去和她请安了。"

贺菀说:"你也早点休息,今日疲累了。"

贺菀带着宋初昭走了。

宋广渊在宋府有自己的院落,只是平日一直空着,今天才打扫出来。

贺菀同宋初昭一起,住进了旁边的一间偏房。这屋里布置得很温馨,被褥

第八章·回京

都是刚刚晒好的。贺菀终于得了空，细细问宋初昭在京城里发生的事情。

母女二人一面天南地北地说，一面洗漱抬水，然后一起躺到床上，继续说悄悄话。

宋初昭仰起头，看了眼窗外，说："刚才忘了一桩事，宋老夫人还允许婢女在外传我坏话来着，等爹回来我补回去。"

贺菀按下她，说："昭昭，不要叫将军如此为难。"

宋初昭说："分明是她们先错啊。您不是说，错了就要受罚吗？"

贺菀说："你是我的女儿，所以才对你严格。可你不能同样地去对宋二娘严苛。二娘一直住在京城，没有父亲陪伴，将军对她是有愧疚的。他听你说二娘坏话，心里自然难过，你看他今晚的脸色，你这孩子真是。"

宋初昭躺好，叹了口气，说："我说的都是事实。她们若不惹我，我也不想做得这么绝。可是今天您看见了，宋老夫人一副与我没完的样子。娘，我与宋家人真处不来，尤其是宋老夫人。"

贺菀平静道："处不来就处不来吧，你只要与顾家人处得来就行。你思姨是个和气良善的人，不会为难你，加上顾五郎心疼你，也会对你好的。我与你思姨聊了，会让你们尽快成亲。"

宋初昭心情十分复杂，她在床上扭动了一阵，钻进贺菀的怀里，抱着贺菀说："可是我最想与娘永远住在一起。"

贺菀笑说："那你要去哪里？是不是要带着娘一起走？"

宋初昭问："您跟我走吗？"

贺菀说："好啊。"

宋初昭爬起来说："真的吗？那也太好了吧！"

贺菀拍着她说："躺下，又胡闹什么。"

宋初昭不住大笑。她趴在床上，又盘算着说："那外祖父和外祖母也来。我答应外祖父，要陪他一起洗马，给马除虫子。哦，我踢坏了外祖母的花，我说了要赔给她的。"

她絮絮叨叨起来，说个没完。

贺菀听着渐渐觉得烦人，说："你还不睡？这都什么时辰了？娘今日困了。"

"我睡不着。"宋初昭呵呵直笑，"我能快点搬出去吗？我什么时候能搬出去啊？"

贺菀说："搬什么搬？起码要等冬至祭祀过后才能搬，这段时间你都给我待在宋府，免得叫别人说你闲话。"

宋初昭掰着手指算了一下，说："傅叔说我可以去参加围猎，日子也近了，不就是这几日吗？能不能去完围猎我就走？"

贺菀不想理她，越理她这人越来劲。

宋初昭推着贺菀道："娘，您参加过那场狩猎吗？娘？"

她叫个不停，贺菀没有办法，只能说："没有。那时候陛下已经开始求仙问道了，整个狩猎场里乌烟瘴气的，还有人出过事，父亲便不准我参加。不过，我听将军说，如今这围猎办得挺好玩，姑娘也可以去，你尽管放心去就好了。"

宋初昭"嗯"了声，想想又继续笑："您和爹回来了，那我在京城里就没什么好怕的了，又是昭昭霸王了。"

贺菀静了会儿，还是忍不住提醒说："京城里嘴碎的人也很多，纵然你不在意，顾五郎或许也会在意，去围猎的有不少高官子弟，你行事还是小心一些。"

宋初昭说："您担心我打架吗？我不会的，我……"

眼见她又要发散思维，贺菀把被子往她身上一盖，严肃道："现在，住嘴！睡觉！"

宋初昭委屈道："好嘛。"

此时，宋广渊坐在宋诗闻的房里，闭着眼睛，听宋老夫人同他哭诉宋初昭的种种劣迹。

他面上没有表情，只是撑在膝盖上的手指用力收拢，已是在震怒的边缘。

宋诗闻苍白着脸坐在他的对面，用余光观察他的神色，不敢说话。

宋老夫人叫他的名字："广渊，你听到娘说的话了吗？"

宋广渊放松肌肉，回说："听见了。"

宋老夫人气道："你是何看法？是否该好好管教一下宋三娘！"

宋广渊不答。他抬起眼皮，对上宋诗闻的视线，皱着眉头道："二娘，爹对你很失望。"

话一出口，宋诗闻的脸色就变了，她说："我哪里有？"

宋广渊说："你嫉妒你三妹，暗地里使了手脚，是不是？"

宋老夫人气得站起来道："我才要问是不是宋三娘在你耳边诋毁了？她竟还有脸面反诬二娘？"

宋广渊不理她吵嚷，继续盯着宋诗闻道："她说的每一件事，都敢与我对峙，你若也有底气，我现在就将她叫来。我不怕丢人，寻来人证，都问个清楚明白，是或不是，你心里比我清楚，你敢吗？"

宋诗闻哭了出来："爹，您偏心！"

第八章·回京

宋广渊叹了口气，说："我在与你讲道理，不是偏心不偏心的问题，你若要什么，我都可以给你。可是你不能做那些阴损的事情，何况那还是你三妹。二娘，我已不知你心里究竟在想些什么了。"

宋诗闻说："是您只顾着陪她！这十多年来，您几次管过我？"

宋广渊说："我自知亏欠你，你假如觉得不满，也该冲着我来，为何要去对付你三妹？"

宋老夫人插话说："宋初昭是不是她三妹，你心里有数！"

宋广渊语气严肃道："母亲，您怎可当着孩子的面说这些？"

宋老夫人失望道："好啊，如今你也来凶我？"

宋广渊不想理她，吐出一口气，说："二娘，你既觉得她比你好，我也可以带你去边关，你要去吗？"

宋诗闻立即摇头。

宋老夫人更是激动，尖声道："去边关？那诗闻岂不是成了粗蛮女子？我将她教得那么好，不是为了让她去边关！她是京城的大家闺秀！"

宋广渊瞥了宋老夫人一眼，又看向宋诗闻，问道："你是何意见？"

宋诗闻摇头："我不要！"

宋广渊说："所以，你不是觉得她在边关好，只是因为她比你强了些，所以你觉得不公平。可是二娘，天底下没有人可以好处全占的，你自然也不可以。三娘比你厉害的地方，是她凭本事自己学来的，你光靠这些后宅里见不得人的把戏，能有什么用？徒显得丑陋卑鄙罢了。何况，你学什么不好？竟去信些邪门歪道，我说过，我宋家的人，绝对不能迷信鬼神之说！究竟是谁在你身边蛊惑的你？"

宋广渊说到后面，带了点军营里训话的气势，语气不由得严厉起来。宋诗闻被他吓住，恐惧地缩向后方。

宋老夫人气得打他："你这是做什么？吓起自己女儿来了？"

宋广渊不为所动，只说："从今日起，你留在家中好好反省，我会看着你。我已向陛下请旨，这段时日都会留在京城。母亲，夜已深，您也早点回，我送您回去休息。"

宋广渊真是怕极了老夫人又在宋诗闻耳边教唆，他盯着老夫人出了房门，才跟着离开。离去时，他叫上了宋诗闻随身侍奉的婢女，让对方去自己书房问话。

他非打听出来，究竟是谁让宋诗闻泥足深陷，竟信起了鬼怪。

第二日一大早，顾府敲敲打打地送了好些聘礼过来，一排排的箱子堆在宋

府的路上，差点走不过道。

宋初昭是被仆人说话的声音给吵醒的。宋家的仆人完全被那阵仗给镇住，干活的时候也停不住嘴。

宋初昭得知事情，立马爬起来，跑进院子想看热闹。她本想查看一下聘礼里都有些什么东西，无奈箱子各个都封锁得严实，根本打不开，提了一下，发现东西很沉。凭顾夫人谨慎的个性，钥匙应该会亲手交到贺菀那里。她转了一圈，觉得满地箱子十分无趣，又回去了。

她逛到自己院子附近的时候，发现宋诗闻竟然站在凉亭的柱子后头，在朝着他们的院落张望。

宋诗闻的模样算不上多鬼祟，可也属实奇怪。宋初昭故意放缓脚步，小心靠近，拍了下对方的肩膀。

宋诗闻没有防备，惊慌失措地一跳，回过头看见是她，脸色更是煞白。

宋初昭等了片刻，不见她说话，问她也不说话，便没什么耐心，摇了摇头准备离开，岂料她突然冒出一句："祖母最疼爱的是我！"

宋初昭停下脚步，一脸莫名其妙："我也没想同你抢你祖母的宠爱啊。"

宋诗闻说："你分明什么都想和我抢。"

宋初昭干脆走回来，说："来，你说清楚，我抢你什么了？什么东西本是你的？"

宋诗闻语速极快，像是自言自语："家中大小事务，都是祖母在管。你不要以为你受顾家喜欢，就可以得意忘形，你的嫁妆，还得要祖母给你安排，她说了，她什么好东西都不会给你……"

宋初昭把自己的衣袖往上撸了一把，好笑道："你若不说，我还真不想跟你抢，可你既然提了，我偏偏要争个高下。我娘嫁进宋府的时候，可是带了不少嫁妆，宋老夫人若是真做得出昧下媳妇嫁妆纳为己用的事，我还真得佩服她呢！"

宋诗闻气道："你——"

"昭昭！"

宋诗闻尚未来得及放什么狠话，一道警告似的声音先行横插进来。

宋初昭转头，才发现宋广渊与贺菀来了，二人站在门后，脸色皆是不佳，不知听了多少。

宋广渊的视线在两人脸上流转，模样很是无奈，又透着失望。

宋诗闻想跑，被宋广渊搭住了肩膀。

第八章·回京

贺菀说："昭昭，你与我过来。"

宋初昭见她表情，就觉得要糟，不服气道："娘，您以前不会这样不公平的！"

"你过来！"贺菀放缓了语气，重新说，"我又不是要罚你，到我房里来。"

宋初昭大不情愿，但见宋广渊不阻拦，只能认命地跟着贺菀过去。

进了房间，宋初昭把房门合上，磨蹭在门口边缘，不愿意过去。片刻后，就听贺菀道："我原先还以为你已经长大了，没想到你还是这么不成熟。"

宋初昭气道："再过个二十年我依旧不成熟！宋老夫人不喜欢我，宋二娘不喜欢我，爹平日就是忙，我最亲近的是您，结果娘您也不帮我！我不觉我哪里有错！"

贺菀定睛看着她，片刻后说："你真想知道？"

"我想啊！"宋初昭说，"这宋府简直奇奇怪怪，娘您回来之后，也变得奇……"

贺菀说："因为你的确不是宋家人啊。"

宋初昭后面的话全被噎住了，由于震撼，半晌回不过神来。

贺菀只平静地看着她。

宋初昭脑内不断回荡着那句话，却突然不懂得它的意思了。

"娘？"

贺菀似要打破她的幻想，一字一句道："你确实不是宋家人，你何必与她们争？她们是否喜欢你，你也不必放在心上。"

宋初昭顿时手足无措，又不知该说什么。

贺菀见宋初昭这般，于心不忍。她坐在床边，朝女儿招了招手，说："你过来。"

宋初昭不动。

贺菀重复："过来。"

宋初昭拖沓着脚步，一步步走近。

贺菀示意她坐到自己身边，握住了她的手，问道："冷静些了吗？"

宋初昭低垂着头不说话，眼睛慢慢湿润起来，而后一滴泪水就那么落在贺菀的手背上。

贺菀伸手将宋初昭抱进怀里，拍着她的背小心安慰。

"那我、那我是谁啊？"宋初昭问，"他们说，娘，你以前跟傅叔有过婚约，是真的吗？"

贺菀说："假的。"

· 288 ·

宋初昭支吾："那……"

贺菀说："我们当时其实已经成亲了。"

宋初昭哭声都停住了，差点原地跳起来。

贺菀把她按下，继续抱着她，说："我本想等你成亲之后再告诉你的，免得你又惹出事来。"

宋初昭闷闷道："我现在就想知道。"

贺菀叹了口气："当年傅家近乎被抄，只留了傅大哥一个。父亲也被先帝从边关召回，被软禁在府邸之内。父亲担心我二人的安危，就叫傅大哥悄悄带我走，当时就是宋将军送我们出的城。"

宋初昭从贺菀怀里抬起头来。

贺菀低下头，看着女儿的脸，说："可是后来，殿下……如今是陛下了，陛下被困宫中，有了危险，那是傅大哥唯一的亲人，我知道他心里放不下，于是就劝他回去。"

她顿了顿，才接着道："回去了，就出不来了。"

她与傅长钧本有婚约，又失踪了一段时间，先帝疑心病重，莫说他二人确实有所牵连，就算没有，他也断然不能放过。

先帝听从福东来的意见，想把她带进宫去，逼贺公交出兵权。

贺菀如今再谈，已是语气平常："宋将军就主动说，是他与我有私情，父亲便急急地让我与他成亲。"

她回忆起当时，只觉得好无助。

贺公无情、坚决，对她摆出从未有过的铁面。他说人总自私，他不能叫贺家那么多人，都陪着傅长钧一起去死了，要她自己选。

她去同傅长钧告别，傅长钧也只装作淡然的样子，同她说一声"好"，在她离开的时候，又说了声"对不起"。

她知道所有的道理，可是她依旧无法坦然，她就跟傅长钧说，她以后，再也不会回来了。

贺菀的声音放得很轻，宋初昭要靠在她的身上，才能听到她混在呼吸里的声音。

"先帝仍旧不信，父亲怕再有什么变故，急着把我们送出京城，我们混在商队里，由父亲的几位亲信，送我们去边关，等我走远，我才发现我有了你。"

贺菀望着宋初昭，抚向她的脸："所以你的生辰，其实不是四月，是正月，正月十五。我生你的时候，还在路上，大雪封住了山道，我们的队伍被困在一座小城里，周围阖家团圆，打鼓唱歌，而我怀里抱着你，夜里你一直哭，娘只

第八章·回京

能陪着你哭。"

宋初昭讷讷着:"娘……"

贺菀说:"我给父亲写信,说我好想回去,但是他只对我说'不要回来,不要回信'。我当时其实,是怨恨他的,纵然我心底理解他,我仍有好多不甘心,甚至冲动地觉得死也不过如此,偏偏他们要我选生不如死。"

宋初昭不知该如何安慰,只用力地抱着贺菀。

贺菀说:"先帝驾崩时,你都已八九岁大了,当时朝堂动荡,边关收不到朝廷的信,我还是不敢回京,也不敢叫任何人知道。将军待你挺好,我甚至觉得边关也比京城要好,没有那么多是非跟流言。我当时就猜,你若回来,以你那毛糙的性格,不定还习惯不了京城的生活。

"再后来,又过了几年,我才接到父亲的信,他说我可以回来了。

"我当时跟你提过,你听完后心里难过,跑了出去,回来后大病了一场,再醒过来就忘了那天的事。大夫说你或许是不愿意接受,叫我最好不要再刺激你,我就又忍了下去。"

宋初昭恍惚,隐约记起有那么一件事,所以她才会跑出去,遇到了顾风简,可是具体记不大清楚了,犹如梦境一样虚妄,让她怀疑是真是假,就没放在心上。但她绝不是因为不同意贺菀,她只是被雨淋病了而已。

偶尔生个病,结果还能生出那么多破事来。

"我想着,你已经那么大了,再过几年,不定就要成亲了,反正已经等了那么久,不在乎再多等一会儿,我和将军已经说好了。"贺菀抱着她说,"昭昭,别管什么姐姐、什么祖母了,那嫁妆就是贺府给宋家的,宋老夫人若真是要留下,你就随她去吧,娘给你备份更好的,以后娘疼你,外祖父跟外祖母也疼你,我们才是一家人。"

宋初昭嘀咕道:"我本来就不是在乎什么嫁妆。"

贺菀见她真的接受,才松了口气,捧着她的脸说:"娘知道你乖,娘以前也觉得人言无畏,后来才晓得它的可怕。娘不想你受人指点。等你出嫁,这些事情便都没了,好不好?"

宋初昭思绪乱得厉害,心情也很复杂。她想安慰贺菀两声,说自己没事,可是心头沉甸甸的,失了活力。她怕自己开口控制不好,寒了贺菀的心,就干脆只抱着母亲。

顾风简收到了贺菀送来的信,说宋初昭独自出门了,大约是心情不好,他若无事,可以去看看。

顾风简撑了把伞，出去找人。

贺菀不放心，派人跟了一段，好在宋初昭没乱跑，只找了个安静的地方自己坐着。

顾风简循着侍卫给的地点走过去，绕过小路，看见宋初昭低头坐在一棵古树的阴影下，荡着腿，不知道想些什么。

那古树已有了年头，树干上枝叶稀疏，发黄的叶片零零散散地坠在枝头。

顾风简站在旁边静静地看着她。

片刻后，宋初昭抬手，用衣袖抹了抹眼睛，那小身影看着，大为可怜。

顾风简放缓了脚步，走过去问："你在这儿做什么？"

宋初昭见到他，有些水光的眼睛里闪过错愕，不明白他为何会在这里。

顾风简又问了一遍。

宋初昭说："就坐坐啊。"

顾风简上前，小心挥开她肩膀上堆积的落叶。因为时间久了，她肩头上还落了些树上残留的水滴，布料被打湿了。

宋初昭没躲，对着他长长叹了口气。

片刻后，一双手环过她的背后，将她按进怀里。

宋初昭惊道："你做什么？"

顾风简的胸腔微微震动，说："就抱抱你。"

顾风简这一抱，抱得宋初昭有些发蒙，她的手搭在对方腰上，往外推了推，结果对方没有放手，只是稍稍松开了些。

顾风简说："无论你是不想叫我知道也好，想装作漫不经心也好，可我没有办法不理会你，你不想叫我看见，我也不想放着你不管，那就这样安慰你。"

宋初昭心里暖洋洋的，又说："其实我没有很难过，我只是、只是有点糊涂。"

顾风简好笑地问："你要我当作方才没看见你在那里悄悄抹眼泪吗？"

宋初昭心道，不提这事不行吗？你这样是做不了朋友的。

顾风简又说："不过，我不会叫你不要难过。"

宋初昭问："为什么？"

"因为人这一辈子，不可能没有烦恼地活着。"顾风简说，"烦恼便意味着牵挂，总有在乎的东西，所以才会觉得烦恼。"

宋初昭顺着他的话一想，说："好像很有道理。"

片刻后，她说："你放开我吧，我想你陪我坐坐。"

第八章·回京

顾风简退开一步,把伞斜立在一旁,也不嫌脏,在她旁边的石头上坐下。

宋初昭从地上捡了一把叶子,在手上捏了捏。

"你看,有的叶子已经脆了,有的还是嫩的,有的已经烂了,有的还很完整。"她抬头看了一眼,"虽然都是一棵树上长出来的,但是每片叶子依旧不一样。"

顾风简笑说:"感悟得不错。"

宋初昭说:"没有,不是感悟,我就是随便说说的。"

过了会儿,她又拉着顾风简的袖子,说:"你看,前面那条街上,明明每个地方都能走,可是人们就喜欢走那条被踩凹了的路。"

顾风简点头:"对。"

宋初昭又说:"你再想,天底下的人,明明有些事情想做,可是只要被人一说,却又不敢做了。明明是同一件事,换了不同的人做,得到的评价也不一样了。"

顾风简耐心地应了她几声。

宋初昭接着说:"就如我方才说的那几句话,若是换了个人讲,比如陛下,不定还能记入史书。"

顾风简看着她:"嗯?"

宋初昭乱七八糟说了一通,然后自己呵呵笑了起来。

顾风简问:"你想说什么?"

"我没想说什么。"宋初昭说,"我就想,有些事情不管怎么说都有道理,有些道理不管怎么讲都有意义,而真正的道理,其实一早就在我心里了,我是个什么样的人,看见什么样的东西,便已经觉得它应该是个什么道理,是不是?"

顾风简听她说得拗口,但品味了一下,还是点头说是。

宋初昭托着下巴说:"可是这些大道理,根本就没有什么用啊!我管叶子是不是同一棵树上长出来的?我管他们要走哪里?我管旁人如何评价?"

顾风简愣了下,似没想到,而后点头赞同说:"这样说来,确实是没什么用。"

宋初昭认真地点头:"我娘说,人言可畏。可是那人言里,有多少就是这些没用的大道理呢?我若听从,没什么好处,徒叫自己难过,我若不听从,他们也奈何不了我,是不是?"

顾风简问:"原来你在想这个?"

宋初昭点头:"是啊,我若是不怕别人说我,那就没什么大不了的啊。"

她依旧是在边关长大,依旧是被宋将军抚养了十几年,依旧是叫宋初昭。

292

即便外人知道了她与宋将军的关系，宋将军不理会，于她也没什么影响。她的过去，总是无可变改的。

顾风简看着她双目明亮，誓要与日月比高的神态，笑了出来。

宋初昭觉得莫名其妙，过去拿起顾风简的伞，说："走吧，回去了。"

顾风简随她起来。

两人肩并肩地在街上走着。

在回宋府的路上，要路过一段街市，过了中午，那边依旧热热闹闹，叫卖声此起彼伏。

宋初昭不由得放缓脚步，朝那边多看了两眼。

顾风简察觉到宋初昭的视线，便笑说："过去逛逛吧。"

宋初昭偏过头："你不忙吗？"

"不忙。"顾风简说，"你难道不知我忙不忙？"

宋初昭一想，好像是不忙，他们两人如今都算是闲人。她欣然应允，与顾风简往街市那边拐去。

顾风简问："边关是不是少有这样的街市？"

宋初昭点头。

边关萧条，无论是商铺还是街道都很少，远不如京师繁华。如今虽然和平了些，百姓大多是自给自足，平日做生意的人少，类似杂戏一类的技艺表演就更少了，只偶尔有班子路过时，会在镇上停留两日，表演一场。

隔几日能有一个热闹的集市或庙会，就在不远处的镇上。那时候人会多起来，各种新奇的把戏也会搬过去，宋初昭很喜欢去玩。

"每逢节日，父亲和母亲都得在军营待客，家中只剩下我一个人。我就带着钱，独自跑去玩耍，街头的摊贩见着我就问：'娃娃，你爹娘呢？你身上有没有银子？'有的人见我年纪小，不肯卖我东西；有的人心地好，就直接送给我；还有的人，想着把我的银子骗出去。"宋初昭说着得意笑了下，"但是我聪明，从来也没被骗过。"

顾风简配合道："当真厉害。"

宋初昭说："多谢你陪我玩。我小时候看见别人爹娘跟在他们后头一路付钱，想拿什么就拿什么，也曾羡慕过。"

顾风简顿了顿，说："可是我不想做你爹。"

宋初昭跳脚道："你想得美，我也没把你当我爹！"

顾风简笑道："你若叫声五哥，五哥以后还陪你逛。"

宋初昭说:"我才不要!我自己也有钱!"

"你本就比我小,我又陪着你来逛街市了,你叫我一声五哥也是理所应当。"顾风简循循善诱,"你不也管四郎叫过四哥吗?"

宋初昭一想好像也是,遂顺口地叫了句:"顾五哥。"

顾风简点头应了声:"哎。"

宋初昭笑道:"那你也给我买东西吃吗?想要什么买什么?"

顾风简大方道:"尽可随意看。"

宋初昭本来只是想叫顾风简给她买点吃的,顾风简却带着她四处逛了一圈,凡是她喜欢的东西,全要给她买下来。

宋初昭本是觉得一些小玩意儿新奇,不贵重,也从没见过,图个新鲜就没拒绝。

到了后来,顾风简不等她开口,直接照她眼神行事,觉得她喜欢哪个,便要给她买哪个,自己觉得哪个好看,也要给她买下来。

宋初昭惊吓,忙回绝道:"不必!我没有很喜欢!"

顾风简说:"那便是有点喜欢了?"

宋初昭说:"难道有点喜欢的东西也要买到家里去吗?"

顾风简笑道:"没有办法,我顾家便是这样的家风,偏疼小辈,我想要什么,简单说一句,第二日我家人就要送到我房里去。你既然叫我一声五哥,那自然是我要照顾的人,你喜欢什么,我就买什么。"

宋初昭畏惧地摇头说:"那你这五哥,我还真不敢叫,哪有你这样纵容的?你顾家的孩子就没学坏吗?"

顾风简说:"最坏也就长成我这样吧。"

宋初昭说:"可我宋家的孩子,与你不一样啊!"她宋初昭信奉的一向是野蛮成长啊!

顾风简看她这表情,被逗乐道:"也该叫你慌一慌,免得你又想些不高兴的事情。"

"我没有!"宋初昭怀里还抱着他的伞,"我没有不高兴了!顾五郎你不要冲动!"

顾风简抬了抬下巴,示意掌柜的进去拿东西。

掌柜的已经走到路口了,准备要掀帘子进内院,见他二人实在有趣,又转过头,调侃着说了一句:"这位姑娘啊,老夫劝你一句,男人想给心爱的女人买东西,那是最寻常不过的冲动。你不叫他买,他心里不乐意,如今不过是寻个由头而已。可见姑娘平日定然不喜欢收这位公子礼物,他才想一股脑地都送

给你，你多收收，他就不会了！"

宋初昭瞠目结舌道："你们做生意的人，说话都如此直白的吗？"

掌柜的忍不住笑，朝她作揖道："二位郎才女貌，登对至极，既是好事将近，又何必在乎这些小东西？老夫提前向二位道声恭喜，也算沾个喜气，今日的东西，一律便宜卖给二位了，姑娘如此漂亮，再贵的礼物也是收得的。"

这话说得顾风简表情都愉悦起来。

宋初昭说："你花那么多钱，顾夫人不说话，我娘也要说我了。"

"不算是我送你的。"顾风简说，"你知道我师姐前段时日送了我一个箱子吗？"

"关我何事？"宋初昭惊说，"莫非她送了你一箱子的黄符？"

顾风简说："她说这回来得匆忙，没有准备，便送了箱东西过来，说是庆贺你我二人成亲。不知你都喜欢些什么，让我用箱子里的东西，买些礼物送你，算是她作为师姐帮我出的一份聘礼。我正愁没地方用，还好今日与你出来。"

"真是黄符啊？"宋初昭抓着顾风简道，"顾五郎你可千万别想不开去做个神棍！"

顾风简淡淡说："是一箱黄金。"

宋初昭惊呆了。

顾风简笑道："师姐真心疼你，她很喜欢你。"

宋初昭心说，这师姐出手怎如此大方？

在被那箱黄金重击之后，宋初昭哪里还想得起家里的事情？

她一路走过来，都想着自己可真是有钱，顾五郎也真是有钱。

顾风简将她送到宋府门口，在她要进去之前，又从身上摸出了一个木匣，递过去说："先前的东西算我师姐送你的，这样东西，是我送给你的。"

宋初昭累了，甚至提不起惊讶的劲儿："你怎么总送我东西？"

"你没听那掌柜的说吗？"顾风简低着头，把匣子塞进她手里，"自然是因为我喜欢送，这冲动寻常。"

第八章·回京

第九章

赏 赐

- SHENCANGBULU -

宋初昭几乎是跑进家里的。

她脸上有微微的热意,手心攥着东西在出汗,正要低头打开的时候,突然发现宋广渊站在前面,她手抖了下,差点没被吓出个好歹,连忙把木匣收进袖子里。

"爹,你等我啊?"

宋广渊假装没看见她的小动作,问说:"你母亲说,都告诉你了?"

宋初昭点头。

宋广渊在前边带路,招了招手说:"与我走走吧,你是如何想的?"

"我没如何想。"宋初昭跟上他的脚步,"父亲您如何想?"

宋广渊迈在小路上,仰了下头,似乎在回忆该从何处说起。

黄昏下光色越发昏暗,他的影子也变得模模糊糊。

终于,宋广渊开口道:"我幼时,常被人看不起,空有一身孔武之力,却并未念过多少书。我母亲不喜欢我,偏爱三弟,什么都要紧着三弟来,觉得我这辈子都不会有什么出息,宋家想光耀门楣,只能依靠老三。"

宋广渊说:"其实我不明白,都是同一个父母,为何我要受此偏待,我便发誓,我定要出人头地,做番事业给他们看看。"

宋广渊继续说:"我的发妻,是我母亲给我定的亲,她也没读过什么书,只晓得听话,听我母亲的话。后来我遇到了贺将军,他看我忠厚,又念及我父亲的交情,对我很是倚重。说实话,当时我对贺将军,比对自己家人要敬重得多,他也是少有能对我公平以待的人。"

宋初昭说:"所以您对外祖父,多有敬仰,想报答他的恩情吗?"

宋广渊说:"谈不上什么报答。娶你母亲,远走边关,是我自愿,我所求是平步青云,恰好碰上这个机会了。之后贺公确实对我提携诸多,宋家能有今日,怕是京城中不少人都要眼红。若非如此,我至今还是贺将军手下一位小小的将士,替人打打杂务,平日做些无甚大用的事。"

宋初昭盯着他动了动嘴唇,然后说:"父亲,您这样说,是想叫我能好过些吧?这么多年了,无论是情义还是私心,怎么可能分得那么清楚呢?"

宋广渊偏过头,笑了下:"我只是直言罢了。贺菀心地善良,对我母亲诸多忍让,但你不必觉得亏欠她什么。当初做决定的人是我自己,如今享着富贵荣华的,是整个宋家。我母亲从前就对我大不满意,自然也不会对你们有什么好脸色。可你记住,在宋家,无人能说你什么。你只管大着底气,回应他们,没必要因着我,在这里受委屈。"

宋初昭说:"爹,我知道您的苦心,您不必替我们担心。"

宋广渊停下来,与她面对面地站着,说:"昭昭,你是我亲手带大的,你在我身边十多载,我视你如亲子。只是,我这父亲向来不算合格,总是忙于公务,对女孩不知该如何教养,待你过于严苛,你跟着我,在边关吃过不少苦头。如若当初你是生在京城,如今应该轻松惬意得多。"

宋初昭说:"没有这个如若,而且我还挺喜欢边关的。"

宋广渊点头:"是,没有这个如若。但是,如果你还认我,往后,我依然是你父亲。"

宋初昭说:"您自然是我父亲啊,我叫了十几年爹呢,哪能平白无故没了?"

"嗯,好。"宋广渊笑了出来,眼中也沁出些泪来。

父女二人互相看着又笑了笑。

宋广渊拍着她的肩膀:"昭昭,爹见你快要成亲,心里很是高兴。我与你娘商量过了,还是希望你能从宋家出嫁,所以此事,你私下知道,但万不可告诉二娘,以及老夫人。"

宋初昭点头。

宋广渊迟疑了片刻,又说:"傅将军是你生父,他,也是个极好的人。当年他身居高位时,依旧与我亲如兄弟,我当着他的面娶了你娘,他不知内情,也只是避我不见。这么些年来,他虽过得光鲜,可始终叫人看着可惜。我也没想到,他至今仍是孤家寡人……我很少在家,若是有人能照顾你们,我就能放心了。"

宋初昭想到傅长钧,心情复杂起来。

若对方也是自己的爹……那还真是有点厉害,出门打架都不用怕了。

第九章·赏赐

·297·

宋广渊又叫了她一声。

"昭昭啊。"

宋初昭应声："哎。"

宋广渊问："顾五郎究竟送了你什么，让你如此高兴？"

宋初昭把手往背后一藏："才不要告诉您！"

宋广渊说："我只是想照着买而已。你要成亲，嫁妆和礼物，爹还要给你准备着。"

宋初昭叫道："哪有照着买的道理，您也太不用心了，礼物自是要您自己挑的呀！我就成一次亲，您还要照着别人的东西买，这如何可以！"

宋广渊为难。

宋初昭跑了，到回廊处时，回过头补了一句："爹您用心挑的礼物，我都喜欢，只是绝不可抄别人的买！"

宋广渊头疼道："知道了，知道了。"早知道就悄悄抄了。

贺菀在宋府没住两日，就搬去了贺府小住。她十几年没回来了，探探亲倒也说得过去。

宋初昭蹦蹦跳跳地跟了过去。

宋广渊带着宋二娘听课去了。贺老爷给他推荐了几个先生，让他二人一起上课，顺道也能静静心。

宋广渊觉得人若是眼界开阔，就不会那么容易被眼前的狭隘迷了眼睛，最主要的是，离浮华的京城和宋老夫人远点。

没过两天，天气突然降温，随后纷纷扬扬地下起雪来，京城的瓦檐上都覆上了一层白霜。

到正式狩猎那几日，雪停了，可是地上的雪还留了浅浅的一层。

因地方较远，有的人提前一天便去了，贺菀不放心宋初昭，压着她到了那天早上才肯让她离开。

顾风简乘着马车来接她一道过去。

见着她时，他紧盯着她的耳环看了许久，而后笑得灿烂道："好看。"

宋初昭说："我也觉得这耳环好看！"

顾风简轻声道："我说的不是耳环。"

贺老爷听得受不了，觉得这爱爬墙的男人套路太深，直接打断了二人对话："走了，走了！再不走赶不上了！"

二人出发得早，但马车为了稳，驶得慢，到猎场时，已经快中午。

猎场周围用木栅栏围了起来，金吾卫领兵镇守在入口，对来往人员进行严密排查。

宋初昭进去时，范崇青、季禹棠等人已尽数在列，他们聚在宽阔的演武场上，等着狩猎活动开始。

这帮男人一见顾风简出现，便想朝他围过去，但因着宋初昭也在，顾虑到男女有别，不敢靠得太近，只远远打了个招呼。

宋初昭巡视一圈。

男儿们大多聚在右侧，女眷则泾渭分明地站在另外一边。她们站在背风的位置，脸上映着未化的白雪，时不时娇羞地看一眼对面的儿郎，悦耳的低笑声断断续续地飘在空中。

瞧她们华贵精致的穿着，就知不是真来打猎的，不如说是游玩更为合适。

正因为有这些貌美的姑娘在，对面的那帮年轻男儿为了展示自己的大好风貌，大冷的天里，也只穿了几件单薄的衣服，勒出自己壮实的身材，雄姿英发，尤为威武。

啊……宋初昭感受到场上若有若无的眼波流动，都觉得春天快要来了。

哪怕天空明明在飘着雪。

宋初昭跟顾风简哪边都没去，他们寻了个角落，坐下等候开始。

顾四郎迈着大步走过来，想与自己的五弟聊一聊，给他介绍一下此次围猎的规则。

他满心以为顾风简是会上场的，毕竟他五弟之前展示出来的骑术过于精湛，实在令人惊艳。可他才提了一个字，就被面前两人一齐送了个白眼。

不，不该说是白眼，似乎还带了一点杀气。

他觉得他五弟想将他当场送走。

顾四郎试探了数次，见他二人确实毫无斗志，只能遗憾放弃，给他们端来了一个炭盆，又送来了一盘烤肉和瓜果，叫他们慢慢坐着吃，然后同范崇青一起勾肩搭背，伤怀去了。

不久之后，唐彰廉带着傅长钧走来，分散而站的众人立即安静，垂下视线，朝高台的方向行礼。

此时狩猎本就以玩乐放松为主，唐彰廉挥了挥手，示意大家不必多礼。

打猎其实没什么有趣的，更没什么好看的。毕竟人总不能追着马跑，也就出结果的时候，能叫人稍稍振奋一下。

唐彰廉显然也没什么大兴趣，他坐在高处的台上，照着每年背过的稿子，

第九章·赏赐

严肃地说了几句鼓励的话语,重点放在最后头的"有赏"上面,希望大家都能努力努力。

然后他一声令下,号角吹起,想参加狩猎的青年快速翻身上马,朝着四面飞奔而出。

场地瞬间空了大半。

唐彰廉知道若自己在场,这帮人都会不自在,便拉着一旁的武将去往别处。

傅长钧面无表情地在台上巡视了一圈,而后扣着佩刀,朝着宋初昭的方向走来。

宋初昭以为是不能在这边吃东西,忙把盘子藏起来。

傅长钧走到她面前,狐疑地道:"你方才一直看着我,是有什么事?"

宋初昭无辜道:"我没有啊。"她望着顾风简问,"我有吗?"

顾风简神态自若道:"没有。"

傅长钧瞧了他二人一眼,点点头,又转身走开。

等他走远,顾风简又问:"所以你一直盯着他是做什么?"

宋初昭茫然道:"你不是说我没有吗?"

顾风简认真地说:"你有。"

宋初昭支吾:"我就随便看看……"

宋初昭正想着该怎么把这话题混过去,不远处季禹棠和他的兄弟高声唤道:"五公子!"

宋初昭从未觉得季禹棠如此顺眼过。

季禹棠说:"五郎,前面风景独好,不如一起过去走走?"

顾风简收回视线,问道:"我倒是好奇,你究竟是怎么与他们交的朋友,他们为何如此喜欢你?"

宋初昭自己还想不通呢:"我没怎么啊。说来你不信,我还骂过他们好几回呢。"

顾风简陷入沉思。

宋初昭小声说:"你们京城的男人,还挺奇怪的。"

顾风简想解释,又觉得确实如此。那边季禹棠吵个不停,宋初昭催顾风简过去,顾风简犹豫片刻,觉得自己在,扰了宋初昭交友,向她叮嘱了声自己小心,便朝着季禹棠等人走去。

季禹棠一行人当即面露喜色,摇开扇子,迎向顾风简。

顾风简一走,在外围不停打转的唐知柔终于有胆子跳出来,冲向宋初昭。

"宋三娘！"她也不见外，直接将人抱住，乐呵呵道，"你也来啦！她们说要去烤鱼呢，可是大家都不会，你会吗？"

宋初昭一听，得意道："烤鱼而已嘛，很简单的。"

唐知柔叫道："你果然什么都会！你顺道教教我好不好？"

宋初昭大方说："你若想学，自是可以啊。"

唐知柔身后的那些姑娘，对宋初昭的印象还停留在上次的文酒宴上，本以为宋三娘是性情冷淡的个性，不想她私下竟如此好说话，当即也上前搭话。

女孩子夸人嘛，眼光总是很老辣的。

"三娘，你的耳环真好看。"

唐知柔大大咧咧的，这才注意到，凑近了一瞧，说："这是什么？是一对刀剑吗？确实好看。做得精致，与你好相称啊。你哪里买的？不曾见过京城有卖这样的东西啊。"

宋初昭还没开口，一位姑娘就掩着唇笑道："我看啊，是顾五郎送的！"

众人皆是恍然大悟地发出一声："哦——"

宋初昭面露羞赧，朝唐知柔露齿笑了一下。

唐知柔："……"好，她懂，她明白了。

宋初昭领着一群姑娘过去生火做饭。

众人都围着宋初昭，她回头一看，觉得自己像某种领头的家禽。

这回唐彰廉带了整队金吾卫，但只带了寥寥几个厨子，因此能与唐彰廉一同吃御厨做的美食，也是狩猎嘉奖的一部分。

宋初昭挽起袖子，仔细教姑娘们怎么刨坑垒灶、如何堆砌柴火、如何引燃生火，然后拎过了边上的肉，直接抄起菜刀剁了起来。

她握刀的方式与一般的厨子不大一样，带着种潇洒跟恣意，还有一股杀气，或许因为她的刀，原先学来就不是为做菜的。

那起起落落的光影，与利落干脆的手法，叫一众年轻姑娘看傻了眼。

"宋三娘！你这刀工未免也太好了吧！"

宋初昭头也不抬道："还行吧。"

唐知柔大声道："三娘毕竟是在军营里待过的人！她一跳啊，能跳得比人都高。"

姑娘们惊叹了声，又问："那三娘你会骑射吗？"

唐知柔抢答："那肯定会啊！三娘武艺高超哪里是说说的事？"

姑娘们看了眼对面的那些男人，一姑娘随口说了句："不知三娘与他们比

第九章·赏赐

起来如何。"

宋初昭尚未回答,另一姑娘已经唏嘘道:"就算比得上又如何?三娘又不能真与他们比。世人就爱用唾沫星子淹女人,叫你只能待在屋里才好。"

唐知柔转过头说:"能不能不要在这里说丧气话,听着就让人不高兴。"

几人悻悻噤了声。

宋初昭:"……"明明问的是我,我却没有开口的机会。

把面前的东西处理好之后,宋初昭指挥着几人去端水洗菜,要她们都有事好做,别在一旁干站着,又起锅烧了点热水,捧着个碗暖手,与唐知柔靠在一起。

边上几位闲着的公子,见她们忙活起来,主动替她们搬运了柴火跟碗盆。

宋初昭沉默地坐在角落,再一次从那短暂的互动里感受到了微妙的春意,等她们腾出空,坐下休息,立即就着之前的话题聊了起来。

"你们觉得,方才那位公子如何?"

"你莫非是在说何公子?那可别想了,他下月都要成亲了。"

"那你们觉得范二公子如何?骁勇善战,家世显赫。平日对别的女子,也算是彬彬有礼。"

"范二公子的品貌家世自然都无可挑剔,可是,我父亲打探过范家的口风,范尚书说,范公子有心从武,将来是否会被调离京师尚不知晓。如若他真去了边关,你岂非要在家中忍受那寂寞之苦,独自侍奉二老?"

说起分隔两地,她们便有些怕。

一个姑娘扭头来问宋初昭:"三娘,边关的生活艰苦吗?"

宋初昭说:"这要看你所求是什么了。我自幼在边关长大,觉得那边更为自在,若是你们过去,怕会过得不大习惯,单单吃食习惯就不同了。"

几人叹道:"所以范二公子还是再看吧。"

在她们不远处,顾风筠与季禹棠等人已经逛了回来,也在附近生了堆火,一面在火上热酒,一面举着酒杯闲聊。

季禹棠回来时刚好看见了宋初昭指挥众姑娘做菜煮汤的画面,此时鱼汤的清香已经隔着空气飘了过来,叫人食指大动。他笑了下,说:"宋三娘可真贤惠,什么都会做。"

顾风筠不咸不淡地瞥了他一眼。

这位"贤惠"的三娘,就是当初骂到他狗血淋头的人。

季禹棠没品出顾风筠的深意,又说:"我一直以为三娘性格粗犷,不想也愿意为了你洗手做羹汤。"

另外一人笑道:"上次文酒宴初见三娘,只觉她是个安静温婉的人,她的书法虽然笔锋强劲,却干净纯粹,能有那般造诣,品学该是上佳,想来她虽住在边关,却从未松懈过学习。"

"不错。她的笔力非一朝一夕刻意练成,可若是她整日忙着念书,哪里还有时间出去学武?我瞧说这些话的人根本都是偏见,刻意往三娘身上泼黑水罢了。"

"怎么?"顾风简挑眉说,"学武不好吗?"

季禹棠说:"倒不是好不好,只是世人皆觉得,女子学武,会显得有些粗蛮,所以才给宋三娘捏出这样的谎言,何况,她们就算学武,也打不过男人啊。"

他们话音刚落,就见宋初昭往手心里哈着热气,站了起来。

季禹棠等人原本还未注意,但顾风简第一时间看了过去,众人也不由得停下话题转了过去。

就见宋初昭独自一人,走到一旁堆放着木柴的地方,拎起了一捆将近半人重的柴火,轻松搬了回去。

走到火堆附近之后,她弯腰抽出一根木柴,脚下踩住一端,徒手一掰,将其折成两段,随意地丢进火中。

季禹棠众人:"……"那一掰,似乎掰断了他们的骨头。

顾风简笑了起来,说:"我倒是就喜欢她这般的与众不同。"

顾风简一句话,叫季禹棠等人陷入了天人交战之中。

盲目的崇拜让他们想附和顾五郎,可是多年来根植于心的观念又不大允许,他们觉得自己好难。

好在,没过多久,范崇青那呆子回来了,他强行加入了几人的队伍,向他们展示自己一个下午的成果。

范崇青的运气似乎真的不错,他与一帮兄弟合力猎了一只鹿回来,要知道,这回金吾卫统共也只放了一只鹿出去。

夜幕四合后,其余青年也陆陆续续地回归,他们将手中的猎物垒到旁边,等待晚宴的开始。

空地的周围陆陆续续点了不少篝火,夜风也大了起来。

星辰万里,银光遍洒。

金吾卫从营帐里搬了桌子,在空地两侧摆好,等他们将现场收拾妥当,傅长钧跟在唐彰廉的身后,再次出现。

傅长钧听着下属汇报来的狩猎情况,对几位勇士表扬了几句,将他们请到

第九章·赏赐

临近高台的位置入座并各自赐下一壶酒,而相关赏赐会在回京之后送到他们的府上。

众人高声庆贺了一番,喝了些酒,开始擂鼓唱歌,场面闹作一团。

姑娘们散开来,去中间的木桌上吃刚烤好的羊肉,一群未婚的儿郎也围了过去,借势与人说话。

顾风简穿过人群,走到宋初昭身侧。他背着手,顺着宋初昭的视线在场上巡视了一圈,笑道:"这里不好玩吗?"

宋初昭说:"还行,打发时间可以。这里的肉烤得真好吃,要是天气再暖和一点就好了。"

这样一群人热热闹闹的场面,让她想起了边关,光是看着,也比闷在家里要好。

顾风简贴近了她耳边,说:"他们今日说你……"

宋初昭耳边全是范崇青等人的疯吼,她皱了下眉,大声道:"你说什么,我听不见。"

顾风简又靠近了她一点,低语两声,然而声音细碎,她只能听见几个零散的词汇。

"我听不见!"宋初昭说,"他们说什么?他们是不是说我坏话了?谁?"

唐知柔看不过去,觉得他们二人腻腻歪歪烦得不行,几句话的事,早说完不早没事了吗?还偏要磨磨蹭蹭的。

她看顾五郎阴险得很,就是故意逗他们三娘玩呢。

于是唐知柔顺手推了宋初昭一把,叫他们干脆点。

宋初昭一时不察,身形晃悠,下意识地用手撑在顾风简的胸口上,感觉有股温凉的触感划过了自己的侧脸。

顾风简握住了她的手腕,稍稍后撤,又很快松开。

两人对视一眼。

宋初昭意识到什么,心脏猛地一跳,表情也不淡定了,感觉一股热意瞬间冲上大脑。好在火光照不出她脸上的颜色,未暴露太多她的窘迫。

顾风简反倒是一派镇定,仿佛什么都没发生。

宋初昭受惊地往边上一看,发现众人都在一旁聊得开心,没注意到方才的场景,才松了口气。

唐知柔神情依旧幽怨,宋初昭直接无视了她。

宋初昭捂着自己的脸,问:"你方才说什么?"

顾风简道:"我说,他们说你,即便是学武,也打不过男人。"

宋初昭顿时忘了方才的事,气得跳脚:"他们又没被我打过,怎么知道我打不过他们?"

顾风简笑说:"不错。"

宋初昭怒挽长袖:"是谁?有本事与我比比!我今日给他们个面子不与他们争,竟叫他们得了机会诋毁我!"

唐知柔拉了她一把。

宋三娘这么不在乎自己形象的吗?

顾风简不在意地说:"明日有机会,你可以与他们比比。"

第二日清晨,日光微亮之际,外头已经有行人走动。

宋初昭与唐知柔爬起来,发现他们正在搭建比武用的擂台。

两人去一旁的桌上,喝着刚煮好的热汤,吃了点馒头跟油饼。

唐彰廉出来活动手脚,他今日穿了身黑色的衣衫,头发梳理整齐,看起来英姿勃勃、威风凛凛。

反观范崇青那边,就不大好了,那群年轻人虽然同样朝气蓬勃,但头发束得凌乱松散,带着点邋遢,显然不习惯拾掇自己。

等唐彰廉吃完早饭,比武台也差不多已经搭好了。范崇青等人热好身,两手环胸地在擂台两侧等候。

这场比武,大多是昨日打猎胜出的那些兄弟上去练练身手,没什么明白的规则,不算正式,但奖励丰厚,如果别的人想上去也行,不怕挨揍就成。

范崇青那样的获胜者,会自觉排到后面,以免败了太多人,将场面打得太过难看。

宋初昭跟唐知柔站在人群之中,看着唐彰廉说完赞词,亲手敲响皮鼓,宣布今日比武正式开始。

霎时间,众人振臂狂呼,欢呼声竟比昨日狩猎开启时更甚。

也是,看人骑马哪有看人格斗好玩?

四名金吾卫高手站上擂台四角,手中执刀,看守秩序。

这场比试讲究点到为止、助兴为佳。但围观者诸多的比试,难免会有人输不起,动手间失了分寸,他们便是要防备此事。

为首的金吾卫高声喊道:"谁人先来?"

一道黑色的身影跳了上去,用浑厚沙哑的声音发出响应,他体格高大,跳上去时,整个台子都仿佛震动了一下。

第九章·赏赐

众人定睛一看,发现最先出场的,是一位年纪三十来岁的武将,他豪放地脱掉了外面衣物,露出一身虬结结实的肌肉。

昨日还在下雪,今日积雪渐消未化,那人鼻息间喷着热气,看着似不觉寒冷。

他这样的身材,单单视觉上就极具压迫感。

姑娘这边对那人脱衣的举动发出了轻微的惊呼,同时也被那气势稳稳镇住。

唐知柔头皮发麻,小声说:"第一个上去的就这样厉害,我瞧着是个狠角色。"

宋初昭观察了会儿,说:"此人虽然虎背熊腰,确实健壮有力,但看他身上肌肉纹路,大约不是走正经的武学路子出身的。这样的人,或许能集大成难以攻破,但若自身没什么武学天赋,也是漏洞百出很好攻破。"

唐知柔不由得深深望了她一眼,敬佩说:"三娘,你也太厉害了吧!"

宋初昭止不住笑意地谦虚道:"哪里哪里,毕竟同是学武之辈嘛。"

旁边姑娘闻声围过来,对着她说:"我们是看不懂这些,三娘,不如你给我们讲讲?"

宋初昭欣然应道:"好啊。"

很快,又有一人上去。

此人体格明显要消瘦许多,连个子也比对方矮了个头。

"呀!"宋初昭身边的人叫了声,"这二人体型相差如此之大,该如何打?莫不是上去认输的?"

"是王家王公子呀,我看他平日闷声不响的,不料胆子倒大。"

台上二人并未给姑娘们过多讨论的时候,都约了不要兵器,互相一抱拳,直接动起手来。

壮汉正面攻去一拳,那姓王的瘦子虚影一晃,身形急退。

战局像是一面倒去,伯仲瞬分。

只看了一招,宋初昭就叹说:"唉,差距太大了。"

唐知柔点头,紧抱着她说:"我看着差距也大,这有什么好比的?那王家郎君,该是一拳就能被打扁了,看得我都怕起来。"

"你说错了。"宋初昭指着台上二人说,"力气大的人,若是知道如何施力,确实是令人惊惧,可是看那人方才的攻招,分明不是个内行,攻防皆已被对方识破。倒是你们说的那个王家公子,比我想的要厉害,他的招式动作都极其标准,出手利落干脆,应当是出自某个底蕴颇深的正统流派,恰好能克住对方。"

她话音刚落,王姓男子在游走撤退的节奏中,突然转变了动作,暴起反攻,

只一眨眼的工夫，他屈起的指骨，已经对准了壮汉的额头，再进一步，便可刺入壮汉脑部的穴位。

金吾卫直接判了王公子获胜。

"真是神了！"

青年那边没什么意外，姑娘这里却是惊喜声连连，只是她们的敬佩不是送给那位王公子，而是全倾倒在了宋初昭的身上。

原来真的有人能一眼辨出武者高下，这在话本里，可是只有绝世高手才能做到的事情啊！

宋初昭究竟是何深浅？

对面的青年闻声都望了过来。

顾风简隔着人群朝她浅浅一笑，大约是觉得她们很有趣。

宋初昭看见了，不好意思道："没什么厉害的，基础罢了。"

一众女子眼中的钦佩更盛：高人就是高人！瞧她如此谦虚！

几人围得更紧了，七嘴八舌地在她耳边说话。

"往常我看这些比试，只是看个热闹，还以为多数是以运气分高下，如今有三娘替我讲解，才发现原来其中藏着这些门道。"

"我倒是明白了那些男人为何都如此兴奋，连我都要按捺不住。"

"不知三娘上去，能否与他们一拼。"

"你可别说浑话了！"

宋初昭挠了挠脸，心说你们京城的姑娘，也太好收编了吧。

众人比试都很有分寸，毕竟平日就是低头不见抬头见的兄弟，后面几场切磋，都没有出现人员受伤的情况。

宋初昭几番点评狠辣到位，对台上几位武将的路数跟深浅进行了简单介绍，并对胶着的对战形势进行了预判分析，几乎没有出错。

姑娘这边听得也是津津有味，甚至还从中学到了不少东西，对宋初昭的敬意更上一层楼。

直到范崇青上台。

范崇青上去的第一场，便将众人好好震慑了一番。

他拿的武器是刀，对方也是刀，两位打法俱是大开大合的刀客，正面对抗。

范崇青凭借自己的强劲内力，蛮横地将人拿下。

战局几乎是一面倒，宋初昭不用讲解，众人也能看得出孰强孰弱。

唐知柔抽了口气，一手用力抓住宋初昭的胳膊，小声道："这范二公子，

第九章·赏赐

好像确实挺厉害的啊?"

旁边的姑娘说:"哪里是好像?他确实厉害啊,否则那一帮武人,岂会以他马首是瞻?他曾也跟着傅将军学过几招,是个厉害人物。"

唐知柔手下不禁用力,唏嘘说:"真是看不出来。"

宋初昭挣扎道:"你先放开我,你揪着我的肉了。"

唐知柔赶忙松手。

此时台上范崇青又打退了一人,高举着手臂,朝台下询问道:"还有谁人要来?"

唐彰廉笑意吟吟地看着擂台,仿佛看着自己未来手下的一员猛将,显然对范崇青是颇为满意的。

台下众人窃窃私语,点头之间无不是夸赞之声。

姑娘这边惊叹之余,已经开始盲目崇拜:

"范公子真如他们说的那样厉害吗?"

"可惜三娘不能去,否则她未必不敌。"

"三娘你还没分析范二公子的武艺如何。"

众人只说话,台下无动静。

唐彰廉眼神示意,傅长钧上前一步,询问道:"还有人,要上来挑战吗?"

人群中高声响起:"有!"

众人茫然巡视了一圈,想见见是哪位英雄,却没在青年那边看见有何人举手。

宋初昭大声了点:"这儿!"

所有的目光调集过来,宋初昭淡定自若,唐知柔站在她旁边,却被波及的视线弄得局促不安起来。

唐知柔小声道:"三娘,你真要去啊?"

宋初昭说:"既然来都来了,为何不上去比比?这有什么好怕的?"

唐知柔瞥了眼范崇青,说:"我瞧着,是挺可怕的啊。"

姑娘们集体傻眼,错愕地滞在原地,半晌没能回神。

唐彰廉倒是来了精神,甚至因为诧异还从座上站了起来,他往前走了两步,说:"宋三娘,你是认真,还是玩闹?"

宋初昭说:"自然是认真说。"

唐彰廉问:"你要上台比试?"

宋初昭说:"不行吗?"

"行啊！你若想，就行啊。这擂台，朕从未说过女人就不能上。"唐彰廉说，"范郎，你是何意见？"

范崇青连声音都不利索了，眼睛不断地在宋初昭、顾风简、唐彰廉之间转动，急道："不、不行啊！陛下，您要臣去与一个女人比试？"

唐彰廉说："错，是她主动要与你比试，与我无关。"

范崇青转过身，朝着宋初昭猛烈摇手道："宋三娘你冷静一点，我不打女人的！"

宋初昭朝着一旁的武器架走去，挑挑拣拣地选武器，同时严厉地说道："你正经些吧。若真想做个武将，就别在比武场上，说什么不打谁的话。"

范崇青暴躁道："我与五郎是兄弟啊！我怎可与你决斗？你这是逼我兄弟二人反目！"

唐彰廉爱凑热闹，朝着台下点了点下巴问道："顾五郎，你不同意？"

顾风简出列，抱拳行礼，回说："三娘自己做主便可，我并无不满。她若有意上场，我也想见识一下宋家的绝学。"

宋初昭提起一把长枪，在手上转动着试了试长度与重量，觉得还算称手，背到身后，两步助跑，潇洒地跳上擂台。

范崇青被她吓得后退数步。

傅长钧跟着跳了下来，站在宋初昭的身后，仿若在给她撑腰。

"不要闹了。"范崇青对着宋初昭叫苦告饶，面子也不要了，"宋三娘，我是个武将，下手没有轻重。你下去吧。"

唐彰廉忍笑，指挥着说："傅将军，你亲自上台看着，以免三娘受伤。范郎，既是三娘愿意，你何必连番拒绝？是个大男人，陪她打上一场又如何？"

范崇青说："可她是个女——"

范崇青话音未落，视线中一道银光便刺了过来，他没有防备，下意识地用刀身挡在身前，

对方也不是真要伤他，顺势将枪头刺在他的刀刃上。

铿锵一声！

范崇青被那冲势击中，腹部与手腕俱是一阵钝痛，连连退了好几步，才稳住身形。

竟是个狠角色。

范崇青面露愕然，深受震撼，抬手按着脖子拧了拧，露出一丝兴味。

"你想得倒是挺多。"宋初昭笑说，"要不要认真比比？"

第九章·赏赐

"哗——"

众男青年后知后觉地叹道:"这宋三娘,原来是真不简单。"

他们那边开始骚动,姑娘们总算是反应过来了。

不知是何人开的头,这批大家闺秀直接撕扯着嗓子喊道:

"啊——三娘!宋三娘上啊!"

"昭昭妹妹!妹妹不要怕!"

"姐姐!三姐杀下那个范二!"

范崇青的小弟也争相响应,叫道:

"哎,哪能输了她们?喊话谁不行啊?"

"范兄你若输了,颜面无存啊!"

"如此挑衅岂可忍让?便给她们个教训尝尝!范兄大可上!"

唐知柔被他们喊得生气,与他们吵了起来。

不管是什么原因,场面一时空前火热。

台上二人的动作比他们预想的更快,已经比了起来。

宋初昭的力气与女子比起来虽然是强,但同范崇青相比,还是逊色许多。

她方才在台下仔细观察了范崇青的出招习惯,避开与对方正面冲撞,只从侧面进行缠斗。

就见她手中的长枪无比灵活,枪头如鱼龙游动般不断扭转,不断进攻,又不断变转方向。

范崇青顾忌她是女人,不敢主动冲击,也不敢直取杀招,动作间很是被动,畏首畏尾,以防御为主,想观察形势,做到一招制敌。

他的留情与轻视,便是宋初昭的胜机所在。

渐渐地,范崇青表情凝重起来,额头还有了冷汗,他发现自己开场落下的优势,再无法争取回来。

宋初昭收放的速度极快,攻势越发猛烈,逼得他根本无力还手。

本以为的游刃有余,不知不觉成了作茧自缚,范崇青不得不全力应对。

隔着一段距离,银枪虚晃的轨迹他们已经分辨不清,只能从声音来判断局势。

枪身与长刀不断碰撞,那密集的节奏比之鼓点更为令人振奋。

看得出门道的人,正在独自紧张,而看不出门道的时候,也明白高手过招,那是瞬息万变。

顾风简收紧的手指攥出了痕迹,伸长了脖子往上张望。

他旁边的顾四郎眉头紧皱,同时连连点头,嘴里喃喃:"二人如今胶着,

· 310 ·

范崇青依旧是放不开手脚。宋三娘这枪法,当真是精妙!若她身为男儿,范崇青恐怕躲不过这数招,可惜,我看她胜负难料,并不乐观。"

顾风简回过头问:"哪里不乐观?"

"无论是耐力,还是力气,都不乐观。"顾四郎说,"长枪可不是什么人都能使得的,瞧着简单,用起来累人,宋三娘力气再大,也拼不过范崇青啊。"

他说完没多久,宋初昭就显了疲态,攻势明显放缓。

范崇青察觉,立即展开反攻。

那一瞬间,场上场下的人,都察觉到了双方的攻防转变。

宋初昭自知不敌,利落地返身撤逃。

"啊——三娘!"唐知柔跳脚大喊,"杀啊!三娘不要怕!"

姑娘们跟着乱嚷:

"打倒范崇青!"

"昭昭绊他!"

傅长钧在场边走动,按着腰侧的佩刀随时准备出手。

范崇青比他更害怕伤了宋初昭,准备收势时,宋初昭突然压低上身,脚步一顿,返身杀了个回马枪。

那一枪直接敲在范崇青还未收回去的刀刃上。

范崇青右手发麻,身形一顿。宋初昭已经起跳,一脚踹了过来,他连忙用左手手臂作为格挡。

紧跟着,宋初昭的攻势再次密集起来,甚至比先前还要猛烈,毫不犹豫地带着杀气,次次敲在他的兵器上,哪里还有什么颓势?

方才那分明是诱敌啊!

范崇青暗叫不妙,难以招架。

范崇青下手留有余地,宋初昭却敢打得狠,在对方双脚分立,努力稳定下盘的时候,直取对方致命之地。

范崇青哪里敢跟她玩,心脏抽紧,赶紧卸了防御,去挡重点部位,宋初昭那一脚往下倾斜,最后踢在他的腿上。

"嘶——"

单脚的鞋底在地上摩擦,范崇青身形一歪,将要摔倒,宋初昭顺手拉了他一把,帮他稳住。

范崇青怔怔地眨着眼,后怕地吐出一口气。

宋初昭后退,朝他抱拳道:"承让。"

第九章·赏赐

范崇青惊呆:"啊?"

宋初昭说:"我赢了啊!谁叫你不认真打。"

范崇青心说认真了啊!

他被现实打击得晕头转向:"我真的输了?"

宋初昭说:"你问傅叔,方才那样算不算我赢。"

后方的傅长钧点头,证实道:"你确实输了。"

"啊——啊啊!"

欢呼的女声从台下传来,带着不可置信与无法掩藏的狂喜,一阵高胜一阵,吼出了千军万马的阵仗。

"宋三娘——"唐知柔就要给她跪下了,眼中泪光闪闪,"你赢了!"

男青年那边,交头接耳,心神震荡。

你说比武输给女人,确实是件丢脸的事,前所未有啊。可是要他们嘲笑范崇青,方才的战局他们是亲眼见到的,实在说不出口,只得庆幸,方才上场的人不是他们。

这宋三娘,实在是太厉害了些,简直恐怖。

姑娘那边则单纯多了,一个个容光焕发、精神抖擞,脸颊两侧带着红晕,是从未有过的振奋。

她们涌到了擂台边上,几近疯狂地呐喊,若不是因为爬不上去,恐怕已经争先恐后地跳上台拥抱宋三娘。

宋初昭扛着长枪,转了一圈,内心也是热血澎湃、难以平复。

在边关,可没这么多的姑娘会公开大胆地支持她,每回打完架,她都少不得要被训斥一顿,不想在京城,居然能受到这般追捧。

宋初昭将兵器刺入地面,谦虚地朝众人抱拳致意。

当她转向男青年那边,看见的是一张张茫然无措的脸。

顾风简的存在最为特别,在人群中被一眼辨识,宋初昭多看了他一会儿,挑挑眉毛,露出一个无比张扬的笑,似在回应他昨日说的话。

顾风简也笑,而后抬起手,重重地鼓起掌来。

那清脆的掌声叫周围的人更加沉默,季禹棠等人左右张望,迟疑片刻,最后觉得,鼓掌就鼓掌吧,谁让他是五郎呢?

反正输的又不是他们。

于是,掌声稀稀拉拉地响了起来。

· 312 ·

还有一帮人在踌躇。

范崇青看见这一幕，眉间的凝重虽然难以舒展，但还是转过身，朝着宋初昭，补上了方才漏掉的礼数。

一帮武者见范崇青都不介怀，也不是胡搅蛮缠不敢认输的小人，为表敬意，跟着朝台上抱拳一礼，算是认了这个结果。

唐知柔低声说："倒是还算识趣……"

姑娘们并未得寸进尺，喊话的声音渐渐消了下去。

双方矛盾似冰雪消融，剩下的便是对实力与武道的纯粹的尊重。

宋初昭挺着了胸背，内心空落落的某处在这一刻被填满。她张了张嘴，意欲开口，又不知该如何表述自己心底的骄傲，便小幅度而轻快地朝众人挥手，感谢他们对自己的肯定。

好不风光！

宋初昭转了一圈，猝不及防对上了傅长钧近在咫尺的脸，被吓得表情一僵。

傅长钧两手环胸，嘴角勾了勾，朝她轻轻颔首，而后返身跳下擂台，回到唐彰廉身边。

"好！"

唐彰廉拍掌大笑，他爽朗的笑声反让周围都安静了下来。

"不愧是我大梁的英雄儿女！好一番比试，看得是否畅快？"

众人应是。

唐彰廉含笑道："宋三娘赢了，按照规矩，应当奖赏才是，只是朕原先准备的礼物，怕是三娘会不喜欢。"

宋初昭说："陛下赏赐，已是荣幸之至，哪敢挑剔。"

"宋三娘客气了。"唐彰廉兴致勃勃地喊道，"傅将军。"

傅长钧猜他又起了什么坏心思，一手按着腰侧的刀，走到他身边。

唐彰廉状似忧愁地问："傅将军觉得，该送三娘什么东西好？"

傅长钧说："该问宋三娘想要什么。"

唐彰廉说："我看傅将军常用的那把银枪就不错。"

宋初昭忙说："君子不夺人所爱，我……"

唐彰廉挥了下手，打断她："朕不做君子，朕做君王，朕觉得那礼物就是很好，傅将军舍不舍得割爱啊？"

傅长钧似有无奈，朝边上的金吾卫点头示意。

未几，一将士端着一个长盒走来。

那将士打开木匣，露出里面的一把长枪。

第九章·赏赐

在场众人皆是惊讶，不想唐彰廉竟然叫傅长钧把他最贵重的长枪给祭了出来。

唐彰廉说："你过来。"

宋初昭跳下擂台，站到台阶的前面，躬身抱拳，朝他行礼。范崇青也快速跳了下来，列位在她身后。

唐彰廉取出长枪，一步步朝着宋初昭走去。他看着手中的东西满是唏嘘，感慨道："我尤记得，当年舅舅背着我杀出宫廷时，靠的便是这把枪，我只见银龙飞舞，血染长阶，自那以后，我便觉得这东西也有灵性，能保个平安。"

他的脚步迈下台阶，最后站到宋初昭的面前，亲自递过去道："这虽然是个旧物件，可也是个念想，多年来一直有在修护，并未损毁，刀片是新换的，还能用上一阵。"

宋初昭不解其意。这把线条流畅、技艺精巧，每一处磨损都透着森森寒意的兵器，显然不同唐彰廉说的那样，只是一把普通的兵器，只是看一眼，便能感受到它的不凡之处。

周围目光太过刺眼，带着审视与探究。

与人搏斗时毫不畏惧的宋初昭，此刻反而有点害怕了。

宋初昭颤抖着伸出手，在接过之前，做口型问了一句："你给我做什么？"

唐彰廉笑了，也无声回道："朕喜欢你嘛。"

宋初昭一吓，就想把手收回来。

"骗你的！"唐彰廉失笑，"快接着！"

宋初昭把长枪接到手里。

这把枪极沉，她握住手里时，没注意，差点摔了它，好在及时用力，重新站直身体。

唐彰廉又嘲笑说："你想得还真多，朕只喜欢皇后那样的。"

宋初昭："……"什么话都是你说的，好的嘛，你赢了。

唐彰廉甩了下袖子，越过她走了两步，停在范崇青的跟前，问道："范郎，心里可有不服？"

范崇青已经从悲剧的情绪中走出来，挺直胸膛道："愿赌服输，是我略逊一筹，无话可说。"

唐彰廉拍着他的肩膀："好！是男人就该输得起！"

虽然被夸奖了，但不知道为什么，他觉得有一点点微妙。

唐彰廉严肃起来，说："今日的教训，望且记住，战场上绝不可有轻敌之念，无论对面的是妇孺，还是老幼。你一念可以仁慈，他们却不会手软，今日

这一场,朕也觉得你输得不冤。"

范崇青严肃地说:"是!臣当谨记!"

唐彰廉点头:"好了,你二人都下去吧。"

宋初昭回到家里,已经是下午,临近饭点。

顾风简将她送回来,看着她一路进门才转身离开。

宋初昭抱着箱子回了自己的小院,贺菀正听到消息准备出去接她,见她抱着个箱子,又随她一起进屋。

贺菀问:"是何物?怎么那么大?"

宋初昭把箱子摆在桌上,打开盖子说:"陛下赏给我的,我就带回来了,他说想用这东西保个平安,是个好念想。"

贺菀看了一眼,认出来了,但是没管她,只说:"把东西放好,你总是丢三落四的。"

宋初昭说:"我才不会。"

宋初昭也不知道这东西该放哪里好,如果相当贵重的话,自然是在眼皮底下最可靠。

她看外祖父的剑就架在他自己屋的桌上,就也找了个木架,要把长枪放在她常年不怎么用的桌案上面。

贺老夫人过来看见了,连声叫道:"哎哟,我的昭昭,这兵器不要放在卧室里,煞气很重的!"然后将长枪搬去了书房,摆在最显眼的位置,当是镇宅了。吃饭的时候又找机会拧了贺老爷一把,说他上梁不正下梁歪,将不好的习惯教给了昭昭,居然不晓得这么个忌讳。

宋初昭歉意地瞅了贺老爷一眼,祖孙俩隔着桌子默默用眼神交流。

大约是因为贺菀回来了,近段时间傅长钧都不再来贺府,宋初昭也不好意思跟贺菀说要去找傅叔。

倒是宋将军听说了此事,说她收了傅长钧多年珍藏的兵器,应该主动去谢谢人家,历来武将的兵刃便是他身份的象征,不可轻易送人的。

好在顾风简也记得此事,在宋初昭还想着该如何去的时候,他挑了个风和日丽的日子,借着出去购置物品的名义,将她带了出来。

最近这几天陆陆续续地下雪,好几年没有过这么大的降雪,哪怕今日放晴,路边的积雪也没有化尽。

天气冷得近乎彻骨,宋初昭出门前被迫穿了好几层厚重的衣服,然后与顾

第九章·赏赐

风简步行着过去。

有雪的地方倒是还好,雪面上被踩出的鞋印可以防滑,一些地上的水被冻成了冰,一脚踩上去,猝不及防,很容易摔倒。

两人走得都很小心。

幸亏金吾卫练兵的地方不远,两人中途还蹭了辆牛车,很快就到了地方。

顾风简不想进去。

他深深知道自己要是进了金吾卫这门,不被狠狠操练一番,恐怕是出不来了,何况他今日确实是奉顾夫人之命出来采买东西的,不能空着手回去。

他与宋初昭约了一个半时辰后在这里见面,便独自走开。

可惜的是,傅长钧今日竟然不在演武场。

将士笑道:"姑娘先在附近逛着,在下已命人前去通报傅将军,他若无事,应当很快就能过来。"

宋初昭想着机会难得,环顾了一圈,问道:"这附近的东西我可以动吗?"

这将士显然也是知道她上回击败范崇青的事,觉得她自幼对军营熟稔,不必当普通女子对待,便笑了一下,说:"姑娘随意,注意安全便好。"

宋初昭高兴点头,跑向一旁。

她想找之前傅长钧骑走的马玩一玩,可惜找了一圈,都没看见,不知是不是被傅长钧给藏起来了。

士兵正被人带着在空地上练习招式,一旁的练箭场就空了下来。

她拿起架在边上的弓,对着箭靶试了两下,发现京城的弓箭做工是比边关的要精致许多,相同力气下箭矢明显有力了。

她看见墙上挂着个样式比较显眼的弓,与其余的武器并排放在一起,似乎没什么特别,就上前拿了下来,也想试试。

将士正在给小兵们训话,突然就听见宋初昭在边上"啊啊啊"地失态大叫,他连忙跑过去,问道:"怎么了?"

宋初昭深吸一口气:"这弓——"

将士一瞥,惊恐道:"这是将军的弓啊!"

宋初昭说:"我不知啊!它就放那儿,我以为与别的弓差不多,哪晓得拉不开!"

将士急了:"这怎么办?"

弓的保养,要极其小心,开弓空放或力道不足,都会使其整体损坏。学武之人对兵器一向都是很小心的,尤其是这种特制的强力战弓,宋初昭也没想到,

这么多的武器里，怎么就出了把不同寻常的家伙。

拉弓需耗大力气，宋初昭本就撑不住这弓，坚持了那么久也快不行了，见那将士还傻站着，就想让他赶紧帮把手。

将士顾忌男女之防，虽心疼武器，却不敢上前帮忙，宋初昭急得哎呀直叫，叫他气到了。

这时一双手从侧面绕了过来，她背后靠上来一堵温热的胸膛，那人握住她的手，用力拉开弓弦，等力满之后，示意她一起松手。

箭矢射了出去，宋初昭心虚地回头，对上傅长钧一张没什么表情的脸。

"来我这里，就是为了玩我的弓？"傅长钧身上有淡淡的香味，想是屋内熏香染上的，他看着宋初昭的眼神里有点笑意，"怎么，拿走了我的长枪，还想拿走我的弓？可惜这把弓，你可用不了。"

宋初昭小声道："其实你的长枪太沉了，我也用不了。"

傅长钧把东西挂回去，问道："谁让你来找我的？还是你闲得无事，就跑这里来了？"

宋初昭说："我是想来谢谢你送我的东西，我其实用不大上，你若是需要，我也可以还给你。"

傅长钧说："不必了，我送给你的东西便是你的了。"他往外走去，"今日天冷，你若无事，就早点回去吧，免得在外吹风受冻。"

宋初昭默默在他身后凝望着他。

许是她的目光太过可怜又太过强烈，傅长钧走了没两步，又背着手回过身来。他皱眉道："你先前不是说，想来演武场骑马，顺道叫这里的将士与你操练吗？"

宋初昭说："你不是说不行吗？"

傅长钧顿了下，问道："我说过不行了吗？"

宋初昭点头："嗯。"

傅长钧坚持否认："我没有。"

宋初昭嘴角渐渐往上扬起，到最后变成一张粲然的笑脸："那我……"

傅长钧抬高手臂，示意在场所有人安静，而后借着内力，对众人宣告道："来！今日骑射有胜过宋三娘者，我自掏腰包，奖其一月俸禄！若无人胜过，明日所有人一齐加练！"

"哦——"

众将士闹哄哄地叫起来。

宋初昭也喊："傅叔你太好了吧！我能赢！"

第九章·赏赐

傅长钧边往一侧的高台上走,一面朗声道:"我倒要看看,今日何人会因轻敌而败。银子我许下了,各凭本事自定输赢!宋三娘,你若是今日输得太多,往后也别来了!"

宋初昭跳着举手:"那我今日要是不输呢?我要是还帮你赢了该怎么算?"

傅长钧一甩衣摆,豪迈地在位置上坐下,笑说:"你问问他们,若真输得那般惨烈,今后有什么脸面拦着你进来。"

宋初昭叉腰大笑道:"那这里,往后岂不是任我来去自由了?"

一旁的将士笑道:"哎,宋三娘,话可别说得太狂,我们与范二公子不一样,那都是刀尖上过活,见过世面的人,不受你这样的挑衅。"

"没错!这骑马可不会让着你了。射箭自更不必说。"

"宋三娘手上功夫不错,不知骑术如何啊?"

宋初昭知道,所谓的见过世面,就是脸皮够厚,老兵一般都臭不要脸。

傅长钧意味深长道:"这老将啊,也要点脸面,不要上去抢这银子了,将机会都留给新兵。"

有人申诉道:"将军,你方才可没说什么老将新兵,怎么现在就护着宋三娘了?我不依!"

一干三五大粗的将士矫揉造作地起哄:"不依不依,我们不依!我们也是各凭本事!"

傅长钧失笑道:"都给我住嘴!你们也好意思说得出这样的话?"

第十章

大　婚

- SHENCANGBULU -

顾风简一个半时辰后回来时，宋初昭已经彻底混入了金吾卫的队伍，玩得忘乎所以。

他站在门口等了会儿，没见着人影，倒是听见了里面此起彼伏的欢呼声，就知道宋初昭是忘了时间。他出于好奇，未让司阍喊人出来，而是让对方在与傅长钧通禀之后，领他进去旁观。

顾风简跟在那小兵的身后，第一回踏进金吾卫的练兵场。尚未走到人群中间，远远便看见宋初昭策马驰骋的身影，她手上缠绕着一段长长的马鞭，宽大的衣摆被风吹带在空中，高高扬起，一张脸上全是肆意挥洒的汗水与畅快。

不止宋初昭，周围的那帮将士也沉迷其中，众人围着中间的射箭场，嘈杂地叫嚷。由于声音太过混乱，听不清他们具体在吼些什么，可看这帮血性男儿的表情，也可知他们兴致正浓，只怕是恨不得亲身上阵，与宋初昭分个高下。

傅长钧坐在台上，一眼瞥见身着儒衫的顾风简，朝他点了点头，示意他稍等片刻。一直待宋初昭赢完这一局，傅长钧才起身叫停，示意众人散开。

叫好声中，宋初昭顺着众人视线找到顾风简，终于想起二人相约的事情，她连忙翻身下马，甩了下马鞭，冲向顾五郎。

"对不住，叫你等久了吧？"宋初昭说，"开始我还记得，后来不小心给忘了。"

顾风简说："没什么。看你满身是汗，赶紧把外衣披上，小心受凉。"

宋初昭去一旁抄过自己的披风，直接裹在身上，朝着顾风简笑了下。

她转身向傅长钧的方向挥了挥手，傅长钧没给她回应，倒是一帮壮汉，挥舞着手臂跟麦浪似的摇晃，喊她下次有空一定来玩。

宋初昭笑呵呵地应了。

她和顾风简出去之后,笑容还挂在脸上,脚步也无比轻快。

顾风简听她嘴里哼着曲儿不知名的小调,笑道:"今日这么高兴?"

宋初昭大声应说:"是啊!"

宋将军是个御下十分严厉的人,若要让他陪着宋初昭一起无法无天,那是断然不可能的,不出面阻止已是极大宽容了。

但是今日,傅长钧就陪她玩闹了,甚至还叫了手下的将士与她一起玩闹,这群人用平常的目光看待她,包容的心态招待她,她渴求之事也不过如此。

哪怕傅长钧并不知道她是他女儿,对她也是很好的。

"你不知道,我今日赢了好多人!"宋初昭手舞足蹈道,"他们起先还说要给我点颜色瞧瞧,结果上来一个又一个,全都没跑过我,于是转头就嘲笑起自家兄弟,嘴上还半点不留情。输也能输得情愿,完全不矫情!与他们一起玩,那叫一个痛快啊!"

顾风简说:"傅将军胸怀坦荡,磊落光明,他统领的金吾卫,自然也是如此。既然你们性格相合,你又如此喜欢,往后可以常来走动。"

"傅叔说我若是输得多了,下回就不能去。"宋初昭困惑道,"什么样的叫多?我是有输过那么一两次,运气难免不好嘛。"

顾风简笑道:"就算是你输了,傅将军也会放你进去的,他既然今日纵容了你,日后也得纵容你。"

宋初昭说:"哪有这样的道理!"

顾风简笑道:"虽然不知为何,但他既然连长枪都愿意送你,自然不会拦你这样小小的喜好。"

宋初昭听他提起这事,突然叹了口气。

顾风简问:"怎么了?"

"没怎么。"宋初昭脚步变得迟缓,"我就在想,我要是常常去,傅叔会不会就讨厌我了?不是有句话说,'远香近臭'吗?他今日也只是看在我母亲的份上给我面子而已。面子嘛,借得多了就没有了。"

顾风简惊讶道:"他为什么要讨厌你?你怎么会觉得这是你母亲的面子?"

宋初昭惆怅地说:"因为我皮啊。"

顾风简忍俊不禁,笑出声来。

宋初昭停下脚步,气道:"你不要笑啊!你再这样我不跟你讲了!"

顾风简回过头说:"你也晓得自己皮?"

宋初昭嘀咕道:"我有什么办法?我喜欢做的事,你们都说是皮。"

· 320 ·

顾风简认真了些，说："是了，你也没有办法，是它自己生成这个样子的，说不定你爹或你娘小时候，比你还皮，所以你如今才会这样。"

宋初昭将信将疑："真的？这道理可信吗？"

顾风简说："你不信，下次可以问问他们。傅将军是从小认识你母亲的，不定他也知道。"

宋初昭偏头看了他一会儿，机灵地笑出来，不上当道："你是想叫我去找他吧？理由都给我找好了，顾五郎你可真聪明。"

顾风简温柔地看着她道："你想做的事，就去做，想见谁便见谁，不用管其他人。"

他心里默默跟了一句，正是因为太顾忌别人，傅长钧与贺菀才会蹉跎到今日，还未能在一起。

宋初昭打了个喷嚏。

顾风简说："快点走吧。回去换身衣服。"

宋初昭应声："哎。"

顾风简在前面走着，留下一排低凹的印记，一行较小一些的步子，隔着半米的距离，印在他脚印的旁边。

宋初昭埋头走了一段，默默后退两步，移到他的身后，用脚踏着他走过的痕迹，一个个踩上去。

她发现顾风简的步子迈得比她要缓，也比她要大。

她踩在被踏平的痕迹上，低头看着路面。看见顾风简的黑色鞋子上沾了白色的雪花，前端是白白的一片。也看见了白茫茫的道路，蔓延向望不到尽头的边际。

她回头望了一眼。

两人只走出一条道来，好像这样可以去到同一个地方，不会有分别的时候。

路上极其安静。

顾风简想抓住身边的人，右侧却是空了，他继续领头走了一段，最后还是停下来，回头去找宋初昭。

顾风简本以为宋初昭是与他拉远了距离，这一停顿，才发现宋初昭就紧紧跟在他的身后，一个晃荡，差点撞到他身上。

宋初昭急急停住，好像在做什么好玩的事儿，见被他发现，仰起头，冲他笑了一下。

和风化雪。

顾风简也笑了，伸出手，问道："冷吗？"

宋初昭摇头:"不冷!我玩得满身大汗!"

顾风简暗示说:"我的手是冷的。"

宋初昭迟疑了下,扭捏道:"这样不好吧?"

顾风简还是伸着手,坚持道:"我想牵着你。"

宋初昭犹豫片刻,还是将手递过去。

顾风简的手分明是暖的,还带着一点湿润,倒是她的手,因为一直策着缰绳,被冻得快要失去感觉,手心也有一片磨损,被他一握,带着丝火辣辣的痛感。

顾风简握住她的手,揣进袖子里,继续带着她往前走。

地上又出现了两行脚印,只是这次离得近了。

顾风简低低唤道:"昭昭。"

"你这样叫,好像我是你的小辈。"宋初昭说,"只有我的长辈才这样叫我。"

顾风简说:"我这样叫,觉得你是我亲近的人。"

宋初昭没坚持,说:"哦,那随你吧。"

片刻后,宋初昭试探道:"简简?"

顾风简闷笑出声:"我字谦培,你先前不是叫我五哥了吗?"

宋初昭心道那声便宜五哥,还是算了吧。

两人牵着手,穿过茫茫雪地,来到贺府门口。

宋初昭竟觉得,这段路比去时要短,以至于看见门口那挂着红绸的石像时,都没发现自己已经到家了。

二人站在朱红色的门前,面面相觑,一株幼草丛石缝中钻出,在冬风里不断摇曳。

顾风简松开宋初昭的手,深深看了她一眼,说:"你进去吧。"

宋初昭瞬间感觉身体冷了下来。她跑上台阶,准备叩门,进去前又回过头道:"这里回国公府不顺路,你不送我回来,其实也是可以的,我又不会走丢。"

顾风简还站在原地,轮廓柔和:"我想送你,往后你去哪里我都送你。"

宋初昭说:"没有必要啊,我哪里都能自己去。"

顾风简说:"我只希望哪日,不用像这样,送你到门口,再与你分道扬镳。"

宋初昭沉默了下,不知道该答他什么,她招了招手,然后转身进去。

宋初昭一回家,便大喊,说自己回来了。

贺菀闻声走出来,一见女儿额头上的汗渍,就觉得头疼。

贺菀扯住宋初昭的衣领，伸手摸了摸她的脖子，说："出了一身汗，里头的衣服都湿了。"

宋初昭被她的动作冻得缩起脖子，发痒道："就玩了一会儿，没有满身汗！"

贺菀拍了拍宋初昭，佯怒道："快去沐浴换衣服！"

宋初昭应了声，跳着去往自己房间。

春冬见宋初昭回来，赶紧让人去给她准备热水。

等宋初昭擦着洗净的头发，从屋里出来，春冬已经为她备好了甜汤与糕点。

宋初昭一面吃，一面夸了春冬两句。

春冬托住下巴，笑着问道："姑娘今日开心吗？"

宋初昭说："开心啊。"

春冬兴奋道："是因为跟公子一起出去所以开心吗？"

宋初昭哑然。

春冬的情绪升级为亢奋："那春冬再告诉您一个会叫您更开心的事？"

宋初昭隐隐觉得跟自己想的可能不大一样。

春冬大声道："您的婚期定了！"

宋初昭吓了一大跳："这么快？"

春冬说："哪里快了？这都要近年关了，您是入秋时回来的，按照道理，早就应该定了。"

"那定在什么时候？"

春冬笑说："请姑娘自己去问宋夫人吧。"

宋初昭没好意思问，但是贺菀主动在饭桌上提了。

"定在正月十五好不好？"贺菀说，"这日子喜庆，也值得纪念，往后你都可以好好庆祝。"

宋初昭本没有想到这桩事的深意，被贺菀接连提醒了两次才明白过来。

正月十五，那不就是她真正的生辰吗？

宋初昭算了下今日的时间，发现也没剩几天了。

她突然意识到自己要成亲了。

成亲是什么？要离开父母，要操持家务，要相夫教子，再不能任性了，要变得与贺菀一样善解人意了。

她发觉那是自己毫无准备的生活，对未知的恐惧与烦闷突然铺天盖地地卷了过来，原本想要逃避的心态被逼到了极致，变得无从躲藏。

宋初昭按着自己的手指，露出一丝无措来。

贺菀的筷子悬在碗上，又说："既然婚约定下，那就回宋府吧，年关也快

第十章·大婚

近了,还是不要叫将军为难。"

宋初昭心不在焉地点了下头。

贺菀看了她一会儿,瞧出她不对劲,便不再提这事,为她夹了她最喜欢的菜,叫她先吃。

到了晚上,贺菀来找宋初昭一起睡觉。

宋初昭铺好被子,去把窗户合上,泡了脚,缩进被子里。

贺菀吹熄了蜡烛,躺在床铺里面。

沉沉夜色中,贺菀听见宋初昭不平稳的呼吸声。她翻转了身,面对着宋初昭,问道:"你是不喜欢顾五郎吗?"

宋初昭说:"没有不喜欢。"

"那你为何今日魂不守舍的?"贺菀说,"你难道不愿意跟自己喜欢的人在一起吗?"

宋初昭静了许久,在贺菀以为她不会回答的时候,突然说了句:"我只是不知道,能不能过一辈子,我觉得现在这样就很好,一辈子太长了。"

贺菀贴近了她,将她抱在怀里。

"成亲是件好事,让你喜欢的人,能一辈子陪着你。往后你有什么话,什么事,都可以同他说,想见他的时候便能见他,想任性的时候就同他任性,别的遗憾,都不值一提。"

宋初昭低声道:"娘。"

"嗯。"

"我问您一句话,您不要同我生气好不好?"

贺菀笑应道:"你说吧。"

宋初昭靠在她的怀里,问道:"您当初,若是有机会,即便什么都没有,也会想与傅叔在一起吗?"

贺菀思绪飘远,回想起那段她早已经掩埋在深处,再思及,竟依旧清晰的记忆来。

她心里道,哪里有如果。她当初是已经做了选择的,只能二选一的时候,心里的抉择就会变得坚定起来。她是愿意什么都不要,也要陪傅长钧过一辈子的,只是那样好难。

而如今,过了那么些年,当初的念头早已长成了一根刺,不去理会的时候没感觉,便觉得不重要,偏偏它一直长在那里,拔不掉,誓要证明它存在过。

她走前最后一次去看望傅长钧时,其实并没有看见对方的脸。

当时傅长钧躲在贺府的杂物间里，那里光线昏暗，空气里混着潮湿的霉味。

傅长钧靠在一个冷硬的箱子上，侧面对着她。他头发散下来，没有整理，黑色的衣摆铺了满地，同她的影子混在一起。

贺菀问他："你知道了吧？"

傅长钧只给了她一个字的回复："嗯。"

贺菀停顿了许久，说道："那我走了，你要好好活着。"

傅长钧又是一个字："嗯。"

贺菀想叫这离别能平静些的，可还是没忍住，要说出伤人伤己的话，她哽咽道："我以后再也不要回来了，你们都太讨厌了。"

屋外微弱的光色照了进来，又很快被合上的门板遮挡，僻静的杂物间里唯剩下一片孤寂。

唐彰廉爬过来，靠在傅长钧身边，小心唤道："舅舅。"

傅长钧没有回应，同个死人一般坐着，怀里横着长枪，手指反复扶过尖锐的刀刃。

唐彰廉站起来，跑到门外。

他躲在暗处，悄悄跟着奴仆，一路看着贺菀离开家门，又哭着跑回来，跪在傅长钧身边道："她走了，贺将军亲自背着她出去了。"

傅长钧眼泪突地流了下来，他抬手捂住眼睛，却无法控制。

半大的少年握住了他轻颤的手臂。

傅长钧沙哑道："往后……"

唐彰廉扑过去，抱住他道："往后你还有我！舅舅，往后你还有我！我会争气，叫你再将她接回来！"

傅长钧的声音碎在抽噎的喘息之中："你莫学我这样。"

恍惚如昨日，傅长钧抬手抹了把脸，不明白为什么又梦见这件事情，还前所未有的真实，连贺菀的脚步声都重了起来。

大约是因为贺菀回来了。

他将手背按在额头上，长长地叹了口气，静静躺着，将那股酸涩的感觉从胸腔里排遣出去。

"将军，宋将军在门外求见。"

傅长钧缓了许久，才回复道："叫他进来吧。"

门外的人迟疑道："来这里？"

傅长钧点头："嗯。"

第十章·大婚

"是。"

不多时,宋广渊稳健的脚步声在门外响起,他抬手轻叩,而后自己走进来。

清晨的日光比较柔和,傅长钧的木床前面便是窗户,照得他身前一片明亮。

宋广渊说:"昭昭的婚约定下了。"

傅长钧还困在梦里,半坐在床上,低垂着头,声音沉沉道:"为何要来告诉我?"

宋广渊说:"只觉得,应该要叫你知道才好。"

傅长钧的屋内几乎没有多余的椅子,只有一张简便的木凳,摆在桌子旁边,说明他不是个喜欢在家中留客的人。

宋广渊在那张椅子上坐下,一手搭着桌,感慨道:"定在正月十五,元宵,也是个团圆的日子,你记得去,我也让她给你敬个茶。"

傅长钧本不想回答他,还是说道:"我知道了。"

宋广渊说:"你记得给她送礼。"

傅长钧说:"我自会备好。"

半晌后,宋广渊又说:"除却大婚的贺礼,再多备一份吧。昭昭刚出生时,身体很是羸弱,嘴边连口吃的也没有,是住边上的农妇喂了她一顿,也算是死里逃生,可惜这么多年来,贺菀从未在正月十五给她过过生辰。"

傅长钧偏过头,锐利的目光刺向宋广渊。

宋广渊装作若无其事地站了起来,扯动着衣摆道:"贺菀说,昭昭昨日是特意去找你的,她与金吾卫玩得很高兴。"

傅长钧呼吸沉了起来,眼睛里蕴起一道水光,却不知该如何开口询问。宋广渊是何时离开,他已不知,等回过神来时,面前只有湿了的被面。

傅长钧松开手,露出被拽到褶皱的布料,他慢慢将东西抚平,如同要将多年不平静的波澜全部抹去。

东西从贺府搬出去了,用马车运往宋府,大多是一些杂物。贺菀早上已经离开,宋初昭硬是赖到了中午,才依依不舍地走出家门。

她迈出门槛,见傅长钧牵着马站在门前,不知是等了多久。

宋初昭看着他,他也看着她,二人对望着。

宋初昭突然福灵心至,知道他来做什么了。

傅长钧朝她柔柔地笑了一下,她眼眶莫名酸热。

傅长钧问:"骑马吗?"

宋初昭骑在高头大马上，傅长钧牵着缰绳，一步一步带着她走。

宋初昭看着他的背影，手贱地拽了下他的头发。

傅长钧回过头，问道："怎么了？"

宋初昭心虚地摇了摇头。

片刻，傅长钧又问："你母亲近来还好吗？"

宋初昭说："唉，我不知道哎。"

傅长钧看着她："你不知道？"

宋初昭说："你自己去问她啊。"

傅长钧笑了笑没说话。

宋初昭叹道："当着我的面就开始说别的女人。"

这话激得傅长钧再次扭头看她，他哭笑不得道："难怪你先前说你总被你娘打。"

宋初昭急道："我没有！都说了是在骗你，我母亲哪里是那样的人！"

傅长钧点了点头，不置可否。

他这反应，宋初昭老觉得他在嘲笑自己，弯下腰同他反复声明了好几遍，还没得到回复，就发现宋府到了。

傅长钧看着她怅然若失的表情，便说要把这匹马送给她。

宋初昭闻言一阵狂喜，但是宋家实在不方便养马，就说先存在他这里，等哪时要找人玩了，再来牵出去。

傅长钧自然笑着应好，还答应她，会同官署的人打声招呼，若是以后她再想去金吾卫玩，可以随时过去。

宋初昭笑问："你现在不怕我把你的俸禄给输完了吗？"

傅长钧说："倒是比你想的有钱。"他背后可是唐彰廉。

宋初昭心里一酸，为什么这群人个个比她有钱。

傅长钧顿了顿，说："我走了。"

他说完干脆地转身离去，只留了道背影在长街里。

宋初昭住到宋家后没多久后，宋三老爷也搬回来了，说是要帮他们准备大婚事宜。

正月十五的日子确实定得太近，顾府是想大办的，好叫宋初昭风光嫁过来。贺菀离京太久，对京城已不大熟悉，宋将军更是不善处理家宅事务，两人忙不大过来，但贺菀不大想让宋家人帮忙，怕因各种琐事吵起来。

第二日，唐知柔跑来找宋初昭玩，说是带她去买首饰衣服。

第十章·大婚

这京城里的大小事务,恐怕没有人能比唐知柔更了解了,贺菀见她二人关系好,便嘱托唐知柔帮忙。唐知柔欣然应允,还说自己家中有仆从是专门擅长此事,可以喊来做个帮手。

贺菀求之不得,向她借了人来。

二人抽了空,结伴出去散心,唐知柔显得很兴奋,不停地同宋初昭说起猎场上的事情。

唐知柔拍着胸口道:"你是不知道,你如今可风光了!不仅是那些姑娘佩服你,连京中的郎君都畏你几分,自然,其中也有我的一份功劳!"

宋初昭一脸茫然:"我又没打他们,他们畏惧我做什么?"

"自然是因为心虚了。一提起你,他们便不能同以前那样骄傲了。我与他们说起这事,起先他们居然不相信,不仅如此,甚至还嘲笑你。"唐知柔得意大笑道,"我就去找范崇青亲自做证,大约屡次旧事重提,将他惹恼了,他就来骂我,结果又被我父亲训了一顿,如今他见到我就苦着一张脸,可乐死我了。"

宋初昭细细琢磨了一遍,脑海中电光石火地一闪,她小心地后撤了一步,认真打量起唐知柔。

唐知柔不明所以:"怎么了?"

宋初昭摸着下巴,意味深长道:"你近来与范崇青走得挺近吧?"

唐知柔说:"不过是用得到他,所以借他出来骂骂人而已。他这人闲得很,我什么时候去找他都在,不像你与顾五郎,近段时日忙得见不到人影,想约你出来,可是好难。"

宋初昭叹说:"唉,忙的其实是我娘。我粗手粗脚的,她也不指望我能帮她忙了。你还是来找我吧,我可无聊了。"

唐知柔闻言大喜,高兴地拍手道:"好呀!"

唐知柔正想着该带宋初昭去哪里玩,就见一行衣着华贵的人,从转角处走出来。她当即叫道:"哎——那不是顾五郎吗?"

宋初昭也已经看见了。

不止顾风简,顾夫人与顾四郎也在,几人身边还带了几位身强体壮的仆从,想是出来挑东西的。

顾夫人怀里握着把扇子,朝她们走来,笑说:"照规矩,你二人如今是不方便见面的,悄悄倒是可以。"

唐知柔应道:"我知道,那我带她走了!"

宋初昭被唐知柔拉着跑开,只来得及回头张望一眼,她看见顾风简也转过

了头，幽深的目光落在她身上。

宋初昭与唐知柔在外头逛了好大一圈，才在快天黑时回到宋府。

贺菀给了她不少银子，叫她随意买自己喜欢的东西，若是带的银子不够，也可记在贺府的账上。

其实在边关时贺菀不扣她的花销，只要她提了都会给她，只是边关物资贫瘠，根本没什么值得挥霍的地方，她就不大喜欢花钱，如今已经成了习惯。

结果唐知柔跟顾风简一样，是个出手大方的家伙，非给宋初昭送了许多东西，叫人搬到宋府来。

冬天里天色黑得早，宋初昭洗漱后在屋里活动了会儿，换下衣服，准备入睡。她靠在床上翻着手里的话本，正看得津津有味，恍惚间似听见轻微的喊话声与石头敲打声。

宋初昭的耳朵一向灵敏，自觉不会听错，那声音又离她的院落很近，想来是刻意叫她听见的。

宋初昭心说不会吧，往脚上套了鞋子，匆忙地跑出去。

她循着声音来处，快速攀上墙头，往下一看，还以为是自己的幻觉。

顾风简竟真的站在墙角底下，抬头看着高处。

两人一人一下，正好目光对上。

这一幕何其相似？只是场景与人都不同了。

宋初昭趴在墙头，叫道："顾五郎！"

"嘘。"顾风简竖起手指，示意她小声。

宋初昭见状觉得好笑，问道："你这位置不好，要不要我拉你上来？"

顾风简说："不必了，我只是来看看你而已。"

宋初昭当他是嫌弃爬墙的行为过于野蛮，低声道："你也可以走门，我知道偏门在哪里。"

顾风简笑了起来，他的笑容在夜色里显得极淡。

"不用了。"他说，"进了院子，会叫人发现。"

宋初昭调整了下姿势，把头探出去一点，问道："那你来这里是做什么？"

顾风简说："今日见你精神不大好，想你是不是有什么烦心事？"

宋初昭含糊道："也不是。"

顾风简问："你是有哪里担忧，或是觉得不妥？"

宋初昭摇头："没有。"

顾风简低头沉思片刻，换了个说法。

第十章·大婚

"不如这样,你有什么想同我说的,今日坦率直白地告诉我,我若能改,我就改。"

宋初昭想了想,道:"你可以多锻炼锻炼。你身体不好,又常年闷在屋里,若是多走动锻炼,能有所改善。"

这确实是个道理。托宋初昭的福,顾风简现在体格健壮了不少,入冬后也不再那么畏寒了。

"好。"顾风简点头应允,"那我有空就去找傅将军,让他教教我。"

宋初昭惊道:"那你岂不是要吃苦?"倒也不用直接杀到将军面前去,危险。

"你不也是这样吃苦吃过来的吗?"

"我是习惯了呀。"

顾风简一脸理所当然:"我也可以习惯。"

宋初昭问:"那你有什么想我做的吗?"

顾风简摇头:"没有。"

宋初昭当下就尴尬起来了。

"你别嘛,你说一个。"宋初昭说,"你说,我改。"

顾风简抽出一直背在身后的手,示意道:"你退回去一点。"

宋初昭将头缩回去。

顾风简说:"再下去一点。"

宋初昭只剩下个黑黢黢的脑袋留在墙头:"做什么?"

顾风简判断了会儿,还是道:"再下去。"

宋初昭干脆跳回到地上,隔着墙问:"现在可以了吧?"

"接着。"

对面的人话音刚落,宋初昭就见一包黑色的东西,翻过围墙抛了进来。

由于夜色太黑,她看不大清楚,只得快速扑过去,用衣裙将东西捞了起来。

宋初昭用手一摸,发觉这包东西是热的,还未打开,已经闻到了独属于烧鹅的浓郁香气。

她下意识地吸了口口水,原本不饿的肠胃,也开始蠢蠢欲动起来。

"哇!"宋初昭就奇了,这个时辰,顾风简上哪儿买的这东西?

她重新攀上墙头,顾风简已经转身离去。

宋初昭举着纸包喊了他一声。

顾风简回头,又朝她做了个噤声的手势,扬扬手臂,示意她赶紧回去。

转眼就是年关。

大年这一天，贺菀起了个早，去隔壁督促宋初昭起床后，又去后厨找仆从叮嘱了一通，告知他们该如何准备今日伙食，同时还得时时留意前厅待客的糕点。

宋初昭换上新衣服，陪着贺菀在大厅里会客。

今日宋府来了不少人，包括宋家的各门远亲。他们本是想来与宋广渊攀攀关系的，可惜宋将军今日不在家，一群人遂悻悻散了大半。

是这样，宋广渊带着宋诗闻出门历练去了。

年关之日，朝廷会在城外开设摊位，向有需的百姓发放糕点及热汤，宋广渊自告奋勇接过了差事，带着宋二娘一起感悟去了，也免得宋二娘见着宋老夫人再受挑唆。

虽说贺菀已经尽心操持，但其实宋初昭对宋家这顿饭不感兴趣，一想到要与宋老夫人及宋三老爷一家同桌吃饭，便生不出半点温情的感觉。

贺菀答应宋初昭，吃过宋家的晚饭，会去贺府再吃个夜宵，宋初昭便期待着外祖父能给她整些什么东西出来。

贺府的确是在忙活。

因贺府人少，贺老爷往年过节都不喜操办，只喊上傅长钧来家里吃顿饭就算应景了，倍显冷清。

顾夫人想着如今两家已快结亲，不如干脆在一起过年，热闹热闹。反正两户人家向来熟稔，渊源颇深，也不会觉得有所拘谨，她去征询了贺老爷的意见，贺老爷大为欣喜，她便干脆带着府中的仆从与小辈，全部跑到了贺府。

顾夫人在，这主意的确是多。

傍晚时分，贺家才刚开席，顾夫人就怂恿着顾风简去宋府接人。

"吃什么吃，回来再吃。"顾夫人说，"你现在过去，到了那边，应该也差不多要开席了。你就站在边上等着，贺菀妹妹必然不忍心叫你久候，届时随意吃个两口表个礼仪就会同你过来了。你姓顾，又是小辈，宋老夫人亦不敢多为难你，岂不是很好？"

贺老爷听着不住点头："我也觉得很好！"他开心了，这顾五郎除了爬墙，总算还有点别的用处。

顾风简无奈一笑，但也觉得十分之有理，于是命人套了车，动身前去接应，他到时，宋初昭其实已经吃上了。

宋老夫人近段时日消瘦了不少，一肚子气没处发，在餐桌上仍旧板着个脸，宋三老爷对她照顾得面面俱到，才叫她脸色稍稍缓和。

宋三老爷嘴讨喜，会说话，将场面圆得漂亮，宋广渊的长子也是一位会识

第十章·大婚

眼色的人。一家人倒是其乐融融,唯有贺菀母女格格不入。

饭间,宋初昭听见顾风简拜访的消息,得救似的站起来,跑出去接人。她才走到大堂,就已撞见顾五郎,便直接遣退领路的门房,亲自带着人过去。

顾风简问:"我来早了?"

"你来得正是时候,你不知这顿饭吃得有多无味。我与我娘坐在底下,一句话也说不出来。母亲忙里忙外一整天,给足了他们尊重,却不得他们一句夸,我都替她生气。"宋初昭哼了声,问,"贺府呢?现在如何?"

顾风简笑说:"张灯结彩,热闹非凡,你去了应当会觉得高兴。"

宋初昭乐呵大笑,拽着顾风简加快脚步,往后院赶去。

二人走到饭厅门前,还未进去,已听见里头宋老夫人语气不善地在开口说话。

宋初昭脚步顿了一下,仔细去听,对方在说:"三娘这婚礼,别的我也不过问了,你事事避着我宋家人,是为何意?哦,当我宋家人是会害了你不成?"

贺菀那边并不言语。

"婚宴上的排位,你为何不听你三弟妹的?我宋家人不坐主座,是见不得人是不是?

"还有那嫁妆,那么长的礼单,你光顾着你自己女儿,可曾想过二娘?二娘如今被你害得过年也回不了家,你心里就没有半点过意不去?"

贺菀放下筷子,用手帕擦了擦嘴,说:"嫁妆是我贺家出的,宋将军也同意了。"

"不知你是使了什么法子,叫老大迷了心智!"

宋初昭怒不可遏,被顾风简拦了下来。

宋三夫人说:"母亲,先吃饭吧。"

"吃不下!"宋老夫人见贺菀不做回应,用力一拍筷子道,"不知她心里在想着谁!既然如此心不在焉,不如就干脆离开!与她吃一顿饭,是要气死我!"

宋三夫人拦道:"这过着年呢,何必闹得如此不愉快?"

"可不是因为她?"宋老夫人说,"你大哥不在,她就成了这副模样,摆着脸是给谁看?"

宋三老爷劝:"菜都要凉了,母亲,吃饭。"

宋老夫人拍着桌说:"这老三,可是自家亲戚,你贺府做事不讲道理,先前刻意为难他。如今老大与你都回来了,你也不去与贺公讲明白,是为什么?

· 332 ·

你要弄清楚谁才与你是一家人,你将来莫非要仰仗贺府不成?"

贺菀淡淡道:"我既姓贺,为何不能?"

宋老夫人气道:"你贺家还剩几个人?你别是存着什么龌龊的心思!"

宋初昭一脚踹在门上,喝道:"我母亲几次三番忍让你,你不要得寸进尺!"门板发出一声巨响,厅内几人精神正集中,都被她这一出吓得抖了下。

宋老夫人的目光扫向门口,被宋初昭彪悍的气势镇住,又很快压了下去。她对宋初昭心生不满,训斥道:"你便是这样同长辈说话的?"

"为老不尊的,哪里值得别人尊重?"宋初昭不留情面,"方才的话,你可以去同我父亲讲。别趁着我与我爹不在,看我娘老实,就抓着她欺负!"

宋老夫人怒指:"你简直是放肆!"

"娘!"宋三老爷扯住宋老夫人的衣袖,皱眉示意,"顾五郎也来了,莫叫别人看了笑话。"

宋老夫人自然是好脸面,闻言只能不甘愿地坐下:"罢了,不提这些扫兴的事。顾五郎既然来了,不如顺道吃一点,今日这桌菜可费了好一番功夫。"

宋初昭见她还装作若无其事,心下愤恨,是怎么也吃不下去了。

顾风筒看了宋初昭一眼,上前一步,朝众人鞠躬:"顾某不识抬举,对不住诸位了。"

众人还不明白顾风筒这话的意思,就见他一手抓住桌上铺着的喜庆红布,朝上用力一掀。

"哗啦啦"的接连几声,汤汤水水的佳肴,顿时流了满地,瓷盘也飞了出去,好好一桌菜色,转眼间全被他毁得一干二净。

纵然宋三老爷躲得够快,依旧叫菜汤贱了满身,在座众人无不狼狈,皆是惊愕。

贺菀也因这突然的变故猛地提了口气,但很快镇定下来,像什么都没发生,缓缓站起身,退到宋初昭身侧。

宋大郎最先沉不住气,跳起来道:"顾家小儿你好生无礼!"

"这餐桌上,有几人是真的开心?既是如此,再好吃的饭,也只是如鲠在喉,不如打碎了,将话说个明白,好过接着逢场作戏。"顾风筒说,"宋夫人,您说呢?"

贺菀低头整理自己弄脏的衣服。

顾风筒向后伸出手说:"昭昭,过来。"

宋初昭终于回神,看着顾风筒,眼眶险些泛红,从不觉得顾风筒的身影竟

第十章·大婚

如此伟岸。

贺菀将衣摆上的汤水擦拭干净，抬起脸，漆黑的瞳孔如深渊寒潭，带着寒气，飒飒地扫向宋家几人。她的声音绷成一条直线，里头全无感情："此事本是想以后再与你们说的，待昭昭成完亲，我便会与宋将军和离。"

如果宋老夫人先前的表情是震惊与愤怒，听到贺菀的话之后，便是惊恐了。

在她的观念里，哪里有女人能与丈夫和离的？失了名节，还不如去死，也正是因此，她才敢如此刁难贺菀。

她也知道，宋家如今，多是仰仗贺府，万不敢想，若是得罪了贺家，宋家会是如何。

贺菀莫非不要自己的清誉了？

宋老夫人颤声道："你怎敢！"

"敢不敢，我也决定这样做了，宋将军是知晓此事并同意的。"贺菀说，"本想最后与你们好聚好散，也算是还了我与宋将军多年的夫妻缘分。既然诸位不稀罕，那便罢了。我贺菀不是个命贱之人，父亲有护国之功，连陛下也要敬上三分，去哪里都能得个尊重，忍不得尔等这般羞辱。"

宋老夫人几要疯魔，失态地吼叫："你——你不可以这样！老大怎可能同意这样的事？他同意我也不同意，除非拿了我这条老命！"

贺菀不理会她的撒泼，转过身，牵住宋初昭的手说："走吧。"

宋初昭动容唤道："娘！"

贺菀说："本就不该叫你陪我受这委屈，想你也是憋闷久了吧？"

宋初昭摇头，用力地抱住了她。

贺菀拍拍宋初昭的肩膀，以作安慰，又示意她与自己一同离开，不要再做逗留。

宋老夫人见状，脚步仓促地冲出来，想将几人拦住。宋广渊突地在门口出现，伸手挡了宋老夫人一把，两人撞到一起，宋广渊及时稳住对方的身形，而后松开手。

宋初昭看清来人，叫道："爹，您回来啦？"

对面的人也急急叫了两声："大哥，你可算是回来了！"

宋广渊身上还穿着一身灰色的麻衣，显然只是回来看看而已，他听着一群人七嘴八舌地呼叫自己，表情沉了下来。

宋老夫人拽着他，神情激动地朝他描述方才的场景，让他一定要拦住贺菀，

给她一个教训。

宋广渊心下烦躁，越过众人，一看屋内情景，便知晓里头发生了什么事。他既觉得无奈，又觉得是情理之中，甚至还有种松了口气的轻松。

宋广渊轻叹，说："五郎是来接你们的吧？你们先过去吧，莫叫贺将军久等，里头的事情，我来处理。"

贺菀朝他颔首："那……就此别过了。"

宋广渊觉得这场景荒诞又有趣，点了点头说："一切祝好。"

与贺菀的洒脱不同，见几人当真离去，宋家众人是彻底慌了手脚。

宋老夫人推攮了宋广渊一把，尖声叫道："你就这样放她离开？你丢得起这个脸面吗？"

宋三老爷跺脚："大哥，你糊涂啊！"

宋广渊收回视线，对着宋老夫人，失望地道："这难道不是尽如母亲所愿吗？"

宋老夫人吼："我？我逼你与她和离了吗？你休得诬赖我！"

宋广渊说："贺菀与我本无感情，你我皆清楚，不，是世人皆清楚。若真有什么，那便是她顾念当年的半点情义。她姓贺，贺将军行事向来洒脱，何时拘过世俗？贺家人于陛下更是有救命之恩，受皇恩庇护。这么多年，贺菀还愿意留在宋府，贺将军还愿意提携我宋家远近亲族，无外乎是为了三娘的名声而已。"

宋老夫人说："那她怎么现在就敢走了？"

"母亲，三娘回京之后，您不是已经纵容二娘败坏了她的名声吗？甚至还传出了关于贺菀的谣言，那些话何其难听，连三娘都知道了。这也就罢了，您对内如何欺压三娘，如今是满京城遍知，狡辩不得，您既已将事情做绝，她又何必再对你顾忌？"

宋老夫人被他质问得无言以对，神色闪避，手指搅成一团，讷讷着说不出完整的句子。

宋广渊并不心软，继续严厉道："我今日便全都告诉您吧，贺菀回京时听闻此事，当时已是震怒，是我苦苦劝她忍下，才能维持到今日。她待您礼数周全，您却数次相逼，毫不收敛。莫非真要她闭在宋府，受您羞辱？但凡清白之人，都受不了这般辱灭，她贺菀又是什么能任人拿捏的小角色？母亲您说。"

宋老夫人思绪散去，想到了此事的严重性，心中那是无穷后怕。

她彻底惹怒了贺菀，贺菀回了贺府，往后就不是贺公要不要提携宋家的问题了，如当初一般，只要傅长钧稍稍表个态，就足够他们宋家一番震荡。

第十章·大婚

若是贺菀觉得不快，想要计较，那便更是糟糕。如今天下，谁人经得起傅长钧、贺公、顾国公三家的弹劾？

宋广渊自是无事，毕竟他是宋初昭的父亲，两人还牵连着关系，可是她的其余几个儿女呢？她的兄弟宗族呢？

宋老夫人犹豫片刻，软声求好道："要不，你再去劝劝她？此事当是我错，她就是为了三娘的声誉，也会答应你的！顶多往后，我多忍让她，不与她计较。"

宋广渊冷笑："若事情真闹大起来，贺菀回了贺府，以贺府的名望，您觉得世人会是瞧不起她母女二人，还是瞧不起不顾提携恩情，生生将她们逼出家门的您和我？"

宋老夫人怔住，无从回答，脸上血色褪去，眼中仅剩混浊，犹如瞬间苍老了十来岁。

宋家其余人也是噤声，目光闪烁，被他话里的深意吓得不敢动作。

宋广渊长长地叹了口气，说道："母亲，贺将军不是小气之人，好聚好散吧，不要再纠缠，贺府还能给我两分颜面。宋家受贺府照拂许久，也是该学会如何自己走路了，天底下的好事，哪能一辈子都落在一个人头上？"

"哎哟……"宋老夫人急促呼吸，吐出两句呻吟，揉着额头，终是站不住，朝后面软倒下去。

宋三老爷连忙将人接住，抬起头正要呼喊，直直对上宋广渊不加掩饰的眼神。

那浸染了多年沙场血气的凌厉眼神，叫宋三老爷浑身打了个寒噤。他心下发紧，知道宋广渊是怨恨起他来了。自幼他就受母亲偏爱，叫宋广渊嫉妒，今日还挑唆着宋老夫人，来找贺菀提自己升迁的事……

宋三老爷牙关打战，第一次对自己这个兄长生出了畏惧之心。他发觉自己恐闯了大祸，临到嘴边的声音全吞了回去，只想赶紧离开此处，再不出现。

他就不该搬回来！

宋初昭、贺菀、顾风笛三人回到贺府时，里头的人正在饮酒对酌，因有客在，听见他们来的消息，贺老爷没有出来相迎，只叫管事去把人带进来。

傅长钧听见通报，眼神闪了下，用酒杯挡住自己的脸以作掩饰。

他不知自己现在是否应该离开，但贺老爷不开口的话，他就继续坐着，反正有那么多人作陪，旁人也不敢说出什么闲话来。

随后宋初昭半抱着贺菀，脚步轻快，朝众人响亮地喊了一声，算是打招呼，显然心情不错。

贺老爷瞥见贺菀衣摆上颜色深深浅浅的污渍，问道："你这衣服怎么了？"

贺菀说："不小心蹭到的，没什么。"

贺老爷心说，怎样的不小心，才能蹭成这样？这分明是打翻了好几个盘子的汤水才能染出来的。但他见宋初昭一脸喜色，应当不是受气出来的，面上忍住了异色。

贺菀知会过后，先回房间，去换身衣服。顾夫人想叫贺菀坐自己身边，可她边上又是傅长钧，于是叫顾国公与她换个位置，免贺、傅二人碰面尴尬。

顾风筲过去，按住顾国公的肩膀，将他已经起身的动作给拦了下来，然后装作若无其事地绕了一圈，示意顾四郎往边上挪一点，腾个两个空，最后坐在傅长钧另外一面隔了一座的位置。

傅长钧的左右两边便都空下来了。

众人不明所以。

宋初昭直接跳进空的位置，叫边上的仆人搬张椅子过来。

傅长钧偏过头看宋初昭，宋初昭神态自然地朝他笑了一下。傅长钧神色动容，给她递了一双筷子。

贺老爷猜宋府那顿饭吃得必不寻常，只恨自己当时没出场，急急问道："怎么回事？"

"吵起来了。"宋初昭说，"于是就闹大了啊。"

她将事情简单说了一遍，只描述了结果，免叫众人扫兴。

和离本该是件叫人难过的大事，从世俗来看，若是听见谁要和离，怎么都得唏嘘劝解两句。可在这饭桌上，众人礼貌的叹气中，还含着隐隐的喜悦。

顾夫人对宋广渊没什么意见，只觉得他不是贺菀的良配，从贺菀日益沉静的脾气也可以看出。如今听她要和离了，倒是为她松了口气。

贺老爷与贺老夫人亦是早有心理准备，除却心绪有点复杂，没有别的想法。贺老爷不想冷了场面，举筷招呼道："来，吃饭吧，都不要愣着。昭昭啊，今夜的菜色，可是顾夫人帮着张罗的，你快吃。"

顾夫人立即给宋初昭示意道："这两盘菜可是我亲手做的，昭昭快且尝尝，合不合你的口味。"

正巧贺菀也回来了，顾夫人又拉着她给她夹菜。

餐桌上觥筹交错，顾四郎这人极其善聊，纵然无人搭腔，他也能抖出一百个笑话来，将几位长辈哄得前俯后仰。

贺老将军的家中许久没有这么热闹过了，他对顾四郎大为喜爱，又看着座

第十章·大婚

下的女儿与外孙女,眼睛里酝出一道水雾,不知是笑出来的,还是哭出来的。

宋初昭也高兴。

顾风简偏过头,低声问:"开心吗?"

宋初昭重重点头:"开心!"

本以为今年这年会是她过得最糟糕的一个,不想竟是她最高兴的一个。

顾风简说:"你开心便好。"

"我开心!"宋初昭手舞足蹈道,"你掀桌子那一下,掀得我好开心!"

她说完才发现桌上安静下来了,众人都在看着她。

宋初昭不由得尴尬,觉得自己唆使顾五郎犯错,好像不大对。

贺老爷有些喝醉了,只听了半茬,他笑眯眯地问:"昭昭喜欢掀桌子啊?喜欢什么样的?我去给你做几张。"

宋初昭:"……"外祖父你是真的醉了。

这顿饭吃得宾主尽欢,一直到街上响起了一阵热闹喧哗,夜色渐深,顾家人才带着微醺的热意,起身告辞。

他们来的人可不少,来时声势赫赫,去时也是浩浩荡荡。

贺菀牵着宋初昭,在后面送了他们一段路,随后才沿着长街漫步回来。

年关过后,宋初昭跟着开始忙起来,选衣服、选首饰、学礼仪。

唐知柔来看过她一次,对她为何会在婚前搬回贺府表示好奇,但是也未多问,见她被贺菀支使,忙活得团团转,出于江湖道义,陪她玩了一会儿。

没过几日,在一个风和日丽的早晨,皇后突然传了旨意,说要宣见宋初昭。

这种时候见她,那多半是……有赏啊!

宋初昭便玩笑地对贺菀道,嫁妆可以少备一点了,皇后如此有钱,想必会很大方。

贺菀笑骂了她一声,叫她注意些,别在宫里冲撞了贵人,不知皇后是什么脾性,许不喜欢人一惊一乍的,切莫自找麻烦。

这些宋初昭还是知道的。

她回去换了身正装,坐着宫里来的小轿,随宫人一同过去。

一路皆是顺畅,然宫人只将她引到一处殿门外,便停在外头不动了,示意宋初昭自己进去。

门外还有几名垂首而立的宫人,与佩刀看守的侍卫。就人数来看,殿内应该是没人了。

可此处并不是后宫的居所，而是陛下办事的偏殿，看侍卫待命的模样，也可知里面的人必然不是皇后。

宋初昭走进门去，果然就见到了托着下巴等在桌案后面的唐彰廉。

宋初昭端庄行礼："陛下。"

唐彰廉来了精神，坐正道："是啊，不是皇后，是我，吓到了吧？"

宋初昭嘴角抽搐，面上礼貌道："不知陛下召见是有何事？"

唐彰廉站起来，招了招手："你过来。"

宋初昭抬起头，不明所以地观察了他一眼，试探着朝他走近。

"啧。"唐彰廉不满意道，"你那么畏首畏尾做什么？过来啊，这殿内又没有旁人。"

宋初昭干脆大步走到他旁边，后者指着一张早就摆好的宽大木椅，示意她坐。

于是二人面对面，中间只隔了半米的距离。

唐彰廉还嫌不够，用脚钩着她的凳子腿往前面拉了一点，将位置变成了可以说悄悄话的亲近距离。

可是殿内根本没有旁人啊。

唐彰廉弯下腰，压着嗓子神秘说道："听说你就要成亲了，朕，送你一份大礼。"

宋初昭见内容总算进了正题，喜上眉梢，面上虚伪地推托道："陛下真是客气了。"

"不客气，不客气。"唐彰廉说，"这金银俗物啊，想来你看不上眼。"

宋初昭心里狂叫：我看得上啊！

唐彰廉接着说："朕决定送你一些有意义的东西。"

总不会是诰命什么的吧，那宋初昭可真没什么兴趣。

唐彰廉说："五郎明年要入仕了，御史公对他颇为看重。我与他聊过，他似乎也有兴趣。只是，这御史台的官职比较特殊，常有使臣需要出行巡察各郡。自然，辛苦是辛苦了些，可往后升迁也快。"

宋初昭点头。

唐彰廉说："正好，南面几个郡县，我想找个可信之人前去帮忙接管，那里商贾密集，还有诸多繁复事宜，于顾五郎来说，是个难得的历练机会。"

他说完，目光灼灼地看着宋初昭。

第十章·大婚

宋初昭不解道:"然……然后呢?"

"你二人新婚燕尔,我怎舍得叫你们分离啊?"唐彰廉说,"而且那里对你来说,也是不错的地方。离京城虽远,却是个清净之地,规矩不如京城森严,民风也较为开放,我让你风风光光地去,你只要不是胡作非为,便没人敢触你的霉头,如何?"

宋初昭说:"所以我也去?"

唐彰廉再叹:"你若去了,你母亲必然会觉得寂寞。"

宋初昭面色带着疑惑:"所以我母亲也去?"

唐彰廉声音拔高,说得满身正气:"贺公可就一个女儿了!贺公早年于我有恩,我自然该保护他家人的安危。我身边高手如云,不缺那几个,你随便点个人,我借给你使使!"

宋初昭迟疑着问:"傅叔?"

唐彰廉立即说:"这可是你自己说的,不是我逼你!"

宋初昭:"……"倒是装得一片坦然。

"顾五郎已经同意了,他说看你的意思,你若点头,此时便定下了,如何?"唐彰廉说,"去个一年半载,体会一下。届时无论你是想留着还是想回来,都好说。"

宋初昭沉吟思索:"这……"

唐彰廉学她的样子,却学得夸张,嘴唇高高噘起,含糊道:"这……"

宋初昭说:"你别学我!"

唐彰廉捏着嗓子叫道:"你别学我!"

宋初昭倒抽一口气。

哎,这人怎么这样?

唐彰廉问:"昭昭妹妹,你想好了没?"

宋初昭气道:"谁是你昭昭……昭昭妹妹?"

唐彰廉大笑:"你要反驳我,好歹把话捋顺了说。"

宋初昭叫他给噎了一口,简直不想与他说话。

唐彰廉又说:"你若同意了,我叫舅舅给你出嫁妆。"

宋初昭呛道:"不用!"

唐彰廉说:"为何不用?你不用替他觉得心疼,他想送都没机会送呢,谁叫他膝下无子?你好歹给他一个挥霍的机会,要不要我也给你备一些?"

宋初昭气得叉腰:"不要!"

·340·

唐彰廉也学她叉腰，同她吵道："为何为何？哟，你想同我吵架了是不是？"

宋初昭气道："是你先耍我的！"

唐彰廉说："但是你先生气的！"

宋初昭抓着他那碍眼的手放下，说："你不要学我！"

唐彰廉不管："我非要！你看看你自己叉腰的样子像什么。"

宋初昭气不顺，扯着嗓子喊道："傅叔！"

"瞧瞧！"唐彰廉说，"怎么吵不过我，还带喊人的呢？你当我这里就没人是不是？我还能喊我的皇后呢。"

宋初昭继续吼："傅叔！"

"他今日不在呀。"唐彰廉笑道，"你没有办法了吧？"

宋初昭改口喊道："皇后！"

唐彰廉说："你喊我的人做什么？你叫她她可不应你。"

他话音刚落，门外便有侍卫禀报道："陛下，傅将军已到，正在御花园等候。"

宋初昭扭头看他，他哭笑不得道："算了算了。朕不与你们计较，你先回去吧，想好了再来告诉朕，早了有礼，万勿错过。"

傅长钧正对着一片静谧的湖水，听见了身后故意放轻的脚步声，本想故意不予理会，觉得对方太过幼稚，突然背后一沉，一道明黄色的布匹从身侧飘了下来，那人很有先见之明，用手臂死死勒住他，以防被他甩下来。

傅长钧警告地喝道："唐彰廉！"

"你背背我怎么了？你以前不都这样背我？"唐彰廉嘿嘿笑道，"我晓得你定然是很想背昭昭妹妹的，可惜昭昭妹妹不愿意，也只能我勉为其难将就一下，叫你体验什么叫父子情深。"

傅长钧叫他的无耻逗笑了，点头说："好好，有本事你就赖着，我去叫皇后看看，你多大了，还在这里耍赖。"

唐彰廉说："你去！我怕你不成？"

傅长钧背着他往花园外走去。

唐彰廉今日是早有准备，已将附近的人都遣走，傅长钧走了一段，快要出花园的时候，才听到有人在附近。

唐彰廉动作比他还快，已经从他背上跳下来，整理好衣服，冷哼一声走上前。

"舅舅走路太快，我不与他走了！"唐彰廉说，"怎么做的臣子？真是。"

皇后失笑道："陛下。"

傅长钧两手环胸，似笑非笑地看着他。

第十章·大婚

唐彰廉问:"怎么了?谁叫你这样看着朕?"

"我已听顾五郎说了,前两日你特意召他进宫,商讨此事。"傅长钧顿了下,问道,"为何如此?"

"为何?舅舅,我曾答应你,要将她给你带回来。如今看来做皇帝也不能为所欲为,便只能将你送过去。"唐彰廉背过手,学着傅长钧的模样,对他教训道,"往后没有朕照拂着你,你可要好自为之啊,不可再那般任性张扬了,否则出了事,等消息慢慢吞吞地递回到京城,我不知道该如何替你报仇。"

傅长钧笑了。

唐彰廉抿了下唇,放低声音道:"还有,不要忘了你家里还有个人,记得早点回来。"

傅长钧上前,拍了下他的肩膀,欣慰道:"你,是真的长大了。"

"只你会觉得我以前没长大。"唐彰廉昂起头道,"那不过是我逗逗你罢了。"

傅长钧伸手虚抱了他一下。

唐彰廉当作受不了他,拍开他的手道:"今日你来得早,我给你个机会,叫皇后帮你挑点东西,以免你太过寒碜,都没个能拿得出手的礼物。"

皇后在一旁笑道:"傅将军请随我来。"

三人一道往宽阔的主路上走,外头有宫人等候,跟上了他们的步伐。

两侧积雪未化,银装素裹。枝叶随风抖动,又露出半点绿意。

成亲前两日,贺菀还是在宋将军的示意中搬回了宋府,并指挥着家中仆役,开始张灯结彩地装扮宋府。

虽然众人乃至是京城百姓都已察觉出不对,但他们还是努力维持着那种心照不宣的平衡。

宋老夫人这回也终于不敢再来找贺菀的麻烦,宋府一应与成亲相关的事务,她都不插手。自然,也是因为没了力气,她叫宋广渊那一气,许久都没缓过神来。

贺菀向唐知柔借了几个好用的嬷嬷,那几人全是能干活的好手,帮她将事情打理得井井有条,唐知柔也因此,对顾、宋两家婚事的进展特别熟稔。

宋府为新婚所做的装潢,在凝聚了贺菀、春冬、唐知柔等人共同的审美要求之后,变得特别浮夸。

原本,冬天里还能开得艳丽的花是很少的,加之贺菀没有准备,一时买不到太多,可唐知柔不晓得从哪里弄来了好几车,当作贺礼全送到了宋府,贺菀欣然收下,并大肆摆了出来。以至于宋初昭无论走到哪里,都能看见贴着红色彩条,开得正盛的花朵。

花自然是美的,问题全出在那彩条上。

纸上洒脱的字体一笔挥就,利落漂亮,极其吸引目光,再走近仔细一瞧,就可以发现,写的全是古往今来的各种情诗,还有几首原创的。

唐知柔说,那是她去找顾五郎写的。

宋初昭对顾风简深表同情,不知他这几天要写多少字。连请柬也是他亲自写的,估计都被困在书房里出不来了。

而她自己也深感尴尬,觉得每一个人看过诗后露出的会心一笑都别有深意,叫她很不好意思。

春冬告诉她,顾府装扮得要更为夸张,还给所有的仆从都换了一身红色的新衣,唐彰廉与傅长钧送来的礼,就足以塞满一个院子。

忙忙碌碌的,一直到了大婚当日。

昨夜宋初昭被贺菀拉着试衣服跟妆容,一直到深夜才洗漱完入睡,刚睡了一个多时辰,又被贺菀从床上捞起来,说要开始上妆。

因为天色未亮,宋初昭实在困倦,坐到椅子上的时候,整个人都还未清醒。

天色昏昏沉沉之际,唐知柔也跑了进来。她与贺菀两人都极为亢奋,眼睛里看不见任何的困意,对着一桌子的首饰聊得兴起,然后在宋初昭头上来回比画。

宋初昭听不进她们说什么,托着下巴差点睡过去,被贺菀笑骂了两声。

随后春冬端着碗粥进来,叫宋初昭赶紧喝上两口。

那粥里撒了肉片和青菜,闻着清新爽口,宋初昭喝了两碗,又吃了两个包子之后,总算是精神起来。

"若是我成亲,我可不敢吃那么多东西。"唐知柔说,"那婚衣都要穿不下了。"

贺菀笑道:"咱家不拘那个礼,这孩子从小吃得多,不经饿。"

春冬也笑:"我们姑娘腰细,吃得多也不显胖的。"

贺菀说:"快,换衣服,让我看看是不是真要改改。"

宋初昭站起来,熟练地穿上那身样式复杂精致的大红嫁衣。

仆从每隔一段时间就兴冲冲跑进来通报一声时间,以作提示,贺菀点头应下,又不紧不慢地继续忙活。

一直到宋初昭终于整理妥当,准备松口气的时候,宋广渊迈着大步走进她们院子,在外头大声喊道:"迎亲的队伍来了!昭昭,你快出来!"

贺菀连忙抓过盖头盖到她的脸上,左右确认女儿的装扮都很完好,没有疏

第十章·大婚

漏,才牵着她起身道:"来,跟娘走。"

那红色的盖头并不厚重,可以透过光影看见一层人影的轮廓。

宋初昭低垂着视线,努力辨识狭窄视野内的路况,可是视野被阻,依旧让她很没有安全感。且院子里的声音太过杂乱,她根本分辨不出众人瞎嚷嚷的都是什么,更听不出什么有用的东西来。

最后贺菀示意她停下的时候,她看见了停在面前的两双鞋子。

宋广渊是领了宋大郎一同过来的,宋老夫人与其余长辈,都已在前厅等候。有宋广渊亲自压阵,宋家人的表现可谓是和善又亲切。

宋广渊说:"人已在堂上等着了,他来得可真早,这天都才刚亮呢。"

贺菀笑道:"这帮年轻人,可都是急性子。我给昭昭上个妆而已,她都耐不住性子。"

宋初昭被他们带着去往大厅,与顾风简一同敬茶拜别父母,又是一通繁复礼仪之后,该要出门了。

贺菀在宋初昭手中塞了把扇子,宋广渊示意大儿子背着宋初昭出去。

宋初昭对这大哥并不熟悉,只觉得这位大哥的体型不像是个练家子。

她身上穿戴的首饰,可都是金银重物,她的头发都被压得隐隐作痛了,甚至感觉自己戴上盖头的样子,像个开了屏的孔雀。加上她肌肉紧实,看着轻,实则沉,她担心这位大哥可能背不动。

宋大郎本是不以为意的,但在背上宋初昭的时候,身形还是明显地晃了晃,用力地抽了口气。

宋初昭在他耳边紧张道:"你可别摔了我。"

宋大郎咬了咬牙,说:"开什么玩笑?"

宋广渊在后头看见宋大郎颤抖的双腿,无奈地闭了下眼,做好了帮把手的准备。

好在宋大郎还算靠谱,硬撑着将人送到了轿子里,他不负重任,退回到人群中,用手扶在腰后,暗暗松了口气。

顾风简骑着马在宋初昭的轿旁绕了三圈,先行带着队伍走,春冬跟在宋初昭身边,走在队伍的最后。

一到街上,宋初昭便听见了比府里头更加喧哗的吵闹声,光听那阵仗,粗略估算,守在宋府门口围观的,怕都得有百多人了。

在她出来时,鼓掌欢呼的声音更是不绝于耳,如浪潮般一阵盖过一阵。

哪那么多人啊？宋初昭奇了。不过成个亲而已，京城的人那么喜欢凑热闹的吗？

她按捺不住好奇，轻轻掀开轿帘，从里面看了出去。

她只是不经意地一瞥，就看见了范崇青带着兄弟站在路边，敲锣打鼓地激动叫好。

"好！"

"才子佳人，百年好合！"

"新婚佳偶，白头偕老！"

周围的百姓十分配合地在一旁"啊啊"乱叫，闹声喧天。

宋初昭吓得打了个哆嗦，连忙放下轿帘。

轿子开始走了，锣鼓声却并没有远去，反而更近了一些。宋初昭不信邪地又往外看了一眼，范崇青等人竟然跟在了队伍后方，力要求个热闹。

这还不算完，紧跟着她又听见了季禹棠的声音。

季禹棠自然不会同范崇青一样只喊两声简单的"好"，他在背诗，就背顾风简写在彩带上的那些诗。宋初昭认真听了好一会儿才听出名堂来，脸色还是不断涨红。

百姓听着有人念诗，越发激动了，在一旁不住地起哄，宋初昭耳朵都被吵得生疼。

宋初昭的烦恼，春冬不晓，春冬甚至乐呵地笑了起来，越过窗子，跟宋初昭说五公子的这帮兄弟可真有趣。

好在，这段路并不远，在宋初昭悄悄吃了放在轿子里的一盘水果之后就到了顾府门前。

轿子前边的帘布被掀了起来，光色透入。

宋初昭支起身，往外走了一步，想着该如何出去。

一双骨节分明的手及时地伸到她面前。宋初昭莫名紧张起来，将手握了过去。

那双手的温度有点冰凉，大约是冬日里骑马被风吹到了，他小心地回握住宋初昭，用大拇指安抚地摩挲着她的手背，引她下了轿子，并走向大门。

众人的欢喜之情似乎到了高潮，闹哄哄地叫了起来，导致宋初昭连司仪的喊声都听不见了。

顾风简在她耳边细细教导，告诉她该如何落脚，注意哪里会有台阶。

他要靠得很近，才能叫宋初昭听清。而当他贴过来的时候，周围的众人便

第十章·大婚

越发激动。

宋初昭听见了顾风简的笑声,还感觉到对方扶着自己的动作变重了一些,顿时觉得自己也平静不下来。

一直到进大堂,拜天地,宋初昭的脑子都是蒙的,她迷迷糊糊地跟着身边人的指示照做,而后再迷茫地跟着人去了后院。

直到被送进屋里,周围整个安静下来,她才从恍惚之中慢慢冷静。

宋初昭用手摸了下脸,觉得是这衣服穿得太多,叫她觉得脸上发热。

春冬坐在一旁的椅子上,兴奋地与她聊天,说起今日席上来了多少客人,穿的什么衣服。方才她拜堂的时候,那群青年推攘争先,差点摔倒闹了笑话。

还说了宋大郎背她出来时,两条腿都在直打战。

宋初昭听着,和春冬一起笑个不停。

而此时宴会的厅堂里。

顾四郎与范崇青领着自己的兄弟,在前排的几张桌上喝酒敬众人,替顾风简挡酒。

他们本就是豪爽的人,喝点小酒不在话下,加上顾夫人知道顾风简酒量差,此番特意准备了酒味较淡而气味清香的酒,他们喝了两轮,依旧神采奕奕。

宋初昭跟春冬在屋里嗑着花生,两人吃到半饱,宋初昭觉得渴了,她刚叫春冬去给自己倒杯水,门外便响起一阵脚步声。

春冬也听见了,立即站起来,把边上盛着花生壳的小盘收走,没过多久,顾风简推门而入。

宋初昭跟着紧张,拍了拍手,把手收回去,装作无事发生。

顾风简的低笑声又在不远处响起,屋内的静谧使得所有的情绪越发浓厚起来,宋初昭觉得连空气都变得黏稠。

春冬笑道:"公子今夜没醉吧?"

顾风简低沉地"嗯"了一声。

春冬机灵道:"若是公子不需要春冬伺候,我就先下去了。"

顾风简说:"你去休息吧。"

春冬抱着东西,"嗒嗒嗒"跑了出去。

顾风简的脚步声很是清晰。他走到了桌子旁边,到出一杯水,而后再走到宋初昭面前,将杯子递给她。

宋初昭以为是酒,接过在手里,没了下一步动作。

顾风简也静静地看着她。

过了一会儿，顾风简提醒说："是水，你方才不是说渴了吗？"

宋初昭被识破，举高杯子，一饮而尽，她头上的饰品发出了轻微悦耳的碰撞声。

倒是可以确信，顾风简真的没醉了。

见她喝完，顾风简问："还要吗？"

宋初昭把杯子递过去。

顾风简又给她倒了一杯。

宋初昭喝完示意还是不够。

"那么渴？"顾风简再次笑出来，揶揄道，"你是觉得渴，还是不好意思了？"

宋初昭大声道："我是真的渴！"

顾风简点头："好。"

一连喝了三杯水，宋初昭总算觉得好过些了。顾风简在她边上坐下，因为他的动作，她感觉床铺往下凹陷了一点。

他身上的淡淡酒气，飘到了宋初昭的鼻子里，明明她自己的酒量很好，却觉得有点醉人。

顾风简柔声道："我掀盖头了。"

宋初昭点头。

顾风简等了会儿，伸出手将红色盖头掀了上去。

二人四目相对。

宋初昭发觉顾风简还是有点醉意的，他的眼睛里有一丝氤氲的雾气，将瞳孔里的身影晕染得朦胧而美丽，笑起来的时候，目光也变得特别温柔。

二人靠得近了，脸上能感觉到对方喷出的鼻息。

顾风简盯着宋初昭的脸看了一会儿，又盯着宋初昭的头发看了一会儿，抬手摸了一下，觉得有点头疼。

最后二人对着镜子，小心地拆卸那些饰品。

因为宋初昭与顾风简对这些发钗或簪子都不大熟悉，而宋初昭还因为不舒服中途扯过好几次头发，导致拆卸时困难重重，发丝被缠在了一起。

顾风简不敢用力，只慢慢摸索，见宋初昭想要乱来，还拍着她的手将她喝止，等解完头发的时候，两人俱是出了一身汗。

顾风简拿了个木梳，小心地给她把头发梳直。

镜子里倒映着一幅恬静的画面。

顾风简看见指尖理出的被扯断的一缕长发，心疼道："扯疼了吗？"

第十章·大婚

宋初昭大方道："没有，掉这点头发，正常而已。"

顾风简放下梳子，附身在她耳边道："我想抱抱你。"

宋初昭站起来，朝他伸出手，想给他一个拥抱，他直接弯下腰，将她整个人抱了起来。

宋初昭惊吓，叫了一声。

顾风简将她抱到床上，俯身吻了下去……

番外一

- S H E N C A N G B U L U -

◆

又是一年中秋,宋初昭来了这郡城已有一月。

夜灯高挂,人群熙攘,牵着手的小童追逐着从街上跑过,两侧摊贩抑扬顿挫的招呼声,汇成佳节里的洋洋喜气。

宋初昭站在僻静的角落,目光不断地从众人身上扫过。

傅长钧绕了过来,将手架在宋初昭的肩膀上,指了一个方向,道:"看见了吗?"

宋初昭眯着眼睛仔细瞧了一会儿,迟疑道:"没有啊。"

傅长钧说:"穿灰色衣服的那人,他一直贼眉鼠眼地乱逛,方才已经偷了一人的钱袋。"

宋初昭顺着看了过去,只觉得那穿着灰衣的人是有些行为鬼祟,眼神闪避。

宋初昭问:"然后呢?怎么办?"

傅长钧说:"追。"

"啊?"宋初昭说,"这要怎么追?"

傅长钧单手成掌在她身后推了一把:"就这样追!"

宋初昭趔趄了一步,快速调整步伐朝那人直追而去。

灰衣人似有所觉,脸色一变,仓皇转身就跑。

别看男人身材消瘦,像是手不能提的虚弱模样,钻进人群里跑动的速度却是极其灵活,佝偻着背,借着人群遮掩,半响就没了踪迹。

宋初昭转了一圈,发现人又跟丢了,她轻叹一声,傅长钧再次跟了过来,给她指示道:"在那边。"

宋初昭赶紧跑过去,衙门的官差慢了一步赶来,追在宋初昭的身后,准备收割战果。

等两人从夜市里出来,已是接近亥时,二人沿着街道,往回家的方向走去。

不过只是隔了两条街,远处是络绎不绝,前面就是冷冷清清,宋初昭抬头看了一眼,只看见被沉沉夜色所吞没黑暗。

渐渐地,一股猪油的清香从空气里飘了过来,宋初昭顺着走过去,发现了一个还开着的小摊。

一盏昏暗的灯笼挂在推车边上,白色的雾气缓缓萦绕在半空。

宋初昭已经跟着傅长钧玩了一个晚上,此时腹中大为饥饿,她立马道:"我想吃馄饨。"

傅长钧点了点头,示意她去。

宋初昭便对着摊主喊道:"两碗馄饨,一碗不要葱!"

"好嘞!"

二人直接在街边那张简易的木桌上坐下。

傅长钧从袖中摸出一方帕子,仔细又用力地擦拭桌上的油渍。

宋初昭听见了馄饨下锅的声音,又看着傅长钧重新拿出一条帕子,开始擦盒子里的筷子,不由得笑道:"傅叔,您往常出公务一个人时,都吃些什么东西?"

傅长钧说:"面。"

宋初昭问:"什么面?"

"清水面、阳春面。"傅长钧说,"再不然来个胡饼。"

宋初昭说:"那岂不是很寡淡?"

傅长钧道:"方便。"

傅长钧将擦好的筷子递到她手里。

宋初昭接过,交叉着放在手里敲了敲,又说:"我娘喜欢煮面呢。"

傅长钧抬起头,瞥了她一眼,说:"是吗?"

"是啊。"宋初昭说,"她的面揉得特别筋道,五郎也说好吃,只是她不常做,觉得累。"

"她喜欢吃肉,不喜欢吃面。"傅长钧说,"她吃面从来只吃两口,更喜欢喝汤。"

宋初昭说:"我也喜欢吃肉喝汤!我娘就让我把面夹给五郎吃,她吊的老鸡汤可太好喝了。"

傅长钧闻言笑了一下。

"馄饨来啦!"

大约是摊主忙起来,忘了宋初昭的话,他将馄饨端来的时候,两碗上面都漂着绿油油的葱。

宋初昭抬起头看了那老汉一眼,那老汉一拍脑袋,懊恼道:"哎呀,我忘了,你不要葱。"

傅长钧见状说:"你舀给我吧。"

宋初昭马上高兴道:"好呀!"

那老汉歉意道:"不好意思了客官,请慢用。"

宋初昭用汤勺,把浮在上边的葱花慢慢舀到傅长钧的碗里,白色的馄饨翻着个儿,看着颇为诱人。

宋初昭问:"我娘是不是也不爱吃葱?"

傅长钧说:"你娘陪你生活了那么多年,你不知道?"

"我娘自己做菜,从不放葱啊。"宋初昭说,"我娘说她自己不挑食,也不许我挑食,打小我碗里的菜,她都不许我剩下。"

傅长钧再次笑了出来。

宋初昭一见就明白了,叫道:"她骗我!她怎么可以这样!"

傅长钧说:"往后你有了孩子,也得这样骗他。"

"我才不会!"宋初昭嘿嘿笑道,"我爱吃的,那定然都是好吃的。"

这碗馄饨分量很少,但因为已经是晚上,宋初昭也不想吃得太多,她放下碗筷,重新同傅长钧站起来。

"吃饱喝足。"宋初昭揉着眼睛道,"我这就有点困了。"

傅长钧指着前面,示意她走快一些。

宋初昭却笑道:"要不傅叔你背我回去吧?"

傅长钧无奈地看了她一眼,还是在她面前弯下腰道:"上来吧。"

宋初昭一个小跳,爬到他背上,兴奋地指着前面道:"驾!"

傅长钧哭笑不得。

世上除了唐彰廉,怕也只有宋初昭敢将他当马骑,这两人都是无法无天的主儿。

傅长钧微微弯下腰,叫宋初昭能趴得舒服一些,迈着大步进行赶路。

这段路他走得又快又稳,很快,背上那人靠在他的肩膀上,渐渐睡了过去。

一直热闹的人突然没了声息,傅长钧还觉得有些过于安静了,而顾府的大门,也已经出现在他面前。

番外一

傅长钧徘徊了会儿，本想敲门进去，又怕吵醒了宋初昭，便没有喊人，绕了一个方向，直接踩着院墙，从墙头飞了进去。

他进了顾府，沿着主路，熟稔地去往后院。

贺菀听见些许动静，已经习惯了宋初昭总是悄悄摸摸地回家，提着灯走出来，问道："是昭昭回来了吗？"

傅长钧顶着黑影，走到光线之下，让贺菀看清自己的面貌。贺菀见是他，愣神之下点了点头。

"在里面的院落。"贺菀说，"五郎在灯亮着的那个房间。"

傅长钧背着人过去，顾风简正在房里看书，他见宋初昭睡得昏沉，过来把人抱回床上。

顾风简安置好宋初昭，本想叫傅长钧今夜在此留宿一晚，才一回头，发现人家已经不见了。

傅长钧一走，宋初昭立即从床上蹦了起来，顾风简拦都拦不住，叫道："你去哪里？"

宋初昭做了个噤声的手势："我去方便一下！"

她跑出去没多久，又灰溜溜地跑了回来。顾风简还没坐下，就见她鬼鬼祟祟地关上房门，一脸隐忍。

顾风简问："你怎么又回来了？"

"这不是，傅叔还没走嘛。"宋初昭说，"他正在外头与我娘聊天，我此时出去，定然会让他察觉，到时候又扰了他们两人的好事。"

顾风简失笑："那你就这样忍着了？"

宋初昭在床边大马金刀地坐下，颇有骨气地道："我等！"

顾风简揶揄道："别人顶多是操碎了心，你这叫什么？操碎了肾？"

宋初昭说："只怕我是心也碎了肾也碎了，他二人还只当无事发生，白白费我一番苦心啊。"

顾风简还是关心着她的肾的，转身出去，片刻后，走回来道："去吧，他们二人去别处了。"

宋初昭笑着抱了他一下："五郎五郎，你太好啦。"

宋初昭去完茅厕，又去打了点水来，洗漱换衣服，穿上睡衣后，盘腿坐在床上，等着顾风简过来。

今天时间还早，顾风简本来是在桌子后面看书的，见她一直望着自己，就搬来了床上，坐到她的对面。

顾风简扯过被子，叫她盖上，又摸了摸她的手脚，发现触手是有点冰凉，

· 352 ·

许是她刚才洗过澡之后，没穿袜子，在外头走了一圈，所以又被冻到了。

顾风简将她的脚放在自己腿上，单手捂住，忍不住说道："近日天气变化诡谲，我看城里的风已经变大，别因前两日天晴暖和，就松了戒备，出门时叫你穿的衣服，还是要穿。"

宋初昭说："我知道的。"

顾风简说："你知道，回来就是一身汗，也不爱穿衣服。"

宋初昭爬过去，用力扑进他怀里，抬起头无辜地朝他微笑。

顾风简拿她完全没有办法，用手指整理着她被蹭乱的头发，低下头在她脸上轻吻，问道："困了没有？"

宋初昭点头。

顾风简说："那我去熄灯。"

结果睡到半夜时，宋初昭的肚子就开始疼了。

她小心地爬起来，又去了茅厕，发现果然是来了月事，回来之后就不大睡得着，躺在床沿上，不舒服地抽着冷气。

顾风简似乎醒了，从后面抱住她，将手按在她的腹部。

宋初昭转了下身，就听顾风简带着浓重鼻音的声音道："别动。"语气低沉，咬字也不大清晰，像是还没清醒。

宋初昭躺着，热意顺着他的掌心传过来，果然好受了不少。

又过了会儿，顾风简贴过来一些，从他的声音来听，大概是彻底醒过来了。

他问："还难受吗？"

宋初昭摇头："好多了。就是有点饿。"

顾风简问道："晚上吃了什么？"

宋初昭很委婉地道："一点小馄饨。"

顾风简说出了很合她心意的话："那怎么能吃得饱？"

宋初昭说："是啊。"

顾风简忍不住笑了，将被子裹在她身上，拉着她起身道："去后厨看看，还有什么好吃的。"

两人穿上外衣，轻手轻脚地出门，顾风简牵着她的手，小心地走着，还没到后厨，两人便闻到了一股浓郁的香味。

宋初昭顿时一喜，撒丫子跑了过去，冲进还点着灯的厨房，发现贺菀正在煮汤，而傅长钧挽着长袖，在一旁揉面。

贺菀一看见她，就笑道："怎么把这个馋猫子给勾出来了？这鼻子也太灵了吧？"

番外一

宋初昭叫道:"我也要我也要!傅叔你这样的面不够!"

傅长钧自觉地又拿起了装面粉的布袋,往外面拨了一碗。

顾风简从后面跟过来,笑说:"说是晚上只吃了碗小馄饨,饿得不舒服,所以来找点吃的。"

贺菀佯装嗔怒,一面又往锅里加了点水:"叫你不好好吃饭。"

半个时辰后,四人围着桌子,就着烛火,吃起了这顿晚来的宵夜。

暖气升腾在众人之间。

顾风简将碗里的肉夹给了宋初昭,宋初昭悄悄瞄了边上那二人两眼,又将肉给了傅长钧。

傅长钧与贺菀同时抬起头。

贺菀说:"吃你的,就你动作那么多。"

宋初昭朝傅长钧眨了眨眼睛,说:"是啊,都不知道像谁呢。"

傅长钧轻笑,将面里的肉片与高汤,舀到贺菀的碗里。

贺菀低着头,没有出声,只抓着汤勺,继续吃面。

圆月正挂高空,皎洁的月光洒下一片银辉,云外似还有笙竽之声。傅长钧多年以来,终于又忆起今日原来是中秋。

番外二

- S H E N C A N G B U L U -

◆

顾风简要回京述职。

贺菀给他们整理好了衣物、吃食,给他们选了个不冷不热的日子叫他们出行。

贺菀还是挺喜欢这个地方的,这里的人都不认识她,也不知道她的过去,只知道她与傅长钧般配,如今顺理成章地在一起了,送给他们的全是祝福。

而他们在此地颇有威望,每日都过得清净闲适。

贺老爷听闻,来信说也要过来看看,贺菀自是欢迎。

宋初昭最近一直没什么精神,众人都以为是因为换季,南方的春天本就特别潮湿,还尤为烦闷,宋初昭未深刻体会过,水土不服倒是很正常。

何况现在她要离开父母一段时间,心里不舍,导致抑郁,完全说得过去,连她自己也是这样以为。

这种不适,一直到马车启程,都没有消退。

宋初昭起先觉得在马车里坐着很不舒服,那密不透风的车厢让她感觉呼吸困难,好似脖子被什么东西扼住,于是出去骑马。

然而外头的空气也没通畅多少,她在马上颠了半天,不仅没有缓解,反而更为难受,腰背酸痛,软绵无力。

宋初昭自是怕了,不敢胡来,赶紧跑了回来。

回到车厢,顾风简看她不舒服,想抱着她,却被她屡次推开,说是热,然后没什么精神地缩在角落,将头靠在不大平稳的坐垫上,时醒时睡,表情变得更加阴郁。

宋初昭从来不是这么娇气的人,也不曾对骑马这事感到过厌烦,顾风简见她如此不寻常,就觉得不大对劲,在马车入城之后,好声好气地劝着她去看了大夫。

那老大夫认真把过脉,便笑吟吟地朝着二人说恭喜,说这位夫人怀孕了。

如此轻巧地知道了一个了不得的消息,两人都是一惊,惊讶过后便是狂喜,除此之外还有点毫无准备的迷茫。

时间凑得太过不巧,顾风简见宋初昭如今这样的反应,不知后面会有多辛苦,想着才走出不远,不如返程回去算了。可宋初昭莫名其妙地与自己生了脾气,非要继续启程不可,否则等生下孩子,再等孩子长大些,不知道还要几年才能回京。

虽说也有道理,可她这分明是在与自己怄气,顾风简不知道该不该答应。

夜间,两人在驿站休息。

驿站的床板冷硬,被子也透着一股霉烂的湿气,因为出行时天气已经开始转暖,而两人也不是太过计较的人,就没带太厚的被子。

可如今情况不一样了,顾风简怕她睡得不舒服,将车上的被褥都搬出来给她垫着,又去新买了两床薄被,给她盖在身上。

顾风简抽空去找城里的大夫打听对待孕妇需注意的事,顺道还要写信告知贺蔻,叫她有个准备。宋初昭觉得有点疲惫,先回房睡了。

不知过了多久,外面天色黑下。

宋初昭皱起眉头,整个人像是被魇住似的睁不开眼,她能听到周围的动静,也知道顾风简在她身边躺了下来,还感觉一道热源在朝她靠近,然后手被对方握住了。

宋初昭想挣脱,紧跟着就有一股清凉的风从上方吹了下来,那徐徐的、温和的风,瞬间将她的烦躁都拂了下去,也将她无法动弹的恐慌给挥散。

宋初昭渐渐沉静下来,呼吸也平稳起来,终于睡了过去。

等宋初昭睡到半宿再醒来,一切已经正常了,不仅没觉得炎热,还感觉身上清爽了不少。这差距让她不由得怀疑,先前那究竟是自己的梦境,还是确有其事。

宋初昭睁开眼,转了个身,发现身侧的顾风简也跟着睁开了眼睛。他手上的扇子还在对着她的方向轻扇,难怪她能睡得安稳,不知对方是不是一直醒着在照顾她。

顾风简见她眼中没有了困意,靠近了些,贴住她的额头,低声问道:"难不难受?"

宋初昭摇头。

顾风简说:"那饿不饿?想吃什么?"

宋初昭问:"现在是什么时辰了?"

"有些晚了。"顾风简说,"你若是睡不着,我陪你出去走走,夜风现在应当还是挺舒服的。"

宋初昭今天白天陆陆续续睡了几次,顾风简猜她现在肯定清醒,伸手将她扶起来。

"你不觉得我方才乱发脾气吗?"宋初昭说,"我就觉得什么都好生气。"

顾风简笑道:"你哪里觉得不高兴,就和我说,不要害怕。"

宋初昭沉默了会儿,低声道:"我都不知道怎么带孩子。"

"我也不知道,我去找人学了。"顾风简说,"我学东西向来很快,以后就懂了。"

宋初昭说:"那我也很快啊。"

顾风简笑道:"自然,你那么聪明。"

宋初昭同他聊着,不知不觉安下心来。

第二日喝了大夫开的安胎药,顾风简又照顾得当,宋初昭觉得身体好了不少。她坚持趁着现在身体还方便,赶紧回京城,顾风简拗不过她,见她的确没有异常,就答应了。

一路都很顺利。

只是临近京城的时候,许是因为舟车劳顿,宋初昭又开始呕吐起来。

好在家门已近在眼前。

马车停在顾府门口,顾夫人出来接人。顾风简下了马车,正要返身牵宋初昭下来,宋初昭直接从边上冲了过去,坚持不住,趴在门口的位置眩晕地狂吐。

顾夫人吓了一跳,忙围过去,帮着给宋初昭顺气,关切道:"这是怎么了?身体可有哪里不舒服?快去差大夫来瞧一瞧,这样严重可忽视不得。"

顾风简抱着宋初昭,语气中夹着担忧道:"正是要跟您说,昭昭怀孕了。前段时日还好,这两天看着很不舒服,已经吐了好几回。"

"你瞧都怀孕了,哪里是小……"顾夫人说着噎了下,而后尖叫,抬手用力捶了顾风简一下,骂道:"你怎么可以让她带着身子陪你赶路?顾五郎你也太没有分寸了!尽失我顾家门风!"

顾风简说:"是启程了才发现的。"

"我还说你们怎么走得那么慢。"顾夫人念叨道,"顾五郎我真是要说说你了。"

宋初昭抬起头,说:"是我自己要来的,否则耽搁起来,不知还要多久。我怕是近两年都回不来京城。"

顾夫人抱着她,心疼道:"你不方便来,娘自然可以去看你啊。你瞧瞧你,这都瘦了,贺菀妹妹见着,是要埋怨我的。"

宋初昭笑说:"哪里会?"

顾夫人带着她,小心地往里走,说:"那些烦心事,你都不要管,如今回家了,什么事都好了。"

宋初昭心说,本就没什么事啊。她回头看了眼顾风简,露出个无奈的表情。

来了顾府,的确一切不需要宋初昭操心。顾夫人自己就有经验,身边也有许多可靠的医者,什么孩子要用的东西,产妇要用的东西,不管有用没有,她全给备了,还备了好几间屋子。

没多久,贺老爷也知道了此事,直接驾着车,送了一堆吃的东西过来。

顾四郎更是夸张,侄儿或是侄女还未出生,他已经将小孩从小到大的玩具给买好了。

宋初昭以前是很能吃的,自从有孕之后,反而吃得少了,东西闻上两口就没什么兴趣,只尝一口,剩下的都给了顾风简。

顾风简被众人喊去跟人学习各种杂乱的知识,宋初昭这边,只要她高兴就好,有什么不解的地方,到时候都叫顾风简提醒她。

这日子确实惬意得很。

唐彰廉得知此事后,主动将自己避暑的庄园借给了他的昭昭妹妹,就在城外的一座山上,还借了她几位御医,守在别院里,照顾她的起居。

唐知柔去顾府找人,扑了个空,又转道跑去避暑山庄找宋初昭。

"宋三娘!"

唐知柔见着人,远远一声大叫,朝宋初昭冲过来,靠近时又赶紧停下,最后轻轻抱了她一下。

"你可回来啦,我好想你啊!"唐知柔惊喜得语序混乱,翻来覆去地说了一遍,然后又抱了她一下,"恭喜你,快要做母亲啦。"

宋初昭笑道:"我也很是想你,下次你去南方玩,我带你好好逛逛。"

"或许最近都没机会去了。"唐知柔嘀咕了声,又问,"我能做你孩子的干娘吗?"

宋初昭点头:"我是答应了,你再去问问五郎,五郎若也同意,那自然可以啊。"

唐知柔抓住自己披散在前面的头发，有点羞赧道："你回来得正是时候，我快要成亲了。届时你一定要来啊，我给你安排个清净的位置，不叫他们扰了你。"

没想到还能听见这样的好消息，宋初昭来了兴致，牵着她问："何时？与谁啊？"

"与范崇青那傻子呀。"唐知柔说，"可惜他这两日不在京城，若是知道五郎回来了，不知该有多高兴呢。他平日就爱念叨顾五郎，五郎不在，他总觉得少了个伴。"

宋初昭笑道："这回五郎要在京城待好长一段时间，他二人可以一起出去玩玩了。"

唐知柔说："我瞧他就这么巴望着呢！"

两人聊了许久，天南地北地胡扯，这样熟悉的感觉，叫宋初昭跟着放松起来。

唐知柔小心地问："我可以摸摸你的肚子吗？"

"还什么都没呢。"宋初昭说，"你也只能摸到肥肉罢了，你摸吧。"

宋初昭自然是没有肥肉的，唐知柔只摸到了一块紧实的肌肉，手上又不敢用力，抬起头与姐妹大笑了起来。

唐知柔道："我娘说，怀孕很辛苦的，可是男人都不当回事。有什么苦，你可千万别想着自己忍着，就该告诉他，让他知道才好。"

宋初昭想了想，说："他应该知道吧。"且知道得比她还多。

这两天，顾风简夜里都辗转难眠，时常半夜爬起来查看她的情况，连她吃了什么都记得清清楚楚。

"他若是对你不好，你如今身子是不方便，但是我可以！"唐知柔展示了一下自己手臂上的薄薄肌肉，"你不知道，我同范崇青学了两个招式，还挺厉害的！"

宋初昭遗憾地提醒她："五郎跟着父亲……就是傅将军，也学了有一年的武呢，你现在这个嘛……"

唐知柔顿时萎靡不振。

正是这时，顾风简走了进来，手里还端着一碗刚煎好的药。他与唐知柔点头算是打过招呼，而后径直走到宋初昭身边。

宋初昭皱了皱眉，不大喜欢那浓重的中药味。

顾风简安抚说："这副药喝完，就不用了。"

他拿起勺子，喂到宋初昭的嘴边。

番外二

宋初昭见还有人在,不好意思,伸手想把碗接过来,顾风简小心避开,说:"碗烫,你不要拿。"

唐知柔:"……"

她那么大一个人杵着呢!

唐知柔咳了一声,顾风简回头看了一眼,神色坦然,简单地说:"不送。"

唐知柔:"……"

行,是她活该。

命里逃不过这碗狗粮。

没过多久,贺菀与傅长钧也赶回京城。他们为了交接公务,用了一段时间,回来时,宋初昭的肚子已经大了。

待到生产时,正好是深秋,风高气爽,天朗气清,那叫一个舒适。

宋初昭搬回了顾府,里外都有人照顾,倒没有那么焦虑,她反倒觉得身边的人太过小心,到生产时,因她身体好,也没受太大的罪。

顾风简小心地抱着孩子,坐到宋初昭的前面,将怀里的襁褓压低给她看。他低垂着眉眼,神情温柔,眼睛里水光闪动,对宋初昭道:"是个儿子。你看,与你长得好像,都是这样可爱。"

宋初昭瞥了一眼。

"倒也不必……"宋初昭虚弱道,"我没有那么丑。"

顾风简:"……"

硬生生被扼断了后面的话,顾风简简直不知该对此说些什么。

这孩子生下来之后,不知道算不算好带,跟在宋初昭身边的时候,不哭不闹,听话懂事,夜里也不闹人。只是到了别人手里,就有点认生,臭着脸一副要哭不哭的样子,喜欢宋初昭身上的味道,一到她身边,就动着鼻子闻来闻去,看着机灵得很。

过了一个月,这孩子彻底长漂亮了,皮肤白白嫩嫩,脸上肉嘟嘟的,一双眼睛又黑又亮,睫毛浓密纤长。五官精致,一眼瞧过去,还真认不出究竟是男娃还是女娃,谁若抱他出门,回回都能拿些礼物回来,特别讨人喜欢。

可是,他喜欢吐口水泡泡。

宋初昭一见他流口水,就想起顾四郎曾经说过,五郎追在他后面吐口水的画面。看着儿子,她便觉得在看当初的顾风简,格外有意思。

得知她的想法,顾风简的眼神都渐渐不对起来。

· 360 ·

顾风简给孩子起名叫顾旭。

好在过了一岁,在顾旭开始学说话之后,就慢慢改掉了吐口水的毛病,人也变得越发乖巧。

顾旭小朋友,平时不哭,也不挑食,宋初昭的话会认真听。虽然在还不会自由表达的阶段,但是他会用一双眼睛巴巴地望着你,所有的控诉跟渴求,都清晰地写在里面,叫你无法装作不知。

顾夫人说这孩子同顾风简小时候简直一模一样,听话懂事,沉静内敛,爱黏家人。就是顾旭更不喜欢陌生人动他,不给亲不给抱,拒绝的样子冷漠孤傲,除却陌生人,还不喜欢顾国公跟贺老爷。

其实他是不喜欢顾国公跟贺老爷的长胡子,每回他们靠近,顾旭就忍不住要哭,叫二老很是伤心,后来顾旭见着他们就用力地拉扯二人的胡子,怎么劝都不收手,两人才终于回过味来。

顾国公还当是因为自己长得凶,贺老爷也以为是自己老了脸上皱纹多,长得丑,才招这孩子讨厌。两人讨论了好几回,混着眼泪,向同僚学习,如何让自己变得慈眉善目的课程……原来只要刮个胡子就能解决。

当顾旭也能对着他们糊口水的时候,二老险些喜极而泣,打那以后,两人倒是都不留胡子了。

顾夫人与贺菀每回提起这事,都笑得前俯后仰,收都收不住。

在顾旭学会走路之后,这奶娃终于有了自主选择权,天天乐此不疲地跟在宋初昭的身后左逛右逛。

宋初昭站着,他就抱着母亲的小腿,将全身的重量都靠过去,稳稳地贴着她。

宋初昭坐着,他就把自己的下巴架在母亲的腿上,然后仰着头,对着宋初昭傻呵呵地微笑,一双手紧紧抱着她,眼神里透着孺慕跟亲切。

宋初昭每回都怕自己一个不注意踢伤了他,于是连抖腿跟跷腿的坏习惯都为他改了。她也好喜欢这孩子黏着自己,一见到他笑,便觉得春光明媚,万花齐开。

可惜,抱顾旭最多的还是顾风简,因为这奶娃越来越沉了,五郎总觉得这胖墩要压伤他夫人的小腰。

番外二

在顾旭两岁时,贺菀怀孕了。宋初昭告诉顾旭,要有个更小的朋友出生,叫他要帮忙关照。

京城里很多同龄的小朋友都有弟弟妹妹,顾旭得知自己也要有,不由得高兴起来。他本来很是期待,在意外得知贺菀只能给他生个小舅舅或者小姨,又弄清楚了两者的辈分关系之后，宛如天塌地陷，号啕大哭，眼泪哗哗直流。

说实话，自他出生起，宋初昭就没见他哭得那么惨烈过，几要将积压多年的眼泪都宣泄出来。

"为什么比我小的都比我大！"顾旭抱着宋初昭腿不依，说得乱七八糟，"为什么我是最小的？"

他无法接受别人生出来就可以做长辈，而他只能做一个小辈。

宋初昭哭笑不得，无法回答这个问题，只能抱着他好生安慰。

顾风简也被他号得颇感头疼。

顾旭哭得可怜兮兮："我想要小的，我要做哥哥。"

在顾旭三岁的时候，终于得偿所愿，宋初昭怀了二胎。

又过了一年，生了个妹妹。

左手牵着一个小舅舅，右手牵着一个小妹妹，顾旭小朋友，过上了幸福美满的日子。